U0630626

魅丽文化　花火工作室

宣草
妖花
/著

Xuan Cao
Yao Hua

Works

两心欢喜

LIANGXIN
HUANXI

广东旅游出版社
GUANGDONG TRAVEL & TOURISM PRESS

悦读书·悦旅行·悦享人生

中国·广州

图书在版编目（CIP）数据

两心欢喜 / 宣草妖花著 . — 广州：广东旅游出版社，
2022.1

ISBN 978-7-5570-2651-6

Ⅰ. ①两… Ⅱ. ①宣… Ⅲ. ①长篇小说－中国－当代
Ⅳ. ① I247.5

中国版本图书馆 CIP 数据核字（2021）第 257742 号

两心欢喜

LIANG XIN HUAN XI

出 版 人：刘志松
总 策 划：曾英姿
责任编辑：梅哲坤
责任校对：李瑞苑
责任技编：冼志良

广东旅游出版社出版发行
地址：广州市荔湾区沙面北街 71 号首、二层
邮编：510130
电话：020-87347732
印刷：人民今典印务有限公司
（湖南省长沙县黄花镇机场口社区财富大道 8 号 电话：0731-82757135）
开本：880 毫米 ×1230 毫米　1/32
字数：220 千字
印张：9.5
版次：2022 年 1 月第 1 版
印次：2022 年 1 月第 1 次印刷
定价：45.00 元

目录 CONTENTS

第一章　镜中人

×国首都，断壁残垣，宛如末日死城。

夕阳逐渐坠下天际，浓郁的霞光将厚重的灰云染得血红。

一枚炸弹投在建筑附近，"轰隆"一声，十几层高楼应声倒塌，烟尘弥漫。

秦颖躲在建筑物的走廊内，吓得抱头蹲下。

她努力抑制急促的呼吸，因为恐惧，险些因喘不上气而窒息。

秦颖坠入绝望深渊的同时，寂静昏暗的走廊尽头响起"嗒嗒"的脚步声。

有人上楼。

秦颖望着楼梯方向，瞳孔放大。即便那双布满血丝的双眼已经十分疲惫，她也不敢眨眼，身体的每根神经都紧绷着，宛如一只判断危险的警惕的野豹。

十秒后，一个穿军靴的男人逐渐朝秦颖走近，那个人被光影模糊了五官，硬朗健硕的身形让她获得十足的安全感。

秦颖放下警惕，浑身力气也跟着抽散。

她将埋在双膝之间的头往上抬，望向男人，双眼蓄满盈盈水泽，写满委屈。

男人轻薄的短袖T恤是沉重的军绿色的，迷彩长裤扎进军靴里，将身形修饰得硬朗健硕。走廊的窗钻进一束夕阳，照在他的面部轮廓上，糊了五官。

他朝秦颖伸出手，掌心满是红色勒痕，翻转向上的手腕处有一道沟壑般丑陋的疤痕。

男人的声音稳重又低沉，刚毅且温柔："小颖，我来带你和孩子回家。"

秦颖不知自己身居何处，只是一脸迷惑地歪着头看向他。

孩子？什么孩子？谁的孩子？

秦颖不知道面前这个人是谁，当她抓住对方手指的一刹那，男人的脖颈突然渗血，将他身上军绿色的短袖T恤染成更深的颜色。

耳畔又爆开轰炸声，秦颖吓得缩回手，捂住双耳。

男人蹲下，用强有力的臂弯将秦颖搂入怀中，贴着她的耳郭，温柔地安抚："别怕，我会带你们平安回家。"

她陷入一片眩晕，黑暗接踵而至。

秦颖听见自己与那个男人的对话——

"真的还能活着回去吗？"

"我不敢保证可以活着带你出城。但我保证，即使付出生命的代价，也会送你活着回家。"

再开口时，男人已经决定为她赴死。

"意外谁也无法预料。小颖，谢谢你，给我无趣的人生留下一点意义。"

一大早，微博热门话题围绕同一个人。

"司简昏迷五年，粉丝举办五周年祈祷会。"

"司简是司柏嘉亲戚？辟谣：假的。"

"最帅植物人司简今天醒了吗？"

司简是网络红人，做旅行 VLOG（视频博客）走红。他不仅在国内受欢迎，在国外也受欢迎。

"老婆粉"千千万。

五年前，司简前往 × 国旅游，遭遇战争，受了重伤，之后便成了植物人。

即便这位已经昏迷五年，且做了五年植物人，粉丝依然没见少，微博下面每天都有粉丝留言。

这一天是司简出事的五周年"纪念日"，他的众多粉丝刷微博，把一个植物人送上了热搜。

清晨的阳光从窗帘缝隙挤入，落在卧室浅黄的地毯上。

秦颖裹着松软的棉被趴在上面，睡梦正酣，手机振动，一条条新闻推送到她的手机上，将她从刚才的噩梦里拽出来。

秦颖揉了一下胀痛的脑袋，取过手机看关于植物人司简的新闻。

关于这个叫司简的男人，秦颖并不陌生。前不久她还跟着闺密季檬去医院探望过。

司简倒是个传奇，也是秦颖见过最帅的植物人，没有之一。

自从见过这个植物人以后，秦颖就开始做噩梦，每夜几乎都是同样的梦境，甚至开始出现幻觉。

秦颖拿着手机坐起身，看着对面的镜子，那种真实到可怕的幻觉又来了。

穿衣镜里开始呈现另一个世界的画面。镜面普通，里面的画面却不普通，宛如高科技视频通话的效果。

镜中所呈现的场景也是一间卧室，里面有一个身型高大的男人在来回走动。

和往常一样，镜子里的"视频通话"并不清楚，很模糊，像是糊了一层水雾，只能勉强看出对方的身型轮廓，听见一些细微的声音。

秦颖看不清镜中男人的五官，也不清楚对方到底是谁，为什么会出现在自家的镜子里。

起初这种幻觉来临时，秦颖还以为是谁把她家镜子改成了显示屏，特地恶作剧吓唬她。

可后来秦颖发现，不仅是家里的镜子，公司、路边的镜子，她都能看见另一个世界的画面！

秦颖同往常一样，掐了一把太阳穴，一如既往地安慰自己：幻觉，一定是幻觉。

如果不是幻觉，又该怎么解释她一连数日都能通过镜子看见一个男人的世界？

不用联网的"视频通话"，完全不符合常理。

各大网络运营商……不要面子吗？

这种事不符合常理，一定是幻觉。

秦颖盯着镜子呆滞了片刻，拿掌根捶了一下额头，镜子里的"视频画面"很快消失，她也听不见镜子里细碎的声音了。

秦颖惜命，也害怕变成精神病人，去看过医生。

医生告诉秦颖，她出现幻觉，很有可能是因为五年前在×国留下的后遗症。

当年秦颖去×国毕业旅行，不幸遭遇战争及绑架。

秦颖被困×国，一年后才被接回国。

秦颖受伤，海马回受损，记忆区受到损害，忘了在×国的经历。

没人知道秦颖在国外被困的那一年里到底发生了什么，留在秦颖身上的，是密集的弹孔和伤疤。

于秦颖而言，记得与否其实不重要。

她一个在中国长大的"小仙女"，如果记起身上那些弹孔和伤疤是怎么来的，指不定会有什么心理阴影。

秦颖忘了在×国的经历，这几年倒过得挺开心的。只是没想到去医院探望过司简后，就出现了严重的幻觉。

医生得出结论——

大概是秦颖和司简同样有在×国遭遇战乱的经历。她去探望司简，勾起内心深处对×国的恐怖回忆，因此受到刺激，产生幻觉。

秦颖觉得这是胡说八道。

关于在×国的经历，秦颖连一根毛线都没想起来，又怎么可能受到刺激？

这个医生一点也不严谨，呵。

至于为什么会出现幻觉，有待查证。

秦颖正在发呆，助理松原一通电话打了进来。

电话那端传来松原的咆哮："颖姐，今天这么重要的展览，司柏嘉女士都来了，你怎么没来？我从八点给你打电话，到现在才打通。你是不是又做那个梦了？要紧吗？要不要再看看医生？我刚才碰见田安，她知道你没来现场，以为是你不敢去跟司柏嘉搭讪，怂了，她可得意了，小人得志，呵。"

"嗯？

"垃圾医生，浪费钱，不看了。"

骂完医生，秦颖瞬间想起什么，一巴掌拍在脑门上："睡过头了，我是猪吗……"

"可能是吧。"松原有气无力。

秦颖冷哼了一声："啊，我说自己是猪，你不应该'彩虹屁'夸我一通吗？怎么可以迎合我的话？"

松原："呵呵，颖姐，您还有点自知之明。"

秦颖："刚认识的时候你可不这样，我们之间还有一点真诚，加一点拘谨。现在，你连商业尬吹都不愿意了吗？"

助理松原叹息一声，说："这次见司柏嘉的机会虽然没有了，但是呢，年中大会还有机会。"

话虽如此，秦颖这一刻在公司的地位岌岌可危，错过这次见司柏嘉的机会，她都不一定能在公司待到年中大会。说不定，下个月就会被田安踢出公司。

松原又赶紧说："颖姐，早上不是有人传司简和司柏嘉是亲戚吗？我从记者朋友那里打听来一个未曝光的料，其实司简是司柏嘉的亲儿子！惊不惊喜，意不意外？"

"还真的很惊喜也很意外。"秦颖咂舌感慨，"司简和司承是亲兄弟，如果司简是司柏嘉的亲儿子，那……司承也是喽？我闺密季檬这是要嫁入豪门了？"

季檬是国际名模，由国际知名设计师司承一手捧红。两个人的关系早就公开了，季檬是司承公开的未婚妻。

外界都知道，司承和司简是双胞胎兄弟，可没人知道他们是司柏嘉的儿子。

"颖姐，你都快失业了！重点能不能不要放在别人身上？"

松原都快无语了，继续说："你虽然复了职，可在公司失去实权，杂志如果跑不出好销量，没多久你就得完蛋。如果你能请到司柏嘉女士作为杂志首封人物，销量一定上得去。你和司简、司承也算认识吧？不如你从他们身上下手，看能不能邀请到司柏嘉做专访！"

"司简是个植物人，哪怕我真的认识他，你觉得他能怎么帮我？"

秦颖都快被松原的提议气笑："再论司承，他虽然是我闺密的男朋友，可他的性格出了名冷傲，六亲不认，只认女朋友，跟女朋友以外的异性都会保持绝对的距离，让他帮忙？你怕是在做梦。"

秦颖挂断松原的电话，季檬一通电话打过来，晚上约她一起吃饭。

季檬把车开到秦颖家楼下。

季檬知道最近秦颖的精神状态不太好，老出现幻觉，所以来接她。

汽车驶上高架桥。

季檬找了个机会跟秦颖说："颖宝，时间还早，不如我们先去一趟医院，看望一下大哥？你知道的，今天是大哥昏迷五周年纪念日。完事后，我再陪你去看看医生。你总做同一个噩梦，又老出现幻觉，我很担心你的状态。"

季檬口中的"大哥"，自然指的是司简。

"行吧。"秦颖调侃道，"我也想去看看那位最帅植物人，养眼。"

秦颖想起松原的调查结果，反问季檬："你和司承在一起这么久，了解过司承的家庭吗？譬如，他的母亲？譬如，他哥哥司简为什么会成为植物人？"

司承是国际知名设计师，一手将季檬捧成国际名模，两个人感情匪浅。

"司承的母亲？他母亲已经七十岁了。至于司简，他毕竟是网红，他去×国发生意外，谁不知道？说起来真巧，你不也是去×国受了伤，丢了一段记忆吗？话说回来，这些年，我这个可怜的男朋友一定很辛苦，上有七十岁的老母亲，下有植物人哥哥。大概也正是因为这些，他才会拼命工作吧。"

季檬捂着胸口，一脸沉痛地感慨："他家境贫困，今天能有在国际时尚界的成就，并不容易。以后我一定要好好心疼他！我得努力赚钱养他！"

秦颖嘴角一勾，见闺密一脸天真地脑补司简家两兄弟"一贫如洗"，没好意思告诉她司简司承兄弟俩的真实身世。

秦颖认为这种事由她来说并不合适，很可能会造成人家小情侣之间的误会。

既然如此，倒不如等时机成熟了，让司承自己和季檬坦白。

秦颖轻咳，开口提醒道："为什么你会觉得他们家庭贫困呢？寒门可不一定能教出这么优秀的两个男人。指不定他们七十岁的老母亲是一个了不起的大人物。"

季檬的嘴角一撇，自我调侃："你以为我男朋友的老妈是司柏嘉呢？再说了，我未来老公已经很优秀了，还指望他有个司柏嘉家族那样的背景吗？"

"OK（好）。"

下午两点左右，医院。

病床上躺着一个清瘦的男人，纹丝不动。

司简和司承是双胞胎兄弟，两人五官相似，司简因为常年躺在病床上，不见阳光，皮肤白皙，气质与司承大相径庭。

这是秦颖第二次见到这个植物人，和第一次一样，心里发闷，又痒又难受。

季檬坐在病床前，拿着刮胡刀给植物人司简刮胡子。

季檬一边操作刮胡刀，一边对秦颖说："别说，我大哥刮了胡子还挺帅。"

秦颖抱着胳膊站在一旁，调侃道："你和司承还没结婚，这就叫上人家大哥了？"

"你懂什么。"

季檬嘴角一撇，继续美滋滋地帮司简刮胡子。因为没有经验，过于笨拙，她漂亮的指甲总是刮到男人的脸颊。

司简那张英俊的脸被闺密这么折腾，秦颖实在看不下去了。

她将季檬拉开："得得得，你这笨手笨脚的，再这么刮下去，人家这植物人大哥不得气得跳起来捶你的胸口啊？"

秦颖从季檬手里抢过刮胡刀："我来。"

季檬恰好有个电话打来，指着手机小声说："你帮我刮。给大哥刮完胡子我们就去吃饭，我先去接个电话。"

秦颖将刀片清理干净，胳膊肘撑在床板上，俯下身去，替男人刮嘴唇四周的胡楂儿，动作很轻。

刮到一半，秦颖盯着男人的五官出了神。

司简浓密的睫毛紧贴下眼睑部位，这位"睡美人"的气息似曾相识。

秦颖心底的某个开关被拧松，好像有什么东西溢出来，涨得胸腔似痒似疼。

她深吸一口气，开始用纸巾清理刮胡刀。

恍然间，她看见男人的手指……动了一下。

是……幻觉？

晚上八点，秦颖和季檬在餐厅就餐，两个人坐的位子靠落地窗，外面是城中街道。

夜色正浓，灯火阑珊。

法式餐厅内的食物香气混合着法式情调的舒缓音乐。

秦颖吃得八分饱，搁下刀叉，扭头看向落地窗外。

玻璃反光倒映出餐厅的景象。可是很快，里面倒映的画面就发生了转变。

秦颖再一次出现"幻觉"，又看见了另一个世界。

秦颖没有张口去叫季檬，皱着眉头盯着玻璃，心怦怦跳得很快。

镜中的世界开始扭曲，震荡。

冥冥之中，两个世界交错，宇宙浩瀚，分叉的两条生命线重新拐回正轨，再一次相互交融。

镜中震荡的世界安静下来，出现清晰的画面。

这一次呈现出的画面比以往任何一次都要清晰，不再是隔着水雾看世界。

里面是一个简洁的办公室，墙上挂满了照片，一个男人正俯身摆弄相机。这画面宛如投射在玻璃上的海市蜃楼，不同于以往，真实感非常强烈。秦颖几乎可以肯定，这一次不是幻觉。

秦颖不断克制耳道里怦怦的心跳声。

就在她开始质疑自己病入膏肓，分不清幻觉和现实时，居然听见从镜面里传出的声音。

男人低声咳嗽，取相纸时发出声音。

太真实了。玻璃里的世界太清晰，宛如高分辨率的影视屏幕，世界伸手可即。

画面的真实感堪比全息投影，还是立体环绕，甚至超越了全息投影，视听效果相当震撼。

镜中的男人穿着冬天的浅色毛衣，V领露出一截白色衬衫领。

他有修长健硕的身材、性感的喉结，以及线条清晰的下颌缘。

他始终伏案摆弄工作台上的照片，丝毫没有发现一举一动被人通过镜面偷窥了。

很快，秦颖就注意到男人办公室的墙壁上悬挂的数字时钟。

上面所显示的时间，是六年前的1月12日。

镜中世界的男人仿佛也察觉到了什么，蹙眉，停下手中的动作，抬头看向工作台对面的装饰灰镜。

男人的眉头越蹙越紧，为了证明所见不是幻觉，搁下手中的照片，走近装饰镜。

从他的视角看，镜中倒映的世界不是他的办公室，而是一家法式餐厅。两个女孩靠镜而坐，一个低头玩手机，一个正盯着镜面。

准确来说，是在盯着他。

司简一脸严肃，为了证明不是幻觉，伸出一根手指在镜面上点了一下。

秦颖总算看清了镜中男人的样貌。居然是司简？

准确地说，是六年前那个健硕英俊的司简，没有病态苍白，非常鲜活俊朗。

秦颖也鬼使神差般拿一根手指点了一下面前的玻璃，与男人的指腹压在一处。

震撼的是，秦颖居然感觉到了男人手指的温度！

秦颖被这诡异的体温吓到，如触电般缩回手，瞪大一双美眸望向镜中人。

司简也明显感觉到秦颖鲜活的温度，眉头皱得严肃："你是谁？"

他低音炮般的嗓音宛在秦颖的耳畔炸开，这样近的距离，她甚至能感觉到男人的呼吸喷在她的脸上。

被对方的气息一喷，秦颖的皮肤毛孔仿佛炸开，起了一身鸡皮疙瘩。

秦颖几乎下意识地张口："我是——"

两个字刚出口，对面的季檬突然抬起头，打断秦颖："颖宝，你在跟谁说话呢？"

就在这一瞬间，玻璃上倒映的画面消失，英俊的司简也消失了。

随之替换的画面是落地窗外的街道。

秦颖扭过头，看向季檬，问她："檬檬，刚才玻璃里的画面，你看见了吗？"

季檬表示疑惑："画面？什么画面？你以为这块玻璃是什么高科技，能视频通话？你是不是又出现幻觉了？"

秦颖的心跳加速，喝了一口冰柠檬水压惊。

如果说前几天秦颖在镜子里看见的世界是幻觉，那么这一次，她可以肯定，是真的。

太真实了，不可能有这样真实的幻觉。

画面里时钟所显示的时间是在六年前，秦颖猜测，最近她出现的所有"幻觉"，都是自己和司简获得奇幻联系的前兆。

这一刻她可以通过镜面，与六年前的司简交流。

他们在冥冥之中通过镜面产生了奇幻的联系，跨越了空间。

这个想法总结出来，秦颖自己也吓傻了，拿掌根狠狠地捶了一下自己的额头。

如果不是切身体会，秦颖怎么都不会相信，这个世界居然会有这么荒谬的事情发生。

秦颖只猜对了一半。

她的确可以通过镜子与司简进行交流，可她不知道，镜中的世界并不是真实的世界，而是植物人司简的梦境，时间线处于六年前。

司简这一刻是植物人，长期陷入昏迷之中。

医院病房内。

医生和护士刚离开，床上的植物人司简便从梦中"醒"来。

司简虽然无法动弹，也不能说话，可思维是清醒的。他清楚地记得自己在梦里，通过镜面与秦颖接触的细节。

这么多年，司简一直被困梦里。

司简以为一辈子都无法和真实世界的人交流，没想到在梦中世界，可以通过镜面与真实世界的秦颖交流。

唯一的遗憾，是梦境世界的时间线在六年前。那会儿司简不认识秦颖，梦里的司简也不认识秦颖。

梦境世界的司简会忘记现实世界所发生的事，即使能跟秦颖沟通，也是以陌生人的方式对待秦颖。

这种不可思议的奇妙，令司简欣喜若狂。

司简已经昏迷多年，如果不是心中有执念，早在五年前就去世了。

他被困在身体里无法苏醒，被困在六年前的梦中，无法冲破束缚。

直到秦颖出现他的病房里，给了他勇气与黑暗作斗争。

秦颖曾经在×国受到严重的心理创伤，遗失了×国的记忆，忘了和司简的曾经。

司简认识秦颖是在五年前，去往×国的那趟航班上。两个曾经相爱的人，一个被困梦境，一个遗忘曾经。

不过没关系，即使记忆遗忘，也压不住他们彼此深入骨髓的喜欢。

夜凉如水，窗外明月皎皎。

卧室内，秦颖裹着被子辗转难眠，索性睁眼，握紧拳头砸床起身，去卫生间洗了把脸。

镜前灯明亮，在秦颖抬头看镜子的瞬间，镜面宛如电视屏幕一般，有了其他画面。

秦颖下意识地抬手去擦，手触在镜面上，镜面荡开涟漪，画面也逐渐变得清晰，褪去了模糊。

镜子里呈现的世界不是秦颖的卫生间，而是司简的卧室。

男人背对着镜子，正踩在一条板凳上，往墙上挂一幅旅行照片。虽然不是第一次看到这种情景，可大半夜的，秦颖还是吓得叫出声，往后退了一步。

秦颖的脊背贴着墙面，退无可退，小心翼翼地看着镜子。

镜中人似乎也听见了身后的动静，转过身来看。司简从凳子上下来，朝着她这边走过来。走到镜前，他也拿手触碰了一下镜面，荡开涟漪，他看清了镜中女孩的模样。

司简显然也有了心理准备，当他确定这件事不是幻觉后，便努力让自己接受这个荒诞的事实。

司简主动开口说："镜中小姐，你好，又见面了。"

秦颖背贴着墙，几乎吓蒙了，指着司简问："你……你……是六年前的司简？"

"嗯？"司简抓住重点，挑眉反问，"六年前？听你的意思，我们在同一个空间，却不在同一个时间？"

秦颖点头。

司简穿着浅色毛衣和灰色长裤。

秦颖平复了一下情绪，点头："是。我叫秦颖，是你……"她声音一顿，把后面那句"未来弟媳的好闺密"给吞了回去。

对方处于六年前的时空，秦颖不敢透露太多未来的事情，害怕时间轨道被破坏，产生"蝴蝶效应"。

以防这种可怕的现象发生，秦颖决定避免谈论未来。

秦颖点头："你很出名。你是旅行博主，司简。"

司简抬头看秦颖："秦小姐，我不清楚我们这种情况会持续多久，为了避免'蝴蝶效应'，我希望你对未来的事情保密。能做到吗？"

这老板一样的口吻，让秦颖生理性不爽。

秦颖屈指敲了敲镜面，画面没有任何波动。她的眉头一皱，问："现在的情况，是我们一旦面对镜子，就能看见对方。那我平时换衣服你也能看见？"

秦颖下意识地拿手捂胸，用看色狼的眼神瞪了一眼镜子。

镜中的司简取来一块白布，视线从秦颖身上掠过，很快便收回："我对柯基女并不感兴趣。"

司简拿白布遮住镜子，很快就挡了一半。

"柯基女？"秦颖低头看了一眼自己的腿，"这位先生，您要是眼瘸我可以给你缝两针，还有您这嘴是怎么回事？"

"秦小姐穿成这样和一个陌生男人说话，"司简看了秦颖一眼，"没有羞耻心吗？我们之间的事不能用科学来解释，我希望你能保守秘密。"

"当然，我也不想被抓去科学院做研究。"

秦颖的话音刚落，对方就用白布彻底遮住了镜面。

化妆镜上，有关司简世界的最后一点画面都消失了。

秦颖看着镜子里的自己，快气成河豚。

她穿成什么样了？她的吊带睡裙不好看吗？

她的身高不足一米六，可身材比例不错，软妹不香不可爱吗？

这司简是怎么回事？眼瞎成这样了？

秦颖真后悔，上次给司简剃胡子的时候，没把他的眼睛给缝上。

司简不仅是旅行博主，也是司柏嘉集团的高层。

公司里对他示好的女人太多，一个个自恃美貌，肆意横行。也不知道她们脑子里装的都是什么霸道总裁小娇妻的言情剧本，要么往他身上泼咖啡，要么假装崴脚往他身上倒。

以至于司简对漂亮女人有种生理性反感，对秦颖也不例外。

秦颖去刷牙，骂了一句："自恋傻子。长得帅就能为所欲为？你家是有皇位继承吗？这么厉害？"

秦颖被一口牙膏呛到，忽然想起来，人家的确有家业继承。

呜。羡慕。

秦颖正吐出嘴里的牙膏沫，镜中突然又出现司简那张脸。

秦颖吓得身躯一震，举着牙刷往后一退："你不是已经遮住镜子了吗？！"

司简的脸上没有过多的情绪，淡淡地道："秦小姐，我得纠正你，长得帅虽然会影响我施展才华，但的确可以为所欲为。英俊的男人，要比你们这些漂亮的女人有市场。"

秦颖："嗯？"

这是在夸她还是骂她？

司简在互联网上做旅行博主，常年游走于各个国家，身体健硕硬朗，皮肤被阳光晒成健康的小麦色。

他不笑时，自有一种铮铮硬汉的严肃。嘴角上扬时，一排整齐的白牙以及那对小酒窝，又给人足够的亲和力。

秦颖一脸无语地看着司简，一时之间居然不知道该说什么。

没错，这的确是个靠颜值圈粉且赚钱的男人。

司简以颜值完全可以进娱乐圈，却甘愿做个网红。

司简毫不避讳道："以后朝夕相处。秦小姐，交个朋友，多多指教。"

秦颖觉得对方这话有歧义，腮帮子一鼓，道："谁要和你朝夕相处？我，短腿柯基，不配跟你这种有市场的男人做朋友。"

"没关系，我这个人最大的优点就是交友真诚。"司简收起笑容，一脸真诚地道，"我不会介意秦小姐的身体和脑子有短板。"

"你……"秦颖要被气哭了，"你才身体脑子有短板！"

"防人之心不可无，我刚才对你有所防备，才把控不住道出了事实。以后做了朋友，我会适当地商业尬吹，让秦小姐与我相处时，可以尽量开心些。"司简顿了一下，又继续说，"其实在没有参照物的情况下，单看秦小姐，你的身材比还是不错的，属于可爱型女孩。"

"这就开始商业尬吹了吗？"秦颖勾了勾嘴角，"司简先生，您这前后口风转变也未免太快了，像龙卷风，又像忽然来的暴风雨。"

秦颖自知辩不过对方，索性短暂妥协："希望以后我们可以和平相处，少动肝火，不许再揭短。"

"听你的。其实我无所谓，"司简笑着说，"我这个人唯一的缺点，就是没什么短板，让人挑不出毛病。"

"你——"

秦颖有点想冲去医院，把那个植物人大打一顿。

司简和司承的性格差距未免也太大了吧？

如果说弟弟司承是一只慢热冰冷的北极熊，那么这位大哥司简，就是一只嘴如毒蝎的老狐狸。

☽ 第二章　初见乍欢

经过两天时间的调整，秦颖和司简都已经习惯了对方的存在。

一旦接受了"镜中人"的诡异设定，秦颖便放松下来，整个人的精神状态也绷得没那么紧了。

早晨八点，秦颖被助理一则短信轰醒，同时收到下午去司柏嘉故居拍卖的电子邀请函。

松原发微信提醒秦颖："颖姐，今天你可不能再迟到了。如果这次你再错过见司柏嘉的机会，干脆带我跳槽去别的公司混饭吃得了。"

小助理发了一个无奈的表情包过来。

秦颖这一刻是《奇风尚》的副主编之一，年龄小，能力突出。

前几个月，秦颖固执己见用话题女王季檬作为首封人物，被主编停了职。田安则在短时间内给内部来了个大换血，把大半资源攥在手里。

田安从广告部跑销售一步步爬上来，有一副铁手腕。

这一刻的秦颖虽已恢复职位，可实权已经被田安剥夺了。她如果想在公司拿回一点话语权，就必须在杂志销量上做出一点成绩。

如今网络阅读让纸媒遭受前所未有的压力，想让杂志再有以前的辉煌销量，很困难。

放眼国内，能作为首封来刷新《奇风尚》销量的人物屈指可数。

秦颖就职的时尚杂志《奇风尚》，是司柏嘉集团旗下的第一杂志品牌。

司柏嘉（Sparka）集团主营服装，旗下主营的两个品牌 Sparka、D&R 国际影响力颇大。而《奇风尚》也是国际畅销的时尚杂志。

到明年，《奇风尚》的主编便会进行更换，而田安正是秦颖最大的竞争对手。正因如此，秦颖最近才盯紧了司柏嘉集团的创始人，司柏嘉女士。

毕竟是司柏嘉女士把国内时尚带向国际的，这样的传奇女人，背后的故事自然引人注目。

如果能邀请她作为杂志首封人物，销量自是不必说。

想邀请司柏嘉女士作为杂志首封人物太困难了，甚至是不可能完成的任务。撇去田安这个竞争对手，如果司柏嘉真的肯接受采访，这一刻早就出现在各大杂志上，怎么也轮不到秦颖去邀请。

连主编都请不动的大人物，她又怎么能请动呢？

但这一刻秦颖的前路被堵死，想在职场上杀出一条血路，只能硬着头皮去和司柏嘉谈判。

之前秦颖没有任何把握可以说服司柏嘉接受她的采访，可这一刻，她有了另一个思路。

如果助理查到的消息属实，那么司简和司承就是司柏嘉的亲儿子。

司承是她闺密季檬的男朋友，可司承那种高在云巅的冰冷性格，对女友以外的人都冷若冰霜。即便她是季檬的闺密，想沾到一点光，估计也很困难。

这一刻，秦颖和司简有了可以通过镜子交流的奇幻联系，她完全可以借助司简去挖掘司柏嘉，从而打动她，让她接受自己的采访。

这一刻的问题是，司简明显防着她，不一定会帮她。

秦颖搁下手机，揉了揉一头乱发，赤脚走到落地窗前，将厚重且不透光的窗帘拉开。

清晨的大片阳光穿过高档公寓的茂密树木，像碎金一样洒进房间，落在她白皙的面庞上。

秦颖下意识地侧头闭眼。

等房间重新接纳白日明亮，秦颖才转身走到镜前，扯下了遮挡镜面的白布。

镜面荡开涟漪，里面逐渐现出司简的卧室。

男人穿着浴袍从浴室走出来，正拿毛巾揉擦着一头湿发。仿佛感应到什么，他朝镜子这边抬头，远远地跟秦颖打了个招呼。

司简嘴角微向上勾，粲然一笑，道："早？"

秦颖："洗澡不遮镜子，穿着浴袍在女孩面前晃荡，你没有羞耻心吗？"

司简笑着说："为了学会信任你，我可以不要羞耻心。"

秦颖看着镜子："想请你帮个忙，你是个聪明人，我也不和你玩什么心机、打什么算盘了。"

隔着一面落地镜，镜中的人宛如就在秦颖面前。

男人身高在一米八以上，而秦颖不到一米六，这样的身高差距，让秦颖觉得男人的身形稳如泰山，有一种莫名的压力。

司简的长相偏硬朗，脸上虽总带笑容，但秦颖感觉不到对方半点真诚和亲和力，总觉得一不小心就会掉进对方的坑里。司简那双狐狸眼太有侵略性了。

这种人如果在商场，厮杀手段必然属于那种不见血也不吐骨头的类型。

司简比那些表面高冷的人更让人忌惮。

秦颖也明白，对方嘴上说着信任，实际对她非常排斥，甚至时刻怀疑她。

"嘘。"司简竖起一根手指，轻触在自己的两片薄唇上。

司简打断秦颖的话，轻声说："小东西，你别说话，让我猜猜你想请我帮什么忙。"

秦颖被司简突如其来的暧昧称呼气得攥拳。

司简的语气忽然暧昧，可那双带笑的眼睛宛如利刃一般，打量秦颖时极具侵略性，像极了一只阴险的捕食的狐狸。

那种深不可测的阴险，让秦颖有些不寒而栗。

如果这个人在职场上是秦颖的竞争对手，那她一定毫无还击之力。

秦颖也知道在这种人面前完全没必要藏着掖着，对方那双锐利的眼睛可以洞穿一切，段位极高，通透得很。

秦颖毫不掩饰生气："谁是你的小东西？我有名字，秦颖。"

女孩个子不高，脸型也偏圆，就连发飙的语气也纤细柔和。

秦颖这副无公害且无威慑性的模样让司简忍俊不禁。

司简以为，这姑娘至少会隐藏一下怒意。

"你这一米五的身高，完全配得上'小东西'这个称号。"

秦颖被戳到最痛处，攥紧双拳怒道："老娘一米五九！四舍五入一米六！"

司简看秦颖气急败坏，心情突然好了起来，一挑眉梢："在我的时空，你是一名学生，同时也是一个颇有时尚审美的自由作者。你的床头摆放着与《奇风尚》主编艾佳的合照，便笺纸上写着一些工作零碎。你在六年后的时空，应该供职于《奇风尚》，且颇受重视。"

司简审视的目光在秦颖脸上流转一瞬，又说："你的工作条案上有许多关于司柏嘉的报道打印资料，你想采访司柏嘉。然而这位女士从不接受任何媒体采访，也从未打破先例。你年纪轻轻就能在艾佳的手下得到器重，实力不会差，你是想请我帮忙，找方法说服司柏嘉接受你的采访，对吗？"

秦颖和这个男人接触才几天时间，他居然能猜得八九不离十。

这个男人远比秦颖想象中聪明，对事件的推测能力已经到了一种恐怖的程度。

秦颖没有否认，只是一脸平静地看着对方："那你又是怎么猜到我会请你帮助呢？"

"你这么有能力，要查到我和司柏嘉的母子关系应该不难。"司简眼角眉梢带笑，"我帮你有什么好处？"

秦颖反问司简："你想要什么好处？"

"星空。"

"啊？"秦颖以为自己听错了。

司简又说："我是旅行博主，不缺钱。作为等价交换，你给我一片令我满意的星空，我便告诉你该如何打动司女士。"

秦颖露出"黑人问号脸"，紧蹙眉头看向司简："你这是在为难我吗？你是旅行博主，想找一片让你满意的星空本就不易。再者，我又怎么知道你会不会故意挑三拣四？"

镜中的男人神色慵懒，声音很低："不错，我的确在为难你。小东西，我是想告诉你，不要觉得我们有这层奇特的联系，就能拉近和我的关系。我排斥任何人利用我，去发展自己的利益。"

秦颖听出对方话里话外的嫌弃，差点气得呕出一口老血："你就是这样跟我做朋友的？没有一点真诚？"

司简露出老谋深算的狡诈笑容："我又怎么知道这镜中的联系不是你为了达成目的，暗中搞的什么诡异手段？"

"你！"秦颖都快被对方的言语气炸了。

秦颖涨红脸，气鼓鼓地道："我没怀疑你，你倒先怀疑起我来了？你不像旅行博主，倒像个奸商！"

司简将擦头的毛巾搭在木质衣架上，坦然地点头："你猜得没错，旅行博主只是我的爱好，我是个商人。但我是正经商人，非奸商。"

秦颖没想到躺在医院病床上安静如斯的植物人司简会这么一言难尽，亏她还去病房给他刮过胡子，真应该拿针线缝上他的嘴。

镜中的司简是六年前的人，即便秦颖再生气，这个时空的事情她也不敢向对方透露半分。

否则一旦发生"蝴蝶效应"，后果将不堪承受。

秦颖气呼呼地扯过白布将镜面盖上，切断了与对方的联系。

她赤脚走进衣帽间，怀揣着怒气挑了一件 Chanel（香奈儿）的吊带礼裙，以及一双 Valentino（瓦伦蒂诺）的高跟鞋作为搭配。

作为时尚编辑，秦颖的衣帽间比卧室都大，她每月工资不低，几乎全部花在穿搭上，然而入不敷出也是每个时尚编辑的常态。

作为时尚编辑，饭可以不吃，时尚单品不能不购。

秦颖迅速换衣穿鞋，避过化妆镜，靠直觉把头发盘好，又靠直觉涂抹口红。

上了出租车，司机看秦颖的眼神有些诡异。

等红绿灯时，司机看着后视镜里的秦颖说："小姐，有句话不知当讲不当讲。"

秦颖的心情十分烦躁："不当讲。"

司机操着一口浓厚的"川普"，非要讲出来："你的口红画出嘴唇了。"

秦颖立刻掏出气垫霜，利用自带的小圆镜一边擦口红一边碎碎念："渣男。"

刚骂完，镜中就出现了"渣男"本尊。

秦颖："呃……"

男人正坐在办公室里，悠闲地呷了一口咖啡，对着镜子淡淡地道："小东西，下次骂人时记得回避本尊。"

秦颖早上的气还没完全散去，补好口红后冲着镜子咆哮："再叫'小东西'我给你表演上吊自杀！"

说完，她"啪"地合上镜子。

司机通过后视镜，用看"精神病患者"的目光望了一眼对镜咆哮的秦颖，吞了口唾沫后继续开车。

十点左右，出租车抵达宁南路三十二号的司柏嘉故居。

这是一栋位于南二环的法式风格建筑，里面收藏的古董家具及艺术品价值连城，整体价值不菲。

这天司柏嘉故居开放展览并拍卖，凭借司柏嘉女士的影响力，许多知名设计师会到场。

媒体记者被阻隔在门外，秦颖下车后简单地配合媒体拍了张照，便匆匆走了进去。

司柏嘉故居内的家具摆设无一不是艺术品，角落摆设极其精致。

精美绝伦的家居装潢将这里打造成一个小型宫殿，陈设丰满，却没有一件是多余的。

梳妆镜线条极致复杂，整体摆设搭配却没有丝毫凌乱感。

宾客都聚集在一楼的会客厅，设有宴席，餐桌上放置着各位嘉宾的名牌。

秦颖找到自己的位子，抬头便看见了不远处正在招呼好友的司柏嘉本人。

七十高龄的司柏嘉女士一头银发，却依然保持着模特身材。

她穿着司柏嘉的经典黑色套装，腰间系了一条珍珠手工腰封，简单又优雅。

这个女人完美地诠释了"活到老美到老"的精髓，看身形绝对没人相信她已经有七十岁。

秦颖刚坐下，旁座就传来田安温温柔柔的声音："秦副编，你这样看着司柏嘉女士，不知道的还以为你打她的主意，想找她做独家呢。你已经被停职过一次了，现在更要注意场合才是。如果你现在冲过去与司柏嘉女士搭讪，恐怕会被直接开除。"

秦颖抬头对上田安那双漂亮且略带挑衅眼神的眼睛，脸上并没有生气的意思，只是淡淡地道："我是打算请司柏嘉女士做独家，可并没有打算现在去搭讪。"

秦颖的话音刚落，同桌的女明星也不由得轻笑出声，调侃道："那你得再努力努力，等什么时候能力高过艾主编了，说不定还能有机会。"

秦颖笑笑没说话，低头吃菜。

倒是坐在秦颖旁边的助理松原气得直咬牙，有点咽不下这口气。秦颖却在桌下拍了拍她的手背，示意她忍着。

等拍卖结束，松原跟着秦颖去休息间。她皱着眉头问秦颖："颖姐，你刚才为什么要拦着我？那个三线女星以前求你给资源的时候，可不是如今这副嘴脸。"

看着松原气鼓鼓的样子，秦颖慢条斯理地从置物柜里取出补妆工具，说："现在资源都被田安捏在手上，我于她们而言失去了利用价值，这些女星认定了我不可能再翻身，自然现实了。"

松原呼出一口气，看着秦颖说："颖姐，我是替你生气，你倒是一副没事人的样子，一点也不着急。你知道她们私下都怎么说你吗？说你是被打入冷宫的废太子，而田安是掌握资源上位的新太子。"

"着急又能怎么样？着急司柏嘉就能接受我的独家访问吗？我是韬光养晦的武则天，和普通的废太子可不同。"秦颖宽慰地伸手拍了拍松原的肩，用领导的口吻对她说，"好了，你先回去，我补个妆。"

松原点点，说："好吧。既然你都不生气，那我也就不气了，大不了跟着你跳槽，反正饿不死。"

松原前脚刚走出休息室，秦颖一个人对着镜子想刚才的事，越想越生气，不自觉地把手上的化妆盒都搁重了一些。

秦颖气呼呼的模样，比刚才的小助理有过之而无不及。

镜中忽然出现司简那张脸，她发泄情绪的丑态被对方看见了。

司简通过镜子听见秦颖和助理的谈话，调侃道："小东西，你这反射弧倒挺长。刚才没见你有半点生气，等人走光了，倒是同自己置起气来。你既然生气，刚才在餐桌上为什么又要忍气吞声呢？"

晚宴的餐桌上也有反光镜，司简全程围观了田安和女明星一同戗秦颖。

司简带入的是秦颖的视角，隔着镜子都替她感到委屈。

在艾佳手下做事，底下的员工无一不现实。司简很好奇，以秦颖这种软包子性格，到底是如何混上这个职位的。

秦颖把手中的化妆棉丢在镜子上，斜睨司简，没好气地道："跟你有关系？"

"有着可爱的外表，"司简语气轻松，"却总是凶巴巴的，也不难理解你为什么单身至今了。"

经过这几天的相处，司简倒是对秦颖卸下了防备。

这女孩在司简面前总暴露本性，心思浅。

"我怀疑你是在讥讽我'胖虎'，并且有实质性的证据。你这种人老奸巨猾，又长了一张吃砒霜的嘴，谁会喜欢你？你讥讽我单身，自己不也一样是单身狗？"

秦颖冷哼一声，"男人都是大猪蹄子，我也不稀罕。"

司简陈述事实："我的女粉数以亿计，喜欢我的人遍布全球。"

秦颖一双胳膊在空中抢了一个圈："我的粉丝也不少，想追我的异性绕地球三圈，谢谢！"

"是吗？"司简那双狐狸眼中透出一丝狡黠，调侃道，"秦小姐招鬼喜欢？"

秦颖："啊？"

司简继续说："只有'鬼'绕地球三圈，我们普通人才什么也看不见。"

秦颖："讨厌！"

——求求您闭上嘴。

拍卖晚宴结束后，秦颖找准空当去停车场堵司柏嘉。

秦颖去得正是时候，司柏嘉正要上车。

秦颖见状，立刻冲过去，整个人像小鸡仔一般被强壮的保镖架起来，双脚都腾空了。

司柏嘉对这种情况屡见不鲜，并没往这边投递任何目光。

眼见又要错失机会，秦颖冲着那边喊道："您好，司女士，我是《奇风尚》副主编秦颖，去年集团年会时我们见过一面。为了见您，我早在几个月前就预约了。司女士，可以给我一分钟时间吗？"

听见女孩的声音，司柏嘉往秦颖这边看了一眼，很快便收回视线，上了车。

汽车很快驶出停车场，秦颖再一次看着司柏嘉从自己的眼皮底下溜走。

等车完全消失在停车场拐角，保镖才把秦颖放下来。

秦颖回到公寓，就收到了艾主编发来的工作微信，让她明天下午带团队去格尔山拍杂志首封。

秦颖看了一眼工作内容，只觉额头上的青筋一跳一跳，努力平复情绪。

松原也收到了秦颖的工作行程。

她在微信里发语音骂道："艾主编疯了吧？！你的职位明明已经恢复了，却让你去做助理的活。田安是她亲闺女吗？！至于这么捧一踩一？她既然这么不看好你，又为什么要恢复你的职位呢？"

秦颖回答："因为我对杂志的贡献不小，如果不恢复我的职位，很难给读者交代，对杂志口碑影响也不好。我现在还有利用价值，她当然想用一个职位框住我，再一点点地榨干我。"

松原隔着屏幕都要气哭了："太欺负人了！是欺负我们没背景又年轻吗？格尔山条件那么差，而且这次的模特性格特别难搞，想拍出理想状态简直太难了！明摆着欺负我们呀！"

"你说得没错，的确是在欺负我没背景又年轻。"秦颖给自己冲了杯咖啡，宽慰助理说，"没事，我们尽可能做好就行。拿不到司柏嘉独家力挽狂澜，那就先做好当下，能挽留一点是一点。"

松原："呜呜呜——颖姐，你的性格也太好了吧。《奇风尚》如果没了你，一定是他们的损失！"

秦颖勾起嘴角："那是必然。"

松原又说："对了，颖姐，我查到，以前艾主编和田安都在司柏嘉集团本部跟过一个BOSS（老板），那人是个变态又毒舌的工作狂。我怀疑艾主编格外关照田安，大概是觉得田安也是被变态BOSS给逼出来的，有些同病相怜吧。"

"变态BOSS？"

秦颖搁下手机，长吁一口气，开始整理明天所需的工作资料。

她没注意到，身后的镜子被风吹落，刚好倒映出她的工作背影。

司简刚结束了一天的工作，身心俱疲。

他给自己冲了杯咖啡，通过厨房的镜子看见秦颖，也听见了女孩同助理的微信对话。

当松原提到"变态BOSS"，他心虚地摸了摸鼻尖。

这不是巧了吗？

他就是女孩口中的那个变态BOSS。

台灯的光线笼着女孩，将她瘦弱的背影勾勒得越发单薄。

无端地，司简的心像被什么刺了一下。

司简下意识地拿手捂着胸口，颇感不妙地皱了一下眉头，突如其来的心脏不适让他从梦境中抽离。

医院病房内。

司柏嘉坐在植物人司简的病床前，握着他的手，低声告诉他："小简，五年前你在×国同那个女孩生的孩子，已经有了一些消息。孩子还活着，好好地活着。"

植物人司简通过梦中镜，看见了秦颖所受的委屈，他想保护她，却什么都做不了。

无力感让他的心脏拧着疼，被迫从梦中惊醒。

当他听见与秦颖的孩子还活着时，那种想冲破身体桎梏的欲望更加强烈。

可现实残酷，即便他耗尽了精神力，也无法冲破身体的禁锢。

翌日，秦颖带着团队奔赴目的地。

飞机直飞该地机场，开车至格尔山下一共花了三个小时。

他们抵达旅馆已经是晚上十点。

当地温度骤降，才九月，旅馆的房间已冷如冰窖。

由于山区偏僻，没有很好的住宿条件，虽提供热水，却没有空调。

秦颖把最好的一间房让给了模特，她的房间里充斥着一股霉味。

房间内灯光昏暗，环境潮湿。卫生间小而窄，原本白色的洗漱台上满是污垢，墙角的地砖缝隙也是黑漆漆的。

这种环境下，秦颖还真不想下脚去洗澡。

可一想到未来几天都要在山上扎营，洗澡更加不方便，她只好硬起头皮。

秦颖洗到一半，发现淋浴区有一面镜子。

她刚才之所以没注意到，是因为这面镜子灰蒙蒙的，很脏。

这一刻被秦颖的洗澡水一冲刷，变得十分明净，本该覆满白雾的镜面突然变得清晰，里面出现了正对镜摘领带的司简。

两个人对视一眼，有数秒静默。

女孩的尖叫声刺破苍穹，几乎贯穿人的耳膜。

司简下意识地抬手捂耳，一眯眼，正要提醒女孩当心脚下，还未开口，对方已经踩着脚下的肥皂成功滑倒，脸朝地摔下去。

女孩的头磕在地砖上，很快便发红，渗血。

她摔得很响一声，司简隔着镜面都能感觉到疼。

秦颖忍着关节和头部的剧痛，扯过浴巾裹住身体，指着镜子怒瞪："你再敢通过镜子偷窥我，我挖了你的眼睛！"

司简依然一副清贵矜持模样，半眯着眼睛看着秦颖："小东西，你家沐浴区对面挂着全身镜，这么刻意的勾引行为，你却倒打一耙，没有羞耻心吗？"

秦颖坐在地上疼得起不了身，攥紧浴巾涨红了脸："到底是谁没有羞耻心？谁勾引你了？你！没有羞耻心！"

"是你走光，不是我。羞耻的应该是你，不是我。"

完美的逻辑，无懈可击。

身体的剧痛和怒气让秦颖脑子短路，她无端端就生了满腔委屈，一双大眼睛里蓄满了水，盈盈亮亮，似要溢出。

司简看见她这副模样，将解开的领带扔到一旁。

他蹲下，视线与坐在地上委屈的女孩齐平，问她："你怎么样？"

"你摔一个试试！"

秦颖尝试起身，可她的膝盖关节处立刻传来一阵剧痛。

她屈腿一看，膝盖居然青了一大块。

秦颖看见伤口，又抬头看镜中那个看好戏的男人，更委屈了。

司简也看见了秦颖膝盖上的伤，起身去客厅拿了医药箱过来。

他拎着医药箱蹲下，慢条斯理地从里面取药。

秦颖看见司简的举动，又好气又好笑："大哥，你以为这面镜子是任意门吗？我们不在同一个时空，你给我拿药是几个意思？"

司简取出一盒药膏，指着上面的文字，心平气和地告诉秦颖："你的额头已经渗血，必须让随队医生处理。你现在所处的地区盛产这种药膏，待会儿让服务员送一支来，让医生给你敷上，明天应该就能消肿。"

秦颖的腮帮子一鼓，正要说话，又被司简打断："你按照我说的手法揉搓膝盖上的伤，不出两分钟应该就能起身。你试试。"

秦颖照着男人教的方法去揉搓膝盖上的伤，果然不到一分钟情况就有所缓解。

秦颖一只手攥着浴巾，另一只手撑着墙站起来。

秦颖起身时手掌撑在镜面上，司简下意识地伸手去拉她，却被镜面阻隔，指腹贴在镜面上。

秦颖要离开浴室时，被司简叫住："你等等。"

秦颖回头，一脸警惕地看着司简，下意识地攥紧身上的浴巾。

司简皱紧眉头问秦颖："你的沐浴露是抹茶味？"

"很稀奇？"

秦颖话音刚落，便察觉到不对劲。

这种旅店没有为客人准备洗漱用品，而秦颖带来的沐浴露用的是无任何标签的分装瓶。

司简是如何知道沐浴露是抹茶味的？

司简眉头紧锁，修长的手指在挺拔的鼻梁上敲了一下："嗅觉。"

"嗅觉？"秦颖瘸着腿走到镜前，瞪大眼睛问对方，"你能闻见我这里的气味？"

"不仅如此，"男人将手掌搁在镜面上，展开五指，"你把手放上来。"

秦颖不明所以，将一只手贴在镜面上。

男人的手掌宽而大，与秦颖白嫩小巧的手掌形成鲜明的反差。

秦颖把手掌贴上去的一刹那，明确地感受到来自男人掌心的温度。

秦颖顿时觉得头皮一阵发麻，诡异感涌遍全身，触电般把手收回。

司简也收回手，淡然道："刚才我下意识地伸手拉你，却被镜面阻隔，指腹不小心碰到你贴在镜面的掌心，感受到你身体的温度。我本来以为只是幻觉，现在看来，是真的。"

秦颖讶然好半晌，才抬头看向司简："也就是说，我们不仅能通过镜子看见对方，还能感受对方世界的味道以及温度？"

司简点点头："目前看来，是这样。"

秦颖的脑子里突然蹦出一个大胆的猜测："那……有没有可能你会从镜中走出来？来到我的时空？"

司简没有否定秦颖的猜测，点头说："不排除这种可能。它也有可能变成任意门，成为跨越时空的纽带。你的伤口已经暴露在空气中太久，赶紧去叫随队医生处理伤口。"

经司简这么一提醒，秦颖的痛感又回来了，她捂着脑门"哦"了一声，拖着瘸腿回到卧室的床上，又给随队医生打电话。

等医生帮秦颖处理好伤口离开，她摆了一面化妆镜在床上，一边同司简"视频通话"，一边往膝盖上涂抹药膏再揉搓。

司简提醒秦颖："你已经揉了半个小时，这么心急做什么？"

"明天得爬山，膝盖上的伤必须尽快恢复，不能因为我一个人拖慢整个团队的行程。"秦颖吁出一口气，又道，"这种团队拍摄最辛苦，得保证队里每个人都不出差错。我这个领队压力最大，所以即便我受了伤，海拔近五千米的行程我也得走完了。"

司简一双浓眉不自觉地蹙紧，欲言又止。

秦颖擦完药膏，躺在靠枕上，长舒一口气。折腾了一天，秦颖的眼睛干涩，眼皮也沉，眼只闭了一下就再也没睁开，就这么靠在床头睡着了。

镜子里的司简并未消失。

司简还在工作，他搁下手中的文件，抬头看见秦颖已经蜷成一团睡熟了。莫名地，他想将手伸出镜子扯过被子，盖在她那娇小的身躯上。

化妆镜倒在床上，将秦颖的面孔放大并拉近。她下垂的睫毛紧贴着脸颊，被白皙的皮肤衬得越发浓密。司简看见这一幕，总觉心头空落落的。

他到底没忍住心底的冲动，伸手过去，指腹压在镜面上，隔空触摸秦颖的睫毛。

司简又俯身过去，鼻尖贴近镜面，仔细闻了一下女孩身上的味道，淡苦涩抹茶味混合着房间内凝神的藏香，变成一种勾人的恬淡。

秦颖仿佛在做梦，眉头一紧，呢喃着："星……星空……司柏嘉。"

司简下意识地缩回手，坐直身体，恢复以往的严肃形象，仿佛从未有过刚才的"轻浮"举动。

见秦颖没醒，司简若有似无地松了口气。

格尔山位于高原地区，海拔四千四百九十五米。

清晨六点左右，天刚蒙蒙亮，秦颖就开始带着团队往山上走。

这里交通不便，沿途路况也差，行至一半时，女模特余温罢工了。

她把自己裹得严严实实，只露出一双眼睛，坐在路边的石头上抱怨："田安请我的时候可没说这里条件这么苦，她跟我说只在半山取景，你们却要带我上山。海拔这么高，你们是嫌我死得不够快吗？"

余温是这几年小火的亚裔"维密"女模，年龄小，出名早，难免有些脾气。

工作人员轮流上前去哄，结果都被她给骂了回来。

大家实在没办法，去请走在前面的秦颖出山："颖姐，您去劝劝吧。田安也不知是怎么把人姑娘哄过来的，现在人姑娘死活不肯上山了。如果拍不到成片，我们回去也没办法和主编交代啊。"

松原看了一眼不远处坐在石头上的余温，吐槽道："真拿自己当根葱了？季檬的名气比她大多了，人家上次进山区拍摄，顶着高反的危险，气温零下都敢赤脚裸胳膊的。她算什么呀，还有没有点敬业精神了？"

"我去看看。"

秦颖喝了一口藏红花泡的温水，起身在松原肩头拍了一下以示安慰，遂走过去。

松原也起身跟过去，一边拍臀部沾的尘土，一边噘嘴小声吐槽："颖姐，依我说你就是脾气太好了。你什么时候也能像田安一样？气场强一点，他们就不会这么欺负你了。"

秦颖一撇嘴，没说话。

她还在琢磨该怎么让余温继续进行拍摄，胸前坠着的手机里传来司简的声音："对付这种没有合约精神的人，我教你一个方法。"

听见司简的声音，秦颖抓起挂在胸前的手机。

为了爬山方便，松原给每个人都分发了同样款式的手机壳，套上之后，可以挂在脖子上以防丢失。而手机壳的背面，是镂空花纹的镜面。

手机挂在胸前，秦颖完全没注意到自己又被司简"监控"了。

秦颖对着手机壳上的镜面挑眉反问："什么方法？"

"她强你强。"司简语气平静，"这样，你过去以后，我说一句，你就复述一句。"

余温看见秦颖走过来，想起临走前田安的嘱托，立刻摆起架子打算给秦颖一个下马威。

没想到对方走过来，既不劝，也不宽慰，只说："余温是吗？既然你不想拍，那我们就回去吧。"

“啊？”余温没想到秦颖完全不按套路出牌，有点蒙。

秦颖说着就要去帮余温拎包，弯腰时又说：“不过我们公司的合同违约金你是知道的，按三倍赔偿就行。正好，我可以用你的三倍违约金去请蕾切尔，她比你更有影响力，相信主编和田副主编也不会反对。”

余温坐在原地一脸蒙，继而抬头去看自己的经纪人。

经纪人正要说话，又被秦颖强硬的态度打断。

“《奇风尚》在国内是一本什么样的杂志你应该比我清楚。你不想上这个首封，那么这个机会就让给别人好了。大家上山都挺辛苦的，等回去之后，我会让律师起诉，让你赔偿一点工作人员的辛苦费。”

秦颖居高临下地看着余温，气势与平时判若两人。

秦颖全程复述司简的话，余温抬头看秦颖时，宛如看见一个刚毅的男人，那冷硬的气场像雪山崩塌的雪潮一样朝她压过来，让她有点招架不住。

余温到底是小姑娘，瞬间就有一种“被教导处主任批评”的憋屈感，双眼包了一汪委屈的眼泪，想哭又不敢哭。

经纪人觉得秦颖的话有些过分了，人小姑娘就作一作，怎么就要解约还要三倍赔偿了？摆摆架子怎么了？

然而经纪人的想法似乎被司简看透了，他对秦颖说：“抬头，直视你对面的经纪人，眼神冷一点。”

“抬头——”秦颖一瞬间没反应过来，不小心连司简跟她说的话也复述出来。

经纪人和余温以为秦颖在跟她们说话，立刻齐刷刷地抬头看向她。

小姑娘余温被秦颖“抬头”两个字吓得直哆嗦，眼里包着的委屈的眼泪，仿佛伸手一戳就能溢出来。

镜中的司简无语地掐了一把眉心，又开始教她叙述。

秦颖在抬头冷却气场的同时清了一下喉咙，继续复述司简的话：“经纪人是吧？你是不是觉得我在欺负你家模特？是不是觉得你家模特作一下摆摆架子无可厚非？就是因为有你这样的经纪人，才会惯出这样没有契约精神且喜欢摆架子的模特。”

无形中，司简与秦颖的声音相互重合。

秦颖又把冰冷的目光移回余温那张委屈巴巴的脸上，冷酷地问她：“怎么样？

还要不要拍？不拍滚蛋，顺便赔偿三倍违约金；要拍就赶紧起来，往山上走。"

秦颖的语气和情绪被司简带起来，尾音落得掷地有声，吓得小姑娘余温双肩一缩，立刻从石头上站起身来。

余温的眼泪终于滚下来，她委屈巴巴地从秦颖手上取过书包，一边擦眼泪一边往山上走。

经纪人也被堵得无话可说，赶紧也背起双肩包跟着模特往山上走。

从头到尾围观秦颖"发飙"的松原惊呆了，她跟了秦颖这么久，还是第一次见秦颖面无表情地对模特发飙。她忍不住拍手叫好，感慨道："颖姐，你刚才也太帅了吧！气场一米八啊！你要是在田安面前能有这种气势，我请你吃Ａ市最贵的海鲜大餐！"

秦颖盯着余温的背影，松开攥紧的拳，呼出一口气，扭过头反问松原："我以前气场就没一米八吗？"

松原："你严肃的时候也严肃，可脾气性格太好了，总能容忍别人不能忍的。如果你在公司能像刚才一样，至于被田安欺负成这样吗？又至于被发配边疆吗？"

秦颖拿手指戳了一下助理的太阳穴，说："我怎么觉得你特别嫌弃我？想跳槽去跟田安？行啊，我明天就推荐你去。"

松原立刻抓住秦颖的胳膊："别别别，我宁愿跟着你这个包子四处受气，也不要跟着女魔头被打压人格。"

秦颖的胳膊被松原抓住时，在手机壳的镜面上弹了一下，小声说："谢啦。"

松原以为秦颖在跟自己说话，立刻说："你不用跟我客气。我这是没出息，所以才贪图安稳跟着你。"

小助理话音刚落，秦颖听见司简嗤笑一声："我很好奇你是如何爬上这个职位的，靠你的天真可爱？"

秦颖嘴角一抽，龇牙小声说："靠才华美貌，谢谢。"

司简："哦，一米五九的美貌？"

秦颖被戳到痛点，攥拳怒吼："我四舍五入一米六，谢谢！"

松原听到秦颖的话，一脸茫然，再委屈巴巴地举起两根手指对天发誓："颖姐，我没嘲笑你一米五九，我发誓！"

秦颖无语。

松原竖起的两根手指心虚地勾了勾，小声地坦诚道："其实颖姐，你不用太在意身高。你虽然只有一米五九，但你可爱啊。"

　　——你可闭嘴吧，谢谢你了。

秦颖出名早，进入国内一线杂志《奇风尚》后，一路靠着杂志读者的供养在职场顺风顺水。

秦颖在职场上的手段的确远不如艾佳和田安，毕竟这两位都是被司柏嘉集团本部那位"变态BOSS"带出来的。

秦颖如果想在公司更加有威慑力，态度就必须强硬起来。

众人抵达山顶，被"司简式BOSS语气"训哭的余温不敢再作妖，配合地开始拍照片。

这一期的杂志首封拍摄主题是"雪之魅"。

女模穿着D&M冬季礼裙，戴着一套蓝宝石首饰，站在雪山之巅拍摄。

模特的高跟鞋被积雪掩了一半，身后是远山白雪，高原最干净的阳光落在模特佩戴的蓝宝石首饰上，折射出最自然的宝石光晕。

余温临走前受到田安的嘱托，让她故意拖延拍摄进度，好让秦颖在工作上失误。

此刻，冷风吹在余温赤裸的胳膊上，冷得她直哆嗦。当她抬头看见站在摄像师身后的秦颖时，立刻咬紧牙关，不敢再抖。

拍完一组照片，秦颖笼统地看了一下样片，冲着余温比出一个"OK"的手势："很好，不错，继续加油。"

余温如释重负，宛如得到某种激励，立刻咬唇点头说："嗯，我会的！"

于是在接下来拍摄更裸露的服装时，年轻女孩更有干劲。

工作人员心疼她，关切地问："余小姐，赤脚在雪地里拍摄会不会太冷了？不如你把鞋穿上？虽然效果不如赤脚，但……"

话没说完就被余温打断："我可以的！前辈季檬都可以赤脚在雪山之巅拍摄，

我为什么不行？我可以！"

工作人员："呃……"

等等，秦颖怎么觉得余温一副干劲十足的样子，仿佛变了个人？

司简通过手机壳镜面看到这个世界的一切，也看出秦颖的疑惑，用教导的口吻跟她解释："这就是职场驭人心理，这种心理同斯德哥尔摩效应类似。"

"啊？"秦颖一副不太理解的样子。

司简耐心地跟秦颖解释："简单解释，受害人被绑匪绑架，他们的生死掌控在绑匪手中。绑匪在他们心中固定的形象是凶残、暴虐的，可一旦这个凶残的绑匪给受害人一点甜头，受害人就会感恩戴德，甚至将绑匪的前途当成自己的前途，把绑匪的安危当成自己的安危，对绑匪产生依赖情感、爱上绑匪，这就叫斯德哥尔摩效应。"

秦颖大概明白了，问："你的意思是，我和余温的关系即绑匪与受害者的？我在严厉对待她之后又给了她一点甜头，因此她才努力工作，对吗？"

"嗯。"司简轻笑一声，说，"姑娘年龄小，迅速陷入你所布置的心理陷阱中。但如果是普通的职场人士，就未必会有这样迅速的效果。"

"没想到你除了做旅行博主在行，当领导也这么厉害。"秦颖忍不住给司简竖起一根大拇指，夸赞之后又问他，"你不仅是旅行博主，私底下也是个商人吧？"

司简没有否认，点头道："八九不离十。"

司简没告诉秦颖，他不仅是个商人，曾经也是艾主编和田安的顶头上司。秦颖所在的《奇风尚》隶属司柏嘉集团。

司简作为集团本部小老板，也是出了名的大魔头。

司简早年当过兵，退役后进入司柏嘉集团帮母亲处理工作事务。虽然没有挂职，但他的地位堪比集团 CEO（首席执行官）。司简在公司三年，用过两任助理，这一刻均在自己的行业取得了不错的成就。

第一任助理，正是秦颖的顶头上司，主编艾佳。

她在司简身边任职满两年后，被司简安排到《奇风尚》担任主编。她工作能力突出，掌握着大把资源，是时尚圈的风云人物。

第二任助理，就是秦颖的竞争对手，田安。

在司简出事后，田安就被集团总部调至《奇风尚》。她从广告部一点点做起，加上在司简身边做过事，积攒了不少资源，能力及手腕彪悍。在秦颖被免职后，人人都说她将会是第二个艾佳。也因此，不少人为了讨好她而踩低秦颖。

当然，以上这些秦颖并不知情，外界也只知司简知名旅行博主的身份。

拍摄一直持续到下午六点，夕阳没入雪山，将远山白雪烘出一片金色。

工作营地生起火，便携煤气灶上煮着火锅，"咕噜咕噜"地冒着泡，香味四溢。大家都围着火堆吃火锅，辣得"呼哧呼哧"，即便吹着冷风也热汗直冒。

松原饿得前胸贴后背，吃得七分饱才反应过来秦颖不在。她起身扫了一圈，看见秦颖正在山崖边安置相机三脚架。

松原端着盛满火锅粉丝的一次性碗走过去，咬着筷头问："颖姐，你干吗呢？"

"等天黑，拍照。"

松原问："你什么时候爱上摄影了？待会儿天黑以后，黑漆漆一片，你拍什么呀？"

"星空。"

这里是高原雪山，星空银河的可见度绝不比其他地方差。司简的条件是拍星空，那她就不能错过了这个好机会。但凡是星空她都得拍，万一那家伙恰好喜欢呢？

天渐渐黑下去。

秦颖将长焦镜头架在三脚架上，裹了一件长羽绒服蹲在旁边，等着星空出现。松原在外面陪她蹲了一会儿，最后实在冻得不行，便回了帐篷。

八点左右，星辰布满夜空，随着薄纱般的银河拉扯到天际尽头，浩瀚无边。

一面化妆镜被秦颖插在雪地里，秦颖蹲在地上，双手笼在袖子里，哆哆嗦嗦地对镜中的男人说："看……看见了吗？星空，你就说美……美……美不美吧！"

夜晚的风一吹，冻得秦颖直哆嗦，上下牙齿止不住地打架。

司简坐在书房里的办公桌前，穿着一件灰色居家毛衣，露出一小截洁白的衬衣领，打扮居家，又有种从职场带出来的严肃正派。

他端起白色小杯，呷了一口里面冒着热气的咖啡，皱着眉头问秦颖："你在外面蹲了多久？"

女孩蹲在地上纹丝不动，宛如冻僵了。

秦颖用羽绒服把自己裹得严严实实，拉上羽绒帽盖住脑袋，又用围巾遮住口鼻，只露出一双眯眯眼及一双被覆了白色冰霜的眉毛。

"两三个小时吧，"秦颖的语气里夹带着不耐烦的味道，"你就说美不美吧！赶紧看，看完了我好滚回帐篷。"

"就为了让我看一眼雪山之巅的星空？"司简问秦颖。

秦颖隔着镜子看司简那杯冒着热气的咖啡，顿时也想来一杯热牛奶暖身。

因为她这一刻真的快冻死了！

不等秦颖回话，镜中的司简不咸不淡地道："这里的星空一般，海拔不够高，星空不够纯粹。"

为了蹲星空差点被冻成冰块的秦颖："呃……"

怎么办，秦颖这一刻有冲回A市把植物人司简捂死的冲动。

秦颖忍不住爆粗口。

司简皱眉："你说什么？"

秦颖几乎是吼出来："我说我太难了！我上辈子是数学题吧？我怎么这么难？"

司简听清了秦颖压抑的怒吼，不咸不淡地宽慰她："数学题比你简单。"

"奸商，你就不能安慰我两句？"秦颖冲着镜子翻了一个僵硬的白眼。

司简："这难道不是安慰？"

哪有这样安慰人的？

暴躁如秦颖，当下起身，从雪地里拔出镜子回了帐篷。

由于帐篷里燃着煤炭炉，十分暖和，秦颖刚进来，身体有些反应不及，被冻僵的双脚居然传来一阵胀痛。

秦颖赶紧脱了登山靴，把脚放在烧红的煤炭上烘烤，打算让身体尽快回暖，结果又遭到镜中人的鄙视："有没有常识？冻僵的双脚应该放冷水里浸泡，才能缓解疼痛。你是嫌自己的双脚不够残吗？"

秦颖看了一眼挂在帐篷上的镜子，狠狠地瞪司简一眼："你一刻不毒舌，是不是就觉得要死了？"

她收回脚，拉过羽绒被把下半身盖住。

"我算是认清了现实。求你帮忙，还不如我继续去求司柏嘉来得靠谱。"秦颖斜睨了一眼镜面方向，感觉耐心已经被这个男人磨得差不多了。

"现实很残酷。"司简语气冰冷，"你连我都打动不了，还妄想打动我母亲？你和田安相比差的不是才华，而是能力。你这样的态度，在商业的修罗场上，永远是最先失败的那一个。"

秦颖勾了勾嘴角："兄弟……"她突然能和白天的余温产生情感共鸣了，这男人的嘴太毒了，无形之中打击人格，钢铁心也会变玻璃。

秦颖"尔康手"对着镜子："兄弟，您毒舌的时候温柔点。我要不是有一颗钢铁心，估计得跟余温一样哭出来。你就不能说点好听的话，让我长点信心吗？"

镜中的司简一挑眉："嗯，满足你。你想听什么好听的话？"

"夸我，夸我可爱、夸我漂亮、夸我腿长一米八。"

"昧着良心，不行。"

秦颖嘴角一勾："哪里昧着良心了？我不可爱、不漂亮吗？你……"

"目测你整个人长度不足一米六，又怎么能做到腿长一米八？"司简扯过办公桌上的一张白纸，又取过钢笔，"唰唰"在白纸上大概画了一下，再举给秦颖看，"这样？不觉得很奇怪吗？"

白纸上是一个小头小身的卡通人，一双长腿占据了整张白纸的百分之九十，乍一看不像人，倒更像长颈鹿。

秦颖的嘴角微抽搐。

司简绷着一张脸，颇语重心长地对秦颖进行严厉教育："腿长一米八得是什么怪物？秦小姐，你的思想很危险。"

"我……"秦颖嘴角继续抽搐，无奈地道，"大叔，您是哪个时代的叔叔？梗都不会接吗？"

秦颖抬手抚额，打断司简："不会说好听的话也就算了，指望你说好听的话，不如指望长颈鹿的腿长到我身上。"

司简搁下手中的白纸，沉默地看着秦颖。

感受到司简打探的目光，秦颖抬手一摸脸颊，有些局促不安："你看什么？我是脸没洗干净还是牙齿上有菜？"

秦颖下意识地抿唇拿舌尖舔了一下牙齿。

司简严肃地沉默良久，才说："你们女孩是上帝眷顾的产物，各有各的漂亮法。你虽然个子不高，但胜在眉清目秀，面阔圆润。远看，像一团绵软的云；近看，又像蘸着蜜糖的水汤圆。个子小，却有高个女孩没有的秀丽。所以你看，何必追求一米八的长腿？"

司简说这话时表情肃穆，声音却很温柔。

认识司简这么久，还是秦颖第一次被他发糖。

这番语气温柔的"彩虹屁"，瞬间击中秦颖胸腔里的那颗红心。

秦颖拿手捂着胸口，一脸惊喜："你这突如其来认真的'彩虹屁'，真是让我受宠若惊啊。"

司简眉毛一挑，语气冷淡地问秦颖："那么你觉得，我说得对不对？"

秦颖猛点头："对对对。"

秦颖在职场混了这么多年，什么人没见过。她虽做不到世故，却也见多了世故。

秦颖很快从司简的糖衣炮弹陷阱里爬出来，点明主题："你这是在用对付余温的那一套对付我？你这心理战的套路可真厉害，我差点被你骗了。"

被秦颖戳穿，司简轻哂一声："你倒是反应迅速。"

夜已深，荒郊雪山静谧。

睡意上头，秦颖被冻僵的下半身终于回暖。她掀开羽绒被起身下床，取了一块白布，打算盖上镜子。

与此同时，镜中的司简已经洗漱结束，习惯性地对镜刮胡楂。即便他凑得很近，却看不见镜面反射的自己，倒是将秦颖的一举一动看得十分清楚。

秦颖展开白布走过来，却被椅子腿绊了一下脚，整个人朝着镜面摔过去。

结实的帐篷兜住了秦颖的身体，她整张脸贴在镜面上，疼得好半晌没回过神来。

司简离洗漱镜极近，女孩贴过来的那张白嫩的小肉脸近在咫尺，质感非常细腻。

这距离，像是要接吻。

这样近的距离，司简能闻见从秦颖发上飘来的淡淡清香，夹杂着中药味。这种味道本不好闻，可在融合了她身上的味道后，变得清甜起来。

镜中女孩因为疼痛，眼睛瞪得溜圆，漆黑的眼珠子泡在汲满水的眼眶里，呈现出一种可爱的滑稽。司简调侃地看向秦颖，目光却不自觉地被她那双漂亮的眼睛吸引。

司简仿佛从秦颖泛着水光的眼睛里，看见了浩瀚星辰。顿时，胸腔里像是被灌入一种酸甜的水，导致他整颗心都缩得发紧。

四点左右，山里冷风呼啸，开始飘雪。

帐篷里的炭炉渐渐熄灭，温度也变低了。睡梦中的秦颖太阳穴开始炸痛，却始终醒不过来，陷入了一个黑暗又令她恐惧的梦中。

又是这个梦。

断壁残垣，末日死城，夕阳坠入死沉废旧的大厦背后，浓郁的霞光将天际厚重的灰云染成血红。

一枚炸弹将建筑炸得碎末四溅，十几层的高楼应声倒塌，烟尘弥漫。

秦颖睁开眼，四周光线晦暗不明。

她终于看清自己置身何处——一条昏暗的走廊。

走廊尽头响起"嗒嗒"的脚步声。

有人上楼。可这一次的梦境不同于从前，那个人并没有出现。

做多了同一个梦，梦境里不免会带上现实中的意志。秦颖意识到自己身处梦境，甚至可控制梦中的剧情。有了这种思维代入，她反倒没那么恐惧了。

秦颖站起身，沿着楼梯向下走。

第一层阶梯，有一群眉眼幽深的×国小孩正蹲在地上玩弹珠。这些小孩普遍骨瘦如柴，身上的衣服旧且脏。旁边有几个席地而坐的小孩，臀下居然坐着枪械。

他们坐在枪械上和同伴玩翻绳游戏，天真烂漫，又透着一丝残酷。

秦颖下了楼，看不见云层里透出的一丝阳光。城市的街道已经被炸毁，远处时不时传来狙击枪的声音。一个小女孩拖着比她胳膊还粗的步枪，快速朝这座大楼跑过来，经过秦颖时撞了一下她的大腿。

秦颖被四周的场景震撼，很快便反应过来这是一个什么样的梦境。

这是异国的战争城市。

紧接着，一辆防弹越野车停在秦颖跟前。车窗摇下，一个戴眼镜的男人把胳膊搭在车窗上，一边抽烟一边对着她吹口哨，旋即又冲她招手："小颖，快上车。"

他是谁？

秦颖陷入疑惑，很快又觉得车内戴眼镜的微胖男人有些眼熟。

就在秦颖犹豫要不要走近时，"轰隆"一声，一股热浪灼面，男人和车一起被炸为灰烬。

伴随着梦里巨大的"轰隆"声，秦颖觉得自己的脑神经被炸断了。就在她无限恐慌之时，梦中的画面切换，有个男人紧紧地抱着她。

她的脸颊贴在男人结实的胸膛上，对方的胸膛给足了她安全感。男人低沉的声音在她的耳郭漫开："别怕，我在。"

在这样的怀里，哪怕是灰飞烟灭，似也无所畏惧。

秦颖想。

秦颖醒来时天还没亮，抬手一摸，额头上满是汗，后背也被汗水浸湿了。她的手往下移动，发现脸颊也全湿了。

她居然……哭了？

秦颖的嗓子发干，打开床头的手电筒，取过搁置在地上的保温杯，拧开杯盖喝了一口温热的热水润嗓。她呼出一口气，掐了一把眉心，再也睡不着。

她摸出手机，打开网页，下意识地输入×国、战争、绑架案等三个关键词，瞬间跳出很多相关页面。大多都是报道五年前，国外极端分子绑架华人的那件事。她正是被绑架人之一。

秦颖丢失了在×国的记忆，这些年因为好奇，也会翻这些新闻看。

五年前，秦颖去×国旅游，运气"爆棚"。她不仅遭遇战乱，还在国外被极端分子绑架了。后来大多数华人被救回国，而秦颖在被绑架后逃脱，反倒被困×国一年。

秦颖无聊地翻着五年前×国战乱的新闻，看到一则报道上的黑白照片，突然愣住。

照片上是一个叫展鹏的战地记者，在一场爆炸中身亡。

秦颖惊出一身冷汗，连嘴唇都有些发麻。

照片上戴眼镜的微胖男人，居然是她刚才在梦里见到的那个。

难道刚才的梦不是梦，而是她丢失已久的记忆？她在×国被困的那一年，见过这个男人？

在梦里，那个抱着她的男人又是谁呢？

秦颖越发头痛，索性搁下手机不再看。

原本计划两天的拍摄任务，一天就顺利完成了。九点左右，工作团队就已经收拾好了所有行李。

晚上十点，秦颖一行人抵达 A 市。

回到家后，秦颖累得摊在沙发上，稍微挪动身体都觉得累。

松原帮秦颖把行李搬进房间，和她一起摊在沙发上。松原打开工作群，向她汇报接下来一周的工作。

秦颖正懒洋洋地听着，艾主编一通电话打进来，让她回公司一趟。

松原捧着电脑看秦颖："颖姐，你真要回公司啊？现在都十点了，你刚下飞机，还没好好休息，艾主编也不是不知道你刚出差回来，她怎么这样啊……"

"说是有突发事件，田安也在，我回去一趟。"秦颖拖着满身疲惫起身，回卧室换了一件衣服后便驱车前往公司。

公司电梯内壁是灰镜装饰。

秦颖刚上电梯，里面便折射出司简的世界。

另一个世界里，司简正在国际航班上。为了等秦颖出现，他刻意在小桌板上放了一面镜子。

"视频通话"时，男人正垂首翻看时尚杂志。

司简的余光瞥见镜中出现的秦颖，立刻合上杂志，抬头看她。他又抬手腕看手表，扫了一眼时间后反问："刚下飞机，怎么没好好休息？"

"主编在召唤，得赶紧回公司一趟。"

秦颖整理了一下衣服，将下垂的碎发别至耳后，确保自己精神焕发。

"叮"的一声，电梯门打开，秦颖脚踩"恨天高"气势充沛地走出去。

秦颖推门进入主编办公室时，主编艾佳坐在老板椅上，田安也在。见她走进来，两个人同时将视线投过来。

田安则不动声色地挑了一下眉，眼里浮过一丝不被察觉的讥讽。

为了方便艾佳随时整理着装，办公桌后是一面很大的落地镜。司简通过镜面把田安脸上那丝讥讽灵敏地捕捉到了。

秦颖拉开椅子坐下，艾佳便将手中一沓打印资料"啪"地朝她丢过来，同时怒道："秦颖，你要是不想干了，就趁早给我滚蛋！别以为没了你供稿杂志就不行，你把自己当救世主了是吧？全天下的人都得捧着你、供着你？"

秦颖被甩了一沓文件，一脸蒙，完全不知道是什么情况。她随手抓了几张纸，粗略地扫了一眼，脸色一沉。

白纸上复印的资料，是国内一家小杂志的刊登稿。

其中有几篇主打稿件是分析今年的时尚色，和秦颖给《奇风尚》十月刊的主稿大幅度雷同。不仅如此，这家杂志的首封照片，居然也和十月刊即将要出的首封风格八九不离十。

《奇风尚》十月刊的模特图风格是"雪之魅"，而这家小杂志的风格也是冬雪。

要刊登的稿件以及照片风格不仅泄露，还被剽窃，这就意味着他们跑去山区拍摄的那套照片不能再用，她为十月刊写的稿件也一律被毙了。

艾佳露出怒容，声音如冰刀一般砸在人的耳膜上："十月刊主题是你定的，流出去的稿件是你写的，泄露的东西全是你负责的板块，你怎么解释？"

"主编，您怀疑是我做的？这对我有什么好处？"

艾佳当然知道这件事不是秦颖做的，可出了这么大的事，她却什么也查不到，这才是让她感到愤怒的点。

工作出现纰漏，必须有一个人负责，所有的锅都理所应当地甩到秦颖身上。

艾佳道："泄露的全是你负责的板块，很明显有人想搞你。因为你的个人恩怨，导致十月刊出刊困难，你知道这对我们的损失将有多大？"

艾佳的手指在桌面敲得"砰砰"响，当机立断道："十月刊需要补的内容，田安会全权负责。现在，你要么将功补过，要么向集团总部递交辞呈。"

秦颖皱紧眉头攥紧拳，一腔委屈无处发泄，极力为自己辩解："主编，我也是受害者。"

"别怪我对你不公平，"艾佳十指交叉在一起，往椅背上一靠，毫无情面可讲，"你走到今天，怎么还看不清职场的残酷？这不是你过家家的地方。你有利用价值，我捧着你；你没有利用价值，我为什么还要捧着你？现在，你连处理职场关系的能力都不具备，还有什么脸继续待在公司？"

通过镜子，司简目睹了这一切，听见艾佳这套"强词夺理"的说辞，不由得皱起眉头。

艾佳的说话风格，以及在职场的残酷无情，颇有得他真传的意思。

田安侧身看向秦颖，见机插入话题："秦颖，你是受害者没错，可公司出现这种情况也都是因为你。你别觉得委屈，这是你能力不足的表现，有什么可委屈的？"

秦颖不怒反笑："田安，你现在说风凉话合适吗？"

"挺合适，"田安一摊手，云淡风轻道，"你不想将功补过也行，自己去向集团总部递交辞呈吧。"

秦颖脸上绷着僵硬的笑容，紧攥着拳搁在大腿上，努力不让情绪崩盘。她将情绪平复后，反问："我要怎么将功补过？"

艾佳拉开抽屉，取出一个文件夹丢到秦颖面前，发出"啪"的一声脆响："这个项目你去跟。"

秦颖拿起文件翻开，发现里面居然是广告商的资料。

这是一家叫LULU的珠宝商，由于今年《奇风尚》杂志销量下滑，他们撤了广告，转投了《V时尚》。

田安笑着提醒秦颖："下周一呢，是四大时尚杂志联合交流会，LULU的总经理也会应邀出席。她是我们公司的大客户，如果你能把LULU的广告重新拉回来，也就算弥补了这一次的工作疏漏。如果不能，秦颖，你应该知道怎么做吧？你不要觉得主编对你苛刻，我和主编曾经在集团总部给那位BOSS当助理时，也是这么过来的。我和主编这都是为了让你更迅速地成长。"

秦颖："呃……"

想重新拉回LULU的广告谈何容易？如果这件事容易做，田安又怎么会把这种立功的机会让给她呢？

很明显，田安是在故意为难她。

秦颖回到家已经两点，她将高跟鞋随意脱在玄关，赤脚进入书房。

她坐在书房的办公椅上，即使身心俱疲，也没有一丝睡意。

摆放在办公桌上的那面方镜，将司简那张英俊的面孔逐渐清晰呈现。

死气沉沉的工作间立刻被司简稳重的声音打断："在想什么？愤怒？觉得

不公？"

房间里光线昏暗，唯一的光源来自电脑屏幕。

秦颖听见司简的声音，伸手将台灯拍亮，对上司简那双冷静的眼，长舒一口气："你都看见了？"

"嗯。"

秦颖无精打采地耸肩，说："以前我有利用价值时，艾主编可不是如今这种态度。"

"你从没想过自己的问题吗？"司简简明扼要地反问，"秦颖，你是否觉得很委屈，却又无能为力？"

"嗯。"秦颖无奈地勾起嘴角，"你说得对，我的确很失败。"

"你太让我失望了。"司简眉眼严肃，却十分有耐心，"你一心想拿到我母亲的独访，依你如今的情况，又有什么资格？"

秦颖本就处于崩溃的边缘，听见司简这么说，更觉被一盆冰水浇了头。

司简又道："你想做出成绩、提高销量，重新拿回在公司的话语权，那么从现在起听我的，准备打一场硬仗。"

司简声音平缓，每一个字都宛如石块般重重地敲击在秦颖的心上。

秦颖沉默片刻，反问司简："你有什么建议？"

司简还在飞机上。

他靠在休息舱内，说话的声音很低："十月刊销量得由你来提高，并且你要将销量冲上去；LULU 的广告你也得拿回来，让艾佳对你刮目相看。"

秦颖觉得司简可能是在做梦，说："我准备的十月刊内容已经泄露，不能再用了。而且现在主编已经把十月刊的重要板块交给了田安，她又怎么可能再交回到我手上？"

"找一个足够有力的首封模特，来个先斩后奏。这个模特既能帮你冲销量，也能帮你轻松拿回 LULU 的广告。"

"啊？"秦颖以为自己听错了，"你该不会是让我去找司柏嘉女士吧？"

司简一挑眉，调侃道："看来你很喜欢我的母亲啊。"

秦颖一脸茫然："如果你说的不是司柏嘉，那……谁还有这种能耐？"

司简的嘴角勾起笑，神态温和地道："LULU 的创始人陈露有个女儿，叫陈怡。

六年前，她因为一场意外，失去了一条腿。"

"陈露有女儿？"秦颖抓住重点，旋即反应过来，"等等，你说的是六年前突然消失在国际秀场的中国女模，陈怡？"

"嗯。"

秦颖立刻坐直身体，缓了片刻："陈怡六年前消失在国际伸展台，成了时尚界的一大悬案，外界有传言她已经过世。她……还活着？可是，就算她还活着，我又怎么请得动她呢？"

司简："陈怡是我的徒弟。你找到她，按照我说的去做，她一定会答应你的一切要求。如果她能帮你拍摄杂志首封，拿她做独家专访，不仅热度足够，陈露也会重新把 LULU 的广告投回《奇风尚》。"

秦颖的手指转动着铅笔，大脑开始迅速转动，然后"啪"的一声将铅笔拍在桌面上，一脸坚定地道："好，我明天就去找陈怡。"

"你知道她的住处？"

秦颖嘴角一勾，笑着说："松原以前是记者，她挖掘信息的能力我从不怀疑。她连你的身份都能挖出来，何况陈怡。"

司简一挑眉："原来我的身份是被你挖出来的。"

秦颖心虚地咳了一声："工作需要，工作需要。"

司简抬手腕看了一眼时针指向的刻度，又抬头看向镜面，对秦颖说："在职场上，你的心和能力都必须强大，才能保证不被淘汰。时间不早了，早点休息。"

秦颖的工作思路被司简理顺，也觉得畅快不少。她吐槽说："也不知道什么样的人能带出艾佳和田安这样两个职场变态，她们曾经跟过的那位变态 BOSS，一定变态到了无可救药的地步。"

司简心想：小东西，那位变态 BOSS，此刻正和颜悦色地给你传授职场技巧呢。

秦颖察觉到司简的表情变化，反问："怎么？看你的表情，难道认识这位变态 BOSS？"

司简摇头否认："司柏嘉集团总部岗位众多，也不是每个管理人员我都认识。"

秦颖突然凑近镜子，用手撑着圆润的小脸，贼头贼脑地说："你这次帮我，有条件吗？"

"没有。"

女孩离镜面太近，香水味进了司简的鼻腔，勾得一向矜持理智的他有片刻出神。

"你发什么呆呢？"秦颖将司简的思绪拉回，又说，"你突然也凑这么近做什么？现实中，我们如果是这种距离，我会以为你想亲我呢。"

司简刚才鬼使神差地将镜子拿近，此刻忙心虚地将镜子放回小桌板上。

他忽然岔开话题，说："以后你随身带一面镜子，我会帮助你在短时间内迅速成长，重新拿回属于你的东西。"

"突然有点热血沸腾了。司先生，我忽然觉得你特别适合去搞传销给人当讲师。"

"没人付得起我的佣金，给你做讲师，我不收费。"司简神色肃穆，将手搁在胸前，对秦颖做了一个绅士低头的动作，"司先生只为'秦可爱'服务。"

秦颖忽觉心头暖意四窜。她似乎，被司简这只老谋深算的狐狸……撩到了？

秦颖莫名地涨红了脸，为了掩饰情绪，岔开话题说："我给自己新立了一个目标！"

"努力工作，超越田安？"

"超越田安多没意思啊，有朝一日，我要超越田安和艾佳背后的男人！打倒变态BOSS！"

镜中世界的司简从空姐手里接过一杯红酒，刚喝一口，听见秦颖的话被呛住，面部表情十分微妙。

"你怎么了？"秦颖捕捉到司简脸上细微的神色变化。

司简咳了一声："为你加油。"

"为什么我觉得你加油的语气特别没诚意？"

"请问秦可爱小姐，司先生要怎样做才能让你感受到诚意？"

秦颖腮帮微鼓，呼出一口气："算了，你不用表现得太明显。只要本可爱需要你的时候，你及时出现就行。"

司简注意到秦颖的自称变化，轻笑出声："好。"

秦颖打了个哈欠，带着镜子回到卧室，宛如拿着手机与对方开视频。

她躺到床上，脑袋将柔软的枕头压出一个凹坑，她再盖上空调被，冲着镜面挥挥手："晚安，司先生。"

"晚安。"

司简的嗓音带着低沉的磁性，以及一种安眠的魔力，秦颖几乎立刻睡着，沉入梦乡。

镜子搁在女孩枕边，将她恬静的五官放大。

司简看了一会儿，那种诡异的感觉又升起。

他将手指压在镜面上，隔空触摸女孩的长睫，以及她立体的鼻梁。仿佛能感觉到女孩身体的温度，心头的感觉也立刻被压了下去。

翌日正午，三环南明高档住宅，二十三号别墅。

红砖墙上开满蔷薇，花团锦簇，生机盎然。

秦颖摁响门铃，在等待主人回应的过程中，借用手机壳镜面补妆。镜面荡开涟漪，随后便出现了司简那张脸。

镜内的司简带着助理，刚进友商的办公大楼。

司简和秦颖一样，把手机翻过来，一边走路，一边与女孩"视频通话"。

秦颖看见司简的脸，立刻说："我让松原查过了，陈怡的确住在这里。但她没有请长期保姆，每天会有人定时来做饭、打扫卫生，然后离开，给她留下独立空间。"

"很好。等见到陈怡，你见机行事。"

"好的。"

镜中世界里。

司简的助理跟在他身后两米外，大老远看到老板对着手机壳说话，满脸问号。

老板脑子是怎么了？

几分钟后，终于有人接通门铃，传出一个女孩的声音："谁？"

秦颖抬头对准可视电话，冲里面打招呼："你好，我是《奇风尚》杂志的副主编秦颖，请问是陈怡小姐吗？"

"你认错人了。"

可视电话后的女孩"啪"地将电话挂断。

秦颖继续摁响门铃，等了大约半个小时，里面的人终于再次接通。这次没等对方挂断，秦颖便率先道："陈小姐，我是受司简先生的嘱托来看你的。"

电话那端的女孩明显顿了一下，沉默良久。

"嗯。"秦颖看了一眼镜子，停顿片刻后，开始复述司简的话，"陈小姐，司简说过答应带你去看祁山萤火，却一直没有机会。"

可视电话没有挂断，那端依然没有回音。

就在秦颖想开口与镜中的司简说话时，只听"吱呀"一声，一扇厚重的小铁门从里面打开。门后出现一个装着义肢的清瘦女孩。

女孩穿着简单的居家背心和短裤，由于五官立体，显得面庞越发消瘦。她冷淡地扫了一眼秦颖，转身，拖着一条义肢"嘎吱嘎吱"往里走："跟我来。"

秦颖跟进去。

进了客厅，陈怡给秦颖倒了杯水。

陈怡坐在秦颖对面的沙发上，落座时义肢弯曲显然不那么灵活，举手投足间带着颓靡的冷酷。

女孩光着的一条臂膀上有大幅文身，图样是一朵花。

陈怡注意到秦颖的打探，目光也落在自己的胳膊上，声音清冷地解释："看过司简的旅行视频吗？这是他第一次去西北，在雪山之巅发现的一朵雪莲花。"

陈怡的视线落在秦颖脸上："司简已经昏迷五年，你怎么知道我和他之间的约定？"

在陈怡开口解释自己的文身时，秦颖便用丝巾遮住手机壳上的镜子，率先切断了与司简之间的联系。

她接下来同陈怡的谈话，不可避免地会谈及司简成为植物人，且昏迷不醒这件事。

秦颖和司简有约定，他们可以交流，但得时刻警惕，不能改变历史，避免"蝴蝶效应"发生。

秦颖不知道该怎么跟陈怡解释，开始一本正经地胡说八道："他托梦给我。"

陈怡带着怒意看向秦颖，冷斥一声："秦小姐，你最好跟我说实话。"

秦颖完全不为对方的恐吓撼动，坚持自己的"瞎话"，说得非常认真："他的确托梦我，他告诉我私底下他是你的师父，也答应带你去看祁山萤火虫。他还跟你说了很多话，是他让你有了站起来的勇气。"

陈怡一愣，神色动容。

"你还记得他曾经对你说过的话吗？"秦颖清了清嗓音，开始模仿司简说话的语气，"陈怡，你用自己的痛苦去伤害身边人，觉得他们能体会你的一点痛苦？你错得太离谱。这世上不会有人和你感同身受，包括你的母亲。他们没有受过断腿的痛苦，也没有享受过你在伸展台上的风光荣耀。"

秦颖一字不落地背下司简教她的话，起初还不带任何感情，可当她直视陈怡那双眼睛时，情绪忽然上来了，语气慷慨激昂："此时此刻还陪在你身边的人，都很爱你。你有什么理由让他们来分享你的痛苦甚至承担你的痛苦？"

陈怡的眼眶里裹着一汪泪水。

她看向秦颖，仿佛看见六年前那个意气风发又冷酷的男人。

秦颖每一个字都掷地有声，重重地落在陈怡的心头，在女孩柔软的心壁上砸出一个又一个回忆的窟窿。

陈怡一闭眼，眼泪顺着脸颊滑落，低声说："我信你。说吧，你来找我做什么。"

"《奇风尚》这一期首封和稿件出现泄密，我们所有的东西都不能再用。六年前你消失在国际伸展台，我想请你作为首封嘉宾，重新回归时尚界。"

陈怡像是听了一个极大的笑话，冷笑道："秦小姐，您是来搞笑的吧？我现在这样还当什么模特？我没了一条腿，连台步都走不好，遑论重归时尚界。"

"你不试试又怎么知道呢？"秦颖顿了一下，又说，"平面模特，不需要你走台步。你六年前突然消失，成为时尚界的悬案。如果你能重新回归众人视线，我有信心，热度绝不低于现在当红的模特季檬。"

与此同时，远在国外的季檬突然打了个喷嚏。

陈怡冷眼凝视秦颖："你来找我，应该还有别的目的。"

"嗯？"秦颖大概没想到对方这么聪明，老老实实交代，"让你拍首封，是我目的之一。LULU撤出了《奇风尚》，我想重新拿回LULU的广告。"

听到这里，陈怡突然笑出声，嘴角勾起一抹好看的弧度："我就知道。他是个烂透了的商人，接近任何人都带有目的，让你来接近我，必然也有目的。"

"嗯？"秦颖没想到陈怡看得这么透，反问，"那你讨厌他吗？"

"讨厌？"陈怡微笑着摇头，"我喜欢他。"

秦颖心里正要感慨司简那只老狐狸"以色诱妹"。

只听陈怡补充："不是你想的那种喜欢。他于我亦师亦友，亦人生明灯。"

秦颖显然不明白，为什么陈怡被司简利用，反倒会这样崇拜他。

她思虑片刻，反问陈怡："那……你愿意帮我吗？"

"帮，怎么不帮？"陈怡调侃道，"我若不帮，他岂不会托梦掐死我？"

陈怡当然不信托梦那一套。

但司简能把这样隐秘的事情都告诉秦颖，想必秦颖于他而言是一个很重要的人。

哪怕秦颖跟司简只是普通朋友，她也愿意帮这个忙。

四大时尚杂志的联合交流会，在南山文泇酒店举办。

四大时尚杂志均有司柏嘉集团股份，交流会也是由司柏嘉集团主办。现场全封闭，不对媒体开放。

除了四大杂志负责人，其余全是品牌方。

名义上是交流会，实际上是四大杂志抢广告赞助商的竞争会。

四大杂志会在交流会上演读自家杂志的销售报告，以及未来的前景。演报过去数据容易，宣讲未来规划才是难点。

既要让广告赞助商知道杂志未来发展前景可观，又不能讲太多杂志工作上的规划，以免被其他三家"盗取思路"。

交流会开始，最先上台演读公司报告的是《魅惑时尚》，《奇风尚》则被安排在最后一个上场。前三大公司的报告宣讲都做得相当不错，台下的品牌方都很满意，并琢磨新一季度把广告投给哪家更合适。

《奇风尚》最近几个月销量下滑，新一期又出事故，面对前三家的宣讲，秦颖感到压力倍增。

上台前，艾佳嘱咐秦颖："别紧张，如果连这个都做不好，我就帮你向集团总部递辞呈。"

亲主编，您这是在安慰人吗？

秦颖拿着演讲稿在后台等候上场时，遇见了帮忙调整PPT（演示文稿）的田安。

上场前最后两分钟，田安朝着秦颖走过来，低声说："秦颖，你也不用太紧张，你在公司都已经这样了，想咸鱼翻身，比白日做梦还难。"

秦颖并不生气，只字未吐，仿佛没看见田安一般，继续整理着装，随后便从她身边擦过去，径直上台。

等秦颖离开，田安的助理忍不住吐槽："田姐，你看她的眼睛都长到头顶了。主编怎么会让她去？"

"没关系。"田安胸有成竹地说，"等下了台，她的眼睛会重新被我踩在脚底。"

上台前几分钟，司简再三要求秦颖保持与自己"视频通话"，以防现场出事故。

果然不出司简所料，秦颖刚讲完公司过去的成绩，放映PPT的大屏幕就出现了问题。在台下看好戏的田安仿佛早知道会出这种状况，一脸的幸灾乐祸。

田安的助理也适时地拍马屁，调侃道："田姐，没了PPT，看她怎么讲。"

台下略微有些骚动，就在秦颖准备继续讲备稿内容时，被司简的声音打断："别紧张，PPT上的那些内容未必对你有帮助。接下来，我说一句，你说一句，你准备的稿件停用。"

秦颖不动声色地在手机壳上敲了两下，表示"OK"。

镜中，司简坐在办公室前，通过镜子将现场情况尽收眼底。他对着镜子，神色肃穆，声音稳重清亮："大屏幕出了点问题，接下来，我会换一种方式和大家展望《奇风尚》的未来规划……"

秦颖聚精会神地听司简说的每一个字，跟上他的节奏，复述他的话："大屏幕出了点问题，接下来，我会换一种方式和大家展望《奇风尚》的未来规划……在过去的三个月里，《奇风尚》销量下滑，大家应该都有所察觉。"

起初，秦颖跟读司简的语句略微有些僵硬，越到后面，越发宛如司简上身，连语气以及举手投足间的动作，都几乎变成了他的。

秦颖的一番讲述慷慨激昂，颇具"司简式"洗脑风格。下面的广告赞助商听得莫名热血，情绪也被煽动了。

台上的秦颖说话风格太像司简，勾起了艾佳和田安对那位"变态BOSS"的恐惧，两个人几乎同时皱眉。

某个瞬间，她们甚至觉得台上的人并非秦颖，而是当年那个手段凌厉，又令人恐惧的男人。

秦颖的宣讲结束，台下掌声雷动。

趁着大家意犹未尽，秦颖又宣布："《奇风尚》的十月刊，我们邀请的首封模特是曾经享誉国际的东方名模，陈怡。现在，请陈怡小姐上台致辞。"

全场一片哗然。

坐在第一排的 LULU 创始人陈露也愣住了，当她看着女儿拖着义肢，一瘸一拐走上台时，终于绷不住了。

六年前，女儿被司简劝服，打算重新生活。可没过多久，司简遭遇意外变成植物人。从那以后，女儿便不愿面对世人，极少愿意走出家门。

陈露怎么也没想到，《奇风尚》居然能说服她的女儿重回众人视线。

艾佳和田安也坐在第一排。

看着台上意气风发的秦颖，田安皱眉："秦颖在做什么？下一期的首封模特我已经重新定了伊芙，她居然玩先斩后奏？主编，她压根儿就没把你放眼里。"

艾佳扭过头，打量了一眼陈露女士，紧皱的眉头舒展开来，低声说："看来是我低估了她，这个秦颖，总算还有点能耐。"

六年前的陈怡事件成为国际时尚界的"悬案"，如今她拖着一条义肢出现，凭借她曾经的知名度，必然会将杂志下一期的热度炒起来。

艾佳同在场所有品牌方心里都清楚，有陈怡作为首封模特，下一期销量必然会爆。

交流会结束，秦颖回到后台休息室。

等室内闲杂人等清空，田安将门反锁上，气急败坏地冲到秦颖跟前质问她："秦颖，你搞什么？十月刊首封已经定了伊芙，你怎么没和我商量？"

秦颖搁下手上的资料，转身看向田安，说："为了能给品牌方一个惊喜，我没必要先通知你吧？你难道不想让杂志销量增长吗？看你这么生气，难道我们杂志销量彻底死掉你才开心？"

"你！"田安被秦颖一句话噎住。

"LULU 的广告我已经拿回来了，十月刊首封我也已经找到了更合适的模特，主编很满意。你有意见吗？"秦颖声音一顿，又淡淡地道，"有意见也憋回去。"

田安身高足有一米七五，穿着高跟鞋，体形上碾压秦颖。

她居高临下地看着秦颖，伸手掐住秦颖的下巴，往上抬，冷嘲道："秦颖，你也别高兴得太早。陈怡今非昔比，她只是一个残疾人，她上杂志，必然是对时尚的侮辱。"

司简通过镜子看见田安的举动，眉眼蓦地一冷。

他不能冲出镜将女孩护在身后，那种感觉非常憋闷。

秦颖一偏头，让自己的下巴脱离对方的束缚。

田安气得要上手打秦颖，扬起的巴掌还没落下，秦颖便率先一巴掌落在了她的脸上。

"你想打我？抱歉，我先下手为敬了。"秦颖刻意模仿司简那冷厉的语气，低声道，"如果时尚不能走进普通人的生活，那它就不配称为时尚。无论是残疾人还是名模，都有资格去定义时尚。"

秦颖说这话时，刻意模仿司简的语气。

田安仿佛从秦颖身上看见了司简的身影，心底对那个男人的恐惧被勾起来，下意识地往后退了两步。

田安往后退两步，秦颖便逼近两步。

秦颖那种咄咄逼人的气场，让田安有一瞬间慌乱。

秦颖第一次觉得这么痛快，也是第一次在田安面前有了打胜仗的畅快。她继续说："你煞费苦心做了这么多事，不就是想看我落败，看我一蹶不振吗？抱歉，这样的秦颖你看不见，也不会看见。"

田安回过神，攥紧拳头怒道："秦颖，你得意得太早了。"

"不早，"秦颖微笑道，"以后，我还会更意气风发。"

秦颖自信地一甩披肩长发，踩着高跟鞋离开了休息室。

等秦颖离开好一会儿，田安才松开攥紧的拳，抬手摸了一下被扇过的脸。

她这才发现，自己的手指都在颤抖。

秦颖不是司简，她究竟在怕什么呢？

打了一场漂亮的胜仗，秦颖心神畅快。

晚上秦颖做了几道小菜，开了一瓶红酒与司简一起庆祝。

餐桌上放着镜子，点着精致的香薰烛。

秦颖在镜子这端享用美食和红酒，司简则在镜子的另一端品酒。两个人共同举杯，隔空碰撞。

"cheers（干杯）！"

"cheers。"

秦颖单手托着烧红的脸，另一只手捏着酒杯轻轻晃动。

一杯红酒下肚，她的脸颊已经浮上红晕，酒精促使她眼中的事物呈现双重幻影。

司简隔着镜子看秦颖。

秦颖因为醉酒，眼眶里浮上一层水雾，被餐桌的烛火一照，泛着盈盈水光。

她突然搁下手中的酒杯，站起身，牵着小裙子转了一圈，问司简："司简，你会跳舞吗？"

"嗯？"

秦颖喝了酒就兴奋，骨子里的热血开始沸腾。

她打开音乐，华尔兹的音乐响起。

秦颖面对着客厅一面落地镜，朝司简伸出手："让我们共跳一支舞，来庆祝这次胜利。"

司简有些无语："你喝醉了。"

"没醉！"秦颖双手叉腰，"司简，你这是在嫌弃我'胖虎'？"

"嗯。"司简晃了晃手中的酒杯，隔空敬秦颖，"是喝酒不香吗？"

音乐到了一个鼓点，促使秦颖的跳舞细胞开始活跃。

秦颖索性闭上眼，抬起一双胳膊，比了一个搂着舞伴的动作，跟着音乐节拍开始跳舞。

音乐的声音越来越大。

女孩闭着双眼跳得入神，旋转时红色裙摆飞扬，像撑开的伞面，踢腿至高点再回落时，裙摆宛如展开的折扇，又迅速合上。

秦颖完美地避开客厅里的一切障碍物，喉咙里还哼着小曲，像一只快乐的鸟儿。

司简如着了魔一般，被秦颖带动情绪。

司简搁下酒杯，来到一面落地镜前，对着秦颖做了一个绅士的鞠躬动作。

他不能抱秦颖跳这支舞，也只能学她一样抱空气。

音乐交融，两个人的舞步很快便惊人一致。

两个人仿佛搂着彼此跳舞，舞步出奇一致。司简搂住秦颖的腰身，她则借男人的力量旋转跳跃。

到了音乐高潮部分。

秦颖的双手搁在男人结实的胸膛上，扭动着臀胯，妖娆得像一只小野猫。

她的双手紧贴着男人的胸膛，似能感觉到对方的心跳。

扑通，扑通。

秦颖抬头去看司简，对上他的目光，瞬间又醉了几分。

音乐戛然而止。

两个人都从痴迷中回归现实。

司简和秦颖都紧贴全身镜子站着，隔着一面镜子，秦颖把双手搁在司简的胸膛上。

这么近的距离，连对方的酒气都闻得见。

"你的心跳得好快。"秦颖打了个酒嗝，手指在司简的胸膛处打了个圈，"这是在做梦吗？为什么能感觉到你的心跳？"

隔着镜子，司简没有触觉。

但仅凭听觉和视觉，他便觉得胸膛一阵发痒。

像是被小猫爪子挠过。

让司简没想到的是，小野猫直接踮起脚，整张脸朝他的下巴抵近。

秦颖瞪大眼睛，嘟囔道："怎……怎么回事？镜子怎么模糊了？司简，为什么你的下巴上长了眼睛？"

司简觉得这个描述有点恐怖。

女孩突然变得凶巴巴，隔着镜子在司简的下巴上扇了一下："哦，不是眼睛，是嘴巴。"

更可怕了。

司简依旧没有说话，就这么拿看小白痴的眼神看秦颖。

秦颖见对方对自己的命令无动于衷，冲对方动了动手指，气鼓鼓地道："你把脸凑近一点，我快看不清楚了。"

对方无动于衷，秦颖的声音突然放大："快一点！"

司简没想到女孩酒量这么差，才一杯酒下肚就醉成这样。

为了满足这个小醉鬼，司简弯下腰，尽量让自己的头部与秦颖的头部齐平，将脸也凑到女孩近前。

"再近一点点。"

秦颖终于可以脚后跟着地，不用踮脚那么辛苦。

司简再凑近些，鼻尖已经轻贴镜面。

他和女孩的鼻尖仅仅只隔着一层轻薄的镜面。

这样近的距离，透着即将接吻的暧昧，对方身上淡淡的抹茶香轻而易举便斥入司简的鼻腔。

女孩的鼻尖抵着司简的鼻尖，突然咧嘴笑起来，笑得像个孩子："嘿嘿……"

司简突然有一种不好的预感。

女孩傻笑一阵后说："嘿嘿，这样近了看，你真的长得好像我闺密弟弟养的那条狗哦。"

司简眉头一皱："小博美？"

司简可不可以理解为——女孩在夸他"可爱"？

虽然这个形容词对于男人来说并不是什么好词。

秦颖笑得更开心，眼睛弯成月牙："不、不。是那种脸特别黑，又长得特别凶的马犬！超可爱！"

司简："呃……"

司简想不出脸黑的马犬哪里可爱。

司简低声道："你醉了。"

秦颖被激得打酒嗝，捧着镜子一皱眉，颇严肃道："不！我没醉，我清醒得很！我现在脑子可清楚了，不信你指挥我做一件事，我铁定能清清楚楚、明明白白地完成，绝不含糊！我酒量可好着呢。"

秦颖的话音落下，还不经意地嘟起嘴。

司简看秦颖醉酒醉得信誓旦旦，又有几分撒泼式可爱，几乎毫不犹豫地调侃反问："敢亲我吗？"

这话一出口，司简自己也觉得不可思议。

就在司简觉得这话不妥时，女孩"吧唧"一下亲上来。

秦颖隔着镜面在司简嘴唇的位置亲了一下，完事后还和他炫耀："这有什么不敢的？"

司简嗓音低沉："瞧你这一脸骄傲，就没有羞耻感吗？"

司简被女孩这突如其来的一吻弄得神经麻痹，胸腔里有万般情绪如潮水搅动，心率也不由得飙升。

红裙跳舞的女孩仿佛在哪里见过。

镜子里司简那张脸逐渐模糊，很快便消失了。

司简消失，秦颖冲着镜子哈了好大一口气，又拿袖子去擦。即使镜面被擦得明亮，司简那张脸也没再出现。

秦颖双手敲打镜面，气急败坏道："浑蛋，不许消失，滚出来，陪我跳舞、喝酒嗨到天亮！"

可无论秦颖怎么拍打镜面，镜中都不再出现司简那张脸，只倒映出自己醉酒式的生气可爱。

医院里。

植物人司简因为在梦里被秦颖亲吻，导致心跳加速，强行"清醒"。

他同往常一样，即使从梦里醒来，也依然睁不开眼，被困躯壳内，无法与外界沟通。

两名护士从外面走进来，一名护士给司简替换营养液，另一名则替他按摩身体。

司简回想起从梦境里看见的画面，又想到醉酒的秦颖，努力动了动手指，想告知医护人员自己意识清醒，需要医生帮助。

护士一晃眼看见司简动了动手指，惊讶地道："动了！"

另一名护士换好营养液，反问她："怎么了？"

"司先生的手指刚才动了！"

☽ 第五章 时尚真人秀

"我去叫医生！"

护士很快把医生叫进来，开始给病人做检查。

医生进来后，司简的手指又动了一下。这一次连医生也激动不已，赶紧说："快……快给司柏嘉女士打电话。"

三十分钟后，司简的母亲司柏嘉女士赶到医院。

她坐在病床前，握着儿子的手。

待她抵达医院，儿子却没了苏醒的迹象。

她满面愁容，皱着眉头问："医生，我儿子什么时候能醒来？"

医生说："病人已经有苏醒的征兆，这说明他醒来的可能性又大了很多。以后你们做家人的经常过来看看他，跟他说说话，让他更有生的希望。经研究表明，植物人在昏迷期间，很多时候对外界事物有感知。你们一定要多'刺激'他，让他有勇气战胜病魔！"

司柏嘉以为儿子真的醒过来了，没想到过来后又是空欢喜一场。

等护士和医生都退出去，司柏嘉望着儿子叹气，对身后的助理说："老卡，你说这孩子还有醒来的希望吗？"

助理卡建文沉默了一阵，才说："会的。小简的孩子还活着，就算是为了小孩，他也会努力醒过来。再者，那个女孩至今没有消息。没有消息，就是最好的消息，她说不定也还活着。"

"你说得对，"司柏嘉点头说，"小简没放弃，我又怎能放弃？"

五年前，×国突然发生战争，司简等十二名中国人遭遇当地反叛分子绑架。

其中十名中国公民被救回国。司简和一个女孩逃脱，错过了救援，反倒被困战争国家整整一年。

在司简被困国外的那一年，几乎完全失去与国内的联系。

司柏嘉花钱请人去×国找司简，却得到他已经结婚，妻子亦怀孕的消息。在救援过程中，司简发生意外受了重伤，意识浑浑噩噩，在医院躺了数月。

数月后，司简意识清醒，又收到一通从×国打来的电话。

接完那通电话后，他似疯了一样想回×国找妻子。

司柏嘉不肯让他回去，将他关在医院里。没想到司简翻窗逃走，在驾车去机场的路上遭遇车祸。

他因为伤上加伤，成了植物人。

想起这些，司柏嘉又痛又悔，如果当初她不采取强硬手段留下他，兴许他就不会遭遇车祸。

司柏嘉知道司简有了妻子，却不知道对方是谁，长什么模样，她只查到司简的孩子被人送往了中国驻×国大使馆。

司柏嘉手上掌握的资料太少，目前只知道那个小孩被领养了。至于是被谁领养，带去了哪里，均不得而知，她还在等消息。

司柏嘉花了五年时间才勉强找到一点关于亲孙子的消息，可关于司简妻子的消息却毫无头绪。

或许那个女人早就死在×国了，否则怎么会把孩子送往大使馆？

《奇风尚》十月刊即将发售，首封人物好不容易才定下来，秦颖可得把控好时间，赶紧把拍摄完结了。

这一刻去拍外景已来不及了，且不说地方不好找，舟车劳顿去拍摄，再匆忙带着照片赶回来制作，一定会耽误时间。

于是秦颖在室内布了一个沙漠的景。

陈怡坐在人工沙丘上，穿上性感的迷彩比基尼套装。她已经很多年没面对镜头了，可在镜头前的感觉并没有丢。

这些年陈怡经历了生死，又经历了失去和人生低谷，什么都不怕了。

面对镜头时，那双坚毅的眼睛颇具攻击性。只是稍微和陈怡对视，她的眼神就会让人不寒而栗。

陈怡坐在沙丘上，完好的那条腿又细又长，肌肤呈健康的小麦色。她的大腿根部有一朵玫瑰花文身，栩栩如生，笔画勾勒极致复杂。藤蔓沿着身躯往上蔓延，停在小腹上一寸位置，玫瑰鲜红，蔓叶深绿，妖艳冷酷。

另一条义肢看起来冷冰冰的，但配上陈怡独有的气质，就连那冰冷的义肢都变得肆意张扬，引人注目。

摄影师一边拍摄，秦颖一边通过屏幕选照片。

陈怡的镜头感太强势，完全不需要秦颖指点。

仅一个下午，首封就定下了。为了赶时间出刊，秦颖让松原把片子送去印刷厂，亲自盯着杂志出片，以免出现意外。

月底《奇风尚》准时出刊上市，因为有松原盯着，一切都很顺利，没出差错。杂志售卖当天，官方微博也晒出陈怡的大片，那几张风格独特的照片在网上引起轩然大波。

话题"独腿女王陈怡"被顶上微博热搜。

官博下的评论也爆了——

1楼："这是陈怡？她居然还活着！！啊啊啊——陈怡好帅！独腿我也爱！"

2楼："陈怡是谁？求科普！不过《奇风尚》这一期居然请残疾人当首封模特，好惊艳！这个独腿女孩气场好强啊，像个女海盗！"

3楼："给大家科普一下，陈怡，国际知名模特，也是"维密"秀台上最年轻的女模！她曾经被DIC首席设计师点评为亚洲天使！关键是她十九岁就已经全球知名，她最火的时候，收入排名全球模特第二十九位！几年前她突然消失，外界传闻不断，说她死了的有，说她嫁富豪隐退的也有。"

4楼："真没想到陈怡居然会突然出现，而且截了一条腿。不愧是国际名模，都这样了，镜头感依旧，气场真强。"

5楼："啊啊啊！这期《奇风尚》太棒了吧！买买买！"

这期《奇风尚》打破常规，不仅用残疾人模特，而且这个残疾人模特还是陈怡。

杂志封面上写着"独腿女王的低谷人生"几个大字，在整个版面上尤其吸引人，引人遐想。

首封照片——陈怡坐在沙丘上。

她一头长发扎成十几根脏辫，皮肤呈小麦色，脸上抹了几道迷彩色，与身上的迷彩比基尼套装相呼应。

陈怡身上有浴火重生的彪悍，也有不容侵犯的倔强，大大方方地露出义肢。

陈怡将下巴微仰，露出性感的脖颈，却压不住本身的刚毅。

她宛如一个霸道彪悍的女海盗，目光寒冷如刀。

即使隔着照片，亦让人不寒而栗。

男粉觉得这样的陈怡有一种刚毅的性感，女粉也被她"帅到"。随后微博上就被忠粉们刷出"我要嫁独腿女王"的话题，并迅速冲上热搜第一，话题讨论量仅次于当红小生侯度在机场摔跤。

接下来的一周内，陈怡被刷上三次头条，大有要复出回归的架势。

淘宝上十月刊的《奇风尚》被一抢而空，出现了很多高价代购。仅仅几天，杂志便出现断货的情况，供不应求。

咖啡馆内，陈怡和秦颖相对而坐。

秦颖一边刷微博，一边说："你看见了吗？网上对你的评价很不错，大家都很喜欢你，希望你能复出。你如今这样，虽不能再上伸展台，但走平面拍摄也是一条出路。"

秦颖推给陈怡一张名片，又说："这是新兴娱乐经纪人苏南的名片，她想签你进娱乐圈，你有没有兴趣？苏南联系不上你，便让我来跟你说。"

陈怡以为杂志发售后，很多人会攻击她。因此在拍摄照片时，她也颇具攻击力，一副"谁敢网络暴力我我让谁死"的架势。

没想到杂志一经发布，网友一片叫好，并且觉得陈怡这一刻比从前更有魅力。那种吸引人的独特魅力不再是因为外表，而是在经历颇多后，时间淬炼出来的。

如今不仅有娱乐圈的经纪人想签陈怡，还有很多品牌方想签她当平面模特。

见陈怡没说话，秦颖又说："很多人找到我，想跟你谈合作。不靠谱的我都帮你推了，只留了这一张名片。"

秦颖说话时不停地望向搁在桌上的手机。

手机壳是镜面，秦颖能从里面看见司简那张意气风发的俊美面孔。

司简正坐在办公室里，通过镜子仔细聆听两个女孩的谈话。陈怡毕竟是他的"徒弟"，他给陈怡做了合理的职业规划，如今是借秦颖的嘴说出来。

司简说一句，秦颖便模仿一句，渐渐地，就连语气也模仿得惟妙惟肖。

陈怡闻言，右眉一挑，喝了一口咖啡后抬头看秦颖："你这是打算给我做职业规划？"

秦颖并未否认，点头说："苏南是个老牌经纪人，捧红了很多演员，她对你以后的职业规划一定会有所帮助。"

陈怡搁下咖啡杯，抬头直视秦颖那双认真的眼睛："我是个残疾人模特，并不是演员。再者，我如今这样，也做不了演员。你让我跟一个娱乐圈的经纪人签约，那我的前途在哪里？"

这个问题秦颖不需要去寻求司简的帮助，便直接对陈怡说："苏南是个成熟的金牌经纪人，她决定签你，自然有她的规划。这几年国内综艺盛行，你曾是知名模特，现在情况特殊，自带话题。你去参与真人秀，绝对合适。流量就等于商业价值，你虽然走不了伸展台，却有惊人的镜头感，做平面模特也是一条路。"

陈怡背靠着椅座靠背，笑着看秦颖："秦颖，老实说，我并不相信你的那套托梦论。可我总觉得，你和司简之间有某种深层次的交流。司简是我见过最狡诈的商人，他能告诉你一些事、教你一些事，说明他足够重视你。对于他重视的人，我也会同样重视。"

陈怡的目光变得认真起来，将那张名片捏在指缝间把玩，又说："既然重视你，那当然会听你的建议了。接下来我就联系她，签约。"

秦颖本来以为要费好一番口舌，没想到对方就这么草率地答应了。

她愕然一阵后，反问："你不怕被我卖掉吗？"

"无所谓啊，"陈怡非常自信，"如果外面混不下去了，我就回家继承家业。或者，随便卖掉一套家传珠宝，也足够平淡地过完余生了。"

有钱人的"平淡"她不懂。

秦颖喝了一口咖啡，陷入沉默之中。

无形炫富，最为致命。

送走陈怡，秦颖这才拿起手机，对镜中的司简说："她走了，应该会听你的跟苏南签约。只是我有个疑问，综艺真人秀虽然赚钱，可参加太多对自身也是一种消耗。陈怡不能做演员，又为什么要签苏南？平面模特这条路也走不长久。"

"你忘记她的本职是什么了？"司简端起助理冲泡好的咖啡，喝了一口。

秦颖很快便反应过来司简话里的意思："模特职业本身就是吃年轻饭的，所以比起苏南以后给她的规划，两者的性质实际上差不了太多。唯一的差别，可能就是短期内收益不如从前。但凭苏南的本事，她一定能将陈怡重新打造出来。"

司简搁下马克杯，饶有兴致地望着秦颖："如果你是苏南，针对陈怡，你还会做什么？"

秦颖回答说："嗯……真人秀对嘉宾本身有所消耗。如果我是苏南，在陈怡综艺事业上有所瓶颈时，会去给她谈几场国际大秀，给她镀一层金。当然了，这种机会渺茫，却也不是没可能。一旦陈怡参与国际大秀，那将会被写入国际秀场史册。毕竟一个有台风的残疾模特，前无古人啊。"

"嗯。"司简看秦颖的眼神越发欣赏，道，"你能在《奇风尚》做到今天这个职位，并不是偶然。你有才华，最重要的一点，有野心。不过可惜，你缺乏一种狼性。按理说你这样的女孩，艾佳应该不会讨厌，她会很喜欢你，并提拔你。你到底做了什么，让她如今这般讨厌你？"

提及这个，秦颖不由得呼出一口气，说："前几个月，我私自做主用了一个话题女孩作为首封人物。那期杂志虽然大获成功，却因此让艾主编生了气。"

"嗯？什么样的女孩？"

秦颖解释说："这个女孩是我的闺密，叫季檬，她是一名跆拳道运动员，拿过奥运金牌，退役后在我的怂恿下成了模特，先天条件比陈怡还要好。她那段时间在网络上的话题讨论度也远高于如今的陈怡，最后带动的杂志销量也是陈怡现在的两倍不止。"

"虽然你的选择没有错，可你在工作上动了私心，这就是艾佳对你失望的原因之一。"司简接着秦颖的话往下说，"在职场上，如果你没有狼性野心，最忌讳利用公司资源来填补自己的私心。艾佳转而提拔田安，并不是因为田安在工作上没有动用私心。恰恰相反，她会因为私利不断地攻击竞争对手，但她有狼性野心。在职场上，要么狠，要么稳。你稳不住，又不狠，没有做反派的魄力，却要去做反派喜欢做的事，这是致命的。"

司简一连串的分析直击重点。

秦颖也不否认，点头说："你分析得对，我的确没这种魄力。在用季檬这件事上，我也是有豪赌的心态在里面。"

司简提醒秦颖："接下来，田安会不断地给你制造麻烦，你得接招。田安是一个有狼性、有野心的人，站在她的立场，她必须不择手段地干掉一切竞争对手，哪怕是用最醒龊的竞争手段。"

秦颖通过介质，仔细去看司简那张脸。

这样的打量让司简觉得不太舒服，他皱眉："你这是什么眼神？"

秦颖拿手托着下巴，脑袋一歪，调侃道："司简，我突然发现你在职场上的手段和心机可能比艾佳更深。如果你和艾佳、田安背后的那位变态 BOSS 博弈，你有赢的把握吗？"

"没见过的人我不会妄加评测。"司简抓住每一个机会教导秦颖，"你记住，职场如战场，一刻都不能掉以轻心。你目前的能力配不上这个职位，可是以你现在的年龄能到这个位置，已经是前无古人。你不要认为自己年轻就优于别人。也正是因为年轻，所以你欠缺阅历。"

秦颖虚心接受，眉眼一弯，笑着说："简狐狸，谢谢你。"

司简收了教育的严肃，拿出平日那副嬉皮笑脸的调侃劲："为我的小东西服务，荣幸之至。"

秦颖这次倒没有生气，扑哧一下笑出声："你这个人，表面上说为我服务荣幸之至，是不是在心里骂我是个蠢货？"

"你想听真话还是假话？"司简反问。

"凭你我之间这种关系，商业尬吹没必要。"

司简说："你很聪明。如果把你划为蠢货，大概世界上真正的蠢货会集合起来讨伐我。"

好听的话谁都爱听，秦颖也不例外。尤其是从司简口中说出来的，于她而言，无异于天大的褒奖。

田安看着网络上关于陈怡的热门话题，又看了公司这期杂志的销量，气得将手里的咖啡杯给砸出去。

助理听见动静，进来给田安收拾地上的残局，低声说："田姐，您没必要这么生气。秦颖这次虽然渡过了难关，可公司现在大半资源在你手里。上一次，她自作主张用季檬作为首封被停职，在艾主编那里失了宠。这一次，她故技重施，主编虽然没说什么，但对她的厌恶只会更深。以前主编多器重她啊，什么重要场合都带着她。可她不识好歹，眼高于顶，气焰都要压过主编了。呵。"

田安没说话。

田安一想起秦颖那天的猖狂劲，理智就被愤怒给击乱。

就在这个时候，一个扎着双麻花辫、穿公主裙的小姑娘，拿着铅笔和作业本推门进来。她"噔噔噔"地朝田安跑过来，趴在她的膝盖上，举起作业本，仰着可爱的小胖脸，奶声奶气道："妈妈，这道题怎么做呀？好难哦，西西的小脑袋都要想破了，还是做不出来。"

胖嘟嘟的女儿一进来，田安立刻将狰狞的面孔收起来。

田安将女儿抱起来，放在大腿上，轻声细语地说："那就不想了，西西休息一下。"

小姑娘点点头，乖巧地道："妈妈，我们什么时候去吃饭？今天我们去吃牛排好不好？"

"好呀，我们今晚就去吃牛排。"田安又将女儿放下来，说，"西西去收拾书包，妈妈和柳姐姐说几句悄悄话。"

"好的哦。"西西一双小胖手抓着作业本和铅笔，用年少老成的口气说，"妈妈总是和柳姐姐说悄悄话，西西都吃醋了！不过西西是一个大度的人，这一次就原谅你！允许你们再一次说悄悄话，不许太久哦。"

田安伸手揉了揉女儿的小脑袋，笑着说："好，快去收拾你的小书包。"

"嗯。"

小女孩重重一点头后，又"噔噔噔"地跑出房间。

看着女儿离去的方向，田安深吸一口气。

她必须拿到主编之位。只有拿到主编之位，才能拿到司柏嘉集团给分公司高层的各种优惠政策。

譬如，一套位于二环内的学区房。

西西落户在C市，没有A市户口。

田安的工资虽然不低，可消费也不低，要在A市买房还有些困难。如果公司给分学区房，西西就能进二环内的那所小学，以后考清华、北大也会简单很多。

为了女儿，田安必须拿到这个职位。

　　她认为，职场上，谁不是血腥厮杀，各取所需呢？

　　田安舒出一口气，用温和的语气对助理说："《这就是时尚》第二季是不是快开拍了？"

　　"对，昨天制作方来找我们谈过合作。"柳玉没想到田安会突然问这个，很快又反应过来她问这个的目的，立刻回答，"上一季节目出了那么大的事故，主编哪里还敢再派人去参加节目？天价违约金，主编不想赔，也不想派人去参加。上一季闹得那么厉害，常驻嘉宾也都解约了。这第二季，应该是请不到什么大咖明星了。"

　　《这就是时尚》第一季播出时，收视率喜人。

　　节目完结后，却爆出对节目组来说几乎是毁灭性的丑闻。

　　这档号称没有剧本的时尚真人秀，被曝光每个嘉宾其实都有剧本。不仅如此，最大的受利方还是《奇风尚》。

　　节目热度高，出事后反噬也大。参与的嘉宾被抨击得非常惨，多多少少受到了一些影响。

　　受影响最大的是《奇风尚》，出事后的那一个月，出现了近十年来销量的最低潮。

　　虽然杂志渡过了难关，但那两个月，至今仍是杂志社挥之不去的阴影。

　　这次参加第一季的嘉宾已经全部退出，《奇风尚》也想退出，可他们之前跟节目组一口气签了三季的合同。

　　退出可以，得付天价违约金。如果《奇风尚》选择不退出，就得继续派遣公司的得力干将，去节目里做时尚评论员。一旦节目播出，整个《奇风尚》只怕会再次成为众矢之的。

　　田安思考片刻后，柔声对助理柳玉说："你去找主编，就说，我提议让秦颖去参加节目。"

　　"啊？"柳玉不太明白田安的意思。

　　田安笑着解释："主编现在应该恨死了秦颖，正愁找不到借口辞退她。如果推荐她去参加节目，节目开播，公司被网友抨击时，主编就可以以秦颖办事不力的名义辞退她。"

柳玉表示明白，立刻说："我这就给主编发消息。"

"不要发消息，去一趟主编家，跟她面谈。"田安起身，挎上包后说，"我带西西去吃饭，完事后给我发条信息。"

柳玉点头："好的。"

田安的助理按照田安的吩咐，特地去了一趟艾主编家，跟她面谈这件事。

艾佳一边玩狗，一边笑着夸奖："好，听她的，安排秦颖去参加节目。"

得了主编的金口玉言，柳玉总算放心离开，并给田安打了个电话。

等小助理离开，艾佳的丈夫就从房间里走出来，笑着调侃："这个田安，野心挺大，连你都算计上了。"

艾佳哪里会不知道田安的小心思？

她抱着自己的大金毛，一边抚摸狗头，一边说："田安以为我现在对秦颖失望至极，觉得我一定会把秦颖踢出公司。我是对秦颖的擅自做主很失望，但同时也很欣赏她的能力。她用季檬做首封人物，大获成功，我可以理解为是她赌运气好。可这一次她用陈怡打了一场翻身仗，就不能再说是她的运气好了，这是她的实力。"

艾佳的丈夫十分好奇："既然你又开始欣赏她了，为什么要同意田安的建议呢？"

艾佳笑着解释："秦颖有能力，却浑身是刺。如果她能顺利渡过这个难关，解决公司的问题，以后我便不会再为难她。如果她没本事过这个坎，那说明她的手腕还不够铁，压根儿不是田安的对手。既然如此，还留着她做什么？我不如一心一意栽培田安。"

男人笑着说："艾佳，你对年轻人太严苛了。"

艾佳笑出声，说："不严苛，怎么能够成就她？"

三天后，秦颖正在办公室里对着镜子和司简聊天，听他有关职场的经验传授。

松原突然冲进来，大叫道："颖姐，不好了。"

秦颖抬头看向松原，疑惑道："怎么了？大惊小怪的，去食堂抢饭没红烧肉了还是怎么着？"

松原在秦颖的办公桌前坐下，一副快哭了的模样："刚才艾主编助理把我叫过去，说是给你安排了一个重要的工作。我还以为艾主编终于想通了，要给你恢复实权，没想到……"

"嗯？"

接下来的话松原说不下去了，于是把手里的合同递给秦颖："主编让你去参加《这就是时尚》第二季，这是合同。"

秦颖的眉头突然皱紧，陷入沉默之中。

松原委屈巴巴道："太过分了。这档真人秀上一季出了那么大的事故，谁还敢去参加？只怕是去了就会被骂得体无完肤！上一季《奇风尚》被骂得最惨，你代表公司去参加，一定讨不到好果子吃。一旦公司又陷入负面评论危机之中，主编一定会找机会……"

剩下的话松原不必说，秦颖已经猜到她要说什么。

松原一双水汪汪的大眼睛望着秦颖："怎么办啊，颖姐？这份合同您签也不是，不签也不是，好惨。"

"签。"秦颖盯着镜子说。

松原不知道是不是自己的幻觉，总觉得秦颖没在和她说话。

她问："颖姐，您想清楚了吗？"

镜子里的人也同样问她："小东西，你想清楚了？"

秦颖依旧盯着镜子，点头说："想清楚了。"

松原和镜中人几乎同时说话——

"说说你的想法。"

"你怎么想的？"

两道声音重叠在了一起。

秦颖颇轻松地往皮椅上一靠，挑眉说："让我去参加节目，必然是田安提出来的。她的目的很明确，想让我被踢出公司，让我死得彻底。她以为我上了节目就会立刻玩完。"

她颇有自信地继续说："不过田安想太多了。第一季的嘉宾因为不堪负面评论，一一退出了。第二季，节目组被迫找了新的嘉宾。当然了，节目组为了一雪前耻，并让节目更有话题性，在邀请嘉宾的考虑上只会比第一季更周到。"

司简没有说话，只是静静地看着秦颖。

松原也没说话，静静地听老大分析。

秦颖自信的目光从司简脸上收回，又看向松原，用眼神安抚她的紧张。

她又接着说："节目组没有准备，又怎会开启第二季？他们难道不知道延续上一季之后会被骂得有多惨？节目组一定是有了万全的准备，才会来做这件事。他们投了那么多钱进去，当然不是傻子。"

松原问秦颖："如果节目组真的有准备，那他们来找主编谈判时，应该也会告诉主编这些啊。如果节目第二季真的能力挽狂澜，那它带给嘉宾的曝光率将是无敌的！这么说来，去参加节目还是好事情了？既然是好事情，主编又为什么要推你出去？"

"因为主编也不能确定，节目组是否有这个能耐一雪前耻。"秦颖的眼里带着温和的笑，也非常有耐心，继续给小助理解释，"如果我能解决当下这个难题，以后主编就不会再为难我。如果我不能，那我在主编眼里就彻底没有用处，她会彻底对我失望，专心培养田安成为她的接班人。"

松原觉得其中的弯弯绕绕太复杂，叹息一声："颖姐，不管你去哪儿，我都跟着你，绝无二心！"

"你放心，就算我不在公司任职，也不会让你饿死的。"

对这一点松原深信不疑。

司简通过镜子看着那个意气风发的女孩，她喜欢冒险的样子倒有点可爱。

一周后，《我就是时尚》第二季官方微博发布消息。

我就是时尚第二季："《这就是时尚2》强势回归，节目播出方式将采用卫视＋网络直播的方式。欢迎我们的开场嘉宾，希望你们能教会大家什么是时尚！@侯度 @陈怡 @雪米 @张余 @李亮 @唐娇娇，以及《奇风尚》副主编，著名专栏作家@秦颖。"

微博附带了九宫格照片，放了每一个人的艺术照。

在此之前，节目组没有放出一点风声。哪怕是嘉宾本人，也不知道节目组邀请的其他嘉宾有谁。

等到官博公布，不仅嘉宾本人，网友也都很震惊。

好家伙，真是大手笔啊，居然邀请到了这么多大咖！不仅邀请到当红小生侯度，还邀请到了最近的话题女星陈怡。

女演员雪米也是今年当红的小花，居然把处女综艺秀奉献给了这个节目。

张余去年出演一部言情剧大火。

李亮和唐娇是前几年大火的明星，这两年热度虽然不如前面那些，但影响力还是有的。这两个人是夫妻，还共同创立了一个服装品牌。

至于秦颖，网友们也不陌生。

知名专栏作家，年仅二十六岁已经成为《奇风尚》的副主编。虽然她如今在公司境况不好，可在外人眼里，仍是意气风发的女强人。从某个方面来说，季檬和陈怡都是她一手捧起来的。

节目里的每一位嘉宾都让人期待。

节目组申明会先直播，之后再剪辑上卫视。

这样的做法，无非是想告诉大家："我们已经改过自新啦！大家一定要来支持我们的节目啊！这一季我们绝对不会再用剧本的！"

网友是很讨厌上一季节目组给每个嘉宾写剧本立人设的行为，可是这一季节目组说要全程直播，他们当然不会抵触，反而更加期待。

毕竟镜头记录了现场的一切，演员即使想拿剧本来立人设，也不现实。没有快刀手的剪辑，观众就能看到原汁原味的偶像的真实生活。

官网消息一经发布，田安的助理柳玉就蒙了。她一脸担心问田安："田姐，节目居然搞直播。现在网友不仅没开骂，反而很期待。怎么办？"

田安一边给孩子检查作业，一边说："急什么？在直播镜头面前，没有剧本，连演员都会惶恐。秦颖又不是演员，你觉得她能应付吗？我们只要稍稍给她制造一些麻烦，她就能在节目上败光路人缘。"

柳玉问："田姐，我们需要做些什么啊？"

"'焦糖'申请明年的尚海秋冬时装周，没申请到好的场馆和发布时间吧？"

田安用红笔在作业本上勾出女儿的错题，又耐心地在旁边写下正确答案。不仅如此，她还在画"叉叉"的地方画上一个笑脸，给予女儿鼓励。

"焦糖"是李亮和唐娇夫妻共有的服装品牌。

唐娇本身是学服装设计出身，几年前阴差阳错进入娱乐圈爆红。而李亮以前是模特，两个人对服装有一种执念。

他们在演艺圈有了一定的基础人脉后，就创立了"焦糖"这个品牌。这个品牌是中国本土品牌，走的是高端路线。由于是中国本土品牌，需要打出名气，他们想在明年尚海秋冬时装周签约一个位置不错的场馆，且把发布的时间往前提。

可他们毕竟是个新品牌，好场馆和发布靠前的时间，时装周主办方都给了其他几个老牌公司。

田安掌握着时尚界大把的资源，李亮、唐娇夫妇曾经找她帮忙，想请她帮忙疏通一下关系。当时田安很看不起这两口子，毕竟他们也快过气了，远不如当红明星。可她知道做人留一线，因此没拒绝也没答应，一直吊着他们。

柳玉想起这茬，点头回答："对。李亮、唐娇夫妇来找过您，那时候您没明确拒绝，是想利用他们在节目上对付秦颖？"

田安手上的许多资源以前在秦颖手里，艾佳器重秦颖的时候，带她出席过很多重要场合。在秦颖被停职的那段时间，田安就用了点手段将那些资源都抢了过来。

田安点头："你给唐娇、李亮夫妇打个电话，面谈一下。"

"好的，田姐，我这就去办。"

☾ 第六章　男人全是丑八怪

凌晨两点，秦颖的卧室里一片漆黑，女孩躺在床上已经睡熟。

镜前随意丢着白布，没有刻意遮盖。她床头还放着一面化妆镜，正对着她。

熟睡的秦颖没注意到，镜中出现了司简那张脸。

司简正坐在办公室里工作。

他习惯了工作的时候跟秦颖"视频通话"，哪怕不说话，就这么静静地看着对方，也是一种乐趣。

他一边将合同翻页签字，一边扭过头来看床上熟睡的女孩。也不知过了多久，女孩脸上的表情开始变得痛苦，额头上也冒出一层层细密的汗。她攥紧拳，无法从梦魇中醒来。

秦颖嘴里喊出一个名字——

"展鹏……"

司简听见秦颖的梦话，立刻停下手中的动作，看向她，不由自主地皱紧眉头。

展鹏是谁？她的前男友还是她暗恋的人？

此时此刻，司简突然发现，自己不太了解这个女孩。他不知道这个女孩的家庭状况，也不知道这个女孩的情感状态。

司简联想到那个叫展鹏的人可能是秦颖还惦念着的前男友，心猛地一紧。他拿手揢了一下胸口的位置，这种感觉让他很不舒服，莫名窝火，又不知该对谁发泄。

秦颖继续说梦话："展鹏……你快下车！"她几乎嘶吼出来，却仍然在梦魇中无法醒来。

秦颖又梦见了那个场景。

断壁残垣，四周宛若末日死城。夕阳逐渐坠下天际，浓郁的霞光将厚重的灰云染得血红。

一枚炸弹投在附近建筑，"轰隆"一声，十几层高楼应声倒塌，烟尘弥漫。

秦颖从昏暗的楼道里站起身，走下楼。

在每一级台阶上，都能看见一些瘦巴巴且脏兮兮的小孩。这些小孩没有家庭，都是因为战争失去亲人的孤儿。

有的坐在步枪上，有的正在数子弹壳。这些冰冷的武器与这些天真无邪的小孩碰撞在一起，显得非常"违和"。

小孩怎么可以把玩这种枪械，且面不改色？

秦颖下楼后，有一个拖着步枪的小女孩撞到了她，并在她跟前停了一下，用她听不懂的语言说了几句话，然后离去。

附近的大楼都被炸得不成样子，空中时不时还传来几声枪响。

那声音，像极了秦颖玩《刺激战场》时的枪击声。不同于游戏，此刻那个声音非常真实，让她代入感非常强。

秦颖迷茫地站在几栋大楼中央，不知道该去哪里。

一辆车在秦颖面前停下，车上的人降下车窗，胳膊随意搭在车窗上，笑着跟她打招呼。

因为兴奋，男人甚至冲秦颖吹了声口哨，并催促她："小颖，上车，动作迅速！明天我们就能回家了！"

回家？家在哪儿？

秦颖正要走过去，面前这辆车突然"砰"地爆炸，火花四射，一股热浪朝她喷涌而来。她看着那燃烧的火海，突然心痛，甚至叫出了男人的名字。

展鹏。

秦颖从梦中惊醒，醒来时发现枕头湿了一片。她下意识地把搁在床头的镜子放下，下床后又用白布将室内的镜子全部遮住。她不想让司简看见自己噩梦后的狼狈模样。

秦颖浑身被汗水湿透，去浴室洗了个澡。

洗完澡出来，她喉咙发干，整个人很空，甚至不知道该做什么。她就这么盘腿在地毯上坐下，开始发呆。

这已经不是秦颖第一次梦见那个叫展鹏的记者了。

这个展鹏是中国记者，因为工作去了×国。那两年×国战局混乱，首都几乎全面被毁，机场也被迫停止使用。

×国成为几方势力的争夺战场，对于中国人来说，那里唯一安全的地方是中国大使馆。

记者展鹏去世后，国内网友自发地为他举行了追悼会。

秦颖想起最近的梦，开始猜测自己和展鹏的关系。他们应该是很熟的人？

可秦颖失去了在×国的记忆，什么都不记得了。她使劲拿手捶脑袋，却依旧什么也想不起来。

秦颖这一刻情绪很低落，很希望能有个人陪她说说话。

她想给闺密季檬打电话，却又怕打扰了季檬，强忍住冲动。她索性取过化妆镜，对着镜面哈了口气，捏着袖子就开始擦。

很快，镜子里便出现司简的面孔。

他们隔着两个世界，时间不同。秦颖这里是寂静的凌晨，而司简那边却是下午。

司简发现秦颖的心情不太好，搁下手中的工作，轻声问她："怎么？想起了什么伤心事？"

秦颖紧咬嘴唇，双眼通红，却没哭出来。她强压着情绪，沉默地望着男人。

司简又问："前男友？感情问题？"

秦颖摇头，却没否认："不知道，我不记得了，什么都不记得了。最近我老梦见一个男人，梦见他被炸成了灰烬。"

秦颖痛苦地双手抱头，将脸埋到双膝之间，声音闷闷的："我一直以为那是梦，是噩梦。没想到，这个人是真实存在的。"

司简没说话，听女孩断断续续说了一些话，很快便理出一个大概来。

他皱眉问："你受过伤，失去了一段记忆？而在梦里被炸死的男人，是现实中真实存在的？小东西，你到底经历了什么？"

往常司简叫秦颖"小东西"时，语气里总带着戏谑的轻浮感。

可这一次司简却严肃地皱着眉，一脸忧心忡忡地看着她。

司简看着秦颖痛苦地将脸埋到双膝之间，伸手过去，隔着镜子揉了揉她的小脑袋。

秦颖心底压抑许久的东西呼之欲出，在她胸腔里噼里啪啦地爆炸，将她柔软的心壁炸得血肉模糊。

她抬起头的一瞬间，司简立刻将伸出去的手收回，并安抚她："想破解这层心理障碍，就去找到真相。"

秦颖扭过头看着司简："可万一真相比我想象中更残酷，我又该怎么办？"

司简说："可你一直逃避就会一直过不去这个坎，如困兽之斗。"

秦颖呼出一口气，沉默半晌才点头说："好。"

司简也不知如何劝秦颖，只说："早点休息，好好休息。"

"简狐狸，你这是在关心我？你是不是觉得我特别可笑？"秦颖拿手擦了擦脸上的眼泪，笑着说，"我也不怕你笑。我从小就没了父母，是被闺密的二叔抚养长大的。"

"五年前我去×国旅游，被困那个国家一年之久。二叔没有放弃我，带人来×国找到我。我的脑袋受伤严重，回国之后便忘了在×国经历的事。我曾经以为忘记了也挺好，可以像个正常女孩一样继续生活。可最近我老梦见在那个国家经历的事。看来有些事不是我想忘记就能忘记的，至少，有一些人我不能忘。"

说着，秦颖掀起衣服，给司简看自己腹部的伤口。

女孩的皮肤白皙，腰腹部满是疤痕。

弹疤、利刃捅过的伤疤交织在一起，凹凸不平，却并不可怖，像一幅杂乱的油画。

秦颖很快把衣服放下去："我这人是不是挺不知羞耻的？居然掀开衣服给你看。"

司简觉得自己好像忘记了什么，有什么东西压着胸腔，呼之欲出。

他的喉咙发腥："很痛吧？"

司简的反问让秦颖愣了一下，她说："我不知道，我忘了。但我觉得，应该会很疼吧。"

应该会很疼吧。

这句话像一根根细针，密集地扎在司简的心上。

司简的嗓音有些哑："有些事已经发生了，不能改变，那就尝试弥补。你先去休息，等明天睡醒了，去探望一下那位记者的家人。"

“好。”

秦颖上床，缩进被窝后，望着近在咫尺的男人：“司简。”

“嗯？”

“我身上的疤是不是很恐怖？”

“我觉得很美。”

“我觉得你是在商业尬吹，刚认识的时候你虽然毒舌，但至少真诚。”

司简低声笑道：“那……以你现在的状态，是希望我说点毒话吗？”

“不要。”秦颖的语气傲娇，“女人好、女人好，女人可爱是个宝。是个宝就得拿甜言蜜语哄着，你懂吗？”

“懂。”司简面无表情地重复秦颖的话，“女人好、女人好，女人可爱是个宝。”

秦颖继续教司简：“男人坏、男人坏，男人全是丑八怪。”

司简用无辜的眼神看着秦颖，表示“秦小姐你不要太过分，我是个男人我要面子”。

秦颖见司简沉默了，用可怜巴巴的小眼神看着他。

那小奶猫一般可怜的眼神，让司简彻底松动：“男人坏、男人坏，男人全是丑八怪。”

满意了吧？

司简深觉哄女人真麻烦。

秦颖突发奇想得寸进尺，又问：“既然我们是朋友，那现在你的朋友我没有瞌睡，你能唱《摇篮曲》哄我睡觉吗？”

“你得寸进尺的时候就没有一点羞耻心吗？”司简问。

秦颖小嘴一噘：“我就知道你是嫌弃我满身的疤。”

呵。都懂得卖惨了，能耐啊。

“我这种人活该没朋友，呜呜呜。”

司简皱着眉头说：“你给我好好说话！”

被他突如其来一通大吼，秦颖觉得更委屈了。

司简继续严肃地道：“你的腰身有多性感，身上的疤有多艺术，自己心里没点数吗？”

秦颖缓了一下才发现这居然是一句“彩虹屁”！

司简到底是收了脾气："你好好说话我就唱给你听。"

"真的？"秦颖立刻恢复正常，裹紧小被子，一脸期待地看着司简，"开始吧，简狐狸。"

司简看着镜中那个得寸进尺的女人，居然没有一点脾气。

他叹了一口气，开始低声给她唱《摇篮曲》。他唱的不是中文歌，而是意大利语歌——

　　睡觉吧我的宝贝

　　小鸟儿早已回巢

　　花园里多么安静

　　小羊和蜜蜂休息

　　天上月亮笑眯眯

　　银色光辉照耀大地

　　你睡在月光里

　　睡觉吧我的宝贝，快睡快睡

　　一切在沉睡中

　　一切在安静里

　　老鼠也在休息

　　厨房里黑如漆

　　墙那边有人叹息

　　不知道他是何意

　　宝贝你快闭上眼

　　睡觉吧我的宝贝

　　快睡快睡

　　有谁比你更愉快

　　有谁比你更幸福

　　糖果多玩具齐备

　　没烦恼也没忧愁

　　一切幸福都能得到

只要你不再哭泣

愿幸福能长久

睡觉吧我的宝贝

快睡快睡

　　司简的嗓音低沉，又带着一种安抚人心的磁性。秦颖枕着柔软的枕头，很快便睡熟了。

　　梦里。

　　秦颖躺在一栋陌生的废弃大楼里，窗外时不时传来狙击枪的声音，让她无法入眠。有一个强壮的男人将她拥入怀中，贴着她的耳郭，低声唱着这首歌。

　　那声音将恐惧的枪击声掩盖，让她内心有了片刻安宁。

　　第二天，松原将展鹏的相关资料发到秦颖的手机上。

　　她这个小助理没什么别的本事，打探消息的本事一流。

　　松原发微信告诉秦颖："颖姐，展鹏以前和我一个公司，也算是我的师兄兼前辈。他很厉害的，在他出事的前一天，还把在×国拍到的一些照片，以及在×国写的一些报道发回了公司。展鹏的父母很早就过世了，他去世后，按照早前留下的遗嘱，遗产都送给了一个叫章闻的人。我找到了这个章闻的联系方式和住址，也已经和她沟通过了，您直接过去找她就行，有什么问题尽管可以问她。"

　　章闻住在一个二环内的旧小区。

　　楼道老旧，墙体斑驳。

　　因为没有电梯，秦颖拿手机后壳的镜子对着自己，一边跟司简"视频通话"，一边踩着自己的"恨天高"，一口气爬上四楼。

　　到门口时，秦颖却没勇气敲开门，努力给自己做心理建设。

　　司简见秦颖优柔寡断，鼓励道："来都来了，进去吧。"

　　秦颖深吸一口气，说："万一这个展鹏真是我死了的前男友，那可怎么办？太残忍了。"

　　"都说忘记上一段感情最好的方法，是迅速进入下一段感情。"司简笑着说，"我不介意你把我当现男友，让你迅速走出上一段无疾而终的感情。"

"滚。"秦颖朝司简翻了一个白眼。

司简笑得狡黠："你要是真的爱上我了也没关系，去找到我，跟我表白，发挥你的聪明可爱来勾引我。即使我没有这段'镜面奇缘'的记忆，相信在你的不懈努力下，没准我也能看上你。"

秦颖气鼓鼓地道："滚。"

她差点把司简已是植物人的事脱口而出。

但她到底还是忍住了。

司简见秦颖把情绪都发泄出来，又恢复了正色，道："现在有勇气敲门了吗？拿出你想杀我灭口的勇气去敲门。"

行吧，大哥，您赢了。

秦颖在门口和司简嘀嘀咕咕，像是在自言自语。老小区的隔音本就不好，里面的人听见动静来开门，导致秦颖猝不及防和房主打了个照面。

里面的女人大概三十岁，戴着金丝边框眼镜，留短发。她推了推鼻梁上的镜框，低声问秦颖："你好。你是……秦颖？"

秦颖深吸几口气说："你认识我？你好，你是章闻吗？"

"我是，"章闻打量了一番秦颖，然后侧身请她进屋，"进来说吧。没想到这么多年过去，你的变化却不怎么大。"

秦颖跟着章闻进屋，听得云里雾里。她在沙发上坐下，一脸疑惑地问章闻："我们以前认识吗？"

章闻给秦颖倒了一杯水，笑着说："不认识，但我看过你的照片。"

章闻拿来一本很厚的相册，递给秦颖："松原已经跟我说过你的情况了。这是展鹏留下的所有遗物，有些照片是他在那边时发给我的。你知道的，最初那边乱的几年，想找个有网络的地方很不容易。那次，他一股脑地给我发了很多照片，其中就有他跟你的合照。我以为那会是好的开始，却没想到会是最后一次收到他的照片。"

秦颖接过相册翻了翻，前面全是展鹏的照片。越往后翻，那些战争城市的场景就越让她觉得熟悉。

秦颖翻到底，最后一张是她和展鹏的合照。也正是这张照片，让她受到了极大的震撼。她简直不敢相信自己的眼睛，心跳加速，几乎不能呼吸。

手机挂在秦颖的脖子上,自然下垂时正好贴着她的胸腔,司简的视线只能看见对面的章闻,却看不见秦颖的表情。可他能明显听见她的气息不太对。

女孩的呼吸变得急促。

司简紧蹙眉头,问:"你看到了什么?"

秦颖内心的震撼难以言表,她能清楚地感觉到手在抖,几乎要拿不住相册。直到听见司简的声音,她才想起两个世界的联系还没切断。

秦颖立刻把手机镜面的那一面反扣过来,画面一黑,便切断了两个世界的联系。

有些话不该让司简听见,她不能让司简知道×国会发生战乱的事。她是对司简说过自己在一个战乱国家失去了记忆,可她故意屏蔽了那个国家的名字。

如果司简知道×国战乱,没去×国,那么未来的事就会发生改变,也会因此引起巨大的"蝴蝶效应"。

章闻也发现秦颖的表情不太对劲,问她:"你怎么了?是不是想起了什么?"

秦颖把那张令她震惊的照片抽出来,问章闻:"这张照片我可以带走吗?"

"当然可以了。"章闻笑着说。

秦颖的心脏一阵闷疼,她将照片收进包里,问章闻:"你和展鹏是什么关系?"

"都忘了自我介绍。"章闻眉眼一弯,温声道,"我是展鹏的未婚妻,本来他出差回来我们就要结婚的。可他……"

讲到这里,章闻的声音逐渐低下去,旋即又露出笑容:"都过去了。尘归尘,土归土,秦小姐,你也不要想太多。秦小姐,如果以后你的记忆可以恢复,就去京山墓园看看展鹏吧。现在就不要去了,你忘了他这个朋友,他如果知道了,一定会很伤心的。他这个人特别小气,哪个朋友和他感情淡了,他都能嘟嘟囔囔地吐槽一整天。"

秦颖本来想安慰一下章闻,却反过来被她安慰了。

她点了点头,说:"好。"

从章闻家出来,秦颖从坐上出租车开始就一路发呆。

她把那张照片取出来,背景是×国,城市高楼被炸得七七八八的,一片颓靡。

镜头前站着两个身穿迷彩服的年轻人。

秦颖的手搭在展鹏肩上,她身高不足一米六,越发被照片上的男人衬得娇小可人。

秦颖留着短发，皮肤被晒得黝黑，眉眼却清亮。她身上穿着男式迷彩外套，手上缠着有些发黑的布条。最要命的是，她手里居然提着一把步枪。

秦颖是一个胆子很小的人，压根儿无法相信自己居然拿过枪。她甚至怀疑照片上这个看起来脏兮兮且提着枪女人不是自己。

太不可思议了。

她在 × 国到底发生了什么？

《这就是时尚》第二季在蓉市开拍。

秦颖在见完章闻的当天晚上，便和松原坐飞机前往蓉市。

飞机落地是晚上八点，他们在酒店大厅登记时，李亮和唐娇正好也在前台登记。

秦颖礼貌性地和他们打了声招呼，又一起坐电梯往上行。

电梯四面都是镜子。

镜子里的世界是早上，司简正对镜洗漱。他看见镜子里突然出现的秦颖，含着一嘴泡沫跟她打招呼："早上好，小东西。"

秦颖一脸嫌弃地看着司简。

两个人之间仿佛已经有了某种默契，即使她不说话，司简也能将她的想法猜得八九不离十。

司简立刻把嘴上的泡沫擦干净，低声说："别这么一脸嫌弃地看我。即使我不修边幅，用你们女孩的话来说，也是盛世美颜。"

碍于电梯里有其他人，秦颖不好说话，冲司简翻了个白眼。

电梯停在秦颖所住的楼层，她带着松原走出电梯。

还在电梯里的唐娇也跟着翻了个白眼，哼了一声，抱着胳膊跟老公李亮吐槽："什么玩意儿？刚才她居然对着我们翻白眼？怪不得田安不待见她。换成是我，我也不待见她。"

李亮宽慰妻子："是不是你想多了？人家可能只是眼睛不舒服。"

"李亮，你在帮她说话？"

见丈夫没有跟自己站在同一阵线，唐娇气得一跺脚，连电梯都跟着一抖。

她尖声道："不管你怎么好脾气，这次节目，我们都得想办法让她的名声臭掉。"

李亮皱眉："娇娇，我觉得田安的条件太过分了。算了，签不到好的场馆也没什么，是金子总会发光。接下来我们再努力宣传一下，你和我的粉丝都不少，没必要。"

"金子是会发光，可当它遭遇沙尘暴，一样会被蒙尘！你以为我答应田安是为了时装周？"唐娇拿手指戳了戳丈夫的太阳穴，低声说，"田安手里有多少资源，你不知道吗？如果能搭上她这条线，以后我们的资源也会相对好一些。"

电梯门一开，李亮如释重负。

他拎着行李箱走出电梯，岔开话题说："娇娇，你那条蓝色裙子带了吗？明天上节目，你就穿那条。"

唐娇看出丈夫的伎俩，也推着行李箱走出电梯。她说："李亮，你别跟我岔开话题，这件事你听我的。这两年行情变差了，好多小明星都没戏可拍。这次我们帮田安解决了秦颖这个竞争对手，以后我们手里就攥着田安的把柄。到时候她能不给我们资源？你明白我的意思吧？"

男人觉得有点心累："随你吧，听你的。"

松原把行李拖进卧室，开始替秦颖整理行头。她替秦颖把洗漱用品全部拿出来，一一摆放在洗漱台上。

秦颖站在客厅里照镜子。

她一边将头发，一边对着镜中的司简说："简狐狸，我明天就开始录节目了。上节目时不能带自己的手机，也不能带手机壳，可能接下来的日子没有太多时间和你'视频通话'，你别太想我哦。"

两个人通过镜子互联，已经成为非常信任对方的"网友"。

司简笑着说："现代社会并不缺镜子，我能见你的机会有很多。倒是你，突然讲这样的话，莫非……开始暗恋我了？"

"谁暗恋你啊？自恋狂。"

"不用害羞，暗恋我的人已经排到大西洋了，不少你一个。"镜子里的司简正在吃午餐，他的菜品很丰盛，他吃两口又放下，优雅地擦了擦嘴，道，"男欢女爱，正常得很。如果你承认暗恋我，我可以考虑分一点喜欢给你。"

秦颖盯着司简那张欠抽的俊脸，又冲他翻了一个白眼："分一点喜欢？渣男，你到底喜欢多少姑娘？我倒好奇，像你这种富二代花花公子，会同时和多少女性交往。"

"如果我说有三个很感兴趣的女孩，你会生气吗？"司简将擦嘴角的餐巾叠好，搁在一旁，饶有兴致地看着镜子里的女孩问。

"三个？"秦颖没由来地生气，涨红了脸骂司简，"渣男，你居然同时祸害三个姑娘。你就不怕被曝光了崩人设吗？"

"嗯，三个。一个是暴躁无常的你，一个是幼稚小气的你，还有一个是睿智聪明的你。"

"闭嘴吧你！"秦颖冷哼声很重，"就你这张嘴，没骗过两三个小姑娘，我被天打雷劈！"

秦颖的话音刚落，窗外便传来"轰隆"一声。

她吓得一缩脖子，吐槽道："没这么巧吧？"

蹲在卧室收拾行李的松原听见秦颖在客厅嘀嘀咕咕，以为她在打电话。结果出来一看，发现她正对着镜子说话。

这已经不是松原第一次看见秦颖对着镜子说话了，是第无数次。

松原站在卧室门口，叫了一声秦颖。待对方转过身，她道："颖姐，你是不是又犯病了？不如，明天我找医生，再来给你看看？"

秦颖扭头看向卧室门口的松原，愣了一下，这才面不改色地解释："我这是在演戏，练习台词。你想啊，这次直播没有剧本，不利于嘉宾立人设。一旦我脑子转不过弯来，说错了话，那可怎么办？在网络上，几千几万人甚至是几千万人盯着你，你不小心说错的话很有可能被人放大十倍数百倍，最后炼制成攻击你的武器。"

说到"武器"，秦颖伸出一根手指在松原的胸口戳了一下，再次一本正经地说："为了不丢人设，为了保住自己和社里的名誉，我正在勤奋练习。"

松原被秦颖一本正经的胡说八道忽悠得一愣一愣的。

好半晌她才缓过劲来，为秦颖"啪啪"地鼓掌："颖姐，你真是尽职尽责，我要向你学习！"

秦颖在小拇指上掐出一个指节，说："作为我的助理，你能汲取到我身上十分之一的敬业，差不多就能算是成功了。"

松原听得一愣一愣的，然后重重地一点头，说："好的，颖姐！我现在就回房间看书！明年就考研了，我得好好学习天天向上。那……卧室里没收拾好的衣服，您就自己挂喽？"

秦颖看了一眼房间里散落在床上的衣服，掐着眉心表示头疼："回吧、回吧，让你敬业，你反倒偷懒。呵，女人。"

松原咧嘴一笑："那我回去啦，颖姐，你早点休息！"

等松原离开，秦颖花了整整一个小时才把衣服挂好。她已经没力气去洗澡，摊在柔软的大床上，瞥了一眼旁边的镜子，说："简狐狸，你觉得田安会怎么在节目上对付我？"

司简并没有急着回答，而是说："你把这次参与嘉宾的资料给我简单地做一个介绍。"

"好。"

听完秦颖的陈述，司简分析说："撇去陈怡不论，侯度和雪米这两个孩子不可能掺和田安的事。"

"怎么讲？"

司简抬头看秦颖，淡淡地道："侯度和雪米的父母我都认识，这两个孩子从小生活条件优渥，进娱乐圈只是体验一下生活，有没有资源对他们而言并没有那么重要，他们更不屑与人同流合污。再者，据你所言，这两个孩子如今已是当红明星，也就更不可能再借田安的资源了。"

"至于张余，我曾与他有过合作，也算了解。他在我这个时间，已经是炙手可热的国际名模。虽然在你的时间他转型做了演员，但他该有的傲气应该还在，该有的资源应该也不差。"

司简分析完前几位，话突然一转，说："李亮、唐娇夫妇，他们自创了一个服装品牌。而田安手中最丰富的资源就是服装品牌的宣传，你需要提防他们。"

"我也这么想。"秦颖认同司简的推测，又说，"为了尚海时装周的事，唐娇已经私下找过田安几次。应该是田安没给她回复，她也来找过我，可那会儿我正在停职，也没办法帮她。"

司简笑着看秦颖："那你打算怎么应对？"

"兵来将挡，水来土掩喽。"秦颖耸肩，一副无所谓的模样，打了个哈欠道，"我困了，睡了，晚安。"

司简："晚安。"

这一夜，秦颖无梦。

就在秦颖睡熟后，在病房里躺着的司简也从梦里醒了过来。

依然和从前一样，司简不能挣脱身体的束缚，依旧无法睁眼。他被困躯壳内，无法与外界交流。

司简想起梦中的一切，激动又觉得无奈。

在梦里，他的记忆停在六年前。

在梦里，他无法告诉秦颖一切真相。

在梦里，司简得知秦颖在职场上被曾经的助理碾压，醒来后他的内疚感爆棚。他恨不得马上醒过来，以秦颖丈夫的身份出现，做她坚强的后台，给她依靠。

谁欺负秦颖一分，他便还之一寸。

可司简无法苏醒，依旧无法苏醒。

他听见有两名护士进来了。

护士 A 一边给司简换营养液，一边说："已经五年了，司简先生什么时候才能醒过来？你有没有看他的微博？他都已经在微博消失五年了，每天都还有很多粉丝在下面留言，期待他归来。都说网友健忘，这都过去六年了，他的热度依然在。"

护士 B 也说："你五年前不上网吧？不知道司简当年有多火吧？外界的人还不知道司简先生是司柏嘉的儿子，如果知道这个消息，他只会更受关注。"

护士 A 叹息一声："也对。司柏嘉啊，把中国时尚概念带向国际的第一人。可惜了这么完美的一个男人，却躺在这里成了植物人。"

护士 B："听说司简是有老婆孩子的，不知道是真的还是假的。"

护士 A 做了一个"嘘"的手势，说："这种话可不能乱传。好了，赶紧干活。"

两名护士已经照顾司简五年了，司柏嘉为了不让司简的事情泄露出去，对医护人员的挑选很讲究，所以开的工资不低。一旦查到消息被医护人员泄露，按照合同付出年薪的数倍赔偿。

消息还是泄露出去了，但被司柏嘉及时拦截，故没有大范围地传播。

即便如此，依然瞒不过打探消息本事一流的松原。

《这就是时尚》第二季为了让观众看见诚意，采用无剪辑网络直播，再经过剪辑后台播。

直播过程中，任何细节都会被披露到网络上，相当于考试的时候被监控，嘉宾的一言一行都被网友盯着，毫无作弊的可能。

节目组已经做好了网络直播数据不好的准备。毕竟无剪辑直播综艺，相当于一部毫无剪辑的纪录片，过程也会很枯燥。

但为了避免这种枯燥，节目组还是采取了相关措施。

譬如，直播时采用分镜直播间，网友可以随意切换七个嘉宾的直播间观看，节目组也会根据七位嘉宾直播间的流量来剪辑台播的镜头。

这样的播放方式也激起了网友的兴趣，大家都想看看这种新奇的直播方式。

七位嘉宾一大早就被送进绣坊隔壁的客栈，开始挑选节目组备好的穿搭服饰。

作为时尚类节目，时尚概念从节目开会一直坚持到最后。

节目录制的第一个环节，嘉宾们比拼的是对时尚的理解，出场服装都是由他们自己挑选的。

等节目开始，嘉宾集合完毕，现场的机器人评委会根据网友的评分，为他们的时尚穿搭打分。然后系统会根据七位嘉宾的得分来进行分组。

由于几位嘉宾水平不一，此时的分组直接决定了最后时尚决赛的成绩。

除秦颖外，其他几位很快就换好了衣服，准备录制入场，秦颖却迟迟未从换衣间出来。

更衣室内。

松原举着那条破洞的裙子，皱眉道："颖姐，这裙子一熨就坏了，质量也太差了吧。"

秦颖正坐在镜子前补妆。

她扭过身子，看着松原手中那条破洞的裙子，皱了眉："应该不是裙子的质量问题。"

镜中，司简也盯着那条破洞的裙子，紧蹙眉头说："这条裙子的底纹是

Sparka 在千禧年出的经典花色。既然是 Sparka 的产品，出现质量问题的概率就很低。Made in China（中国制造）的特色，首先是质量过硬，Sparka 是司柏嘉集团的主打品牌，它不同于其他国际时尚品牌有款无质。"

这一点秦颖也赞同，她点点头，说："Sparka 的质量没得说，而且我这条裙子是今年春夏的高定款，不至于熨烫一下就出这么大的纰漏。"

松原举着衣服望向秦颖，总觉得秦颖没有在跟她说话，仿佛在对着镜子说话？

好吧，这一刻不是纠结领导有病的时候。

秦颖看了一眼镜子，又迅速移开目光，垂眼摆弄化妆品："你有什么好的建议？唐娇夫妇这种手段虽然低级又降智，却也抓准了我现在的处境。根据节目组规则，每位嘉宾只有一次定制服装的机会。我没有模特的身材，就我这身高，在其他嘉宾的衬托下，只会显得更矮。如果我穿得随便，一定会被直播间的网友喷得体无完肤，很有可能直接上升到影响杂志社的名誉。"

镜中的司简坐在办公桌前。

他修长的手指在桌面有节奏地敲击着，说："这也是田安想看见的。一旦因你影响公司的名誉，艾佳的眼里一定容不得沙子。"

秦颖陷入沉思。

松原在秦颖旁边坐下，她听不见司简的声音，当然以为秦颖是在和她说话。

她望着陷入沉思的秦颖，噘嘴道："颖姐，如果我有好建议，就直接帮你去做了。你现在这么问，不是为难我吗？"

秦颖扭过头看松原，说："松原，你先出去。"

"啊？"松原看了一眼门口，提醒秦颖，"直播马上就要开始了，其他嘉宾可都在外面等着你呢。我们……"

秦颖："你先出去，我来想办法。"

松原快哭了，觉得秦颖这是打算破罐子破摔了。

这是蓉市古镇，远离市区，别说没有大牌服装店了，连快销品牌的服装店都没有，上哪儿去想办法？

等松原关上门，秦颖对镜中的司简说："蓉市古镇最出名的是蜀绣，还有一个叫李建民的做旗袍的老师傅，我可以去找他帮忙。李建民家有七套旗袍藏品，价值不菲，老先生很是爱护。这些是老先生的展览品，虽言明不外借，可七年前，他给司柏嘉女士借过一条曼珠沙华旗袍。"

司简无奈地摇头，笑出声来："小东西，你这是在打李建民的主意？第一，你的社会地位远不如司柏嘉女士；第二，这里离李建民的工作室隔着一条街，自行车来回距离十五分钟，你现在去找李建民，算上谈判和来回所需时间，怎么也赶不上你录节目。"

"但如果是李建民让人把旗袍送过来呢？"秦颖双手合十，声音放柔，哀求司简，"司简小哥哥，你曾经做过一期旅游古镇的视频，谁都知道你和李建民的孙子是好朋友。李建民年事已高，现在是由他孙子李荣旻当家。"

"你是在打我的主意？"镜中的司简面色一冷，"秦颖，你很有能耐，你有没有羞耻——"

"没有没有，这种时候我可以放下羞耻心。你不生气的时候就叫人家小东西，一生气就叫人家的名字，人家心很痛啊。"秦颖继续厚脸皮，冲司简眨巴眨巴眼，"人家能不能打脸田安和唐娇可就看你了，你难道忍心看着人家被田安摁在地上摩擦？"

和司简成为"另类网友"这么久，秦颖当然摸透了司简的性格。

有求于他时，就得放下身段，厚起脸皮。

司简皱眉看秦颖，冷声道："给我好好说话。"

秦颖见好就收，立刻闭嘴，一脸乖巧地坐好，巴巴地望着司简。

司简见秦颖一副乖巧样，到喉咙口的严厉之语不忍再出口。

他抬手一捏眉心，把喉咙口的愤怒压下去，语气中透着无奈："我给你一个号码，你按照我的话打过去。"

秦颖起身，俯身在镜子上"吧唧"亲了一口，兴奋地道："谢谢！抱紧霸总爸爸的粗腿毛不放！我这就去打电话！"

女孩掏出手机，转身离开。

司简的冷脸蓦地一红。

刚才秦颖亲在镜面上，同时，他的嘴唇被一股温柔的力量轻轻一压。

女孩嘴唇的甜香也一起袭来，像一颗散发芬芳的果冻。

"怦怦——"

司简的心跳开始加速。

秦颖没有注意到，镜中的画面开始扭曲。

等她打完电话，再转身，发现司简已经消失在镜中。

秦颖捏着电话，盯着镜子嘀咕："怎么走了也不说一声？真是个没素质的'网友'。"

医院，司简的病房里。

两位护士正坐在司简的病床前看《这就是时尚》的直播，两个人都没有注意到，病床上的植物人司简的腿猛地抽搐了一下。

护士 A 问："司简的腿刚刚是不是动了一下？"

植物人司简：终于发现他可以动了吗？

"你想什么呢？幻觉吧？"护士 B 瞥她一眼，突然盯着手机里的直播尖叫，"啊啊啊——侯度出来了！"

护士 A 也跟着尖叫起来："啊啊啊——小猴子好帅！"

植物人司简："……"

绝望。

秦颖的服装出现意外，直播时间延后，另外几位嘉宾在客栈的院内等了她大概十分钟。

客栈庭院里没有直播机器，嘉宾们需要在庭院集合，依次走去隔壁绣坊，然后才开始直播。

工作人员跑出来，告诉他们："各位嘉宾久等了，原定第一个出场的秦颖，服装出了重大事故。在座各位可有谁愿意和秦小姐调换顺序的？"

唐娇闻言，内心舒爽，有些幸灾乐祸。

在熨斗上动手脚的方法虽然低级，却能给秦颖造成最直接的打击。

如果秦颖出场被群嘲，一定会导致舆论严重扩散。田安那边再适当地推波助澜，秦颖的公司也会遭受名誉攻击。

届时，艾佳必然不会再留秦颖。

李亮看了一眼幸灾乐祸的妻子，到底什么也没说。

雪米愿意和秦颖调换出场顺序。

因为服装事故，秦颖从出场第一位调换至出场最后一位。

工作人员拍板，迅速做出安排："成，就这样，大家陆续进入绣坊吧。大家注意一下，一旦踏入隔壁绣坊的大门，就意味着你们进入了直播。这是一场没有剧本的真人秀，一言一行都要注意哦。"

等雪米和侯度、张余走出客栈庭院，唐娇也挽着丈夫李亮朝隔壁走去。

跨出院门时，唐娇低声嘲讽："给她留出时间又怎样？我就不信她能在这穷乡僻壤凭空变出一套时装来。"

李亮低声斥她："小点声。"

唐娇努嘴说："干吗？这里又没有摄像机，你这样凶我干什么？"

李亮眉头一紧，不再说话。

陈怡远远瞥见唐娇的嘴形，感觉有一丝不妙，问工作人员："秦颖的衣服到底怎么了？"

工作人员回答说："颖姐的衣服被熨出了一个破洞。不过怡姐放心，颖姐人脉广，刚才李建民老先生的孙子已经给颖姐送来了一件旗袍。"

"李建民？"陈怡感到诧异，"李建民对他那些展览品旗袍视若珍宝，除了司柏嘉女士，从未外借给任何人，又怎么会借给秦颖？"

这话问出口，陈怡也就恍然了。

当然也是因为司简了。

这个女人和司简到底是什么关系？

陈怡没有去直播现场，而是留在这里等秦颖。

十点左右，田安准时打开电脑，开始看直播。

坐在田安身旁整理合同的助理柳玉瞥了一眼屏幕说："田姐，节目组给秦颖准备的衣服出了问题，她一个时尚杂志副主编，如果随意一套穿搭出镜，一定会被群嘲。我已经联系好了团队，他们会负责把舆论扩大，从秦颖个人上升到公司。"

田安手托着下巴，紧盯着屏幕，低声说："节奏掌握好。"

柳玉点头："知道，您放心，一定在我们可把控的度。"

嘉宾们在蓉市古镇的绣坊集合。

蓉市最著名的是蜀绣，绣坊里的绣品也都是蜀绣样品。

直播里。

最先走进绣坊的是雪米。

女孩身高一米七，二十一岁，巴掌大的小脸，杏黄色的连衣裙将皮肤衬得似雪般莹白。她用浅绿色丝巾扎着一个慵懒的丸子头，露出一段优雅的天鹅颈。

直播间的网友们疯狂地刷起弹幕——

网友1："这是我雪米公主的真人秀首秀！米粉们，冲呀！刷屏！为我公主疯狂刷！"

网友2："雪米这一身穿搭也太适合她了吧，好漂亮，呜呜呜。"

网友3："这是D&M春夏高定新款，你能说不漂亮？"

网友4："雪米出场，碾压全场，大获全胜！我雪米就是本季的时尚公主！"

这样欢呼热烈的刷屏弹幕并未太持久，小鲜肉侯度一出场，瞬间将其打破。

网友弹幕立时转了风向——

网友5："我侯度小王子出现啦！我侯度小王子出现啦！为我侯度小王子疯狂刷心！"

网友6："小猴子正优雅地走来！他神仙的颜值，神仙的穿搭，艳压全场！会吹小猴子的优秀的，请疯狂吹！"

网友7："小猴子颜值能打，披麻袋也是第一，呜呜呜——"

侯度二十一岁，穿布面粗糙的卡其色外套，下身搭配靛蓝色宽松裤装。肩部设计略显宽大，让身材单薄的小奶狗看起来更像成熟稳重的小狼狗。这和他平时的风格有很大反差，提高男人味。

网友在直播里尖叫："啊啊啊——我小猴子从小奶狗长成了成熟的小狼狗，好man（男子汉气概）！阿姨粉爱了爱了！小猴子，你是最棒的！"

在侯度之后入场的是张余，他本身是模特出身，身高一米九，真正的男模身材，穿的是D&M春夏高定新款，很少有男人能把白色穿出仙气来。

接下来入场的是李亮、唐娇夫妇。

他们穿的是自家服装，款式上有明显跟风，像极了Sparka去年春夏出的情侣款。设计上又恰到好处地做了修改，算不上抄袭，又致敬得有些过分。

弹幕里出现一些批判言论，很快被唐娇、李亮夫妇的水军刷下去。只几秒，便只剩一片好评。

几位到场的嘉宾开始互相寒暄，心照不宣地给秦颖打掩护，以争取时间。

直播间里的网友很快发出疑问："还有两个嘉宾吧？怎么还没出现？"

与此同时，两道靓丽的身影走进绣坊。

陈怡和秦颖一起跨入绣坊，两个人的气场惊艳，迅速将直播间的喧闹压住。

陈怡穿了一套银灰色西装，配一根黑色腰封，将腰身收紧。西装偏中性，却没有遮盖女性独有的性感。她每一步都走得很稳，气势十足，甚至让人忽略了她那条义肢。

在陈怡的衬托下，秦颖的身高短板更明显。可也是在陈怡强势气场的衬托下，她娇小玲珑的气质也被突显出来。

秦颖穿着一件黑色旗袍，长发被木簪高盘，手里拿着一把红色折扇，半遮小脸。

秦颖露出的一双眉被勾得细致温婉，那双眼睛也是温柔动人。折扇的红与旗袍的黑相得益彰，几朵蜀绣金莲盘着她窄细的腰身蔓延绽放，雅致复古，又带着黑夜的神秘。

两个人一刚一柔，顿时就把全场的氛围给烘托起来。

秦颖跨过门槛时，陈怡还主动伸出胳膊让她挽着。

两个人的穿搭和身高中和，呈现一种引人注目的化学反应。

如果说唐娇、李亮这种夫妻档是观众常见的，那么秦颖和陈怡就是令观众耳目一新的CP（组合），清新脱俗，又极具话题热度。

直播间。

网友1："陈怡这是什么神仙颜值！这套穿搭也太帅气了吧！旁边的小姐姐是谁啊？太可爱了！旗袍太精致了吧！"

网友2："这是……这是李建民老先生的金莲旗袍啊！李建民先生一共有七套旗袍，红玫瑰、郁金香、白牡丹、金莲花、昙花、水晶兰、曼珠沙华。秦颖身上这套就是金莲花。这七件旗袍都是老先生父亲的绝世遗作，价值连城！居然借给了秦颖！"

网友3："假的，一定是仿品。老先生的这些旗袍一直是作为展品存在，也只借给司柏嘉女士过。秦颖是什么身份地位，也配穿老先生的旗袍？身为一个时尚杂志的副主编居然穿仿品！"

☽ 第七章 锦绣旗袍

数分钟前。

李荣旻接到秦颖的电话，立刻从家里带了旗袍过来。

古镇里不能开车，李荣旻的旗袍工作室离绣坊几条街远，他骑着电瓶车一路杀过来。旗袍不能折叠，他就将旗袍挂在自己的帽子上，套着防尘罩，风风火火地冲进秦颖所在的后院。

李荣旻停好电瓶车，又高举着旗袍冲上楼。他推开门看见秦颖，恭恭敬敬地冲她鞠躬，喘着粗气说："我来晚了，嫂子！"

"不晚不晚。"秦颖邀请李荣旻进来，给他倒了杯水。

李荣旻是李建民的孙子，身材瘦高，穿着一套裁剪流畅且质地不错的西装，脚上却穿了一双手工缝制的黑布鞋。这身穿搭放荡不羁，现在被他这样穿着，非但不土，还透着一股潇洒劲。

秦颖从李荣旻手里接过衣服，防尘罩里的衣服让她十分惊艳。

她曾隔着橱窗看见过这件旗袍的展览，远不及这样直观带来的视觉冲击强悍。

盘腰的绣花别致，旗袍布料细密，摸起来很有质感。

秦颖往身上穿时小心翼翼，从未如此爱护过一件衣服。

等秦颖换好旗袍，李荣旻鼓掌惊叹："大嫂，您能把这件旗袍穿起来，身材真不错。"

李荣旻之所以称呼秦颖为大嫂，是司简让秦颖告诉李荣旻她是自己的女朋友。

为了让李荣旻相信，秦颖说了一些司简的私密事，这些事足以证明秦颖是司简身边亲密的人。

自从司简出事后，李荣旻本着"眼不见为净"的心态，极少去医院看他，并总安慰自己司简很快便会醒来。为了成功地麻痹自己，他从司柏嘉集团离了职，回到古镇继承家业。

李建民已经将几件旗袍和工作室全给了李荣旻，旗袍是卖是借，都由他做主。

别说是秦颖想穿了，就算秦颖张嘴问李荣旻要，他也可以考虑送给她。

秦颖听了李荣旻的话，笑着说："你这是商业尬吹？"

她对镜站好，却无法从镜子里看见自己。

她所看见的，是同样站在穿衣镜前系领带的司简。

她双手优雅地一抬，问镜中人："好看吗？"

这话一出口，镜中的司简和李荣旻同时说："很漂亮。"

李荣旻声音一顿，又说："对了，大嫂，你的衣服是怎么回事？是有人故意刁难你，想让你出丑吗？"

秦颖把自己和司简的讨论大致跟李荣旻叙述了一下。

李荣旻薄唇一抿，一挑左眉，淡淡地道："大嫂，忘了告诉你，今天你们在古镇录制的这一场，我是主持人，代号'熊猫侠'。我会代替简哥好好照顾你的。"

"啊？"这个消息倒让秦颖十分惊讶，"熊猫侠？"

李荣旻打了个响指，冲秦颖挤眉弄眼："大嫂，您先准备，我去打扮一下。"

看着李荣旻离去的背影，秦颖一脸茫然："什么？"这爷们儿作为主持人，接她电话时难道还没出门？

镜中的司简看着李荣旻离去的背影，笑着说："这小子多年如一日。"

离开化妆室前，司简鼓励秦颖："有人想看你这座高楼倒塌，你就偏立稳了让他们看。你不用太担心，荣旻会帮你。"

"我不是担心，"秦颖咧嘴一笑，对司简说，"司简，谢谢你。为了帮我，让你莫名其妙多了一个女朋友。"

司简无所谓地道："我不介意多你这个女朋友。"

秦颖笑着说："看来我得好好找个男朋友了，否则总被你这个虚拟网友惦记着。"

司简沉着一张脸："你找到我就不跟你说话了。"

"为什么？我怎么觉得，你这话有一种'我不跟你玩了'的"既视感"，给我一种我们的友谊是小孩之间幼稚友谊的错觉。"

"不是。"司简的声音顿了一下，把锅甩给秦颖，"是'你不跟我玩'。"

这话似乎有其他的意思。

秦颖不敢去问司简这话里是否有其他意思，岔开话题："录制不能带手机，希望录制时能看见镜子。"

秦颖也话里有话。

希望看见镜子，更希望看见镜子里的你。

不仅直播间的网友，就连守在直播前的田安，也认为秦颖身上这件旗袍是仿品。

老先生是手艺传承人，不仅是蜀绣大师，也是旗袍裁剪大师。他的旗袍不需要打广告，对创作精益求精，每年只做三件旗袍，再多的不会做，也做不出。旗袍上的一针一线，全是出自他的手工。

田安看着秦颖身上那件旗袍，冷哼道："这个秦颖，真以为网友不懂李建民，觉得自己能蒙混过关？"

助理柳玉看了一眼屏幕，低声问："田姐，她胆子挺大，居然敢穿仿品上节目？真不怕惹事？"

"上了这个节目，嘉宾一般不会主动问她穿的是什么品牌。无人问，她就可以堂而皇之地穿仿品。演艺圈很多明星穿过李氏旗袍的仿品，以此来表达对李氏旗袍的爱慕。李老先生一般也不介意明星穿仿品参加节目。"

柳玉疑惑："老先生就不会告她穿仿品侵权？"

"不仅不会，老先生还会误以为秦颖是李氏旗袍的粉丝。"田安声音一顿，又分析道，"一方面，老先生不会站出来点明她身上这件是仿品，老先生不发声，网友也会误会她穿的就是正品。如此一来，她在节目里的名声和地位，就靠这件惊艳的旗袍稳住了。"

柳玉皱眉，表示惊讶："那我们的计划岂不是泡汤了？"

"她这是在赌，赌不会有人在节目上询问她穿的是否为正品。赢了，她可以享受网友'脑补'带来的红利；输了，则是一败涂地。"

说到这里，田安的嘴角又得意地勾了一下："唐娇这个女人，从进娱乐圈开始就顺风顺水，没吃过什么苦，也没什么心机，做事更偏向直白。在娱乐圈战战兢兢摸爬滚打的演员可能不会去问秦颖这个问题，但唐娇一定会问。"

柳玉听田安这么说，突然就放松下来，不再那么紧张，说："所以，唐娇这个没脑子的，一定会把秦颖这事给挑出来？"

田安笑出声，扭过头看向助理，说："唐娇可不蠢，她只不过是被经纪人和老公宠坏了，恃宠而骄，无所畏惧罢了。"

直播仍在继续。

绣坊大厅内放着几面蜀绣屏风，图案栩栩如生：熊猫翠竹，青山绿水，还有皑皑雪山，羌族美人。

几位嘉宾在绣坊大厅一集合，立刻触发了节目组的情节设置。

屏风后传来一道颇具侠风的男声："欢迎各位嘉宾进入绣坊，我是'熊猫侠'，恭喜你们成功触发'天下第一蜀绣'的任务。直播间即将发起'谁最时尚'的投票环节，我将根据网友对你们的评分分组。一共七人，分两组，唐娇、李亮夫妻一体，按照一人算。投票开始——"

直播间的弹幕被屏蔽清空，出现了投票选项。

大约五分钟后，投票结束。

"熊猫侠"宣布结果："人气投票最高的时尚穿搭获得者，侯度，投票得分九十八分；第二名，雪米，得分九十七分；第三名，陈怡，得分九十三分；第四名，秦颖，得分八十九分；第五名，张余，得分八十六分；最后一名，唐娇、李亮夫妇，综合得分八十三分。下面请冠军选择两名队友，其余未被选中的队友组成一组。"

结果一宣布，不仅是唐娇，直播间里的观众也"炸了"。

网友1："什么？秦颖这个小矮子的得分居然比张余都高？"

网友2："秦颖作弊吧？她的旗袍虽然好看，可她的投票分数居然比明星都高？没道理啊！"

网友3："秦颖身上穿的根本就是仿品，蹭李建民旗袍的热度，凭什么给她高分？"

唐娇也顾不得是在直播，直接说出了网友的心声："'熊猫侠'，这个得分确定没水分？秦颖身上穿的并不是李建民老先生的正品旗袍，而是一件仿品。

李建民先生鼓励粉丝穿仿品参加娱乐活动，可我们这是时尚类节目，秦颖穿仿品，还拿高分，这是什么道理？"

"熊猫侠"并没有急着跟唐娇解释，而是问其他人："在座各位，还有人对我的评分宣判有疑问吗？如果有，请提出，我将一一解答。"

当红小生侯度身高一米八，身材单薄，皮肤奶白，生得唇红齿白，少年感很强。他说话时习惯眉眼弯弯，带着颇具迷惑性的温柔笑容。

"没有呢，熊猫大侠，您安排。"侯度的声音带着浓烈的青春少年感，听得人心发软，如被灌了蜜。

雪米也眉眼一弯，甜丝丝地摇头："听熊猫大侠安排。"

陈怡不是明星，也不屑走什么人设，她冷冷地看了一眼唐娇，语气冷淡地道："我也没有。只是有些人垫了底还事多，想用这种方式博眼球，真够掉价的。这是真人秀，没得剪辑，小心狼性暴露，招人讨厌。"

"你！"唐娇被陈怡"怼"得涨红了脸。

碍于直播，唐娇又把怒意吞了回去。

张余稳重的声音打破这火药味十足的气氛："为了公平起见，'熊猫侠'，你公布一下评分标准吧。"

李亮握紧妻子的手，低声说："我妻子性格太直，如有得罪，抱歉。为了公平起见，劳烦'熊猫侠'公布一下评分标准。"

直播间里。

网友1："我觉得唐娇的质疑没毛病，唐娇小姐姐真是直脾气，其他人遇到明显不公平的待遇，连话都不敢说。"

网友2："陈怡怎么跟火药桶似的？李亮真的宠妻啊，连质疑都这么温柔体面。"

网友3："陈怡这护犊子的行为也太明显了！她是被秦颖再度挖掘捧红的，当然向着秦颖了。不过这护犊子的劲好帅，这对CP我居然觉得很好嗑。"

网友4："'熊猫侠'如果不给个交代，我掰断他的熊猫耳朵！"

"熊猫侠"沉默数秒才说："秦颖知道自己身高的短板，所以选择了这件黑色旗袍。这件金莲旗袍并不是为她量身定做的，可穿在她的身上却恰到好处地展现了她娇小玲珑的身材优势。服装搭配这门学问，归根究底，不是选择当季最时尚的衣服，而是最漂亮的衣服穿在最合适的人身上，展现出它的独特魅力。"

唐娇反驳："讲了半天，你还是没有讲评分标准，真的会有那么多人投票给秦颖吗？她穿仿品，难道不用扣分吗？"

"熊猫侠"的声音更加掷地有声："为了公平公正，我们不仅会综合网友评分，还会综合节目组内的评委评分。秦颖身上这件旗袍是李建民老先生的藏品，也只有她穿过。这是由中国顶级匠人一针一线手工缝制的，属于中国传统手艺的高级定制。旗袍不仅珍贵，还如此贴合她的身材，组内评委给出高分是理所当然。"

唐娇继续咄咄逼人："她这不是旗袍原作，是仿品！'熊猫侠'，你是不是聋了？"

"熊猫侠"的语气平淡，不带一丝怒意地"怼"回去："我说过了，这是正品。秦颖原定的服装出现意外，这件旗袍是绝对的正品，由李建民的家人送来，真假不容置疑。倒是唐娇小姐，您和李亮身上所穿服装，像极了Sparka的春夏情侣款，花色也借鉴了他家某年经典花色。你们的服装达不到抄袭程度，却有些致敬过分，这就是为什么你们会拿最低分。"

唐娇被"怼"得噎住，双眼通红。

她想和主持人争辩，却被丈夫李亮拉住。

"熊猫侠"继续说："如果不是你们的粉丝多过秦颖，你觉得自己可以拿'过八'的评分？如果不是秦颖的粉丝少于你们，你认为秦颖的评分会低于九分？"

"熊猫侠"的毒舌指数达十颗星。

《这就是时尚》第二季，为了比第一季做得更有特色，特地将主持人设定为这种"不卑不亢"且敢说真话的性格。

这段直播，让节目组工作人员也震惊了。

这主持人是怎么回事？

让你走"不卑不亢"敢说真话的人设，你怎么走上了毒舌的吐槽路？！！

现场导演叫来助理，一巴掌拍在助理的后脑勺上："这个主持人是怎么回事？从哪儿找来的这么毒舌的主持人？"

助理解释说："每一期的主持人都不一样。这次录制地点在蓉市古镇，主持人是当地的时尚达人。这位主持人是李建民的小孙子李荣旻，也是李建民旗袍工作室的继承人。早年他在司柏嘉集团工作，甚至做到了高管，在时尚圈有资源又有地位。"

导演抬手揉了揉眉心，没有剧本真的不行啊，剧情完全放飞自我了。录制这才刚开始，就朝着崩坏的方向发展。

再这样发展下去，嘉宾和主持人打一架的可能性都有。

助理小声说："导演，秦颖的旗袍就是他送过来的。而且，我觉得他这种主持方式挺好的。"他把手机拿过去，指着弹幕说，"您看，大家都挺喜欢这个'毒舌熊猫侠'的。"

小助理没有骗导演，这一刻，直播间里一片叫好声。

网友1："哈哈哈——为什么觉得这个'熊猫侠'好毒舌、好可爱！"

网友2："哈哈哈——妈呀，这第二季不仅嘉宾疯了，连主持人也疯了！他也太敢说了吧？哈哈哈。"

网友3："关键是'熊猫侠'说得还挺在理。"

网友4："所以，秦颖身上穿的旗袍真的是李建民老先生的旗袍？妈妈，秦颖是什么神仙小姐姐，居然能借到李建民老先生的旗袍！"

网友5："我还以为唐娇、李亮穿的情侣装本来就是司柏嘉家的情侣款，没想到是他们的原创品牌，也太侮辱'原创'这个词了。法律上判定不了抄袭，可这明显是借鉴过度，贼喊捉贼的节奏？秦颖也是厉害，不愧是《奇风尚》的副主编。恐怕除了《奇风尚》，没人能借到李建民的旗袍吧？"

网络直播，居然有人开始觉得"熊猫侠"这种"毒舌"主持超可爱。

在真人秀里，敢讲真话才有看点，扭扭捏捏，什么话都不敢说，还叫什么真人秀？

大家都觉得"熊猫侠"公平公正，给秦颖报仇，还报得这么清新脱俗、大公无私。

在场的嘉宾，除了唐娇，都能看出主持人"熊猫侠"十分针对唐娇，而且是带着"大公无私"的态度光明正大地针对唐娇。

陈怡看出来了，雪米也看出来了。

连年龄最小的侯度也看出来了，他抬手摸摸鼻尖，利用手遮住嘴的瞬间，勾起嘴角笑了一下。

他觉得很有意思。

这个秦颖在《奇风尚》的地位，这一刻娱乐圈尽人皆知。她被停职，再回归时几乎所有资源都被田安剥得干干净净。以前主编艾佳出入任何场合都带着年轻的秦颖，现在却只带田安。

明眼人都看得出秦颖已经失宠，就像准太子被打入冷宫，否则也不会被送来这个节目。可也就是这样一个失了宠的副主编，不仅能借到李建民的旗袍，还能得到主持人的偏袒。

李亮也看出主持人在针对妻子，因此才拉住她。他若有所思地看向秦颖。

他与秦颖的视线对上，自然大方地和对方微笑颔首，斯文儒雅。秦颖觉得莫名其妙，也冲对方颔首，回以微笑。

绣坊入门处就有一面穿衣镜，在秦颖身后。李亮脸上的笑容不仅秦颖能看见，连镜中的司简也看见了。

司简当即提醒秦颖："小心一点，这个人比唐娇难对付。"

秦颖突然听见司简的声音，吓了一跳，转身发现身后有面镜子，这才松了口气。

秦颖没说话，当然也不可能说话，否则会被人当精神病人。

直播正式开始。

侯度开始选择队友。他放弃了雪米，选择了陈怡和秦颖。

雪米和张余，还有李亮唐、娇成为一组。

侯度不选雪米的原因很简单：一山难容二虎，二人年龄相仿，粉丝群体相仿，不走 CP 路线就会是敌人，因此不能成为队友。

侯度对雪米这种小丫头不感兴趣，也不屑炒 CP。

分队结束。

"熊猫侠"说出规则："欢迎来到《这就是时尚》，也欢迎各位来到美丽的蓉市古镇。从古至今，美丽的服饰成为人们追求的时尚。而布料是衣服的根本，各位要成为时尚之王，首先就得了解布料。下面开始的第二个环节，请两组嘉宾分别选择不同方向收集锦囊，每一个锦囊里都有你们完成第二个任务的线索。最先完成任务的一组，将获得十分。

"现在，请各位嘉宾分别朝不同方向出发。"

侯度、陈怡秦颖走出绣坊，往左边走。

他们分别经过酒馆、食楼、小卖部，拿到三个锦囊。拆开后，所有文字组成一句话："青青子衿。"

三个人把字条摆在古镇街道的石头上，围着石头蹲下，几乎头碰头地看着。

侯度手捏下巴："青青子衿？什么意思？"他抬头打量两位队友，"两位小姐姐有什么高见？"

陈怡也不懂什么意思，她想起主持人的话，分析道："会不会是让我们寻找布料做衣服？可是，要找什么样的布料呢？"

秦颖摇头，手指在字条上戳了一下，说："青青子衿，出自《诗经》，体现了当时风靡的草木染技术。"

"草木染？"陈怡一脸疑惑地问，"难道是让我们染布？"

秦颖点头，打了个饱嗝说："不排除这种可能。蓉市古镇有很多非遗传承技艺，我们可以找一找，看看有没有草木染的门店。如果有，就说明我们的任务是草木染。"

秦颖不断地打饱嗝，一脸幽怨地看向侯度。

"小猴子"听见秦颖打"饱嗝"，心虚地摸了摸鼻尖。

侯度年龄最小，人气最高，他在队里可是一个活跃因子。

一路走过来，他不断地问两个姑娘——

"你们累不累？要不要休息一会儿？"

"渴不渴？饿不饿？那边有卖椰子水、锅盔和凉粉的，要不要吃呀？"

不等两人回答，侯度已经飞快地跑去小摊前，买了椰子水、锅盔和凉粉。

秦颖和陈怡为了不让这些东西成为累赘，便努力吃干净。

她们好不容易把手腾空，侯度又去买烤鱿鱼、冰糖葫芦、天蚕土豆……他从头到尾只喝了一口水，跑前跑后，倒是把秦颖和陈怡撑得不行。

陈怡终于忍无可忍，大吼道："小猴子，你再这样给我们乱塞吃喝，我捶爆你的头！"

秦颖也捂着鼓胀的腹部打嗝道："我昨天四十分钟瑜伽白练了。小猴子，下了节目我长胖一斤，就剥你一斤肉；胖两斤，剥你两斤肉。"

侯度一脸委屈，泪眼汪汪地看着秦颖："你们欺负我……"

侯度一撒娇，陈怡立刻就没脾气了。

她深吸一口气，又温柔和气地对侯度说："小猴子，姐姐减肥不容易，你忍心看姐姐发胖吗？"

侯度摸摸鼻子，小声说："姐姐这么瘦，我看着心疼。"

陈怡脾气暴躁，对于这种说话都甜丝丝的小孩却难得有耐心："好了，知道你乖，我们还得做任务，就别吃吃喝喝了。"

其实陈怡也没大侯度几岁，说话却老成得很。

陈怡伸手摸摸男孩的脑袋，轻声说："走吧，继续做任务。"

秦颖揉着腹部，终于松了口气，还是陈怡治得了侯度这种不停地给人买吃买喝的小破孩。

直播弹幕。

网友1："哈哈哈——小猴子好可爱，不停地给姐姐们买吃的喝的，笑死我了，哈哈哈。"

网友2："求国家给我发一个这样的弟弟，太乖了！"

网友3："哈哈，陈怡这种暴脾气对弟弟好宠溺，爱了爱了。"

网友4："秦颖、陈怡下节目胖十斤！"

秦颖、陈怡、侯度，在古镇最北端，最荒的区域，找到了一家染坊。

他们找到老板，并说明了来意。

NPC（非玩家角色）老板说："草木染发源于史前时期，是一门很古老的手工技艺，我们的祖先从植物花果的根、茎、皮、叶里提取汁液染剂。"

"这么古老的染艺，能染出好看的布料吗？"侯度挠挠后脑勺，一脸呆萌，"会不会特别丑啊？能染出几种颜色？"

不等老板解释，秦颖就先说："小猴子，这个你放心。《雪宦绣谱》里把颜色归为九种，七百四十五色。草木染可染颜色跨度很大，经历过上千年的发展，这种技艺已经很成熟了。草木染的方法也有很多种，有生叶染、媒染、前煮染、发酵染、敲拓染、套染、扎染……我们选一种最合适的。"

老板一脸欣赏地点头，说："我给你们准备好了布料，你们可以选择一种染法，我们的师傅会指点并帮助你们。"

陈怡对这些不大懂，于是看向秦颖："小颖，由你决定。"

侯度也看向秦颖，说："颖姐，你决定吧，我和怡姐也不懂。"

秦颖询问老板："可以先看一下你们准备的布料吗？"

老板让工作人员把布料样品送来。秦颖摸了摸，思考片刻后说："我们用媒染吧。"

老板："你确定？"

秦颖坚定："确定。"

等进入染坊的工作间，侯度才问："颖姐，我们为什么要用媒染？"

秦颖解释："节目组给我们准备的材料是仿真丝面料，这种布料又被称为醋酸纤维。草木染对醋酸纤维几乎没有亲和力，很难上色。如果我们在提取植物素时加入媒染素，就可以使色素依附于布料。"

陈怡听得目瞪口呆，感慨说："小颖，你这些知识都是从哪儿得来的？"

陈怡这么一问，倒让秦颖感到愕然。

秦颖拿掌根拍了一下额头，始终想不起是从哪儿得来的这些知识。

突然，秦颖眼前一黑，整个人往后倒去。

还好陈怡手快接住她，跟侯度一起把她扶去一旁的石阶坐下。

秦颖坐下后，眼前依然一片黑，脑子里突然出现一个画面。

×国首都，断壁残垣，宛如末日死城。

夕阳逐渐坠下天际，浓郁的霞光将厚重的灰云染得血红。

夕阳从林木缝隙钻入，洒在地上，熙熙攘攘一片碎光。

有个男人蹲在地上，背对着秦颖。他的黑色 T 恤扎进迷彩裤里，一双胳膊肌肉勃发，粗壮有力。

男人取出一把匕首，将一棵植物连根从土壤里挑起。

他说："这是茜草，是红色媒染料之一，还有个破血草的别名。它含大量茜素、茜紫素、伪茜素，可以染出浅红和深红等色调。"

秦颖始终看不到男人的脸，只觉这声音很熟悉。

男人又说："这里已经买不到红色布料，等我染出红布，就给你做一件婚服。我制衣手艺虽然不大好，却也勉强能看。小颖，等回国，我会送你一件合格的婚服。"

从秦颖的角度，只能看见男人活动的右臂。

她看见男人手腕下有一道很深的疤痕，那伤口如长虫一般附着。她想走上前看清男人的脸，后背猛地一痛，瞬间，她的意识被迫从幻觉里拉出来。

秦颖深吸一口气，眼神聚焦，喘着粗气看着陈怡和侯度。

围过来的工作人员也一脸担忧地看着秦颖，见她意识恢复了，都跟着松了口气。

陈怡紧蹙眉头问："你怎么样？刚才挺吓人的，去医院检查一下吧？"

"颖姐，你刚才好吓人。"侯度拍拍胸脯，也跟着松了口气。

工作人员也过来嘘寒问暖，随队的医护人员则开始给秦颖检查。

秦颖喝了一口工作人员递来的藿香正气水，摇头说："不用，老毛病了，无大碍。"

确定秦颖没问题后，大家才又继续投入拍摄，开始染色。

雪米带队的另一组找到锦囊后，靠李亮破解了文字里隐藏的任务。两队都投入到染色环节中。

直播间内，两组分镜直播的流量不相上下。

一队有侯度，二队有雪米。

一队有智囊秦颖，二队有智囊李亮。

这一个环节中，最出彩的嘉宾是"智囊"这个人设，而秦颖和李亮分别成为队伍里的智囊担当。然而两厢一对比，李亮更受欢迎，带起的话题讨论度也更高。

李亮在其他真人秀里分到的剧本都是"愚钝老实人"的中庸人设，然而他这次在直播里的表现和以前形成巨大反差，这样的反差萌让观众觉得很有看点。

秦颖因为反差不大，并没有带给观众太大的惊喜。

微博上。

"李亮智囊担当，粉了！"的话题在三十分钟内便冲上了热搜。他在节目里的精彩表现也被做成了短视频，在网络上快速传播。

直播间弹幕讨论热烈。

网友1："以前居然没发现李亮这么帅！"

网友2："看过李亮其他真人秀，大概是有剧本、有剪辑吧，他在节目里的存在感很低。还是这种无剧本的真人秀适合他，真的好爱这种聪明的男人！长得帅还聪明的男人现在可不多了。"

网友3："李亮真厉害，反观那位一个劲地给姐姐们买吃的喝的的男星，除了卖萌撒娇还会做什么？呵。"

网友4："楼上你捧人就捧人，踩人这种操作有点Low（低级、低俗）了吧？"

网友5："我猴子大军赶到！听说有人骂我小猴子？"

网友6："秦颖也很聪明啊，青青子衿都能猜到是草木染，怎么没人夸她？"

直播间弹幕里，讨论如火如荼。

办公室内。

田安已经气得把手旁的茶杯摔碎，柳玉蹲在地上收拾残局。

一阵安静后，柳玉才起身对田安说："田姐，秦颖这是走了狗屎运……"

她这话一出口，连自己都觉得心虚。

田安瞥了柳玉一眼，语调因为愤怒而上扬："狗屎运？你这话说着不违心？蓉市古镇这一站，她不仅借到了真旗袍，还得到了主持人偏袒，你认为这是她的狗屎运？"

柳玉沉默了一会儿，才说："田姐，是我们低估她了。唐娇骄横惯了，没脑子成这样，不是秦颖的对手，反倒成了她的垫脚石。不过……"

柳玉的眼睛里闪过一丝狡黠，又说："不过李亮倒是个很聪明的人。以前我就听说他人缘不错，情商高，我一直以为是传言。可现在看来，是真的。"

田安将怒气压下去，把理智拉回。

她靠着椅背，手指不断地敲击椅子的扶手，思虑片刻后说："我和他接触过，以前觉得他是一个毫无杀伤力，且低调中庸的演员，现在看来，他只是在隐藏罢了。这种懂得隐藏杀伤力的人，咬起人来才最致命。他看似和善，其实是对手没触碰到他的底线，一旦触碰，后果……"

柳玉思虑片刻，也说："李亮应该不屑于跟我们合作，所以才任由妻子对付秦颖。他的底线是什么？怎样才能让秦颖触及他的底线？"

这一点田安也百思不得其解。

她揉了一下眉心，疲惫地道："往后看吧。我也是太小瞧秦颖了，以为把她的资源都吃透了，没想到她还留着李建民这一手。你去查一下，为什么李建民会愿意借旗袍给她。"

柳玉点头："好。"

"晚上我和主编去一趟集团总部开会，你帮我去接一下孩子。"

提及孩子，田安的语气突然温柔起来，又补充道："西西要是问起来，你就说，妈妈去赚钱钱了，为她以后美好的生活打基础。"

柳玉也被老板突然温柔下来的语气感染，叹息一声说："田姐，西西就是你的快乐剂。你一提起她，骨子里的开心就无法掩饰。"

田安无奈一笑："西西是我的女儿，也是我努力向上爬的动力。再苦再累，为了她，我都会坚持。"

一天的录制结束，秦颖疲乏困顿。

回到酒店，她整个人瘫软倒在沙发上，连妆都不想卸了。松原拿了化妆棉和卸妆水过来，跪在沙发旁为她卸妆，并小声嘟囔："颖姐，你以后再这么懒，我可不管你。"

秦颖闭着眼睛说："以后我帮你卸妆。"

"得了吧，我可不敢劳驾您！"松原一翻白眼，"您赶紧找个能给你卸妆的男朋友。"

秦颖从松原手里抓过化妆棉，坐起身，笑着说："好了，你赶紧回房复习，快考试了吧？"

"嗯，十二月中旬。"松原抿嘴看秦颖，一脸不舍地握住她的手，"颖姐，如果我真的考上了，以后谁来帮你做事？"

秦颖戳了一下松原的额头，佯装生气："死丫头，这不还有段时间吗？你好好备考，别去想那些有的没的。忙了一天，你也累了，去休息吧。"

松原跟秦颖道了一声晚安，便离开了房间。

女孩刚离开，放在茶几上的那面化妆镜里就出现了司简那张脸。

秦颖眼里的兴奋无法掩饰。

他们明明才十几个小时不见，却像很久没见似的。一想到司简，秦颖的心里宛如有猫爪在挠。

秦颖捧着脸看镜中人，跟司简打招呼："晚上好。"

"嗯。"司简看起来不是很高兴。

秦颖也看出司简神色有些沉重，问："你怎么了？怎么一脸冷酷？谁招惹你了？"

"我问你一件事，"司简仿佛给自己做了很久的心里建设，"你必须认真回答。"

秦颖一脸疑惑："嗯？什么事？"

司简问："我在你的世界，是否已经去世？"他语气轻松得仿佛在质问秦颖晚上为什么吃榴梿。

秦颖的心脏如被钝器重重一击，惊讶之余，为了掩饰情绪，她疑惑性地"啊"了一声。

☽ 第八章 喜欢是覆水难收

"怎么？被我猜中了？"

镜中的司简将领带扯下来，甚至没心情挂在衣架上，只随意搭在沙发上。

他坐在沙发上，一双长腿慵懒地伸着。

沉默了一会儿，他才又抬头，对着镜子说："你不用瞒我。荣旻和你说话时，一提起我，眼神就变得十分沉重。他接到你的电话，为什么没有去和未来的我求证，而是直接来这里找你？有两种可能。要么我已经消失在未来世界，要么你的确是我的女友。从目前来看，后者不可能。"

秦颖理了一下思绪，冲司简翻了一个白眼："死什么死？你这种讨厌鬼就应该遗臭万年，命长着呢。李荣旻没有联系未来的你，那是有原因的，他压根儿就联系不上你！"

司简像是听了一个很好笑的笑话。

他和李荣旻亲如兄弟，如果他还活着，怎么可能联系不上？

秦颖看清司简的表情，又冲他翻了一个大大的白眼："您老人家想象力挺丰富的。事到如今，我也不得不告诉你事情的真相了。"

司简挑眉看着秦颖，一副"洗耳恭听"的样子。

"应该是我们在过去的交流中，不慎引发了'蝴蝶效应'，影响到了我所处的未来。最近，我脑子里突然出现了很多莫名其妙且本不属于我的记忆。"秦颖咳了一声，一脸认真地望着男人，"联系我脑中那些突然涌入的记忆，我理出了一个事情的大概。这些，很可能也是你出国的真相。"

"我出国？"

司简毫不怀疑秦颖的话。

在司简的认知中，他和秦颖，属于"未来"和"现在"两个时空。

最近他们聊得太多，他对秦颖的感觉也明显发生了改变，因此产生了"蝴蝶效应"，影响到未来，导致秦颖脑子里出现莫名其妙的记忆，倒也说得通。

秦颖打量着司简那张认真思考的脸，觉得男人应该是信了她的"胡编乱造"。

为了让自己的"胡编乱造"更真实，秦颖掐了一把大腿，眼中充满痛苦的惋惜。

"你的母亲是司柏嘉女士，而你作为一个豪门继承人，爱上了一个离过婚且有孩子的女明星。可这个女明星绯闻和黑料不断，颇有争议。你是豪门子弟，又是微博红人，粉丝众多。但你不顾网友和家人的反对，坚持娶了女明星。"

"嗯？"司简挑眉。

秦颖那双小眼睛里充满真挚，非常诚恳地继续胡说八道："女明星因为你遭受全世界网友的暴力，患抑郁症自杀去世。而你从此厌倦这个世界，丢下一切，远离国土，去了哪里没人知道。目前能和你联系上的，只有你的弟弟司承和母亲司柏嘉了。"

司简仿佛从秦颖的只言片语中推敲出什么。

他左眉一扬："秦颖，你是不是还有什么瞒着我？嗯？"

秦颖将胸脯一挺："没有！"

司简质疑的眼神非常凌厉，秦颖挺直的腰板终于软下来。她说："好吧，什么都瞒不过你。从涌入的记忆里，我拼凑出一些属于你和我的片段。你爱上了我，却求而不得，因此才找了一个和我长得很像的黑红女明星。而这个女明星不是什么好人，和你的婚姻也是契约婚姻，做出了很多不可饶恕的事情，最终恶有恶报。"

秦颖长叹一声，摸着自己白嫩的脸蛋，一脸幽怨："我，是引得霸道总裁司简念念不忘的'白月光'。而你，因为爱慕着我这个'白月光'，求而不得，所以找了一个黑心肝恶毒女配做替身。"

司简对秦颖的话持怀疑态度："你在编故事吗？你是当事人，却更像置身事外的旁观者。"

"因为蝴蝶效应，这些记忆是莫名其妙涌入我脑中的，我又没有真的经历过。那些记忆于我而言，更像是在看小说。"

"你不要觉得这剧情狗血，我也觉得很狗血。可它就是事实啊。"秦颖一脸认真地望着司简，举起双指，对天发誓，"我以我的美貌和人格担保，你真的还活着！涌入我脑海中的记忆也是真的！我可以拿松原的考试成绩来担保！"

秦颖见司简沉默，又发誓："神明在上，信女在此起誓。如果司简真的死了，我长胖十斤！"

植物人不算死吧？植物人也是人啊。

司简见秦颖起誓十分认真，这才点头说："好，我信你。"

录了一天节目，秦颖带着一身疲惫缩进被窝里。

化妆镜摆在她的枕头旁。

秦颖望着镜中，小小地舒了一口气，问："简狐狸，你今天打算给我念什么安眠诗？"

"给你讲个故事。"

司简为自己冲了杯咖啡。

他端着咖啡杯去办公桌旁坐下，小抿一口说："我去 × 国出差，听来的一个故事。"

"嗯？"

司简搁下咖啡杯，指了一下秦颖没拉好的被子，提醒道："把被子拉好，小心着凉。"

秦颖把被子往上一提，遮住脖颈，一脸乖巧地看着司简："好了。"

等秦颖盖好被子，司简问她："你去过 × 国吗？"

秦颖点点头，又摇头。

那段记忆，她全丢失了。

秦颖也不能告诉司简 × 国战乱，担心他知道 × 国战乱后，会影响他未来的生活轨道，引起严重的蝴蝶效应。

哪怕她编故事骗司简，也是为了防止蝴蝶效应发生。

司简见女孩摇头，仍旧一脸乖巧地望着他，像一只等待他抚摸的小奶狗。

司简伸手，隔空摸了一下秦颖的小脑袋，低声说："× 国有一个战争之神，叫班娜。几百年前，她被困禁地之森，与花鸟虫兽作伴。她有一面镜子，可以看人间事。她喜欢上了一位王子，并让神鸟送去信件，与王子诉说爱慕。王子不知道写信人是谁，开始给她回信。久而久之，王子爱上班娜，并告诉班娜，无论多远的距离都会找到她。

"后来，班娜再没有收到王子的回信。她走出森林，知道王子被虏，被敌人关在牛圈里。班娜取出战神之斧，单枪匹马杀去王都，拯救王子。

"她一路所向披靡，找到王子，没来得及喜悦，一张巨网便从天而降，将她困于其中。

"王子并没有被俘虏，一切都是他的计谋。他夺了班娜的战神之斧，分解了班娜的四肢，利用她的身躯血肉制作了一柄更强大的战争武器。

"从此，王子和他的军队所过之处民不聊生，战火焚烧了整个大地。"

讲到这里，秦颖睁开眼打断司简："好残忍的故事，班娜真可怜。后来呢？"

司简停顿片刻，又说："班娜的灵魂消失，王子把战争武器带到了人间。"

"王子真渣。"秦颖吐出一口气，问司简，"你怎么讲这么恐怖的故事？"

"这个故事有个寓意。"

"什么？"

司简修长的手指在鼻尖轻轻触碰，一本正经道："面对爱情陷阱，一定要冷静。既然我注定会喜欢你，那以后你就不要轻易尝试喜欢其他人。这个故事的寓意对你而言很简单，喜欢我，是你最保险的爱情投资。"

"自恋。"秦颖冲司简翻了个白眼。

"小东西，你气而不怒的样子有点可爱。"

司简嘴角勾起笑意，俊俏的脸凑到镜前。

司简的五官近在咫尺，秦颖甚至能清晰地闻见司简身上的草木香，淡淡的，又颇具压迫感。

她脸颊涨红，警告道："简狐狸，你凑这么近是想做什么？"

"当然是想亲你了。"

秦颖浑身肌肉绷紧："简狐狸，老色鬼！不要脸！"

"跟你开玩笑的，你眼角有垢，我有强迫症，想给你抠下来。"司简被秦颖逗笑，笑出声，"未来的事我还没有参与，现在的我对你不感兴趣。"

司简坐直身体，拿手比了一下她的身高："我没有短腿癖，对一米五的姑娘不感兴趣。"

秦颖气得涨红了脸："我身高一米五九！四舍五入一米六！"

司简笑出声："你也说是四舍五入了，实际还是一米五。"

秦颖气鼓鼓地裹紧被子，冷哼了一声，转过身背对司简，不再搭理他。

见秦颖生气了，司简拿手指戳了一下镜面："小东西，你生气了？"

"没气！"秦颖气鼓鼓地吼道。

这怒气冲天的声音还叫没生气？

司简发出一声叹息："你的脾气这么大，我若真喜欢你，没准吃亏的真是我自己。"

秦颖："我，钮祜禄·铁石心肠·秦颖！天崩地裂也不会对你有感情！你，痴情·霸道总裁·司简狐狸死心吧！"

秦颖正在气头上，头顶仿佛在冒火。

突然，身后传来男人低沉磁性的歌声。

司简的歌声瞬间浇灭女孩头顶的烟火，司简勾起嘴角，盯着秦颖那个气鼓鼓的后脑勺，又低声说："睡吧。"

他的声音仿佛被赋予了魔力，秦颖的瞌睡也呼之欲出，很快便进入梦乡。

她梦见自己身处战乱的×国，靠在一个男人的肩头，跟他一起看星星。

男人问："你听过女战神班娜的故事吗？"

秦颖摇头。

男人给秦颖讲了女战神班娜的故事，又问她："这个故事有个寓意，你知道是什么吗？"

秦颖想了一会儿，说："难道你是想借这个故事告诉我，渣男太多，面对爱情陷阱一定要冷静？喜欢你是一种风险很低的投资？"

男人摸着秦颖的后脑勺，摇头笑道："不是这种寓意。你这样优秀的女孩，有自己的慧眼。能被你喜欢的男人，一定是在某个领域厉害且优秀的人。"

这话让秦颖很感动。

男人又说："秦颖，如果我不能活着回国，你可一定要好好生活。早点忘记我，找一个很喜欢你的男人，白头到老。"

"呸呸呸，我们都能活着回去！"秦颖深吸一口气后问他，"这个故事的寓意到底是什么？"

男人："这个故事的寓意很简单，面对爱情陷阱，你一定要冷静，要分清他到底是不是真的爱你。秦颖，如果我不能活着回去，你一定要找一个爱你的男人。"

秦颖很生气，怒道："司简，你在说什么？我们一定能活着回去！无论以后还是现在，我喜欢的人都只会是你！我想嫁的共度白头的人，也只会是你！"

"轰隆"一声。

秦颖面前炸开一团火，烈焰炙烤着秦颖的面庞，灼得她皮肤发烫。

从梦中惊醒，秦颖一身汗，起身时发现枕头也湿了。

她头痛欲裂，拿掌根拍了一下额头。

她刚才做了一个梦。梦里的男人叫什么，给她讲了什么故事，她一点也记不清了。

"做噩梦了？"

枕边的化妆镜里传来司简的声音。

窗外已经蒙蒙亮，这一刻已是六点。

秦颖坐起身，拿掌根拍了一下疼痛的太阳穴。

她听见司简的声音，颇疲累地吸了口气，说："昨晚梦见一个在×国的朋友，正在给我讲故事。可具体讲了什么故事、他是谁，我已经记不得了。"

司简正伏案写字，没有抬头看秦颖，只问："是那个叫展鹏的记者？"

秦颖盯着窗外发呆，摇头道："记不清了。可我觉得不是展鹏。"

"这么巧，我昨晚也做了一个梦，梦见一句话。"司简见秦颖正望着窗外发呆，屈指敲了一下镜面，发出细微的声响。

秦颖听见声音，这才扭过头看镜子。

镜中出现一张纸，上面用钢笔书写着一行字——

"等星光溺入海，蓝鲸遇银河，煎水成冰，也还是喜欢你。"

秦颖低声念出来，只觉得眼熟，却记不起在哪里见过。

司简说："昨晚梦见这句话，觉得不错，就抄写了下来。"

秦颖的胸口有些发闷，握拳捶了捶胸膛，然后才说："你的梦这么文艺？是写给哪个小姐姐的情书？"

"如果真是写给女孩的，"司简收回纸，对着秦颖笑了笑，"那一定是我在梦中写给你的。"

似有什么重物落在秦颖的胸腔上，让她的心脏受到挤压。

扑通、扑通……她的心跳逐渐加速。

松原推门而入，探进来一颗小脑袋，笑眯眯地道："颖姐，醒了吗？录制要开始喽，你赶紧起来换衣服，准备去化妆。还有，季檬已经到了蓉市，刚下飞机，大概半个小时后到。"

"檬檬？她不是在 M 国吗？"

松原摇头："我不清楚，檬檬姐怕打扰到你，就没给你打电话，是发微信告诉我的。"

秦颖沉思片刻，扭过头，对镜中的司简说："我去录节目了，晚点聊。"

"回见。"

门口的松原，老板一大早就犯病，还有得治吗？

等节目录制结束，她一定要带颖姐去看医生才行！

在化妆室化妆的间隙，秦颖上网查司简那句抄在纸上的话，却没有查到来源。

就在这个时候，季檬推门而入，风风火火地冲到秦颖身边，蹲下，搂了一下秦颖的腰："颖宝，我想死你了！"

她很快松开秦颖，在秦颖旁边坐下。

凳子很矮，导致季檬得仰头看秦颖。

季檬将下巴搁在化妆桌上，一脸疲惫地看着化妆镜里的秦颖："这才多久没见？我的颖宝居然瘦成了这样！"

秦颖正在化妆，垂眼看着季檬说："你不是和司承在国外吗？怎么突然回来了？"

"我昨天看直播了，"季檬呼出一口气，一脸担忧地说，"昨天你在直播时突然倒了下去，是不是想起什么了？二叔和爷爷奶奶看见你短暂晕倒，都吓坏了。他们担心归担心，却不敢直接问你，怕你的头疼病又犯了。所以他们给我发了消息，让我问问你什么情况。"

松原张大嘴说："檬檬姐，所以你就因为这个，大老远从国外跑回来了？"

季檬耷拉着眼皮，顶着一对黑眼圈，有气无力地道："我这不也是担心吗？"

松原小声说："您可以直接问我啊，大可不必跑这一趟。"

季檬的下巴磕在梳妆台上，双臂自然下垂，毫无偶像包袱，有点可爱。

给秦颖化妆的化妆师被这个国际名模的"反差萌"给圈粉了。

季檬又说："我要是放心，能坐十几个小时飞机连夜赶回来吗？颖宝，你真的没事吧？要不要去医院检查一下？你最近还会出现幻觉吗？"

秦颖宽慰闺密："檬檬，我真的没事。晚上我给爷爷奶奶和二叔打个电话，好让他们宽心。"

季檬自然下垂的手抬起来，搭在秦颖的手腕上，轻轻一握："颖宝，我们是一家人。有什么事你一定要告诉我们，知道吗？"

"你放心，我一定会的。"

季檬直起身时，一眼瞥见了搁在秦颖手旁的纸，"啊"了一声："颖宝，你想起什么了？"

"啊？"秦颖有些疑惑。

季檬指着纸上的字句说："就这句话，你想起来了？"

"这句话怎么了？"秦颖听出季檬话里有话，套话道，"想起一点，断断续续，记不清楚。檬檬，你见过这句话？"

季檬点头说："五年前你被困×国，二叔费了好大工夫才把你从×国接回来。那时去×国的飞机已经没有了，二叔就想办法包了一架飞机去接你。你也没带回什么东西，但你穿的衣服上，用手工缝了一句话。"

季檬的声音一顿："绣工一言难尽，歪七扭八的，但勉强可以看清文字。回来之后，你身上有很多弹痕，还有大块大块伤口缝合的疤。你什么都忘了，二叔觉得你在×国一定吃了很多苦，也不希望你找回那个国家的记忆，所以他把衣服烧了，怕你看见旧东西会想起那边的人和事。"

秦颖的脑子里仿佛涌入一瓮水，有什么东西要呼之欲出。水浪翻涌肆虐，很快又被压回去。

"颖宝？你怎么了？"季檬叫秦颖，抓紧她的手臂晃了晃。

秦颖回过神，摇头："哦，没事。你什么时候走？"

"过两天，我得先回蓉城拍个广告。"

季檬从包里翻出一个护身符，塞到秦颖手里："颖宝，这是爷爷奶奶还有二叔求来的护身符，我一只，你一只，小表弟一只。工作重要，身体更重要，我们是你的家人，我们更希望你能平平安安、健健康康，知道吗？"

秦颖的嘴唇一抿，鼻子有些发酸。

她吸了一口气，点头说："好，我知道了。你让爷爷奶奶他们放心，我一定会照顾好自己的。"

季檬拍拍秦颖的手背："那成，你化妆录节目吧。等你开始拍摄了，我就离开。"

"嗯。"

等秦颖和季檬都离开了化妆室，收拾化妆箱的化妆师对一旁的松原说："我以前只知道季檬和你们副主编是好朋友，没想到她们是亲戚。"

"不是亲戚，"松原也不知该怎么和化妆师解释，挠了挠后脑勺，说，"也算是亲戚吧。"

第二天，为了增添节目的可看性，节目组给嘉宾们设置了难题。

两组队员进行染布任务时，NPC给他们出了一道难题。

染布材料缺染色茜草，两组队员需要一起走出古镇，去后山上寻找茜草。

哪一组最先找到茜草，就能最先获取布料。

主持人"熊猫侠"站在小镇入口，把两组人给拦下来。

"熊猫侠"戴着熊猫头套，一身劲装，怀里抱着一柄剑，颇有大侠风范。

等两组人都到齐了，"熊猫侠"才说："此行凶险万分，我给你们分别准备了两件法宝，你们带在身上。茜草只有一株，你们一定要想办法阻止对手拿到茜草。失败的一组，根据网友投票，会选出一位淘汰出局，不能再进行后期的节目录制，胜利者则将继续参加录制。这不仅是一场真人秀，也是一场残酷的淘汰赛。请各位嘉宾尽职尽责，暂时抛开偶像包袱吧！"

此规则一经宣布，直播间里便炸开了锅。

网友1："这不是真人秀吗？怎么成淘汰秀了？下一期要淘汰一个嘉宾？"

网友2："好奇会淘汰谁！哈哈，让明星放下偶像包袱，太有趣了，哈哈哈。"

网友3："我押秦颖。她既没流量，又不是明星，节目组一定会淘汰她。"

网友4："不一定。大家别忘了，这是无剧本真人秀，谁输谁赢都不一定。"

网友5："我总觉得李亮还在保留实力。有李亮这种聪明的队友在，秦侯陈这一组一定输。"

网友6："楼上不要这么绝对！李亮聪明，秦颖也不差。呵呵。"

"熊猫侠"宣布完节目规则，一侧身，便露出身后桌上摆着的两件物品，分别是绳子和砍刀。

两组人分别看了一眼桌上的物品，这才又围在一起窃窃私语。

大家都换了登山的劲装。

陈怡指挥侯度说："小猴子，你去选一件。"

侯度并没有着急上前去拿防身装备，而是看向秦颖，问："颖姐，我们选哪件？"

"在山林里，节目组一定给我们设置了很多障碍。砍刀可以防身，也可以砍除丛林里的荆棘。绳子……"秦颖看了一眼二组，又说，"我们选砍刀。"

唐娇听见秦颖选了砍刀，立刻冲上前去，率先把砍刀抱在怀里："砍刀我们先选了，你们只能选绳子。"

陈怡眉头一皱，道："唐娇，你的脸皮不要太厚。我们是优胜队伍，按规则就应该我们先选。"

唐娇将砍刀塞到李亮手中，嗤笑道："有这个规则吗？'熊猫侠'没说，那就不算。"

陈怡还要再声讨两句，秦颖扯了扯她的衣角，说："算了，我们就选绳子。"

唐娇一脸得意地看了一眼秦颖，因为担心"熊猫侠"出面制止，立刻拉着队友先往镇外走。

等他们都离开，侯度小机灵才问秦颖："颖姐，你刚才是故意的？"

"对，我就是故意的，我猜唐娇会按捺不住，所以才用了激将法。"秦颖笑着说，"节目组考虑到嘉宾的安全，录制路线上的障碍荆棘等应该都会被清理干净。所以，能用到砍刀的可能性小之又小。"

"绳子能做什么？"陈怡问。

秦颖拿起绳子拽了拽，说："在丛林里，绳子的作用有很多。不仅可以用来攀登高处、捆绑东西，关键时刻还可以用来捕食。"

三个人一起往山上走。

侯度有些不明白："绳子还可以用来野外捕食？"

"对，"秦颖将绳子的一小段拉直，解说道，"你看这条绳子，是用一根根线搓起来的。被困野外时可以抽出里面的细丝线，用来钓鱼。还有，这根绳子很粗，还可以做成渔网。"

侯度一脸崇拜地看着秦颖："颖姐,你看过野外求生类节目吧?你这些知识都是从哪儿听来的?"

秦颖闻言,小脑袋一歪,摇头道:"记不得了。"

她的身高不足一米六,换上平底登山鞋,身高立马降了一大截。

秦颖的妆容很活泼,又扎着青春洋溢的高马尾,被侯度和陈怡夹在中间,就像一个小朋友。

直播间里。

网友1:"秦颖好鸡贼。唐娇要拖后腿了!"

网友2:"李亮怎么娶了唐娇?二组要被唐娇害死了!"

网友3:"这个唐娇怎么这么烦?如果雪米这一组输了,我要她负责!"

网友4:"秦颖这么矮?这身高,有一米六吗?"

网友5:"矮怎么了?人家长得可爱啊。"

进了丛林,走在前面的陈怡忽然停下来。

陈怡打量了一眼四周,问:"奇怪,按理说,二组不会甩我们太远的距离。怎么一进林子,他们就不见了?"

侯度也觉得奇怪,打量了一圈四周,说:"兴许他们在前面。"

这才刚进密林,节目组应该不会设置什么阻碍。

密林里的羊肠小道上铺满了金黄的落叶,密密麻麻的。

落叶之下,是节目组设置的障碍淤泥。

三个人先后踏进去。

走在最前面的陈怡走了几步就停下,她的义肢陷入淤泥之中,拔不出来。

他们触发了节目组的剧情设置,丛林里响起机械的播报声:"欢迎来到时尚之森,恭喜你们触发了关卡陷阱。请你们在十分钟内逃生,否则将判定为任务失败。"

灌木丛后的土坑里,二组的四个人爬了出来。他们堂而皇之地站在陷阱外,围观泥坑三人组。

二组的队长雪米冲着被困的三个人调皮地吐了吐舌头,一脸抱歉地说:"抱歉了三位,拿你们当小白鼠了。"

侯度尝试着拔出双腿,可他越用力,身体就越往下陷。

他哭丧着脸："雪米小姐姐，你怎么知道这里有陷阱？"

雪米眉眼一弯，笑着说："因为我们聪明呀。你们在道具上算计我们，那我们就在陷阱上回馈你们，这样很公平啊。三位，拜拜！"

雪米和张余往前走，唐娇、李亮紧跟其后。

在妻子唐娇拿到砍刀时，李亮就猜到秦颖用的是激将法，并且猜到丛林入口会有陷阱，因此提醒队友躲在灌木丛后，让一组的人来当小白鼠。

唐娇经过陷阱时，瞪了一眼秦颖，抛去一个白眼。

秦颖攥紧手中的绳子，叫住唐娇："喂，你是白眼狼吗？怎么老翻白眼？"

果然，秦颖此举激怒了唐娇。

女人怒气上头，忘了在直播，攥紧双拳道："秦颖，你这种人也配上节目？活该你掉进去。"

秦颖将手中的绳子扔出去，不偏不倚地打在唐娇的脚踝上。

唐娇吃痛地一缩脚。

唐娇单脚支撑身体的瞬间，陈怡和侯度同时用手握住她的另一只脚踝，将她拽下泥坑。

唐娇整个人跌进泥坑里，嘴里吃了一口泥，又臭又腥。

李亮听见动静，立刻回到陷阱外。

唐娇站直身体，高举双臂，让老公拉自己上岸。

见李亮杵着不动，唐娇又尖叫道："李亮，你还愣着干什么？！快拉我上去。"

李亮正要伸手去拉妻子，秦颖、侯度、陈怡三人却在这时不要脸地抱住了唐娇。

陈怡和秦颖分别抱住左右的胳膊。侯度是个男孩，只能拽唐娇的马尾辫。

他拽着唐娇的马尾辫，还死皮赖脸开心地道："抱紧我唐娇姐姐的粗马尾！唐娇姐姐带我飞！"

唐娇快气疯了，大叫道："你们松开我！让我老公拉我上去！"

三个人非但没放开手，反而抓得更紧，都眼巴巴地仰头望着李亮。

唐娇都快哭了："老公，快想办法拉我上去！"

厚脸皮的侯度也可怜巴巴地望着李亮，学着唐娇的口气："老公，快想办法拉我们上去。"

雪米和张余看见后面出了状况,又折回来,回来后看见这幅场景,不得不骂一句:"一组可真不要脸!"

张余少言寡语,此刻就算寡言如他,也忍不住摇头咂舌:"一组啊一组,你们真是让我见识了什么叫人不要脸,天下无敌。"

秦颖仰着小脸,没心没肺地"嘿嘿"笑道:"出发前'熊猫侠'可说了,我们要不择手段、倾尽全力地赢!为了赢,不要脸什么的,也是可以的。"

陈怡也紧蹙眉头说:"对,为了赢,可以不择手段、不要脸。"

侯度小可爱冷哼了一声,说:"她们不要脸,我还是要的。我最乖了,李亮哥哥,快……快救我上去!"

说着,他还不忘拽两下唐娇的马尾辫。

唐娇快气疯了,尖叫道:"侯度,你给我松手!"

李亮看着侯度的举动一脸无语,这里就数他最不要脸了。

二组的人也不能看着队友身陷淤泥而不救,只能齐心协力将淤泥里的四个人给拉出来。

上岸后,李亮正给媳妇儿擦脸,被侯度怼进了泥坑。

紧接着,陈怡、秦颖拿绳子将雪米和唐娇捆在了树上。

只剩张余孤零零地站在那里,不知所措。

侯度把拳头捏得"咔咔"响,诡异地一笑:"张余哥,您看是您自己来,还是?"

张余被三个人这种架势吓得连连后退,赶紧说:"得,我自己来。"然后便"扑通"一声,跳进泥坑里。

跳进泥坑的张余摇头感慨:"论不要脸和卑劣,我们不是一组的对手。"

直播间里。

网友1:"哈哈哈——张余小可爱被逼得话多了起来,哈哈哈。"

网友2:"秦颖这操作太厉害了,一组太不要脸了,哈哈哈。"

网友3:"哈哈哈——一组三个人抱着唐娇的样子太可爱了,哈哈哈!唐娇气急败坏的样子也好可爱!"

网友4:"哈哈哈——笑死我了,这真的是真人秀吗?这几个人性格鲜明得像是拿了剧本!唐娇是娇娇脾气大小姐,侯度是厚脸皮小公子,秦颖是闷骚军师,陈怡一本正经冷脾气。这几个人可以叫泥坑组合！哈哈哈！"

网友5："李亮也太可怜了，刚给媳妇儿擦干净脸，就被人推进了泥坑。"

网友6："李亮真是好惨一男的，哈哈哈——张余自己跳泥坑也好可爱，哈哈哈。"

直播进行到这里，两组胜负已定。

看着直播里的秦颖出尽风头，田安神色越发难看。

助理柳玉推门进来，瞟了一眼电脑才说："田姐，查到了。"

"嗯？"

"我打听到，李荣旻来送旗袍时，称秦颖为大嫂。"

"大嫂？"田安皱眉。

柳玉有些不明白，疑惑道："难道……秦颖和李荣旻的哥哥有关系？"

田安想了一会儿，才说："李荣旻没有哥哥，只有两个姐姐。我在集团总部任职时，曾接触过李荣旻。能被他称为大哥的人，只有一个。"

"谁？"

田安冷笑一声："除了那位还能有谁？秦颖居然敢冒充那位的女朋友？她是嫌在这个圈子待的时间太长了吗？"

"田姐，您说的那位是谁啊？"

田安："司简先生，我以前的老板。"

"司……司简？"

外界只知道司简是微博大V，却不知司简和司柏嘉集团的关系，就连柳玉也不例外。

艾佳和田安都分别做过司简的助理，对他的身份心知肚明。

田安说："司简不仅是微博大V，也是司柏嘉女士的儿子。"

"啊？"柳玉不敢相信，缓了一会儿才说，"网上传言，司简已经脑死亡，这到底是真的还是假的啊？如果秦颖真的冒充司简的女朋友，那她的胆子也太大了吧。李荣旻如果知道，还不得断了她的前途？以他在时尚圈的资源，想封杀秦颖，可太容易了。"

田安："司简已经变成植物人，昏迷了整整五年。恐怕，他这辈子都没机会再醒来了。"

柳玉好奇地道："可是，秦颖为什么要冒充司简的女朋友呢？"

田安觉得可笑，说："司承与司简是亲兄弟，而季檬和司承的关系已经公开。季檬是秦颖的好闺密，她应该没少去看望植物人司简。一来二去，她打听到司简的隐私，以此去欺骗李荣旻，也在情理之中。我真是小看秦颖了，她居然连自己的闺密都利用。"

柳玉问："田姐，接下来我们该怎么做？"

田安看了一眼电脑里的直播，思虑片刻后道："二组已经输了，他们的队伍里，被投票出局的一定会是唐娇。这姑娘一定会气急败坏，你让她想办法，私下去找秦颖，且惹怒她。只要秦颖对她动手，立刻就拍视频发上网。"

"秦颖会动手吗？"柳玉问。

田安抬手摸了一下自己的脸，回想起被秦颖扇过的那一巴掌，说："她不是小白兔，而是条会咬人的狗。你把我的话转达给唐娇，让她自己想办法激怒秦颖。顺便把秦颖冒充司简女友的事也一并告诉唐娇，让她出面跟李荣旻交涉。"

《这就是时尚》第二天的录制结束，唐娇果然被投票出局，不能再参与下一期的拍摄。

因为这天一组的鸡贼表现，节目组的流量被提上了一个新高度。

三人组很快上了热搜。

"泥坑三人组，在线虐对手"。

"泥坑三姐弟，在线虐唐娇"。

陈怡、侯度、秦颖被称为"泥坑三姐弟"，一起上了热搜，甚至有粉丝为他们画了 Q 版拟人画。

陈怡——冷酷独腿御姐。

侯度——有小虎牙的可爱厚脸皮弟弟。

秦颖——小短腿机灵鬼姐姐。

三个人被画在一张纸上，秦颖比陈怡侯度矮了好大一截。看见这张图，秦颖都快哭了。

她随即发了一条微博。

秦颖："求大家别再黑我的小短腿了，我的腿做错了什么，你们要这样黑我？

呜呜呜。"

这条微博被陈怡和侯度转发。

侯度:"颖姐,别怕,弟弟的腿分你一半。"

陈怡:"我一条腿我说什么了?"

"泥坑三姐弟"的互动让网友大呼可爱。

网友 1:"希望你们的姐弟情不是炒作!呜呜呜。"

网友 2:"别的综艺炒 CP,这个综艺居然炒姐弟情,稀奇。"

网友 3:"锁死'泥坑三姐弟'!粉了粉了。"

"泥坑三人组"有过一起掉泥坑的经历,无端地拉近了他们之间的关系。

侯度提议去庆功吃烧烤,三个人背着节目组和助理经纪人,找了个私密的地方吃烤串喝酒。

吃完回到酒店时,已经是两点。

侯度酒量不佳,是被陈怡和秦颖扶回酒店的。

陈怡和侯度同住十一层,由她负责扶侯度回房间。

陈怡扶着侯度回到房间。

门刚关上,侯度不知从哪里来的力气,把陈怡摁在了门板上。

侯度在外的性格虽然孩子气,可到底已经是个成年男人,力气很大。

他比陈怡还要高半个头,双手摁着陈怡的双肩,俯下身来,脸逐渐贴近她。

侯度的气息里带着浓烈的酒气,喷溅在陈怡脸上,让她很不舒服。

陈怡试图推他,却怎么也推不开。

陈怡蹙眉:"小猴子,你快松开我!"

陈怡的话音刚落,侯度突然在她的嘴唇上亲了一下。

少年热血混着酒气烧红了陈怡的脸,脑袋也随之一空。

陈怡为了让侯度清醒,用牙齿磕了一下他的嘴唇,腥甜味随即弥漫。

侯度松开陈怡,笑道:"姐姐,我以为你会对我感兴趣的。"

他的目光沉重又温柔,天真烂漫瞬间消失。此时的他仿佛变了一个人,就连语气也不再似平日里那般孩子气。

侯度叫她"姐姐",语气里却没有一点尊重的意味。

陈怡缓了片刻才道："侯度，你喝醉了！"

"我喝醉了？"侯度笑了笑，嗓音低沉，"姐姐，我没醉。你知道我盼今天盼了多少年吗？我从十六岁开始喜欢你，你代言的所有品牌我都会买，你拍摄的杂志我也都有。姐姐，你消失这么多年，我几乎要疯了。"

侯度仿佛变了一个人，让人感觉很陌生。

侯度声音一顿，又说："你曾经在杂志采访时说过，你欣赏用心演戏的男演员，可能会嫁给一个演员。我便努力成为一名演员，现在也已经很优秀。再过一年，我就到法定结婚年龄了。你……可不可以嫁给我？"

陈怡怀疑自己醉了。这还是那个阳光少年侯度吗？

陈怡试图推开侯度，侯度却很怕失去她似的，赶紧抱紧她。

侯度将脸埋到陈怡的肩窝，声音哽咽："姐姐，不要再离开我。"

陈怡忍无可忍，怒道："侯度，你是不是疯了？"

她生气了，发怒了。

侯度感受到陈怡的情绪，小心翼翼地松开她，眼里布满血丝。

他的喉结一滚，可怜巴巴地望着她："姐姐，您真的不记得我了吗？我是，sunny。"

"sunny？"

陈怡想起来了。

她十七岁便成为国际名模，走红国际。有一个叫 sunny 的少年，每周都会从医院寄一封信给她。

当陈怡得知这位少年被父母关在医院，不见天日时，便写了一封回信给他，鼓励他好好养病。之后她出了事，退出时尚圈，渐渐也就忘了这个少年。

陈怡看着眼前的侯度，一脸不可思议："你是 sunny？"

侯度眼里布满一汪湿润，点头道："姐姐，是我。"

陈怡抬手揉了一把眉心，觉得头疼。

这时，松原一通电话打过来。

陈怡摁了免提，只听那头的女孩急吼吼地道："陈怡姐，你快下来一趟。唐娇在六楼走廊和颖姐吵起来了。"

挂断电话，陈怡骂道："这个唐娇，她到底想干什么？这样的明星到底是怎么在演艺圈混开的？"

陈怡的话音刚落，就听侯度问："姐姐，你很讨厌唐娇吗？"

"当然，她从上节目开始就针对秦颖，真当我们是瞎的？"

侯度又问："姐姐，你想帮秦颖吗？"

"小猴子，秦颖是我们的朋友。"陈怡一顿，看着侯度，"难道你不想帮她？"

"哦。原来姐姐拿她当朋友。"

侯度的神色变冷，就连周身气场也有些阴恻恻的。

陈怡看着侯度。

这哪是平日里那个活泼天真的阳光少年？这是"病娇"啊。

侯度冷漠的脸上浮现甜美的笑容，咧嘴露出一颗小虎牙，软声软气道："姐姐既然讨厌唐娇，那就……封杀她吧。"

这孩子说要封杀一个明星，怎么像是在说"我要吃饭"一样随意？

他真的不是在开玩笑？

陈怡："你……没病吧？"

大男孩笑的时候露出两颗小虎牙："我有病，但是，遇见姐姐就好了。姐姐，我喜欢你，覆水难收。"

陈怡："呃……"

☽ 第九章 这种人间月色，是另一种难得

陈怡隐约觉得这个小孩有心理上的疾病，可她来不及细究，去了秦颖所在的楼层，侯度紧随其后。

进了电梯，两个人之间的气氛产生了微妙的变化。

陈怡通过电梯里的镜子打量身后的侯度，小孩身高快一米九，很瘦，骨骼却健硕，已经长成一个成熟的男人。

可在陈怡心里，他就是一个弟弟，一个小孩。即便个子比她高，身子比她强壮，他在她心里依旧是个小孩。

电梯门"叮"的一声打开，走廊里传来唐娇尖锐的骂声。

唐娇与秦颖发生争执已有一会儿了。

两个人对峙，身高不足一米六的秦颖在唐娇跟前就显得特别羸弱。在气势上，唐娇也如泼妇骂街一般，碾压小可爱秦颖。

松原挡在秦颖跟前，连声向唐娇道歉："唐小姐，如果您对我们颖姐有什么误会，我们坐下来好好说，我们去房间里说。在这里吵，影响怪不好的。"

松原伸手就要去拉唐娇，对方却一甩胳膊，反推了松原一把。

松原本不高，骨架又小，就这么被推出去，撞到了墙上。

整层楼住户不多，负责这层楼的工作人员和保洁人员听见动静，纷纷过来劝架。

在劝过几轮后，他们都进入了半放弃状态。负责这层楼的经理开始拿对讲机和大堂经理联系，大堂经理又通过入住信息联系了唐娇的丈夫李亮。

总之，陈怡到的时候，走廊里已经堵了一群人。

唐娇居高临下地望着秦颖，眼中满是鄙夷："怎么？不说话了？秦颖，你别以为观众会被你'白莲花'的外表欺骗。今天他们夸你，明天就能将你踩在脚底下。

你也是真不要脸，居然用那种龌龊的方式欺骗李荣旻，让他同意借旗袍给你。"

听说唐娇与秦颖发生了争吵，李荣旻也赶了过来。

他刚走入人群，唐娇便指着秦颖向男人控诉："李荣旻，你被这个女人给骗了！她就是一个不择手段靠男人上位的狐狸精。她是不是跟你说她是司简的女朋友？拜托，麻烦你用脑子好好想想，司简能看上她这个小短腿？她的好闺密是季檬，而季檬和司承是什么关系，想必你也清楚。她利用闺密套出司简曾经的私密事，以此来欺骗你，你居然真的就信了？"

唐娇咋咋呼呼，说话难听，秦颖皱紧眉头看着她。

自始至终，无论唐娇用何种激烈的语言刺激秦颖，秦颖始终保持良好的状态，神情淡漠地看着唐娇。

唐娇太激进，明显不正常，也分明是在激怒她，从而达成某种目的。

陈怡再也听不下去，两步跨上前，挡在秦颖跟前，怒道："唐娇，你看看你像什么？像山野村妇，泼妇骂街。就你这种素质的女演员，到底是怎么红起来的？"

"你！"唐娇使尽浑身解数都不能激怒秦颖对自己动手，反倒被陈怡激怒了。她冷冷地瞥了一眼陈怡的义肢，道，"你是大海吗？管这么宽？你成天把义肢露在外面，不就是想博取同情吗？你还真以为自己能在娱乐圈混起来？"

陈怡穿着皮短裙，脚上搭配运动鞋，义肢很清晰地暴露在外。

这话没激怒陈怡，反倒激怒了侯度。

他眉眼一弯，粲然一笑，露出一口小白牙："唐娇姐姐，我真羡慕你，毕竟我做不到嘴这么毒。您是吃了几斤砒霜、鹤顶红呀？"

侯度说话时眼中带笑，语气也可爱，下意识地让人觉得他是在说赞美的话。

唐娇反应了一会儿，笑容僵在脸上，有些气急败坏："侯度！你！"

侯度将陈怡往自己身边一带："唐娇姐姐，"他又拿手捂了一下口鼻，"我闻到味道了，好臭。"

李荣旻望着唐娇，低沉的声音里带着压抑的冷漠："唐小姐，你说够了吗？"

他不屑于管闲事，也不愿同这种情商低下的女人多纠缠。

可秦颖是司简的女友，如今司简昏迷不醒，他这个做兄弟的自然有责任替司简守护秦颖了。

李荣旻身穿西装，脚上却踩着一双布鞋，显得吊儿郎当。他一脸不耐烦，调笑道："唐娇，我不知道你听谁说了什么，但请你有点脑子。我和秦副主编是好友，出于友谊，我才会借衣服给她。你在这里撒泼的模样，可真丑。"

唐娇愣住，望着李荣旻，笑道："李荣旻，你没毛病吧？这个女人利用一个活死人欺骗你，你竟还护着她？还是说，李先生和这位秦副主编之间有不可告人的秘密？"

李荣旻可以容忍旁人辱他、骂他，却不能容忍有人侮辱司简。

他扬起手，朝唐娇扇去。那个巴掌还没落下，就被沉默不语的秦颖给接住。

秦颖对上李荣旻的那双眼睛，淡淡地道："李先生，她想激怒的人是我。况且你是男人，这一巴掌，不该由你来。"

饶是在场围观的高素质工作人员，也看不惯唐娇那副咄咄逼人的嘴脸，真想上前去揍她。

唐娇的嘴角一勾，把脸凑过去："你想打我？来呀，打，朝这儿打。我给你十个胆子，你也不敢！"

唐娇的话音刚落，秦颖扬手打过来，在她的脸上落下一个清脆的巴掌。

这一下，让唐娇彻底安静了。

唐娇捂着脸，瞪大眼睛看着秦颖："贱女人，你打我！你敢打我！"

女人眼圈一红，眼泪立刻溢出来，咬着嘴唇，委屈又可怜地瞪着秦颖。

"唐小姐，您在这儿骂了我一晚上，用精湛的演技演绎了什么叫欠揍的泼妇，不就是为了让我打这一巴掌吗？"秦颖笑着看唐娇，"求仁得仁，你要的，我给了，滚吧。"

闻讯赶来的李亮走入人群，他蹙紧眉头将妻子拉入怀中，替她挡下在场所有不友好的目光。

唐娇顺势趴在李亮怀里哭，有了依靠，有人撑腰，那副委屈劲便更甚。不知道的，还以为是他们一群人欺负她一个人。

李亮看了一眼秦颖，目光冷厉："秦小姐，你是否应该给我一个说法？"

"李先生，"秦颖嘴角一勾，双眸带笑，"你的妻子什么性格你应该比我清楚吧？她求仁得仁，我满足她。"

秦颖不打算再搭理这对夫妻，转身扶起松原，再搀扶着自己的小助理，回了自己的房间。

这场闹剧至此终于散场。

李荣旻同李亮夫妇乘坐同一台电梯上行。

他蹲下拍布鞋上的灰尘，低声对身后的夫妻说："你们夫妻二人想踩人上位，本来和我没关系。但对于秦颖这个女人，我建议你们别打她的主意。否则，后果你们承受不起。"

电梯门"叮"的一声打开，李荣旻走出电梯。

他想起什么，脚踩在电梯中线，回过头警告唐娇："哦，忘了提醒你，你最好有个心理准备，或许在这个节目之后，你就再也接不到什么好资源了。珍惜。"

唐娇气得要反驳，却被丈夫拉住。

等回了房间，唐娇气呼呼地坐在沙发上，腮帮子鼓鼓的，意难平。

李亮从冰箱里取出冰块，用真丝手帕包裹着替唐娇敷脸，并低声温柔地道："别气了，这不正是你想要的吗？既然求到了，又有什么好生气的。"

"我是在气那个李荣旻，真不知道秦颖拿了什么话骗他，他居然对秦颖一点不怀疑？"

李亮握着冰块在她脸上打圈，问："是田安让你去挨巴掌的？"

唐娇将田安助理发来的信息跟丈夫简单地复述了一遍。

她说完呼出一口气，噘着嘴，委屈巴巴道："是啊。我找人录了视频，只要把秦颖扇我巴掌的事情放到网上，秦颖肯定玩完。只是不知道那个李荣旻中了什么邪，竟那样信任秦颖。"

"为什么不跟我商量？"李亮问唐娇。

唐娇撒娇说："我知道你担心我，肯定不会让我去挨巴掌。可我没关系呀，只要挨了这一巴掌可以扳倒秦颖，田安自会给我们资源。亮亮，这个品牌你付出了很多心血，它可算是我的孩子。如果挨这一巴掌能换来资源，我是愿意的。"

李亮看着妻子，心隐隐作痛。

他伸手将妻子搂入怀中，低声说："以后做任何事都要与我商量，你太容易掉进别人的陷阱里了。"

说到这里，李亮叹了一口："也好，你的性格实在是不适合这个圈子。以后我养你，你呀，就好好做一个全职太太吧。"

"你说什么呢？怎么说得我要像退出娱乐圈似的？"唐娇仰起那张巴掌小

脸看李亮，嘟囔道，"我不要你养，你一个人压力太大了，我们要一起努力。"

李亮的嘴角微扬，笑容里溢满宠溺。

他的傻妻子还不知道自己被田安当枪使。她的前途，成了田安和秦颖之间博弈的牺牲品。

唐娇"演"了一晚上泼妇，终于换来秦颖那一巴掌。她很累，靠在丈夫怀里很快便睡了过去。

李亮将唐娇抱回卧室，给她盖好被子，再关上门，去厨房给田安打了一通电话。

电话接通，李亮便直截了当地说："田小姐，这件事到此为止。录制的视频我们不会发给你，也不会再帮你挤对秦小姐。我希望你以后离我妻子远一些，她不聪明，又容易意气用事，这次被你当成棋子利用，算她倒霉。我人微言轻，没什么力量，如果因为你和秦颖博弈而伤害到她，我也不会善罢甘休。"

李亮不想与田安有过多的交集，不等对方回话，就将电话挂断了。

其实田安已经收到了现场的视频。

柳玉正在剪辑，田安则在一旁仔细地看。

李亮打来电话，还没等田安说话就挂断，可见其"割袍断义"的决心。她将手机扔到办公桌上，冷笑道："没看出来，这个李亮对唐娇还是真爱。"

正在剪辑视频的柳玉问田安："田姐，那我们还要继续剪吗？"

"剪，这么好的素材不用，岂不浪费了？"

柳玉点头，又继续剪辑视频。

第二天一早。

秦颖坐在化妆台前吹头发，正和镜中的司简聊天。两个人聊到什么开心事，她没忍住，搁下手中的东西捧腹大笑。

松原突然推门冲进来，气喘吁吁地扒着秦颖的胳膊说："颖姐，不好了！这都什么时候了，你居然还嘻嘻哈哈！"

秦颖直起腰坐好，收住笑，问松原："怎么了？"

"昨晚你打唐娇的视频曝光了，有人断章取义带节奏，说你仗势欺人。"松原一路跑过来，胸腔里似灌了风，有些刺痛。她捂着胸口说，"反正现在网上关于你欺负唐娇的话题已经爆了，因为这件事，刚才制片人给我拿来了终止节目录制的合同，说是让你签字。"

"合同呢？"秦颖问松原。

松原把手里攥出褶皱的合同拍在化妆台上，喝了口水，又说："反正我是气死了。颖姐，现在怎么办？即便你不签这份合同，节目组也会直接找到艾主编那里去……"

"签，怎么不签？"秦颖取过协议终止合同，在上面签了字。

合同签下，节目组当然不会对外公开说是临时决定将秦颖踢出节目组的。根据赛制规则，下一期录制，将综合投票结果选取一个人淘汰出去。

原本定下的淘汰者是唐娇，秦颖刚好出了这茬事，淘汰者自然就被换成她。

松原看着秦颖签字，一脸茫然："颖姐，你疯了？你在节目中表现那么好，后续如果不退出，能圈很多粉，你就这么放弃了？"

"适可而止。"秦颖签好终止协议，递给松原，"在最好的时候退出，才会让人念念不忘，甚至拔高自己的格调。"

松原一愣，揉着自己的眉心说："还格调呢，你都被黑得体无完肤了，恐怕艾主编又要为难你！"

秦颖笑道："他们会断章取义，难道我就不会还原真相吗？"

松原看着一脸自信的老板，缓了一会儿，才惊喜地道："颖姐，你早有准备？"

"嗯哼。"秦颖看了一眼镜子，勾着嘴角说，"协议已经终止了，接下来的节目我也不用再录。你赶快去收拾行李，我们回 A 市。"

"好。"

多余的话松原也没再问。

等小助理离开，秦颖又看向镜子，嘴角露出一对浅浅的小梨窝："还真被你猜中了。这个田安真够厉害的，能让唐娇甘愿成为我们之间博弈的炮灰。"

"有一个人，你要小心，"司简并没有轻松感，反而郑重其事地道，"李亮。一旦你澄清的内容发出去，唐娇就会身败名裂。荣旻做事的态度依我，他一定见不得有人这样欺负你。唐娇的演艺生涯算是走到尽头了，她的丈夫应该不会放过你和田安。"

"李亮？"秦颖回想起李亮那张脸，又说，"这个李亮的确聪明，跟唐娇是夫妻。可是他一个不温不火的演员，又能对我和田安做什么呢？"

"小东西，"司简语重心长地教秦颖，"想报复一个人的方法有很多种，不一定要有权势。光脚的不怕穿鞋的，正因为他拥有得不多，才豁得出去，做更绝。你还是得小心，镜子要随身携带，有事先与我商议，我随时都在。"

"好。"

下午的时候，司简就给秦颖打了一针预防针。

这个男人的推理能力一流，他代入成田安，"脑补"了今晚发生的事。

事情的结果与司简设想的八九不离十。

这样的推理预测能力，让秦颖为之惊叹。

秦颖虽然通过节目获得了一定的知名度，可她并不适合长期录制这个节目，毕竟她是杂志社的副主编。

司简让秦颖顺势而为，利用唐娇先把自己的名声搞臭，在舆论发酵期间，节目组自然会给出解约合同。一旦解约了，秦颖再站出来澄清，让局势反转。

如此一来，秦颖不仅能摆脱真人秀录制，回归公司，还能最大化替自己赚取好感。

这就是所谓的反转。

司简这个主意可谓是一石二鸟。

网上关于秦颖的视频被人断章取义，重复循环播放秦颖抬手打唐娇的片段。事后，唐娇一副委屈又憋屈的小模样，惹得一群网友动容。

微博上，热搜网友骂声一片。

网友1："秦颖疯了吗？仗着自己是《奇风尚》的副主编就这么欺负人？"

网友2："唐娇的性格是有点直来直去，有时候说话还不好听，可她也不能直接上手吧？"

网友3："节目里看觉得她人还不错，没想到居然是这样的人。下期录制把她投票出局吧，如果她还参加，我就不看了！"

网友4："加一，不想再看见这个跋扈女！唐娇脾气再差，她也不该打人啊！"

网友5："天哪，秦颖也太仗势欺人了。听说她手上掌握着很多资源，唐娇当然不敢还手得罪她，恶心，真恶心。代入成自己在职场这样被打压，我想杀人的心大概都有了吧！"

网络上的舆论一边倒，秦颖却没有急着上网反驳。

节目组其他成员上午已经去了水镇录制下一期节目，下午，秦颖和松原收拾好东西，也准备离开蓉市古镇。

在酒店门口等车时，松原还是感觉很委屈，嘟囔道："颖姐，我不懂，网上的人都那样骂你了，你怎么还不去澄清？"

"傻姑娘，"秦颖搁下行李看松原，伸手刮了一下她的鼻头，"他们现在的骂声越大，后期打脸才会越舒爽，反作用力也才越大啊。"

松原努嘴，怀疑秦颖压根儿就没有反击的余地。

网络舆论爆发后，季檬一家已经打过慰问电话，亲朋好友都很担心秦颖的现状。可实际上是皇帝不急太监急，她本人一点也没有受舆论的影响。

反而网上骂的热度越高，她就越开心。

李荣旻知道她们要离开，拎了一个小木箱来酒店。

小木箱做工精致，自重不轻，可里面装着的东西却很轻薄。松原双手接过木箱，小心翼翼地捧好。秦颖拧开小木箱的锁扣，看到里面居然装着旗袍。

秦颖一脸惊愕地看着他："李荣旻，你这是？"

"送你的。"李荣旻笑着说，"旗袍是死物，与其让它做一件展览品，倒不如替它找一个合适的主人。你穿这件旗袍很合适，送你了。"

"这也太贵重了吧！"

李荣旻摊手耸肩："我们家老爷子视它们为宝贝，可在我眼里，它就是一件衣服。如果不能找一个合适的主人展示它的美丽，那它与废物又有什么区别？再者，你是我大嫂，你收这份礼物，当之无愧。"

"那我可就不客气啦。"秦颖合上木盖，给了身边的松原一个眼神。

松原识趣地退出几米外。

秦颖低声问李荣旻："昨晚唐娇说那些话时，你有没有一瞬间，怀疑我是在骗你？"

"没有。"李荣旻摇头，笑着说，"你知道的那些事，足以证明你是他很重要的人。我虽然已经离开了司柏嘉集团，但圈内的资源还在。你回去后若有什么困难，尽管给我打电话。还有……"

李荣旻顿了一下，声音放低了一些："替我……去医院多看看他。"

秦颖疑惑地打量着李荣旻："你有多久没回去过了？既然放不下，又为什么不自己去看他？"

李荣旻沉默一瞬，低笑道："嗯……三年？四年？不记得了。这些年，我去过很多城市，唯独避开 A 市。他一定不希望我去看望他，毕竟他是那样一个骄傲的人。"

秦颖的嘴角一勾，笑着看李荣旻，却没有说话。

"简狐狸"能有这种朋友，是他之幸。

秦颖脑中瞬间浮过司简那只老狐狸的脸，他骄傲又自信，也是她见过最有魅力的男人。

他们这一刻处于不同时空。

假如她提醒他，让他在那个时间点避开去 × 国，如今的结局是否会有所改变呢？

这个念头一出来，秦颖就在心里给了自己一巴掌。

如果她真这样做了，蝴蝶效应影响的不会只是司简一人的命运，也可能会波及其他人。

她们回到 A 市时已经是晚上七点，松原打车回家，秦颖却打车去了医院。

司简所在的医院是私立的，有很高的私密性。

秦颖同闺密季檬来过几次，护士已经认识她。她告诉护士，自己是替闺密来探望司简的。

护士和司承通了电话，这才放秦颖进去。

病房是两室两厅的格局，隔壁是护工的房间。除此之外，有独立观景阳台与厨房，卫生间里也有单独的淋浴间。

这里的装修风格不像是病房，更像是一处公寓。

秦颖一进门，就有一股消毒水的味道袭来，又夹杂着淡淡的草木香。这香味秦颖经常从镜中司简的身上闻到，那种淡淡的草木香仿佛带着钩子，不断钩着她的嗅觉，钩着她的感官神经，最终都化为绕指柔，紧钩着她的心脏。

司简就像夜色里的一抹月光。

这种人间月色，是另一种难得。

病床上躺着的男人，皮肉几乎裹着骨头，面颊凹陷下去，不似镜中那般意气风发。即便如此，他眉眼间凝着的那种肃穆的痞气，却无法被病态所压制。

秦颖接了一碗水，将刀片沾湿，俯下身去给男人刮胡楂。

她的胳膊肘压在男人的胸膛上，动作很轻。

刮到一半，她停下来，忍不住贴近司简，打量他的眉眼。

秦颖修长的手指从司简的眉骨滑下挺拔的鼻梁，到他的嘴角蓦地停住。她的指腹在他的嘴角轻轻点动，歪着脑袋端详了他一阵，她低声说："简狐狸，你这病恹恹的模样，倒有几分古装剧里俊朗病公子的勾人气息。"

植物人自然是没有回应的，除了心脏跳动，没有给她任何身体上的回馈。

秦颖用手指撑起司简的嘴角，让他紧绷的脸上有了一丝僵硬的弧度，调侃道："简狐狸，你笑起来的时候真像一只笑面狐，有时候我真恨不得钻进镜子里，捏住你的嘴。"

说到这里，秦颖捏住司简的嘴唇，硬生生地将他的嘴唇捏成了上噘的鸭子嘴。

秦颖笑出声："就像这样，哈哈哈——你这样真像一只老鸭子！"

植物人司简：他的身子不能动，可他能听到秦颖的话，也能感受到女孩对他说了什么。

司简在躯壳里努力挣扎，想说话，更想抱住秦颖。

他想告诉她，关于他们在 × 国那段难忘的经历。

也想告诉她，镜中的司简只是被困在梦里的他，不是六年前的他。

司简想告诉秦颖太多事，可无论他怎样努力，都无法冲破身体的桎梏。

那种坠入深渊不见天日的无力感，令司简绝望。

司简曾颓靡地想，不如就这样死去，免得被困黑暗，受无尽的煎熬。

可就在司简要放弃时，失去 × 国记忆的秦颖出现了，同时，他也得到了孩子还活着的消息。

他不认命。

命运给他煎熬，让他困于黑暗，让他与爱人不能相认，那他便与命斗，与病魔争。他想冲破黑暗，窥见天光。

秦颖需要他的保护，流落在外的孩子也需要父亲，他不能放弃。

秦颖一会儿把植物人司简的嘴捏成鸭子嘴，一会儿又将他的眼皮撑开，让他被迫翻白眼，玩得不亦乐乎。

秦颖甚至乘人之危，拿出口红在他的脸上画了美人痣、腮红、樱桃唇，又在他的左右脸颊分别写了"狐狸"二字。

秦颖对自己的杰作非常满意，掏出手机"咔嚓"拍了一张照片。

拍完照片的秦颖晃着手机威胁司简："本仙女命令你，一年之内必须醒过来。否则，我就把你这张丑照曝光，让全天下的人都知道，你简狐狸也有这么妖艳的时候。"

照片里的司简妆容配美颜，妖娆美艳。

秦颖两根手指戳过来，将司简的鼻头顶成猪鼻子，又"咔嚓咔嚓"拍了两张。

秦颖得毁灭作案证据，拿了湿纸巾仔细地给司简擦脸，嘴里嘀咕道："我真的很想提醒你别去×国，可是我也害怕'蝴蝶效应'会连累其他人。简狐狸，我似乎……喜欢你了。"

她没有得到回应。

秦颖哼唧一声，又自言自语地道："哼，你别得意，我也只是有那么一点点喜欢你罢了，并没有多喜欢你。那种一点点的喜欢，类似于我对路边阿猫阿狗的喜欢。"

秦颖给司简擦脸时，带动了他脸上的表情，沉睡的男人仿佛在皱眉。

她连忙又说："好吧，我喜欢你要比喜欢路边的阿猫阿狗多一点。但也只有一点点，绝对没有太多。"

听着女孩的自言自语，植物人司简躁动不安的心突然平静下来。

他就静静地听着女孩自圆其说，满心宠溺。

病房无端被女孩的情绪烘成粉色，司简透过黑暗，仿佛看见了那些粉色的甜蜜。

病房外，司柏嘉女士与助理透过窗户，望着里面的动静。

司柏嘉满头华发，皮肤很白，身体纤瘦。她的穿搭时尚，只看面容与身材，根本看不出她已经七十岁了。

她的五官立体，一头银发搭配深邃的五官，一点也不显老，反将她衬得十分时尚。

司柏嘉四十岁才生子，先后有了司简与司承两兄弟。为了保护两个儿子，她从未对外公开两个人的身份。外界甚至以为举止优雅的司柏嘉女士从未生育过。

司柏嘉抵达病房时，正看见秦颖在给司简擦脸。

她虽听不见女孩在嘀咕什么，却也将女孩眉眼间的温柔，还有轻柔的动作看在眼里。

司柏嘉观察了约五分钟，才问身旁的助理："这个女孩是谁？"

卡叔回答："这是季檬小姐的朋友。"

司柏嘉眉眼间浮现疑惑："她同小简认识？"

"不认识，"卡叔顿了一下，又笑眯眯地补充，"依司简曾经的知名度，这个女孩喜欢他，也不意外。用他们年轻人的话来说，司简是男神。有许多女孩爱慕他，至今仍坚持不懈在他的微博下留言，期待他的回归。"

司柏嘉教育孩子，从来都是让孩子们自由。她不会过多地干涉两个儿子的私生活，他们喜欢什么，她也从不阻止。

哪怕小儿子司承执意要与名模季檬在一起，她也从未说过什么。

小儿子的感情有了着落，可这个成为植物人的大儿子却迟迟未醒，遭遇妻亡子离。如果他能醒来，是否会被这个叫秦颖的女孩所感动？

想到这里，司柏嘉低叹一声，感慨道："小简如今都成了这样，这个女孩仍这般待他。只可惜……"

司柏嘉的话没说尽，望着里面。

病房里，女孩起身，望着司简犹豫了好一会儿，最终俯下身去，在男人的嘴角轻轻亲了一口。

秦颖的嘴唇贴着司简的嘴角，她低声说："司简，你要是能早点醒来，我追你呀。"

秦颖笑起来的时候，嘴角的两只小梨窝时深时浅，可爱又甜美。

司柏嘉和助理见女孩要出来，忙去了隔壁房间回避。

谁都没发现，在秦颖转身离开的那一瞬间，男人的眼泪滑落在枕头上，在枕巾上洇开。

秦颖的吻，让司简感受到她的浓情蜜意。

可也是这些甜蜜，化为荆棘，将司简的心脏紧紧地勒着，鲜血淋漓。

愧疚，无奈，不甘，所有情绪复杂相融，变成极致的苦涩。

"颖宝？我听司承说，你单独去医院探望司简了？"

晚上十点，秦颖刚回家，就接到了闺密季檬发来的视频电话。

秦颖将手机搁在沙发上，戴着无线耳机，一边蹲在沙发前整理行李，一边与对方通话："是啊。"

季檬不解："你为什么要单独去探望我们家浣熊的哥哥？你有什么企图？老实交代！"

"嗯……"秦颖犹豫了一阵才回答，"最近我无聊，补了一些旅游视频，无意间发现了司简的旅游视频合集。我觉得这个男人挺有意思的，粉上他了。我作为一个小迷妹，就是想去探望一下男神。"

"是吗？"季檬在视频里冲秦颖翻了一个白眼，调侃道，"你这反射弧也太长了吧！人家活泼乱跳的时候，你没成为人家粉丝，现在人家成为植物人了，你反倒粉上了。颖宝，你可真奇怪！"

秦颖不想再跟季檬深究，岔开话题问她："你回 A 市了吗？"

"我和司承已经回 A 市了，最近我们这里发生了点事，需要处理一下。"

秦颖十分疑惑："怎么了？"

"你没看微博吗？司承的话题已经把你和唐娇的话题压下去了。"

秦颖闻言，立刻放下衣服，开始翻微博，说："我现在是全网黑，哪会上微博找虐？司承怎么了？"

"不是什么好事情。DIC 那个首席设计师罗筝，曾经是司承赞助的女学生。她在设计上很有天赋，却不走正道。她先是污蔑司承抄她的作品，现在居然又跳出来说她儿子是司承的！"说到这里，季檬长叹一声，又说，"气死我了。我男朋友这是人在家中坐，锅从天上来啊！"

"网友怎么会相信这种污蔑的话？"秦颖十分疑惑。

讲到这里，视频里的季檬都快气炸了。她说："问题就出在这里！罗筝不仅出示了 DNA（脱氧核糖核酸）证明，还发了那一个小孩的照片！那小孩的眉眼真的和司承长得很像！我当然是相信我男朋友的，可罗筝那个儿子真的很奇怪。

DNA证明可以伪造，可是……她生儿子的时候，难道还能选择小孩的样貌？"

听着闺密季檬的吐槽，秦颖同时点开了当事人的微博。

这位叫罗筝的女士是DIC的前任首席设计师，前不久因为污蔑司承抄袭，被公司开除了。那件事秦颖还有印象，这才没过多久，这女人居然又出来搞幺蛾子。

罗筝在微博上公布了小孩的照片，那眉眼，的确与司承很相似。

她仔细看，又觉得……这眉眼像极了司简。

司承和司简是双胞胎兄弟，两个人在五官轮廓上相似，可气质相差甚远。

司承是遥不可及的冰山雪莲，一腔温柔只对女友季檬，对旁人都很冷漠。即便她是季檬的闺密，司承也从来都是冷漠处之。

但司简不同。

司简是游刃于商界的老狐狸，待谁都温柔，眼里总带笑，给人一种亲切感。可实际上，这只老狐狸笑里藏刀。

他的外表颇具欺骗性，远比看似高冷的人要恐怖，令人防不胜防。

秦颖盯着照片里的男孩发呆，觉得这个小男孩看着特别亲切。

"颖宝？你还在听我讲话吗？"

视频电话里传来季檬的连续发问声。

秦颖缓过神，点头说："在听呢。檬檬，你也别太着急了，这小孩很大概率不会是罗筝的孩子，极有可能是她领养的。大千世界无奇不有，说不准，她是故意找了一个长得像司承的孩子领养的，为的就是等今天。"

"颖宝，你这种猜测我跟司承也想到了，他正在查，估计明天会有消息。"季檬说到这里，又提醒秦颖，"颖宝，司承的话题已经压过了你和唐娇的话题，所以你要澄清的话，就得尽快了。否则随着司承话题的发酵，网友可能不会再关注你的事，关注的人少了，你也就不好澄清了。"

"嗯，知道了，我这就把未剪辑的视频给放上去。"秦颖顿了一下，又说，"明天中午我请你和司承吃顿饭，有空吗？"

"必须有空，我们颖宝请吃饭，怎么可能没空呢？"季檬发了一个餐厅定位过来，又说，"就在这家餐厅吧。你最近录制节目也挺累的，今天晚上早点休息。"

"好。"

挂断电话，秦颖再没心思整理行李箱。

秦颖拖着疲惫的身体回到卧室，摊在床上，盯着天花板发呆。

不知道过了多久，搁在床头的那面镜子里出现一张熟悉的面孔，耳旁也传来熟悉的声音。

司简问秦颖："见你一脸疲态，又没睡意，有心事？"

秦颖扭过头，看向镜中的男人，微微吐出一口气，否认道："倒是没什么事，就是突然间心情就不好了。"

司简正在坐飞机，他坐在独立的头等舱里，没人打扰他与他的小东西聊天。

他的声音不疾不徐，将声线压得十分温柔："心情不好的源头是？"

秦颖脑子里不断浮现那个小男孩天真幼稚的面庞，她简单叙述了一下今晚发生的事，低声叹道："哪怕不是亲生的，好歹也养育了这么多年，到底有多心狠，才能把这样一个不谙世事的孩子推到风口浪尖，让他成为打压敌人的工具？"

司简盯着秦颖，沉默一阵后反问她："你喜欢小孩？"

"算不上喜欢，"秦颖否认，笑着说，"我就是觉得那个小孩长得可爱。"

司简嘴角一撇，又说："你同情那个小孩，可对方未必会领情。保不准他也是这件事的参与者，只是为了帮助妈妈铲除阻碍。"

秦颖干脆果断地道："不可能！"

司简笑出声："你这小东西，怎知没有这种可能？你见过那个小孩吗？"

"他还那么小，怎么可能会有这种可怕的思维？"秦颖突然有些生气，声调都高了一些，"司简，你怎么连小孩的心都揣测得这么恶毒？这个年龄的小孩不辨是非，况且他那双眼睛很清澈，他应该是一个很乖巧且很懂事的孩子。"

第十章　久处怦然心动

这是司简认识秦颖以来，第一次见她因为外人和他生气。

司简点到即止，柔下声来，反哄她："你说得对，是我小人之心了。"

见对方服软，秦颖身上那些莫名的愤怒自然也卸得干干净净。

秦颖呼出一口气，也说："我也不对，莫名其妙就因为外人和你发火。"

司简敛了笑意，对秦颖说："小东西，我越发想见你了。"

"我们现在不就是面对面吗？"

司简："在同一个时空见到你。"

"简狐狸，你最近看我的眼神总是火辣辣的，"秦颖斜睨司简一眼，"你该不会是爱上我了吧？我这短腿柯基让你真香了？"

女孩把没心没肺演绎到极致。

司简一脸平静地看着秦颖，没有否认。

等秦颖的笑声止住，司简才淡声道："有一点，倒也还没到失去理智，也没到要去破坏时空规则的程度。"

"哦。"秦颖从床上翻身而起，抱着镜子去了书房。

等秦颖在书桌前坐下，只听司简又说："对一个与自己有特别联系的女孩产生感情，并不是什么丢人的事。况且我们如此相处，我对你依旧没有好感，你得自我审视一下，看看自己究竟是哪里出了问题。"

秦颖打开电脑，把澄清的视频上传至微博，扭过头看向镜子："我哪儿出了问题？我怎么可能会有问题？"

"所以，"司简的声音顿了一下，才道，"我喜欢你，侧面说明你是正常女性，不是吗？"

秦颖觉得没毛病，却又觉得哪里不对。

下午六点前，"秦颖掌掴唐娇"的话题还挂在热搜。

六点后，"罗筝为司承生下一子"的话题就冒了出来。

秦颖登录微博，私信、@、评论铺天盖地而来。

她全部略过，把微博连带视频一起发了出去。

秦颖："最近两天有关我掌掴唐娇的负面新闻，我也有话说，以下便是现场视频。唐小姐，求仁得仁，再来一次，我也会这样做。"

微博附带视频，内容的时间点，从唐娇辱骂陈怡开始。

唐娇在视频里侮辱陈怡，似泼妇骂街一般对着无辜的人进行一连串的嘴炮攻击。

这副嘴脸，与之前那个断章取义的视频里的形象完全不同，惹人厌恶，简直将泼妇演绎得淋漓尽致。

到了这种程度，如果还不给她巴掌，当事人得有多大度？

围观网友表示："反正我是没这种度量。"

网友们一边吃司承的瓜，一边吃秦颖、唐娇的瓜，忙得不亦乐乎。

网友1："快年底了，时尚圈各种大瓜。先是秦颖掌掴唐娇，后是司承、罗筝私生子，再然后是秦颖事件大反转？我建议大家先别急着骂司承是陈世美，再等等看，说不定司承的事还有反转，毕竟季檬和司承两个当事人还没出来说话呢。"

网友2："秦颖、唐娇这件事已经是板上钉钉了。唐娇这个泼妇戏太足，也太可怕了。从节目上就看得出她性格不好，没想到下了节目更甚。"

网友3："送给唐娇一首《凉凉》，她打不败秦颖，那就等着被秦颖打败吧。人家秦颖可不是小白兔，人家是《奇风尚》的副主编。"

网友4："同意楼上的分析。秦颖能从李荣旻手上借到旗袍，说明她有外人看不到的资源。大家可能不知道李荣旻是谁，他曾经是司柏嘉集团的副总，是司柏嘉集团一位隐形BOSS的搭档。"

有网友疑惑："那位隐形BOSS是谁啊？好奇。"

匿名网友解答说："一个令司柏嘉集团高层们都闻风丧胆的人物！不过我也有很多年没听过那位的消息了，他大概已经不在司柏嘉集团供职了。"

大家见八卦不出什么，话题风向又转向唐娇。

一夜之间，唐娇合约被撤。

节目组又打电话给秦颖，想让她回来救场，却被她拒绝了。

节目组先拿出解约合同，如今《奇风尚》和节目组没了合同制约，当然也不会再派人过去参加录制。毕竟这种无剧本的真人秀风险太大，很多事不可控。

唐娇焦头烂额。

凌晨，古城水镇国际酒店内。

她一宿没睡，李亮也一宿没睡。

他给妻子煲了汤，拿搪瓷碗盛了小半碗。他推开阳台门走进来，把汤碗搁在一旁，拿手指戳了戳她的膝盖，声音十分温柔："娇娇？"

唐娇睁大那双泪汪汪的眼睛，一夜之间仿佛瘦了十斤，也憔悴了许多。

她望着李亮，强压着哽咽问他："亮亮，我这个样子是不是特别可笑？我的事业没了，口碑也毁了。走到这一步，我竟不知接下来的日子该怎么继续。我看到的前路都是晦暗无光的，我什么都没了，我……"

"你还有我。"李亮握住唐娇的手，低声说，"不做演员正好，以后你就专心做我们的品牌。"

唐娇望着李亮静默了很久，吞了口唾沫才问："亮亮，你早就猜到这个结果了对不对？"

李亮没否认。

唐娇是傻不是蠢，她嘴角一勾，讽刺地笑道："我真蠢，我真的好蠢。亮亮，你是一个很聪明的人，却娶了我这么一个笨蛋，我不……""配"字还没说出口，李亮已低头吻住了她的唇瓣。

李亮将满腔深情灌入这个吻里，温柔袭入唐娇的骨髓。

唐娇一颗心都要被李亮给融化了。

在这种时候，全世界都抛弃她、厌恶她，唯有自己的丈夫依旧待她如初。

过了很久，李亮才将唇挪开，低声说："我是你的丈夫，我会与你荣辱与共。我们要时刻准备一败涂地。以后，你要好好地做自己。你胃不好，就安心吃软饭吧，我来赚钱养家。"

"亮亮……"唐娇的鼻子发酸，一颗心软得一塌糊涂。

唐娇拿额头顶着李亮的额头，轻轻碰撞，似在撒娇。

她低声说："我骄纵蛮横，不可理喻，没脑子，有病，身边人都对我敬而远之，你却……"

李亮并没有急着回答唐娇，而是将放温的汤端起来，连带两粒药丸一起递到她跟前，说："我是你的丈夫，任何模样的你我都喜欢，哪怕是最偏执的你。"

唐娇摊开手，两粒药丸落到掌心里。她仰头将药丸放进嘴里，就着汤水把药丸吞入腹中。

药丸有令人镇静的效果，唐娇的心静下来，困意肆掠。

她困顿地靠在丈夫的肩头，喃喃道："亮亮，我好没用。"

李亮将唐娇抱回卧室，放到床上，再替她盖好被子，守在床边哄她入眠。

几年前，唐娇一夜爆红，却因此患上了严重的抑郁症以及精神类疾病。这些年他也淡出了演艺事业，为了陪伴唐娇，付出了许多。

李亮为了让妻子好好养病，劝妻子淡出演艺界。可唐娇喜欢演戏，舍不得。这次唐娇退出得不怎么体面，但好歹也算是退出了。

唐娇仿佛做了噩梦，蹙紧了眉，眼泪涌出来。

李亮俯身，吻去妻子眼角的泪水，低声说："傻娇娇。"

他嘴角的笑意是最温柔和煦的。

李亮又在妻子柔软的嘴唇上亲了一下，这才起身走出卧室，去处理后续事宜。

这次唐娇的事情闹得很大，李亮也打定主意趁着这次机会让她退出娱乐圈。

秦颖接到李亮的电话时，还在睡梦中。

她闭着眼睛摸过电话，"喂"了一声："谁啊？还让不让人睡觉了？"

"秦小姐，我是李亮。"

听见对面沉稳的青年男音，秦颖瞬间没了瞌睡，坐起身，问他："你找我什么事？"

李亮不疾不徐地道："有件事想请秦小姐帮忙。刚才我发了一条微博，麻烦秦小姐去转发一下，并附言：已经原谅唐娇。"

秦颖以为自己听错了："你没睡醒还是我没睡醒？"

李亮笑出声："这件事对秦小姐有利无弊。再者，以后说不定我还能帮到秦小姐。"

秦颖沉默了一会儿，下意识地看了一眼镜子。

这个时间点，镜子里倒映的是秦颖那张脸，司简并没有出现。

秦颖想起司简的话，犹豫了片刻才说："我考虑一下。"

李亮的语气轻松，仿佛并没有因为妻子的事情影响情绪。他道："希望秦小姐可以给一个做朋友的机会，哪怕是合作朋友。"

挂断电话，秦颖缩回被窝里，躺着刷了一会儿微博。

就在十五分钟前，李亮发了一条微博。他在微博里叙述了这些年唐娇的病史，也说明当初事业如日中天的女孩，为什么没有一心演艺事业，而是去做了服装品牌。

在唐娇大红大紫的时候，她父亲去世，导致她患上抑郁症，并且伴有严重的精神类疾病。这几年李亮一直陪着她治疗，没有对外公布她的病史。

他在微博里PO（亮）出了唐娇的病历和正在服用的药物。

李亮在微博里说："不奢望大家能原谅她，但希望大家停止对她的言语攻击。雪崩时，没有一片雪花是无辜的。娇娇是雪崩时的受害者，她受到的伤害不可逆。在这里，我和唐娇一起向秦颖小姐道歉，对不起。"

这条微博发出去时，凌晨五点。

夜猫子和早起的网友看见这条微博，因触目惊心的病史以及五花八门的药丸震惊了。

有网友质疑其真实性，下面立刻有学医的网友解释说："是真的，这几种药物医院也不能随便开。这些药对病人的病情很有用，但同时也有很大的副作用。譬如……身体机能变差，怪不得唐娇那么瘦，不是减肥减的啊。"

秦颖看着这条微博良久，转发："接受道歉，追过唐娇的剧，希望她早日康复。"

秦颖的做法让她又圈了一拨粉。

松原看见微博，一脸不解地发微信问秦颖："颖姐，你干吗要原谅她啊？她生病就能为所欲为了吗？既然知道自己生病了，为什么不在家养病，要出来害人？"

秦颖解释："唐娇已经退出演艺界，这就是她为此事付出的代价。但她罪不至死，如果她再被网友追着辱骂，很有可能真的会雪崩。李亮是个聪明人，我和明星打交道，做人留一线，日后好相见，任何事都不宜做得太绝。明白吗？"

"哦。"松原点一点头，赞同地说，"也对，免得逼急了疯狗咬人。"

唐娇得到当事人秦颖的原谅，网友也都谅解。人家毕竟有病，也已经拿前途作为代价，得饶人处且饶人。

在李亮的一番操作下，唐娇也算是洗白了退出了。

八点左右，秦颖正捧着镜子坐在床上，跟司简感慨李亮这个人厉害的手段。家人一通电话打过来，中断了她与司简的谈话。

秦颖将镜子反扣在枕头上，暂时切断和司简的联系，接通了季二叔的电话。

对方倒不是询问她的事，而是问司承和季檬的事。

毕竟司承和季檬已经对外公开了关系，司承这时突然冒出一个私生子，家里人都不知道什么情况，也不敢直接打电话询问季檬。

视频电话里，奶奶那张脸凑得很近，忧心忡忡地道："小颖，你在 A 市，这件事你一定要当面跟那个司承弄清楚，问问他到底是什么情况。我们檬檬可不能平白无故就当了小三，你知道吗？"

老人家的话还没说完，就被中年男人的国字大脸给"怼"出了镜头。

季二叔粗声粗气地对秦颖说："小颖，我们还在国外，暂时回不去。如果私生子是真的，就算司承是全宇宙的大设计师，我们季家也不稀罕！我们季家闺女可不能受这个气！你也是，无论在外面受了什么委屈，都不要委屈了自己。你虽不姓季，却也是我们老季家的姑娘，有什么委屈要跟家里说。我们季家好歹也是康宁大户人家，即使你们都回康宁，二叔也养得起你们！"

秦颖笑着安慰："放心吧，二叔，我中午约了檬檬和司承吃饭，我一定会问个清楚。你们就安心度假，别太相信网上的事，大多是假的。"

二叔松了口气，声音委屈巴巴："你前脚上热搜，檬檬后脚就跟着上。我老季家今年是犯太岁吗？"

秦颖和季家没有血缘关系，她父母去世后，季二叔一家主动承担了抚养她的责任。

季家人于秦颖，是恩人，也是家人。

她和季檬是闺密，也是姐妹。

十二点左右，秦颖抵达和季檬约定的中餐厅启文华馆。

包间装修雅致，轻中式的装修，古朴儒雅与现代简洁并存。

司承和季檬早就到了。

两个人坐在落地窗前的茶台边，男人有条不紊地煮茶，季檬在一旁看着，看得有些累，将下巴往男友肩膀上搁，慵懒中透着一股乖巧。

两个人还没注意到有人进来了。

季檬小声说："煮茶太麻烦了，喝咖啡不好吗？"

她鼓了鼓腮帮子，显得有些不耐烦。

司承扭过头看季檬，目光细致，声音也和煦温柔："心急吃不了热豆腐。"

季檬咧嘴一笑，一双杏仁眼亮亮的："我不喜欢吃热豆腐，我喜欢吃你。嗷呜。"

季檬如萌猫学虎一般，"嗷呜"了一声。

冰山一般的男人被季檬逗笑，在她的嘴唇上亲了一口，声音低不可闻："调皮。"

站在玄关的秦颖咳嗽了一声，季檬立刻坐直了，朝秦颖招手："颖宝，你来了！快，过来。"

男人立刻敛了笑，恢复一如既往的冰山脸，继续泡茶。

等秦颖在司承对面的茶座坐下，他将盛满茶水的白瓷杯搁到她面前，做了一个"请"的手势。

秦颖一边喝茶，一边打量司承。

司承和司简是双胞胎兄弟，两个人的眉眼五官有九分相似，气质和外形却有很大差别。

哥哥司简因为常年旅行，肤色较黑，身形也比司承健硕。褪去西装，他的硬汉风格尤其明显，眉眼总带笑，路人缘不错。

弟弟司承则不一样，皮肤白，总是一张冰山脸。如果不是亲眼看见他对季檬笑，她甚至以为这个男人天生不会笑。这个人眉眼中透着寒霜，气质过于高岭之花，路人缘不怎么样。

总之，这两兄弟差别还是很大的，也很容易分辨谁是哥哥，谁是弟弟。

秦颖喝了口茶，开门见山说："早上我和家里人通了电话，二叔和爷爷奶奶让我代表季家，来问你要一个真相。如果私生子事件属实，抱歉，就算你是宇宙级别的大设计师，季家也不稀罕，如果你是被污蔑的，也请你拿出证据来，让我相信你。"

秦颖对司承说话一点都不迂回，非常直接。

季檬抱着男友的胳膊，一脸尴尬地道："说好的只是请我们吃饭呢？怎么变成兴师问罪了？颖宝，好歹我们家浣熊昨天也给你行了方便，让你去探望司简，你怎么能恩将仇报呢？你知道外面有多少姑娘想见司简大哥一面吗？哼。"

秦颖一副公事公办的态度："一码归一码，我今天是代表二叔和爷爷奶奶来的，不是代表我个人。"

季檬冲秦颖翻了个白眼，冷哼了一声："秦颖，我没想到你会是这样的秦颖。我记住了，我，喜塔腊·季檬，以后有一万种方法报复你！"

面对秦颖来势汹汹的质问，司承并不慌张，取出一个文件袋递给她，说："这里面的东西，足以证明我的清白。"

秦颖接过资料，一张一张，仔细地看。

她越往后翻，眼睛就瞪得越大。

司承说："DNA检测报告可以有多重渠道作假。国内亲子鉴定除了司法鉴定，还有隐私亲子鉴定。鉴定中心一般只对结果负责，却不对样本负责。样本可以在任何程序上动手脚。"

秦颖合上资料，还有些没缓过劲来，感慨道："这个女人太可怕了。在和你闹翻以后，居然处心积虑地领养了一个和你五官相似的男孩。五年养育，不就是为了等今天？孩子于她，难道只是一种工具？福利院怎么会让这种人做孩子的家长？那孩子现在怎么样了？"

"那孩子有自己的命运，他以后如何我不知道，也同我没关系。"司承神色严肃地看着秦颖，冷漠的声音里带着一丝疑惑，"你似乎对那个孩子很感兴趣？"

秦颖没有否认。

她虽没见过那个小男孩，可她对那个孩子有一种莫名的亲切感。知道他被养母这样对待，居然很心疼。

司承提醒秦颖："这世上不幸的孩子有很多。"

秦颖明白司承的意思，嘴角勾了勾："我知道，我也就心疼一下，并不会干涉别人的事。等你们把证据曝光了，应该会有相关机构来干预这件事。毕竟罗筝是一个不合格的养母。"

秦颖说话时，季檬从头到尾都用一种奇怪的眼神打量她。

秦颖摸着脸颊，疑惑地道："我脸上有什么东西吗？"

季檬摇头，双手比画着，呈星光闪动状："没有。颖宝，我就是突然觉得，你身上有一层闪闪发光的母爱光辉。你要是真喜欢小孩，不如自己赶紧结婚生一个。"

秦颖哼了一声，笑道："我现在有男神了，如果有可能，我会等司简醒过来，倒追他也未尝不可？"

"喀……"季檬正喝茶，闻言，被呛住。

司承也被呛住，轻咳了一声，喜怒依然不形于色，只是看秦颖的眼神有了一些微妙的变化。

碍于这是不可能的事，司承也就没说什么。

最近几天发生了太多事，秦颖下午回了一趟杂志社，接受了主编的任命。

碍于秦颖最近在节目上的优秀表现，艾佳对她的态度明显有所缓和。艾佳把秦颖叫去办公室，语重心长地说了一些事，又交代了一些未来的工作计划。

小谈结束，艾佳给了秦颖一张画展的门票，说："这是澳大利亚知名画家崔成的画展门票，这个人在国际上影响不小，且与很多时尚品牌有合作联名款，又是网红画家，在国内外都有年轻的女粉。他明天办画展，你亲自走一趟，请他接受我们下一期的专访。"

"崔成？"

一位很年轻的艺术家，他在直播平台搞过创作直播，没露过脸，也很少公开参加活动，因此网友十分好奇他长什么模样，热度一直不低。

加上这位艺术家同她初中同桌的名字一样，所以秦颖的印象很深刻。

秦颖当然知道主编不可能把简单的任务给她，顺便问了一句："这位画家，很难应付吗？"

"我已经联系他半年了，却都没有回应。昨天他打电话过来，说愿意见面和我们谈。"说到这里，艾佳抬手指了指，说，"对方点明了让你过去，说很喜欢你在节目里的表现。"

听到这里，秦颖笑道："他这算什么？算我的粉丝？"

"粉丝也好，其他什么关系也罢，总之这个任务交给你，你就一定要给我办成。"艾佳开始整理办公桌上的文件，顿了片刻才又说，"不要让我失望。"

"我尽力。"

艾佳语气强势："不留余力。"

秦颖又转了口风："一定办成！"

为了准备去明天的画展，她晚上便开始对镜挑选明天要穿的衣服。

由于司简的出现，秦颖看不见镜子里的画面，只能一边换装，一边让司简点评。

"这件怎么样？"

秦颖穿了一条黑色吊带裙，露出性感的锁骨和大片胸骨，一双又软又白的胳膊肉而不肥，像小孩的胳膊，有胶原蛋白满满的充盈感，而没有脂肪堆积的那种油腻感。

司简只看着秦颖那双如藕一般软乎乎的白胳膊，心就被融得一塌糊涂。

他问："是见男人还是女人？"

秦颖低头系腰带，同时回答："男的，帅哥，据说是我的粉丝。所以，我打算用我的美色谈成这次合作。你快帮我挑一件好看的、得体的。"

笑面狐狸司简眼底的笑意瞬间消失，难得严肃起来："这件不适合你。"

"啊？"秦颖持怀疑态度，扯着自己的裙摆说，"你该不会是直男审美吧？这可是我最贵的一条裙子。"

"你在质疑我的审美？"

司简反问的语调里严肃感更甚。

秦颖："你是司柏嘉的儿子，审美与生俱来。我信你。"

她转身又回衣帽间换了一条白色连衣裙，换好出来后在镜子前站定。

秦颖个子不高，白裙是高腰线设计，裙摆停留在膝盖上两寸，搭配高跟鞋，完美地拉长她的身材比例。

因为身高和外形，秦颖本就长得稚嫩，白裙使她更显少女活泼感。司简被勾得心神荡漾，花了不少精神，才将眼底的波涛压下去。

司简依旧严肃地点评："装嫩？你穿成这样去跟人谈合作，你自己觉得有诚意吗？"

秦颖牵着裙子低头看了看，鼓着腮帮子嘀咕："哦……是有一点幼稚。"

之后，秦颖又换了十几套。

秦颖的穿着越是惊艳，笑面狐司简就越发严苛，并且开始了一轮毒舌攻击——

"小东西，你是嫌自己的腿不够短？"

"这领口的设计太低，不如直接低到肚脐更性感？"

"你胳膊和腰太粗，不适合露胳膊收腰。"

秦颖都快怀疑人生了："我真的那么胖吗？"她捏了捏自己软乎乎的小肉胳膊，嘟囔道，"我觉得还好啊？"

司简反问："你有多久没照过全身了？"

"很久了。不过我一直有称体重啊，只涨了两斤，不至于像你说的那么胖吧？"

司简冷哼一声："你在质疑我的审美？"

秦颖一脸无语，抬头看司简："简狐狸，我怎么觉得你今晚怪怪的？吃火药啦？"

司简没有回答秦颖，而是岔开话题，目光停留在被她挂在衣架上的西装套装上。他道："你试试这一套。"

"啊？"秦颖回头看了一眼那套千鸟格纹西装，指着确认道，"你确定？这套西装是松原的，她比我高，我穿上她的西装，怕会是人间灾难吧？"

司简语气十分坚定："试试。"

秦颖虽然心不甘情不愿，但碍于自己看不见镜子，只能依照司简的审美来搭配。

秦颖穿上后，外套宽松，她的骨架太小，压根儿就撑不起肩部。下裙不过膝，却被她穿出了过膝的效果。

即使看不见镜子，秦颖也有点不满这套穿搭，怀疑男人的审美。

司简捏着下巴仔细打量了秦颖一阵，抬手一指挂在她衣架上的那一排腰带："挑一根腰带作为束腰，达到提高腰线收腰的效果，提升你的身材比例。"

这套西装毕竟不是秦颖自己的，又没有镜子，她挑了好几根腰带都达不到司简的要求。

秦颖试完最后一根带有 CD 标志的细腰带，涨鼓着腮帮，用质疑的目光打量镜中人："简狐狸，你该不会是在玩我吧？我有各个品牌的经典款腰带，都是百搭款，你居然一条都看不上？"

"大品牌时尚经典款，未必适合每一件衣服。你是时尚杂志的编辑，应该比我更清楚这一点。"司简在秦颖四周环顾一圈，目光停在了一个 D&M 经典款的珍珠包上。

这款珍珠包实用性不高，容量太小，被秦颖随意挂在衣柜门上。

司简抬手一指那个小巧玲珑的珍珠包："你试试用包作为腰带。"

"用包作为腰带？"秦颖惊愕地看着司简，"你是让我拿 D&M 限量款珍珠包当腰包来用？"

司简一脸嫌弃地看着秦颖："这种奢侈单品用的场合虽然不多，可它作为时尚单品，只要用对地方，就能画龙点睛。"

"我试试。"

秦颖直接用包带代替腰带，在腰上缠绕一圈收紧，起到了修饰腰线的作用。小珍珠包固定在左侧腰，远看，像是被她斜挎在身上一般。

秦颖又按照司简的吩咐往两边肩部塞了垫肩，肩部线条终于被撑起来，原本宽松的西装外套变成一件时尚大气的单品。

下身西裤松垮，秦颖随意挽起两边的裤脚，搭配短靴，露出一小截白皙的小腿，整个人看起来中性酷帅，又不缺乏女性时尚感。

这套穿搭既能彰显秦颖的女强人气场，也能收敛女孩身上勾人的娇女气息。削弱了她的女性柔美，添了一分中性刚毅，让她的美貌看起来不那么张扬。

这样去见"男粉丝"，既不会让秦颖这个时尚副主编失了气场，也能保证"安全"。

秦颖当然不知道司简心里的那点小算盘。

她虽然不能看镜子，却能用自拍视频的方式将这身穿搭录下来，整体效果确实出乎意料。

司简消失了一会儿，秦颖则借用这个空当，画了个妆。

画展在 A 市 137 艺术文化产业园举行。

文化园里都是一些红砖老房，很多艺术家在这里开工作室做展览。

崔成的画展现场四面都用了灰镜作为装饰，一走进展馆，便宛如置身梦幻空间，上下左右都能看见倒影。

偌大的展馆内只放了八幅画，都是崔成这些年的得意画作。整体画风偏色彩绚烂，颇具视觉冲击力。他的画作《水波流转》系列堪称经典，被国际上几家知名的奢侈品牌买了授权。

去年流行的水彩波纹时尚单品，出自他的画作系列。据说这位艺术家还很年轻。

秦颖在展馆里转了一圈，没看见艺术家本人，于是停在角落处的画作前，望着镜子里的男人。

镜中的司简最近去了很多地方旅行，拍摄了不少星空的照片。他将所有照片都洗了出来，摆放在桌面上，一张一张地筛选。

男人认真挑选照片时认真肃穆的眉眼尤其勾人，他的侧颜紧致流畅，鼻梁挺拔，无意抿唇间居然有浅浅的酒窝。

司简刚从偏僻的山里露营回来，三天不修边幅让他嘴边冒出一些泛青的胡楂儿。

这些胡楂儿非但没有拉低司简的颜值，反倒诱人。

秦颖看得入神。

司简忽然扭过头，对上秦颖那双花痴的眼睛，笑道："你足足盯着我看了十五分钟。小东西，你这样盯着一个男人看，就没有羞耻感？"

秦颖反倒将胸脯一挺，大方地调侃："贪图美色要什么羞耻感？可惜了，这样一个美男子，我只能看看，吃不着。"

司简搁下手中的一张照片，直起腰，用一种暧昧的眼神看着秦颖："你要是真想吃，随时来找我。"

男人修长的手指撑在桌面上，玩味地敲了敲。

面对男人的玩笑，秦颖笑道："所以清心寡欲的简先生，跟您开开玩笑，您还当真了？"

轮到司简被噎。

司简顿了一下，眼眸微沉："秦颖，男人跟你玩笑，是想看你脸红心跳。"

秦颖冷哼一声，反唇相讥："我也想看你脸红心跳，并不是想看你淡定沉着。"

镜中的司简已经走到衣帽间，打算换衣服，却并没有打算拉白布遮住镜子。

司简对着秦颖，一颗颗解开衬衣纽扣，露出锁骨和结实的胸膛。

再往下，秦颖没脸看，迅速撇过头去："是在下输了。"

秦颖的一张脸瞬间涨红。

司简笑出声，伸手拉上遮镜的白布，却并没有完整盖上，他还能听见对面世界传来的声音。

秦颖长舒一口气。

什么时候开始，他们之间居然能开这种荤段子玩笑了？

秦颖攥紧拳头，压低声音："简流氓……"

对方没有完全遮上白布，看不见秦颖此时的表情，却能听见声音。

司简一边换衣服，一边无辜地调侃："小东西，你怎么反咬一口？这玩笑，可是你先开的。"

秦颖的舌头突然打结，涨红了脸居然辩无可辩。

她语无伦次："你的错，反正都是你的错。"

"是是是，"司简无奈地笑道，"我的错，连呼吸都是我的错。"

司简轻松承认的口气反倒让秦颖觉得他在唱反调，气得腮帮子都鼓起来，像一只圆鼓鼓的河豚。

司简乐不可支。

司简换好衣服，回到工作间，取了一张刚洗好的星空照片，想要分享给她。

画展的主人崔成却突然朝着这边走过来，打断了二人的交流。

崔成走近后，一脸惊喜地叫秦颖："秦颖？"

她好奇地回头。

眼前是一个一米八五的长腿男人，正装绅士。男人脸上抹了粉，大概是天气太热，出了油，妆有些花了。

秦颖不知道眼前这人是谁，愣了一下。

对方见秦颖愣怔，反问："不记得我了？"

秦颖卡壳了一瞬，摇头道："抱歉，您是哪位？"

男人脸上的笑意更深，笑着说："这么多年不见，你漂亮了很多。"

他拿双手扯了一下自己的脸，稍微看起来胖了一些，又提醒："胖子。"

秦颖灵光一闪，"啊"了一声，指着他一脸激动："崔成？"

崔成的笑容变得腼腆，点头道："对，我是崔成。小颖，好久不见。"

他张开双臂，绅士地向女士索要一个久别重逢的拥抱。

秦颖想起初中时那个胖乎乎、宛如熊猫一般可爱的崔成，正要和对方来一个礼貌的拥抱，却被一道冷静的声音打断。

"你要是抱了这个粉油男，就别再跟我说话。"

这冷漠成熟的声音里怎么就听出了一丝幼稚的味道？

秦颖立刻收回要拥抱崔成的动作，在男人的肩膀上拍了一下："好久不见，你怎么瘦成这样了？所以画展作者崔成也是你？"

"对。"崔成露出故作失望的表情，"小颖，我以为你早就猜到了。"

秦颖拿拳头在崔成的肩头砸了一下："我以为同名同姓呢。这么多年不见，你居然成了艺术家。"

崔成是秦颖的初中同学。

上初中时，崔成很胖，成天戴着一副黑框眼镜，喜欢涂涂画画，成绩垫底，总被班里的同学欺负。

秦颖是崔成的同桌，只要他被人欺负了，她一定会站出来保护他。

高中时秦颖离开康宁，考了去 A 市一中，而崔成留在了康宁二中。

崔成进入高中后，身高蹿到一米八，体重也开始下降。他摘掉眼镜，加入了篮球社，逐渐养成少女喜欢的阳光体魄。

高一下学期，崔成的画受到国际认可，成为康宁的艺术天才。他去 A 市找秦颖表白，可还没见到对方就被拒绝了。

也是在那个时候，崔成全家移民澳大利亚，从此便和秦颖断了联系。

那些年，网络远没有现在发达。

一别十几年，崔成处心积虑，终于和年少时的白月光重逢了。

秦颖望着展示厅里的画作，一脸的不可思议："真是难以置信，曾经的初中同学现在变成了时尚界炙手可热的艺术家。"

"我也没想到，十一年后，会在自己的画展上遇见年少时的白月光。"崔成绅士地朝秦颖伸出一只手，发出邀请，"秦同学，晚上一起吃饭吗？"

秦颖笑意盈盈，伸手在崔成摊开的手上拍了一巴掌，豪迈地道："当然，必须好好地叙叙旧，我还有工作上的事想跟你商量。你喜欢吃什么？A市我熟，我来安排餐厅。"

看着两个人言笑晏晏，又有调笑的肢体触碰，镜中司简那张脸瞬间垮了下来，像阴沉的天气，眼底渗出一股带有攻击性的冷意。

司简手里还攥着那张星空照片，看着秦颖并肩与崔成走出展厅，手中的相纸在无形间被揉成一团。

秦颖挑了一家高档中餐厅，餐位旁有一面灰色装饰镜。

两个人聊了一些生活近况，以及这几年的经历。

秦颖手舞足蹈，比了一个熊猫形状，说："对对，我还记得上初中那会儿你有一百八十多斤。你到底是怎么瘦下来的？个子还这么高！"

崔成往秦颖碗里夹了一块排骨，眉眼里浸着温柔："你变了很多，那会儿的你小小一只，很可爱。现在的你多了几分强势和成熟，更有魅力了。"

司简从镜子里目睹两个人聊天吃饭的全过程。

他听崔成说完这句话，浓眉紧蹙，身上的冷意肆意散发。

隔着一面镜子，秦颖居然感觉到了一丝寒意。她下意识地抱着胳膊揉了揉。

司简开始给自己找存在感，冷声鄙夷："强势和成熟？魅力？"

他的阴阳怪气引起了秦颖的注意。

秦颖趁着崔成低头夹菜，迅速扭过头朝镜子做了个鬼脸。

崔成又往秦颖碗里夹了一筷子菜，抬头对上秦颖笑意盈盈的目光，又说："十年前我跟你表白，你拒绝我的理由是年龄小，并且经济条件也不允许。今天如果我重新追求你，你还打算拒绝吗？"

秦颖正夹起一块排骨往嘴里送，手腕一抖，裹着酱料的酥脆排骨"吧嗒"一声掉在碗里。

镜子里又传来某人冷冰冰的风凉话："粉面油男倒是很直接啊，小东西，这饭你还能吃得下去？口味挺重的。"

好想把某人从镜子里拎出来暴打一顿。

司简这是在歧视人家化妆晕妆吗？难道男人就没有化妆的权利吗？

秦颖搁下餐筷，平稳了神色，抬头望着崔成说："崔成，我们十年没见，这十年足以改变一个人的性格。我已经不是当年的我，这些年我经历了很多事。现在，我们相互都不了解，说这些不合适。"

司简那张绷着的脸上总算有了一丝缓和的神色。

"男未婚，女未嫁，我们又知根知底，完全可以试着相处一下。在中国，不是流行相亲吗？"崔成也不和秦颖绕弯子，直截了当道，"我知道你们公司有意请我做开年的专栏，所以我利用工作之便安排了这次见面。小颖，我们完全可以试一试。这顿饭，也可以当我们之间的相亲宴。我对你很有好感。"

秦颖眉头微皱，仿佛从崔成的话里听出了别的意思。

司简也听出了崔成话里隐藏的深意，冷笑一声后挑破："还挺会算计。若你拒绝，杂志专栏他也会拒绝。卑鄙的猥琐油腻男。"

简狐狸今晚发什么神经？笑面狐怎么就变成灌了火药的冷面豹？感觉随时要吃人似的。

直至此刻，秦颖才发现，如今的崔成早已不是当年由她罩着的那个胖子了。如今坐在她对面的，是一个利己主义的精明男人。

为了合作，秦颖倒也没直接拒绝，低声说："当相亲宴倒也没问题，反正这也不是我第一次相亲了。但是这并不代表我已经接纳了你。以后相处，我们还是站在朋友的立场，万不可逾越。我们都是单身，亦不可干涉对方与异性接触，如何？"

"当然没问题了。"崔成举起酒杯，一双桃花眼微微上挑，"那就为了我们以后的友好接触，干一杯？"

秦颖也大方举杯与崔成撞杯，小抿一口红酒后，又优雅地道："接下来的合作，我可以跟你谈了吗？"

崔成挑眉，摇晃着杯底所剩不多的红酒，说："Of course（当然）。"

他对工作的事情多次避而不谈，一顿饭吃下来，事情依旧没有一点进度。

等崔成去卫生间，秦颖扭过头看向镜子："你今晚吃火药了吗？你是歧视化妆的男人吗？你底子好不用化妆，人家底子差化个妆又怎么了？"

"我没歧视。"司简说。

"呵呵。"秦颖冷眼看司简，"没歧视你会对人家进行人身攻击？"

"我只是道出事实罢了。"

秦颖："人家哪里油腻猥琐了？"

司简的眼神越发冷了："你眼瘸吗？需要我找根针给你缝合治愈吗？"

秦颖搁下酒杯："那倒也不必。"

她回到家里时已是凌晨，喝得微醺。

一进门，秦颖便将包随意地往地上一丢，拖着疲惫的身子回卧室躺下。枕头旁的镜子里出现司简那张阴沉沉的脸，她转头就看见了。

秦颖打了个酒嗝，说："我欠了你五百万吗？"

"为了一个合作，卖了自己？"司简的语气冷如寒霜，脸沉得就差打雷下雨了。

秦颖不以为意道："相亲而已，你这个老男人，长这么大就没相过亲吗？"

司简回答得十分干脆："没有。"

秦颖抱着枕头在床上翻滚了一下，解释说："我是母胎单身。崔成很优秀，与我知根知底，万一他就是我的良人呢？我总不能连个机会都不给吧？长此以往，我的桃花还怎么开？"

"恨嫁？"司简紧蹙的眉头依然没有舒展开来，"我比他差？"

秦颖坐起身，抱着枕头，盘腿看着司简。

"还记得战神班娜的故事吗？"司简直勾勾地望着秦颖，"轻易到手的感情，他未必会珍惜。"

秦颖一脸好笑的表情："您吃醋？"

司简严肃地看了秦颖十秒，才沉声道："你要真想结束单身，不如跟我试试。我们彼此了解，跟我恋爱，是你最保险的恋爱投资，我可以给你崔成给不了的资源。"

秦颖歪着脑袋看向司简："简狐狸，你这是在对我展开'霸道总裁爱上我'的攻势吗？"

简狐狸一本正经吃醋的样子，让秦颖觉得十分可爱。

秦颖想起司简的那句"是你不跟我玩"。

这一瞬间，秦颖几乎就想这么答应他，想冲动地决定跟一个植物人谈恋爱。

可秦颖很快便冷静下来。她调整了一下微乱的呼吸，说："让我思考一下。"

她躺在床上，把镜子搁在了脸上，闭上眼开始想事情。

其实她的思绪一片混乱。

司简的世界里。

由于秦颖将镜子放在脸上，平面镜里的她五官被放大。

司简胸腔里宛如有一团火在热烈地燃烧。

司简到底还是没忍住，俯身过去，亲上镜面，隔着介质吻上秦颖的嘴唇。

他仿佛能闻见女孩唇齿间的香甜，也能嗅到她身上散发出来的紧张。

甚至，他还能听见她加速的心跳。

秦颖的鼻尖突然斥入一股熟悉的味道，感觉到哪里不对，睁开眼，立刻愣住。

男人近在咫尺的五官让她忘记了呼吸。

隔着镜面，秦颖似乎吮到男人唇瓣上的香甜。

与此同时，她脑中突然闪过一个画面。

废旧的大楼，秦颖偎依在一个强壮男人的臂弯里。

外面战火连天，枪弹雨林。

男人拿双手捂住她的耳朵，替她屏蔽外面的嘈杂。轰炸声止住，世界陷入前所未有的宁静之中。

男人吻住她的唇瓣，像果冻般透着一丝凉甜。

他们用炙热软化战争世界的残酷，用彼此的爱来抵抗枪弹雨林的恐怖。

秦颖蓦地睁开眼，连喘息都有些急促。

她回过神，迅速丢掉镜子。

司简望着秦颖，良久才开口："小东西，跟我在一起。"

秦颖被突如其来的正经表白吓蒙了，想起刚才的画面，脑子里嗡嗡作响。

刚才那是幻觉还是记忆？那个男人……到底是谁？

秦颖心猿意马，将镜子反扣在床上。

所有画面被切断。

也是在这时，闺密季檬一通电话打了过来。

接通后，只听电话那端的声音里带着惊喜："颖宝！你男神刚才突然抽搐，有苏醒的征兆了！"

"什么？"

突然抽搐？

秦颖握着手机，指尖发麻，下意识地将镜子反转过来。

然而镜子里早已没了男人的身影。

"刚才司简突然抽搐，医生已经帮他检查过，说他有苏醒的征兆。"电话那端的季檬顿了一下，又说，"目前还有一个消息，我不知道对你这个司简的粉丝来说算不算打击。"

"嗯？"

季檬不知该怎么解释，对秦颖说："这件事还没有结果，大概得等一段时间。等有了结果，我再告诉你。"

"什么事？"

电话那头的季檬支支吾吾："就是……等有了结果，我一定第一时间告诉你，好吗？"

"好。"秦颖顿了一下，又说，"如果司简醒了，你也要第一时间告诉我。"

"OK。"季檬反应过来有情况，问秦颖，"颖宝，我怀疑你已经沦为司简的老婆粉了？"

"你说是就是吧。"秦颖应了一声，有点委屈，"他如果不是植物人，我早追他了。"

"你还真是老婆粉啊。"季檬宽慰秦颖，"你放心吧，医生说了，大哥迟早会醒的，等我的好消息吧。"

"嗯。我等你的好消息。"

☽ 第十一章　我的人间星月

为了和崔成达成合作，秦颖开始频繁地与他见面。

这天崔成和秦颖看完电影，崔成买了咖啡回来，发现秦颖正对着镜子说话。

崔成走近，确认秦颖没戴耳机也没通电话，于是把手里的咖啡递过去："小颖，你在跟谁说话？"

"自言自语。"秦颖接过咖啡，"谢谢。"

自言自语？

自言自语还面目狰狞？好像在跟谁吵架？

进了电梯，秦颖通过镜子依然对着镜中男人"虎视眈眈"。

镜子里，司简正在脱衣服。

自从那天向秦颖表白后，司简就开始变得极其不要脸，从暗骚变成明骚，毫无羞耻感。

譬如当下。

司简把纽扣一颗颗解开，露出胸肌、腹肌……直至半截裸体呈现在镜子里，他才好笑地冲秦颖挑眉道："小东西，我见你看得目不转睛，到底是谁在耍流氓？"

"我吗？"秦颖已经气笑了。

寂静的电梯里就四个人，大家都在低头玩手机，秦颖突然来了这么一句，旁边的人忽然抬头看她。

众人眼神迷茫地望着秦颖："啊？"

崔成也是一脸迷惑："小颖，你在跟谁说话？"

"自言自语，"秦颖的声音里带着怒气，"不行吗？"

"行。"崔成挨了一通训，有些莫名其妙。

难道是因为刚才看电影时想牵她手这件事？

没必要吧？大家都是成年人了，牵手又怎么了？再者，他也没牵上啊。

崔成开车送秦颖回去的路上，偷偷打量她，发现她盯着车镜，嘴角露出诡异的笑。

有点可怕是怎么回事？

镜子里的司简只穿着一条运动短裤，裸着上半身在私人健身房里挥汗如雨。

举铁的时候，男人浑身肌肉好似要撕裂，看得人血脉偾张。

故意的。这个男人是故意的！他的羞耻心都被狗吃了吗？

秦颖彻底抛弃羞耻心，嘴角的笑意逐渐荡漾。

崔成突然起了一身鸡皮疙瘩，好像感觉有一阵阴风袭过。

他很快镇静下来，忍不住开口问："小颖，你最近压力很大吗？"

"有吗？"秦颖扭过头看崔成。

等红绿灯的间隙，崔成去握秦颖的手："小颖，我觉得你精神状态不太好，明天带你去看医生？"

秦颖迅速把手抽出来，在男人的手背上打了一巴掌："胖子，休要占我便宜。"

被叫初中绰号的崔成："呃……"

转眼就到圣诞节。

秦颖忙得没时间休息，连喘口气都觉得是一种奢侈。

晚上七点加完班，秦颖从办公室出来，看见外面公司一群小姑娘扎堆，晒自己收到的圣诞礼物。

松原也看了一眼，然后"呜呜"地感慨："今年又是一个人的圣诞节。我怎么这么惨，什么时候才能有个男朋友陪我过圣诞？什么时候才有男朋友的礼物收？呜呜呜。"

秦颖回到办公室，取了一个礼盒，递给松原，并安慰她："男朋友的礼物没有，老板的礼物还是有的。"

收到礼物的松原开心得像个孩子，一把将秦颖搂到怀里。

松原比秦颖高，这姿势像极了大老爷们儿抱小娇妻。

秦颖："呃……"

松原激动得高声大喊："颖姐，我爱你！呜呜呜——所以今天过节我可以早点回家吗？"

"那就早点回去吧。"秦颖抬起手腕看了一眼手表，"我再加一会儿班。"

等办公室里其他人都走干净了，秦颖办公桌上的镜子里突然燃起一道道璀璨的光芒。

镜子里也传来噼里啪啦的烟火声。

秦颖停下在键盘上敲字的动作，扭过头去看镜子。

只见镜子里是烟火绽开的天空，火树银花，美不胜收。

烟火炸开时发出噼里啪啦的声响，还混杂着海浪声。

本以为只是一场普通的烟火，可当那些五光十色往下坠落时，居然在空中形成短暂的一个字——颖。

这个字笔画复杂，不知要耗费多少烟火和多少精力，才能在短时间内折腾出这个字。

最后，那个"颖"字像坠落的流星，朝四处散去。

秦颖的心脏忽地收紧，狂跳不停。

司简把镜子面向自己，说："小东西，圣诞快乐。"

城市已经禁烟火好多年，这些年秦颖也只有春晚时在电视里看见过。她没想到，司简居然拿这些烟火拼成了自己的名字。

秦颖还没回过神，就听镜子里的司简说："不能送花给你，就送这些烟火给你。今天是圣诞，我希望你能和其他姑娘一样，有特别的礼物收。崔成送礼物给你了吗？"

"没。"秦颖也觉得纳闷。

这天是圣诞节，满朋友圈的姑娘都在晒礼物，崔成是怎么回事？说好了要追她，如今怎么连个表示都没有？

不过秦颖也不稀罕崔成的礼物，眼前这位霸道总裁的烟火她更喜欢。

司简又取出一个锦盒，当着秦颖的面打开。

里面躺着一个十分特别的手镯，玫瑰金环扣式，上面雕刻着宛如萤火的星空纹样，以碎钻作为星光的点缀，被灯光一照，熠熠生辉。

秦颖望着手镯上的特殊纹样，心里很纳闷："简狐狸，为什么你这个手镯上的纹样，看起来像萤火之森，又像是浩瀚星辰？"

"这是我梦里出现过数次的星空。"司简将锦盒递过来，又说，"有机会给你戴上。"

莫名地，秦颖的鼻头有点发酸，她感动极了："司简，你身边优秀的姑娘不多吗？就因为跟我有这种奇幻的联系，你才喜欢我吗？如果我们之间没了这层联系，你还会喜欢我吗？"

"会。"司简笃定，"我喜欢的是你，并不是我们之间这层奇妙的联系。即使没有了这层关系，你依然是你，我依然是我，而我们依然互相喜欢。"

秦颖的胸腔涨满感动，她揉了揉酸胀的眼睛，"呜"了一声："简狐狸，你喜欢女孩居然可以这么甜吗？"

司简笑出声："不够浪漫我可以学，我只想你开心。"

"我很开心了，这是我收到过的最好的圣诞礼物。"秦颖收住感动，仿佛想要做个决定，问他，"那我问你，如果有一天我们不能再通过镜子交流，你甚至忘记了我的存在。你……"

秦颖将手攥拳，捶了一下胸口："你的心还会不会记得曾经喜欢过我？"

司简有些犹豫，想象这种可能。

男人身后是沙滩并不明亮的灯光，是暗涌的海潮。

渐渐地，司简将手搁在胸口，用掌心感受心跳，思考数十秒才道："或许我的记忆会被抹除，为你跳动过的心却烙下痕迹。秦颖，即便你说的都将发生，我也都忘了，那又有什么关系？大不了重来，再相识，两心欢喜。"

秦颖的心猛地一紧，这些话从毒舌简狐狸嘴里说出来格外动人。

秦颖终于做了决定，说："简狐狸，我答应和你在一起。但，你要答应我一个要求。"

"嗯？"

秦颖："二月二十五日，你必须留在中国，不能去×国。"

"好。"

秦颖："你不问我为什么吗？"

"不问，你有你的理由，我听你的。"司简有点遗憾地说，"本来想去一趟×国，给你拍一些漂亮的星空。"

"我不要，我要你……"秦颖顿住。

我要你好好活着，哪怕改变历史，哪怕蝴蝶效应，哪怕相互忘记，我也希望你能好好地活着。

秦颖的胸腔仿佛有潮水翻涌，不知名的情绪即将爆发。

秦颖趁着周末，去医院给植物人司简做按摩。

司简的时空和秦颖的时空经常有时差，这天她这里是白天，而司简的时空还有两小时就到午夜十二点。

一旦司简的世界过了午夜十二点，她就算成功地改写了历史。

秦颖不知道两个小时后会发生什么，也不知道眼前的植物人司简会不会突然消失，一切都是未知之数。

秦颖俯下身去，咬住男人的嘴唇。

因为过于用力，男人的嘴唇渗血，漫开一股腥甜。

秦颖坐在病床前倒计时。

两个小时过去，病房内没有任何变化，植物人司简也没消失。

就在秦颖纳闷之时，季檬一通电话打进来："颖宝？我听护士说你在医院？你快来看我，我受伤了。呜呜呜顺便有大哥的坏消息告诉你。"

秦颖心里"咯噔"一下。

蝴蝶效应……发生了？

秦颖迅速下楼找到季檬，发现闺密的耳朵被人咬伤流血了，她惊讶道："怎么回事？你招狗了？"

"被罗筝咬的。"季檬疼得直皱眉，把事情的前因后果跟秦颖说了一遍。

前阵子，"司承陈世美抛妻弃子"的新闻在网上闹得沸沸扬扬。由于罗筝的儿子长得太像司承，"司承私生子"的消息也多被提及。

很快司柏嘉就查出来，那个五官神似司承的小男孩其实是司简流落在外的儿子。

秦颖脸色发白："檬檬，你说什么？你说司简有儿子？"

"对。"季檬一脸同情地看着秦颖，"他不仅有儿子，还有老婆，在×国。"

"老婆？儿子？"

秦颖的情绪一度复杂。

这是蝴蝶效应？不对啊。

秦颖忙问："檬檬，司简是什么时候去的×国？"

"六年前啊。"

季檬回想了一下，把司简当初去×国的年月日说得清清楚楚。

没变，一切都没变。

到底是哪里出错了呢？

秦颖不等季檬把话说完就跑出病房，在门口撞到刚打完电话的司承。

看着女孩急吼吼地跑出病房，司承疑惑地看向女友："她怎么了？"

季檬摇头，想了一下，猜测道："大概是听说大哥有孩子的事，她这个老婆粉受刺激了吧？毕竟互联网上追星的女孩是很疯狂的，尤其是这种老婆粉。爱豆不嫁粉不嫁，爱豆一嫁粉自杀。"

其实季檬也不太理解秦颖的反应。

就算是司简的"老婆粉"，她也不该有这么大的反应吧？

好歹也是一个成熟稳重的成年人了，怎么可以因为区区"爱豆"就这样丧失理智？

司承打开手机，给在走廊里的助理发了一条信息，这才又对季檬说："她去了大哥的病房。"

季檬一脸震惊："她这是想干吗？不会当即脱粉，暴揍植物人大哥吧？"

"在你心里，你的好姐妹就是这种人？"

司承一脸好笑地看着季檬。

季檬"呵呵"道："在我心里她就是这种人。"

司承不再跟季檬贫嘴，转而去向医生询问季檬的伤势："医生，我未婚妻的伤势怎么样？"

"未婚妻"三个字从冷面男友嘴里说出来，击中了季檬柔软的心。

医生说："放心吧，司先生，季小姐没什么大问题，不至于毁容。现在又是冬季，伤口不易感染，回去后记得保持伤口处干燥，定时找家庭医生清理伤口就行。"

另一边。

秦颖站在司简的病房门口，思考十五分钟后，推门而入。

病房里一切照旧，没有什么变化。

司简依然是植物人，安静地躺在床上，外界所有的喧嚣仿佛都与他无关。

护士刚替司简换完营养液，见秦颖进来，礼貌地颔首问好。

秦颖嗓子有些发干，随手拉住往外走的护士，鼓起勇气问："司简是什么时候受的伤？又是什么时候去的×国？"

护士被秦颖这个突如其来的问题砸蒙了。

这难道不是众所周知的事吗？这些事上网一搜不就全知道了吗？

护士愣了一下才回答："如果我没记错的话，司简先生应该是六年前的二月二十五日去的×国。"

"没有变……"秦颖松开护士，颓然地喃喃自语，"都没变，到底问题出在哪里？"

护士听不明白秦颖在说什么，推着小推车离开了病房。

病房里只剩下秦颖。

她立刻去卫生间，打开灯，让镜子明亮起来。镜面如水，荡起层层涟漪，画面逐渐清晰。

司简正伏案挑选照片，桌面上，是整齐的几排刚印刷出的成品。

台灯将男人的面庞映亮，他穿着浅灰色毛衣，气质越发素净，修长纤瘦的手指滑过一排照片，最终戳在最边缘的一张，两根手指轻轻一拾，拾起来。

这是一张星空照。

司简察觉到秦颖的存在，特意把照片翻转过来给她看："这张×国星空，你觉得怎么样？这次没能去×国，我特地找人拍了这些照片，也算了无遗憾。"

秦颖没说话，只是盯着镜中男人的那张脸。

她仔细想最近的事。

镜中司简的世界时间总是混乱的，季节也变化无常，没有逻辑性。

她分明已经改变了历史，可这个世界却没有任何变化。

只有一种可能——

镜中世界，并不是六年前的世界。而是……一个植物人的梦中世界。

司简被困在梦里，分辨不清梦境与现实，无法醒来。

因为司简开始有好转迹象，之后的很长一段时间，秦颖没能从镜中再看见司简。

她和司简，彻底失去了联系。

秦颖想起刚才季檬的话，又想起司简有过妻子，甚至有一个孩子，心就像被捏碎了一般疼。

这种无形之中做了第三者的感觉，让她非常不舒服。

司简见女孩的眼圈突然发红，皱眉反问："小东西，你受了什么委屈？"

司简一开口，秦颖眼眶里的那片水瓣里啪啦往外坠落。

司简从没见过这样的秦颖，有些慌神。

他们之间横跨着时空，秦颖如果真受了天大的委屈，他也无能为力。

男人的浓眉转瞬收紧，神色突然阴沉："到底发生什么事了？"

秦颖的眼泪决堤，随手抄起一瓶洗手液砸到镜面上，光滑的表面立刻开出一片花。

隔着这片模糊的裂纹，秦颖深吸一口气，歇斯底里地跟司简陈述现实："一直以来我都没告诉你，司简是个植物人。你并不是六年前的司简，你所处的世界，只是植物人司简为自己构建的梦境。"

司简的眉头依旧皱得很紧，努力去消化这个事实。

"太可笑了。"秦颖嘴角勾起一抹笑，"我居然喜欢上一个并不存在的司简。"

这些话，像坚硬的石头一样堵塞在男人的喉头。

女孩白嫩的脸颊被泪水打湿，指着镜子破口大骂："司简，你浑蛋！你都有老婆孩子了，还来招惹我！你不知道女孩的真心很可贵吗？我的真心掏给了你，到头来却发现，我无意中做了第三者！"

"等等——"司简听得有些糊涂。

可秦颖压根儿没给司简说话的机会："从此以后，我们就当彼此都不存在，我会避免看任何反光的镜面。"

秦颖没有给司简任何说话的机会，转身离开洗手间，"啪"的一声把门甩关上。

她红着眼睛走出卫生间，和不知什么时候进来的季檬、司承打了个照面。

"颖宝，你刚刚跟谁打电话呢？"季檬看见秦颖红了的一双眼睛，小心翼翼地问，"你怎么了？哭过了？"

秦颖揉了一下酸酸的眼睛,摇头说:"没事,刚才崔成向我表白,我太激动了,所以……"

"崔成?"季檬十分惊讶,"那个艺术家?那个追你很多年的初中同学?你们的关系已经进展到这种地步了?你怎么从来都没跟我说过?"

秦颖红着眼睛看向病床上的司简,声音微不可闻:"年龄到了,我总要想办法脱单的,你说是吧?"

季檬:"呃……"

一如既往冷淡的司承没忍住,说了一句:"你才二十六岁,这才哪儿跟哪儿?三十岁没恋爱结婚的女性比比皆是。"

季檬拿胳膊肘捅了一下男友的小腹,示意他闭嘴。

没看出来这是颖宝受刺激之后的胡言乱语吗?

司简从梦中抽离之后醒来,听见了秦颖和季檬的对话。

他大概理了当下的情况。

秦颖知道了他有小孩,却不知道那个小孩是他们的孩子。

司简恨不得马上冲破桎梏,打破禁锢他的这道无边界的黑暗。可无论司简如何努力,仍睁不开眼,也无法开口说话。

可他心中始终有一个信念。如果这次他再不能苏醒,兴许就会错过一家团聚的机会。他不能让"生离"这种残忍的事再度发生在他们一家三口的身上。

司简先是手指微动,紧跟着面部一阵微抽,慢慢睁开眼睛。

那双眼睛多年没见过光,乍然看见光,觉得有些刺痛,眼泪跟着外流,顺着太阳穴往下滑,落在枕巾上,洇开一朵花。

"哥?"

司承以为自己看花了眼,再三确认后,卡在喉咙里的话才滚了出来。

秦颖望着呆滞睁眼的司简也有一瞬间蒙,片刻后才反应过来,站定在病床旁静静地看着他。

秦颖的鼻子像是嗅了柠檬水,酸涩感涌入泪腺,导致她本就发红的眼睛更肿。她努力压制着胸腔的刺痛,可眼泪还是不受控制地往外涌。

司承摁下呼叫铃,叫来医护人员,同时去走廊给母亲打电话。

季檬发现秦颖的状态不大对劲,握了一下她的手,小声说:"颖宝,大哥醒了是好事。我虽然不太理解你们这种老婆粉的思维，但……你也别太伤心，这个爱豆有老婆孩子了，下一个爱豆会更乖。"

秦颖擦了擦眼泪，一张小脸憋得煞白。她吐出一口气，摇头小声说："我没事，我可以。"

可她真的好难受啊！

司简，你是什么狗血霸道总裁体质吗？英年早婚就算了，还英年早育？

渣男！渣男！

季檬带秦颖到走廊上，抱了她一下，见她一副欲言又止的样子，问："宝，你是不是有话要说？"

"嗯……"秦颖点头，气得都快把自己舌头给咬破了。

季檬拉着秦颖走入楼梯间，小心翼翼地看了一眼四周，说："颖宝，如果你觉得不开心，那就发泄出来吧！有什么话别憋在心里，尽可能地发泄出来！"

秦颖一双被气红的眼睛泪汪汪地哽咽了一下，又鼓了一下腮帮子，攥着季檬的手说了一个词。

"妈……的？"季檬有些不明所以，抽搐着嘴角反问，"颖宝，你这是在口吐芬芳？"

季檬见秦颖的表情似乎不对，立刻又道："没事、没事，宝，在我这里你可以损失形象不讲究，谁让我们是姐妹呢，对吧？！你放心，你尽管爆粗口，老姐妹会替你保守秘密的！从这里出去，你还是优雅的秦副主编！"

秦颖因为悲伤难过加生气，脸都鼓胀成胖头鱼了。她仿佛有些呼吸不畅，深吸了一口气。

季檬也跟着秦颖深吸了一口气。

她一口气还没落下，就听优雅大度的秦颖破口大骂："男人都是大猪蹄子！男人丑！男人坏！男人都是浑蛋！"

季檬一口气差点没咽下去，被口水呛住。

她震惊了。眼前这位姐，真的是她的颖宝、她的闺密吗？

季檬身高一米七五，而秦颖身高只有一米六不到。两个人从小认识，虽说秦颖比季檬大，可因为身高，秦颖更像是妹妹。

从小，秦颖就是那种小姑娘家的温婉乖乖女形象，而季檬则是那种上房揭瓦，令大人和老师头秃的野蛮形象。

在长辈眼里，所有人都可能口吐芬芳，只秦颖不会。

可是这一刻，秦颖不仅破口大骂司简渣男，还爆了粗口？

太……太不可思议了。这得是受了多大的刺激啊？

季檬震惊之余，还是忍不住替司简说一句公道话，弱弱地道："颖宝，你这样骂司简，是不是对他不太公平啊？你是老婆粉，可你不能得不到就毁掉吧？"

秦颖也觉得自己没必要这样。

毕竟梦境世界里的司简并不知道他有孩子还有老婆，也不是故意让她当第三者的。

可秦颖就是想找一个宣泄口，这口锅不给司简背，难道要给她背吗？

不，小仙女没有错，错的永远是坏男人！

季檬见秦颖的神色又垮了一些，立刻转了话锋："骂！是该骂！这个司简到底是怎么回事？放着我们家颖宝这么漂亮的姑娘不喜欢，居然英年早婚，还早育？他这是有眼无珠！我家颖宝这么好的姑娘，即使他是植物人也得喜欢！"

秦颖安静下来，看着季檬："檬檬，你吹捧我的时候倒也不必这么夸张。"

季檬："呃……"老姐妹咋还要求这么多呢？

凛冬，气温很低。

医院走廊的楼梯间冷如冰窖。

晚上八点。

司简的身体冲破桎梏，开始睁眼感受病房里的一切。

灯光刺眼，他睁开又迅速合上眼睛，适应了好半晌，才彻底将眼睛睁开。

病床旁，有一头银发的母亲司柏嘉，还有胞弟司承、未来弟媳季檬、年迈的老助理卡叔，以及……她。

司简的目光落在秦颖身上时，激动得眼眶发红，身体止不住地颤抖。

可无论他如何努力，喉咙里也发不出一点声音。

与此同时，一个蹲在病床下的小男孩站起身，白嫩的小手搭在司简的手背上，肉乎乎的小爪子捏了一下男人的大手，歪着脑袋问："你是我爸爸吗？"

刚满四岁的小男孩留着西瓜头，穿身小西装，背上背着一个小书包，小脸肉嘟嘟的，两只黑曜石一般的眼睛水洗过似的。

小男孩听说陌生的"睡美人"爸爸要醒了，喜滋滋地跟着大人来了医院。

他在医院里等了一个小时、两个小时、三个小时……爸爸总算是醒了。

从他有自我意识开始，就期待能有个爸爸。这一刻，他终于有爸爸了。

小凡咧嘴一笑，露出一口小白牙。

他握紧司简纤瘦的手指，声线甜得像糯玉米："爸爸，你好，我叫小凡。奶奶说，有我在，你会很快好起来的，你不要怕哦，我会保护你的！"

小男孩天真单纯，又夹带着一丝小小男子汉的气概。

司柏嘉感到欣慰，鼻子发酸，压抑着想哭的冲动，摸着小男孩的西瓜头，对儿子说："小简，这是小凡，你的孩子。你要快点好起来，小凡妈妈至今都没有消息，或许，她也还活着。"

是啊，小凡的妈妈还活着。

司简的一双眼里布满血丝，直勾勾地盯着秦颖。

他想起梦里那些如电影情节的片段，又想起同秦颖在异国艰难生存的岁月。那些记忆像潮水一样包裹了他的心脏，让他那颗久旱的心被裹上柔软的温水。

他们真是有缘。

在异国战乱中失去彼此，又通过梦境与镜子重逢。

司简想告诉秦颖，这五年他被困黑暗之中，她早已变成他的信仰，变成支撑他一步步走出黑暗的光明。

他想告诉她，自始至终，他爱过的人只有她，只是她。

他还想告诉她，这个陌生的小西瓜头是他们的孩子。

可他偏偏什么话也说不出口。

秦颖被司简看得浑身绷紧，为了不让人发现司简的反常，她抬头问医生："他怎么样了？司简……似乎，看起来不大好？"

医生说："哦，这是正常情况。毕竟司简先生已经昏迷这么多年，身体肌肉都退化了。他的声带没有问题，语言能力大概和脑部的伤有关，但根据我多年的临床经验，应该不是什么大问题。病人接下来还是需要坐轮椅生活，也要定时做保健恢复，等肌肉恢复，就能回到以前的状态了。"

大家都松了口气，秦颖也跟着微微吐出一口气。

司柏嘉留在病房里陪儿子。

而季檬和司承，则送秦颖和小凡回家休息。

车内，司承和季檬坐在前排。

后排，秦颖和司小凡分别靠两边窗户而坐。

小凡将自己的甲壳虫小书包放在脚边，坐得端正笔直，手上拿着一本全英文儿童读物看得很认真。

秦颖没忍住，多看了他几眼。

大概是喜欢司简的缘故，秦颖爱屋及乌，居然有股冲动抱一抱这个小孩。

秦颖开口打破车内的沉寂，低声问小孩："你叫小凡，是吗？小凡，你这样在车里看书，对眼睛不好哦。"

听见秦颖温柔的声音，副驾驶座上的季檬虎躯一震。

颖宝这充满母爱的声音是怎么回事？真的想当人家后妈吗？呜呜呜——怎么办？突然有一种自家好白菜要被司简拱了的感觉！

司承在认真开车，因为和秦颖不熟，倒也没觉得她哪里不对劲。

小凡合上儿童读物，微微侧身，仰着小脑袋看着秦颖，小奶音里透着一股老成的严肃劲："阿姨，奶奶说我叫司佑，以前和罗妈妈在一起的时候，我叫罗小凡。"

"司佑？"

小凡点头"嗯"了一声，用他萌化人心的小奶音一板一眼地解释："奶奶说，佑是保护的意思，希望我长大了可以保护爸爸，可以让爸爸快点醒来。虽然我和爸爸还不熟，可他是我的亲生爸爸，我愿意保护他！"

这小孩的声音稚嫩软萌，语气却是不同于平常小孩那般成熟。

想到这小孩从小被人养在身边，当成报复他人的工具，秦颖便情绪低落，内心不大舒服。

小凡仿佛看出秦颖在想什么，往她身边挪了挪，拿小肉手拍拍她的肩膀，年幼老成地道："安啦、安啦，阿姨，你不用担心我啦。虽然罗妈妈从来没有把我当过亲生的小孩，可她给了我很多其他小朋友没有的东西呀。奶奶说，虽然罗妈妈不是什么好人，可她对我从来也不坏。千万人都可以骂她、唾弃她，但是作为宝宝的我，不能讨厌她、唾弃她。"

小孩的这番话让秦颖很震惊，她也震惊于司柏嘉女士教育小孩的理念！

罗筝喜欢司承，求而不得，想毁掉司承，便在网上公开污蔑司承是陈世美，并把这孩子推向风口浪尖。无论如何，她都不是一个合格的养母。

司柏嘉女士为了拿回孙子的抚养权，查到罗筝不仅建立影子公司避税，并且因为私怨雇凶绑架 D&M 旗下的模特。

以上，罗筝身败名裂，受到法律的制裁。

即便如此，司柏嘉女士依然引导孙子对罗筝不可以有厌恶的情绪，要感恩。

虽然罗筝领养孩子的初衷是因为这小孩长得像司承，可在养育小孩的四年内，她给了小孩最好的教育。即便工作忙，她也会请最好的老师、保姆照顾小孩，教育小孩。

正因如此，才有了这懂事明理的小凡。

秦颖的目光在小孩脸上流转一瞬后，才揉着他的西瓜头说："你是个很懂事的好孩子！"

小孩冲着秦颖甜甜一笑，反问："那……阿姨你叫什么？你还没介绍自己呢，这样是不礼貌的哦。"

秦颖被小凡逗笑，也跟着他一偏脑袋，用低龄可爱的语气说："你可以叫我颖姐。"

"哦。"小凡垂头沉思了一会儿，仿佛做了某个决定，老成地叹气道，"唉，现在的阿姨都喜欢让别人叫姐姐的吗？好吧，以后我再也不叫别人阿姨了。"

秦颖："呃……"

副驾驶座上的季檬：这小孩想得还挺多。

车开到秦颖家楼下，司承接了一通电话，神色逐渐变得严肃。

季檬发现了司承的表情变化，疑惑地道："浣熊，怎么了？"

司承收起电话，低声说："公司那边资料泄漏，有一套室内照片需要你补拍，必须赶在四点以前。"

"行，我没问题。"

季檬说完，立刻就知道司承在顾虑什么了。

她转身看向后座的小凡，低声问他："小凡，我和你二叔有点事，需要回公司一趟，你今晚能不能先跟秦颖姐姐在一起呀？"

一个小孩砸在秦颖头上，她一脸茫然："呃……"

姐妹！不带这么坑闺密的吧？

小凡乖巧地一点头："好的，我没问题，你们去忙吧。只要颖姐姐不嫌弃我，我会乖乖照顾自己洗漱睡觉的！"

秦颖："呃……"帮情敌养小孩是闹哪样？

秦颖带小凡回到家里，小朋友先进屋，自己乖巧地放下书包后脱鞋。

她才刚坐下，这小朋友居然拿了拖鞋，端正地放在她跟前，声音带着一股奶气："颖姐姐，你穿拖鞋。"

小朋友顶着西瓜头，赤脚蹲在地上。

秦颖赶紧起身，从鞋柜里给他找了一双相对小一点的女士拖鞋让他穿上："有点大，你将就一晚。"

小朋友趿拉着像船一样的拖鞋，在秦颖的指点下去浴室洗漱。

秦颖去收拾客房，回到浴室时，看见小朋友自己踩在板凳上，对着镜子吹头发。

他的小西瓜头被吹得一阵凌乱。

秦颖见状，赶紧冲过去将小凡从凳子上抱下来，并温声警告道："小凡，以后在没有大人的情况下，不能自己碰电器知道吗？很危险的！"

小凡用小肉手拨弄了一下凌乱的西瓜头，鼓着腮帮，低声说："我以前都是自己吹头发的呀！颖姐姐，放心啦，我是一个懂事独立的好宝宝，不会出事的！我会注意安全！"

他这个年龄，难道不应该撒娇哭鼻子吗？

秦颖把小凡抱回床上，等他睡着后，才回了自己卧室洗漱。

洗漱镜前没有司简，也没有另一个世界，有的只是她的脸。

即便知道司简已有妻子和小孩，可秦颖还是奢望可以从镜子里看见他，希望可以听见他叫她"小东西"。

可秦颖清楚地知道，不会了。那场相遇于司简而言，就是一场梦。

梦醒时分，一切重回正轨，大家都有各自的生活。

凌晨。

秦颖睡得迷迷糊糊，被窝里钻进一个小东西。

她打开床头灯，看见一颗毛茸茸的小脑袋从被窝里探出来，一双漆黑的大眼睛看着她。

小凡鼓了鼓腮帮，一脸抱歉地说："对不起啊，颖姐姐，我刚才听见打雷声，好怕。虽然我是男子汉大丈夫，虽然我不该怕，可我还是好怕哦……"

秦颖伸手扯了扯被子，遮住小孩脖子以下部分，再给他盖好。

她隔着被子轻拍小凡的身体，宽慰道："小西瓜，别怕，有颖姐姐在，雷不敢劈过来，你今晚就在颖姐姐这里安心睡吧。"

"那……"小凡仰着胖乎乎的小脸，真诚地望着秦颖，"那……颖姐姐可以为小凡保密吗？男子汉大丈夫，被人知道害怕打雷，好丢人哦。"

"可以哦，没问题。"

秦颖关掉灯，将小凡微微往自己怀里带了带，稍稍抱着他。

约半小时后。

她以为小男孩已经睡着了，却没想到他低声开口："颖姐姐，我觉得你好温柔哦，我好像很久很久以前就认识你了，觉得你好亲切哦。"

"你这个小西瓜，搭讪的本领倒是一流。"秦颖轻轻拍了拍小凡的肩背，"快睡，晚安。"

"安安，颖姐姐，好梦哟。"

黑暗中，"小西瓜"从被窝里探出头，凭感觉在秦颖的脸颊上亲了一口："颖姐姐，晚安。"

小东西的这个晚安吻，让秦颖一颗心都要融化了。

这小孩太甜了，跟他爸爸一样。

可惜……

周一上午，秦颖担任司机送"小西瓜"去幼儿园。

这天限号，秦颖没开车。

秦颖在门口等车时，居然碰见来送女儿上学的田安。她把车开到秦颖身边停下，降下车窗，叫秦颖："秦副主编，这么巧？去公司吗？一起啊，我送你。"

"倒也不必，"秦颖冲她翻了个白眼，冷哼一声，"不知道的还以为我跟田姐您很熟呢。"

田安笑了笑，说："秦副主编，瞧您这话说的。我们是同事，就算基于这层关系，我也有帮衬你的理由，是不是？"

秦颖想了一下，拉开车门坐到后排。

一般这种情况，搭乘顺风车都坐副驾驶座，相对而言有礼貌些。

可秦颖直接坐到后座，像是把田安当成司机了。

田安当然也感受到了秦颖的一些心思，发动汽车，把车开上路，通过后视镜看秦颖："秦副主编眼高于顶，这是把我当司机了？"

"难道田主管不是在当我的司机吗？"秦颖呈夸张状惊讶，反问，"我还以为田主管是觉得工作业务上不如我，打算跟我修复一下同事关系，心甘情愿地做我的司机呢。敢情是不情愿啊？嗨，您早说啊，早说我就不坐您的车了。"

田安一口老血压在心头，深吸一口气，直截了当道："秦颖，我就不跟你绕弯子了。据我所知，陈怡出山替你拍封面，李荣旻给你送旗袍，都是因为你冒充了司简先生的女朋友。秦副主编，您这胆子也够大啊，您知道司简先生是有怎样手段的人吗？"

秦颖知道田安有话说，但没想到她会说这个，一挑眉，反问："田主管，你想说什么？"

"我想和你做一个交换。"田安没跟秦颖兜圈子，声音平和地道，"你我在公司里是竞争关系，我针对你，也只是因为你是我的竞争对手。如果你愿意从《奇风尚》离职，去其他公司，这些事我都可以替你隐瞒。司简先生昏迷不醒这件事，你不说我不说，李荣旻和陈怡也就不会知道真相。否则，一旦李荣旻知道了真相，后果你承担不起。"

"哦？"秦颖突然产生了一些兴趣，反问，"田主管，我倒想知道是怎样一个不能承担的后果。"

田安嘴角微勾，语气轻快地陈述："你应该知道，我和主编在司柏嘉集团时，是被同一个BOSS带出来的。这位行事不留情面，在高层内部有一个外号，叫'铁心狐'。他是一只笑面狐，可心是狠的，任何得罪他的人都不会有好下场，李荣旻是这位BOSS的唯一至交。"

"你是想告诉我，这位铁心狐BOSS，不是别人，是司简？"

田安冷哼一声，接着又说："是。作为这位的至交好友，李荣旻不会是个好惹的角色。如果你答应离开《奇风尚》，大可以跳槽去其他公司继续辉煌，工资待遇也不会比这里差。可如果你继续留下，那我就难以保证你利用司简的证据不会落到李荣旻手里，到时候……"

"田主管，您这是在威胁我吗？"

秦颖看向驾驶座上的女人，眸子里透着一股严肃的冷狠，像极了司简。

田安被秦颖那眼神激得勾起了对司简的恐怖回忆。

她下意识地起了一身鸡皮疙瘩。

给司简当助理，给田安留下一生难以磨灭的阴影，也是她这一生最有收获的工作经历。

如果不是司简的苛刻，田安也不会有今日的成就。

秦颖打量了田安一会儿，阴阳怪气地问她："田主管，凭你的能力跳槽去其他公司，薪资应该也不会低。所以，你为什么不跳槽，却怂恿我跳槽？"

这轻飘飘的语气，比歇斯底里的怒吼更让田安感到聒噪。

田安的耐心似乎被磨得消失殆尽，声音里透着微怒："秦颖，我这是给你台阶下，你不要这么阴阳怪气地激怒我。《奇风尚》是司柏嘉集团旗下的杂志，集团福利丰厚。在A市这种地方，房价已经上天了，而集团会给每一任主编分配三环以内的学区房。光这一点，就不是其他公司能比的。你是单身，学区房对你重要吗？"

"重要啊，怎么不重要了？我以后不要结婚、生孩子吗？有一套学区房不香吗？我为什么要跳槽？"

"秦颖！"田安怒道，"我这不是在跟你商量。你得弄清楚，如果李荣旻知道了真相，你想跳槽还有可能吗？只怕会被行业内全渠道封杀，你可想清楚了！"

"对啊，田安，我也没在和你商量，我只是在听你吹牛。"秦颖轻轻地叹息一声，往坐椅背上一靠，闲适地说，"我的事就不用田主管您操心了，您好好开车，到了公司，我们还是竞争对手。"

田安："你……"这会儿她气得恨不得将这个女人从后座扔出去。

秦颖又说："哦，听说主编有意让李亮拍摄开年首封？我还听说，李亮直接拒绝与你洽谈了？田主管，您一把年纪了能力还这么差，主编怎么可能把这个位子交给你哟。"

秦颖的话里不带一个脏字，却字字诛心。

她真是爽极了，自己骂不了司简这个坏男人，难道还骂不了田安吗？

爽！

秦颖的舌灿莲花，让田安想起了那位毒舌BOSS。

秦颖进公司时才二十出头，二十五岁已经成了副主编，也是《奇风尚》自创办以来最年轻的副主编。

她很有能力，可身上也欠缺一些阅历和魄力。

在工作上，秦颖是一个相对"软骨头"的领导。相比田安的强势，她显得弱势很多。

一直以来，田安都拿秦颖当小朋友。在她被停职的那段时间里，田安还挖她墙角。等她复职回来，田安更是各方面吊打这个小姑娘。

然而就在田安以为秦颖要被自己吊打榨干时，秦颖的性格突然发生了天翻地覆的变化。她在工作中化被动为主动，把每一件看似困难的事都完成得十分漂亮。

甚至……田安好像从秦颖身上看见了司简的影子。那种"既视感"过于可怕，令人不寒而栗。

田安回到办公室，把一腔愤怒全发泄出来，手机丢出去，砸在隔断玻璃上，发出"啪"的一声，屏幕碎开了花。

助理柳玉听见动静进来，反问田安："田姐，你这是在秦颖那里吃瘪了？"

"不识好歹，真当我拿她没办法了吗？"

田安气得胸腔起伏不停。

柳玉给田安倒了杯水，宽慰道："田姐，消消气。我打听到，那个艺术家崔成最近在追秦颖，对方似乎有意拿这个威胁她。"

"你这是故意气我吗？"田安抬头看向助理，又道，"你是想告诉我她事业顺遂，爱情也顺遂吗？"

"不是……"柳玉打开手机里的一份资料，递给田安，说，"这个崔成以前有一个女朋友，是法国模特KK。"

"嗯？"田安来了兴致，反问，"崔成和秦颖又是怎么回事？"

具体情况柳玉也不大清楚，只说："崔成和秦颖应该是初中同学……"

小助理喝了口水，又接着说："二月份，设计师韦唯的婚礼，司柏嘉女士与费老爷子都会去，崔成、KK和秦颖应该也都受到了邀请。到时候，我们只需要推波助澜一把，让秦颖成为他们之间的第三者。凭借秦颖的名气，这个舆论必然大爆……主编和集团总部绝对不会容忍一个小三留在公司。"

"你这个小脑袋倒是挺会想事情。"田安想了一下，叹息一声，"如果崔成替秦颖澄清，就把秦颖冒充司简女友的事也散出去。司简虽然消失微博五年了，可在互联网上的热度依然在，老婆粉依旧疯狂。到时候，也让秦颖彻底尝试一下被网络轰炸的快乐。"

田安说完这些话，又冷哼一声："秦颖，我给你过你好聚好散的机会，是你自己不愿意，可别怪我。"

秦颖在享受网络红利的同时，就得做好准备会有被网络毁掉的一天。

一月中旬，临近年关。

开年首封等待发行，为了不出幺蛾子，秦颖亲自陪李亮去摩洛哥取景。

摩洛哥气温三十八摄氏度，和国内是两个季节。

在马拉喀什YSL花园拍摄结束，拍摄团队入驻安缦杰纳酒店。

酒店是洁白的阿拉伯风格，犹如摩洛哥宫殿。

酒店餐厅的露天场地外是泳池，临池的餐桌被深绿色橄榄树围绕。最后一抹黄昏将阿拉伯式酒店建筑烘托成好看的粉色。

泳池里倒映着温柔的晚霞和橙色灯光，水波荡漾间，透着唯美的梦幻。

晚上十一点。

秦颖还坐在泳池边的餐桌旁办公，就接到了季檬的视频电话。

镜头里的脸不是季檬，而是"小西瓜头"。

小凡把圆嘟嘟的小脸凑到镜头前，笑起来的时候眉眼弯弯像月牙。他跟秦颖打招呼："颖姐姐、颖姐姐，你还记得我吗？"

"小可爱，姐姐当然记得你了。"

秦颖的声音很温柔。

手机里传来季檬的吐槽声："平时跟我说话可没这么温柔过。颖宝，你的母爱光环在绽放啊！"

秦颖："呃……"

小凡笨拙地把手机举起来，努力踮起脚，让前置摄像头对准轮椅上坐着的司简。

小凡指着那个瘦弱的男人，郑重地介绍道："颖姐姐，这是我的爸爸，你认识的哦！我和爸爸今天来季檬姐姐家，爸爸看着你的照片一直发呆。我爸爸是不是喜欢你呀？"

季檬和司承要结婚了。

这天司柏嘉带着家人去了康宁，拜访季家人。

在季家的客厅里，摆放着季檬和秦颖的照片。

司简被推到客厅后，目光就一直定格在秦颖的照片上。

国内这时是早上七点。

小凡和他的爸爸司简起得很早，季家的保姆先伺候病人吃饭。

可司简胃口不大好，才两口下肚便排斥再吞咽。

小凡注意到爸爸的目光停在秦颖的照片上，迈着一双小短腿"噔噔噔"地跑过去，把照片放在爸爸腿上。

果然，他爸爸又肯张嘴吃饭了。

小凡注意到秦颖是爸爸的下饭良药，立刻缠着季檬给秦颖打了这个视频电话。

小凡的小手撑在爸爸的腿上，另一条胖乎乎的小胳膊努力举着手机，终于让司简整张脸入镜。

司简看见秦颖的那一刹，整个人很激动，身体止不住地颤抖，一双眼睛泛着猩红，喉咙里发出"咯咯"的声音，却始终说不出话。

小凡仿佛知道爸爸在想什么，用白白胖胖的小爪子轻轻拍了拍司简的手背，用稚嫩的萌音说："爸爸，我知道颖姐姐很美，所以你要乖乖吃饭、乖乖吃药哦。如果你不乖，身体就不会好，颖姐姐也就看不上你！"

镜头那头的秦颖："呃……"

——小朋友，你这么说，你亲妈知道吗？

小凡仰着一张白嫩的小脸望着司简，又一脸认真地道："爸爸，我们颖姐姐那么漂亮，你不努力变成大帅哥，可是追不到的哦。"

秦颖听不下去了，打断小凡："小西瓜，你等等。谁教你这么编排大人的？你爸爸可是有你妈妈的。"

小凡把手机放低一些，既保留了自己的大眼睛，也保留了司简的下颌部分。

"奶奶说，小凡的妈妈已经去天上了，所以我和爸爸都不能留恋过去。颖姐姐，我爸爸以前那么帅，你考虑一下他，好不好呀？"

——小兔崽子，你这是想让我这个花季美少女给你当后妈？

你倒是想得美！

和你爸一样想得美！

和你爸一样小渣男！

挂断视频。

臭小孩算盘打得精明，拿秦颖作为筹码"哄骗"司简："爸爸，如果答应我好好吃药、吃饭和复健，我就每天都给你看秦颖阿姨的照片。如果你答应，就眨三下眼睛。"

司简深吸一口气，眨了三下眼睛。

摩洛哥，临近午夜十二点，秦颖裹着披肩坐在泳池旁。

李亮游完两圈，上岸，看见秦颖还坐在那儿，于是走过来在她对面坐下，跟她打招呼。

秦颖回过神，抿了口咖啡后看向李亮："今天表现不错，保持这种状态，我们很快就能回去。"

"必须有一个好状态。"李亮脸上带着甜蜜的笑意，低声说，"老婆还在家里等着，我也不敢因为工作不专心多耽搁几天。"

对于李亮和唐娇之间的关系，秦颖仅仅只是看了个表面。

上节目那会儿，秦颖实在不懂，李亮这么聪明一个人，怎么会娶唐娇那种脾气差且无脑的女人。

这个问题搁在这一刻，就更让秦颖感到费解了。

大概是看出了秦颖所想，李亮说："我知道你和外面的人一样，觉得唐娇就是个疯子，配不上我。我可以很明确地告诉你，无论我现在、将来有多出名，走得有多远，我一辈子都只会爱她。我现在的想法很简单，赚足够多的钱，有足够大的名气，给她更好的生活。"

"恕我……"秦颖顿了一下，还是问出口，"能八卦一下你们的故事吗？我虽然不喜欢唐娇，但我很欣赏你。"

"秦副编想听，那我却之不恭。"

当年李亮还是模特时，就同唐娇在一起了。

那会儿李亮收入微薄，是唐娇赚钱补贴房租和生活。为了让李亮多赶几场秀，又为了节约外卖钱，秀场不管盒饭时，她都会给李亮送饭。

李亮被拖欠工资，唐娇也被辞职。两人生活拮据，可唐娇依然坚持。

有一天的晚饭，唐娇为李亮做了一份蒜薹肉丝盖浇饭，自己却声称"减肥"，只吃了一盘白米饭。

起初李亮也以为女友是减肥，后来才知道，两个人的生活费早就花光了，连买菜的钱也没有。

唐娇为了让李亮多吃一顿肉，连着几天就只吃白米饭。

最后，唐娇因为营养不良而晕倒。

诸如此类，李亮一直都记得。

李亮看着秦颖，感慨道："当初我什么都没有时，只有她。这几年她生病，状态不佳，做事变得极端，失去了亲人和朋友。她现在什么都没有了，我是她的丈夫，不能跟你们一样讨厌她。我要更爱她，让她知道，即使失去全世界，她也还有我。毕竟，现在她只剩下我了。"

大概是被这样难得的爱情感染，秦颖想到了司简。她的胸口涨满一种莫名的悸动，像有什么东西压着，呼之欲出。

即使身处异国，即使工作繁忙，秦颖还是好想那只"简狐狸"。那只狐狸像毒藤一样紧覆在她的心口上，越收越紧，几乎让她窒息。

这种悸动完全扰乱了秦颖的状态，她必须快点走出来。

拍摄行程结束后，回到 A 市的第二天，崔成请她共进晚餐。

面对男人的红酒和鲜花，秦颖答应了和对方开始相处，如果在两个月内相互有感觉，就确定关系并结婚。

得到这个消息的季檬瞪大眼睛："颖宝，你疯了？你就这么急着把自己给嫁了吗？"

秦颖不想，可她想快点从对司简的痴恋里走出来。

为了逃避对司简的感情，秦颖答应和崔成进入交往阶段，开始拿自己的空余时间工作。

这也就导致了她的身体严重透支。

春节假期后第一天上班，她就因为高烧进了医院。

她发烧到三十九摄氏度，没有通知松原，自己去了医院输液。

秦颖在医院走廊里坐了一会儿，护士替她举着吊瓶往楼上病房走。巧的是，她在电梯里遇见了同样上楼的司简。

司简比起前阵子精神了一些，身体不再那么干瘪，健康了不少。

他坐在轮椅上，由司家的老助理卡叔推着。

司简依然不能说话，却在见到秦颖时两眼放光，身体又开始颤抖，看得出很激动。

秦颖跟卡叔打了声招呼："卡叔，好巧啊。"

司简还没醒那会儿，卡叔曾见过秦颖几次，对女孩印象深刻。他笑着点头："好巧啊，秦小姐，您这是……"

秦颖说话没什么力气，虽然还能行走，可浑身滚烫，看人都带重影。

她抬了一下手背："工作超负荷，有点发烧，小问题。"

"你可要注意身体，我今天带司简先生来打针，做复健。"卡叔自然看到了司简的非正常反应，笑着道，"秦小姐，您和我们司简先生以前认识吗？"

秦颖的目光在司简身上扫过，笑着说："怎么会呢？司简先生出事那会儿，我只是一个普通毕业生。不过我是司简先生的粉丝，现在看他醒过来，我也很开心。"

说话间，电梯门打开了。

秦颖随护士迈腿往外走，卡叔推着司简紧跟其后。

没人注意到，司简的身体抖动得厉害，他的身体肌肉处于重新建立阶段，无力起身，双手使劲也困难。

司简突然抬起右臂，抓住了秦颖的手腕，力气还不小。

秦颖担心挣扎会让司简受伤，并没有把手抽回，只淡淡地看着他，神色淡如清水。

卡叔有点尴尬。

司简想对秦颖说点什么，望着女孩眼圈发红，喉咙里发出类似"啊"的声音。

他也知道自己这一刻的样子很傻，可他不愿错过和秦颖相处的机会，攥着女孩手腕的手收得更紧了。

卡叔怕产生误会，连忙向秦颖解释："秦小姐，不好意思。医生说，司简先生可能因为海马回受损，记忆停留在幼儿阶段。简而言之，他现在就像一个讨糖吃的小孩。秦小姐，抱歉啊。"

司简胸腔闷着一口老血，想辩解却不能开口，只能用夸张的身体语言来反驳。

他被卡叔和护士摁住，身体受到束缚，总算又安静下来。

可他仍然紧握女孩的手腕。

卡叔想了片刻，询问秦颖："秦小姐，可不可以请你去我们的病房输液并休息？司简先生今天也得输液，我怕他烦躁激动会拔掉手背上的针头。"

秦颖看了一眼激动的司简，到底还是于心不忍，点头答应下来。

输液期间，医护人员各忙各的，卡叔则去楼梯间打电话。

房间里只剩手背上插着针管的秦颖和司简。

司简依然握着秦颖的手腕。

这导致秦颖翻杂志时宛如戴了一副沉重的手铐，每翻一下，腕骨便要多受一份力。

秦颖忍无可忍，侧过头，怒气冲冲地看着司简："你有话想对我说？"

司简艰难地点点头。

秦颖掏出手机，点开"备忘录"递给司简："你想说什么，写在备忘录上。"

司简努力把手握成拳，伸出一根手指戳屏幕。可他只戳了一下英文字母，手指就颤抖得厉害。

大概是脑神经受损，司简压根儿无法集中精力写字。

"好了，不必说了，我大概猜到你还记得梦里的事，也没变成小孩智商。"秦颖没了耐心，收起手机，低声说，"因为喜欢你，我其实真不介意给小凡当后妈，甚至不介意你可能一辈子都这样。我只是介意，没人知道你前妻是否还活着，介意你在没找到前妻尸骨前就移情别恋，这不是一个老爷们儿该做的事。"

司简努力张开五指，又努力地将五指穿过女孩的五指缝隙，与她十指相扣。

司简的手指收得很紧。

"司简！"秦颖想把手抽出来，"你当我是什么？我知道你有能力、有手段，也知道你就是田安和艾佳的 BOSS。她们怕你，我可不怕！你别以为有钱有权就可以为所欲为，也别觉得这个世界上是个人就该捧你如星月，是个人就得把你放在心尖上。我不是你的粉丝，也不是你的直系员工。"

司简望着有些歇斯底里的女孩，手握得更紧了。

他每用一分力道，酥软的肌肉便会收紧一分，麻醉感席卷了他每一块肌肉，可他甘愿承受这份不适。

他那双坚毅的眼睛紧盯着秦颖，喉咙里发出"咕噜咕噜"的声音。

——小颖，我不稀罕任何人捧我如星月，也不需要旁人把我放在心尖上。我只想你能对我温柔一些，哪怕一点点，我也知足了。

——小颖，你就是我的人间星月。

第十二章 共舞

"你松手。"秦颖的语气很不友好，眉头皱起来，"司简，你心里有点谱好不好？你一个三十好几还有儿子的老男人，想染指我这个花季美少女，你可做梦吧。"

司简："呃……"

崔成一个电话打过来，秦颖特意开了免提，用温柔做作的声音问对方："成成，你在哪儿呀？我发烧三十九摄氏度，快要死了。"

这是崔成头一次听见秦颖用这种语气跟他说话，倒也没多想，只当这姑娘是生病时脆弱。

他立刻说："我收到松原的消息，立刻就赶来医院。你在哪儿？我这就过来。"

秦颖对着电话听筒说话的声音又低又温柔，隔着电话都能脑补成一个娇弱的病美人。

"四楼，左转第一个病房。到了之后，你跟门口的保镖说你是我男朋友。"

秦颖挂断电话，收起温柔的声音，冷眼一瞥某人的手："还不松开吗？等崔成进来，看见你这样占我便宜，他可能会揍你哦。"

司简如鲠在喉。

他怎么会看不出秦颖故意气他的小把戏？

可秦颖在和崔成尝试着交往也是事实。

司简松开秦颖才一会儿，崔成就敲门进来了，替她取下输液瓶，去了走廊尽头的病房。

秦颖不只是发烧，输液后需要留院观察一晚。

崔成仅在病房里坐了三十分钟，陪她说了一会儿话。

趁着病房没人，崔成俯下身去想要亲吻秦颖的额头。秦颖却将头一偏，躲过去，迅速缩进被窝里，又扯过棉被盖住脑袋。

又亲了一个空的崔成："你……"他心里窝火得很。

崔成神色阴沉，不一会儿，又换上那张温和的脸。

他推了一下鼻梁上的眼镜框，说："小颖，今晚我有一个酒会，需要提前过去。今天晚上，你一个人可以……"

"可以，我没问题的。"

没等崔成把话说完，秦颖便抢先说道。

崔成本来以为秦颖至少会跟他撒个娇，于是他说："小颖，我以为你已经能够接受我了。"

秦颖翻了个身，把头重新露出来："目前我还没看见你的诚意，sorry（对不起），我还没有找到可以说服自己接受你的理由。"

崔成脸上有些挂不住，语气却依旧轻松："那你好好休息。"

"嗯。"

等崔成离开，秦颖立刻从被窝里钻出来，取过手机给松原发微信："姐妹，你怎么把我来医院的事告诉崔成了？"

松原发了两个问号过来，反问："颖姐，你不是在跟他交往吗？"

"交往个鬼啊。"秦颖气愤道，"就他那种追我的态度，一点诚意也没有，我在这里住院观察，他才一会儿就要提前走。您老人家想追姑娘，怎么着也得陪姑娘输完这瓶液吧？"

松原有点震惊："崔先生这么不浪漫吗？我以为他至少会陪你到晚上呢。他也太不会表现了吧！"

虽说崔成最近频繁给她送礼物并约她吃饭，可秦颖在这个男人身上看不见一丁点真诚。

崔成更像是在完成某种任务，整个过程都很生硬，总让秦颖觉得有哪里不对劲。

秦颖跟松原聊到这个问题，因为困意上头，中途倒在床上便睡着了。

她已经连续半个月没好好休息了，身体在病痛的折腾下被强制摁头休息，这一觉睡得很香，一夜无梦。

一觉醒来，她的烧已经退了，觉得浑身舒适通畅。

她摸过手机看时间，房间被微弱的手机荧光照亮。

借着这点微弱的光芒，她瞥见病床旁坐着一个人。

她差点把心脏给吓出来，尖叫一声后摁开灯，这才发现是坐在轮椅上的司简。

秦颖揉了揉眼睛，又伸手过去捏了捏司简清瘦的面颊。有温度，有手感，活的，不是幻觉。

秦颖吐出一口气，看了一眼时间，两点。

这个时间点，医护人员都在值班岗位，秦颖怒瞪着司简："你怎么会在这里？你是怎么坐上轮椅的？"

他要坐上轮椅不难，有助理和保镖帮助。

只是司简为了表达要来这里陪她，费了不少功夫。

秦颖与司简大眼瞪小眼，沉默了一会儿，掀开被子下床，打算推他回病房。

刚到门口，就被保镖拦住。对方一脸为难地对她说："秦小姐，您帮帮忙，我们先生只有在您这儿才能安静下来，您就让他陪你待一晚，好吗？"

"你这是道德绑架啊！"秦颖双手扶着轮椅，看着保镖说，"虽然这里是医院，可男女授受不亲你们懂的吧？孤男寡女共处一室，我没有羞耻感吗？"

保镖一时语塞，说："秦小姐，话不能这么说，对不对？我们先生如今这样，别说是您了，怕是一个小孩都能打趴他。您的病房是双人间，不如就让我们先生今夜宿在您隔壁的病床上，如何？"

"不如何！"秦颖用力一推，就把司简给推了出去。

保镖手快地接住轮椅。

秦颖转身要关门，身后突然传来"砰"的一声，男人直接从轮椅上摔了下来。

司简眼眶发红，看秦颖时喉咙里发出"咕噜咕噜"的声音，像是一种宁静派的歇斯底里，狼狈不堪。

秦颖立刻蹲下身，同保镖一起将他扶回轮椅上，又替他拍拍衣服上的灰尘，皱眉说："司简，你是小孩子吗？"

司简的面部肌肉还没重新聚力，他望着秦颖，艰难地将嘴角上扬，露出一个僵硬的微笑。

——是。小东西，会哭的孩子才有糖吃。

这个笑看起来有点傻，秦颖却感觉被撩了一下。

有点可爱？

秦颖把司简重新推回病房，在保镖的帮助下，扶他在另一张病床上躺下。做完这些已经是三点，她也困意上头了。

她替司简盖好被子，回到自己床上刚躺下，那个男人又不老实，喉咙里发出"咕噜咕噜"的声音，并翻了个身。

如果不是秦颖眼明手快，司简必定会从床上摔下来。

秦颖看了一眼床上不省心的男人，把两边的围栏都推起来。为了安抚他暴躁的情绪，索性把自己床上的被褥抱过去，与他同床共枕。

如此，既方便夜里替司简盖被子，也可以防止他再发疯。

秦颖把自己裹成粽子，只露出一颗小脑袋，微微侧头瞪着他："今晚你最好老实一点，否则我捶爆你的头，让你再变成植物人。"

司简："咕噜。"

——晚安。

秦颖看着司简有些得意的小眼神，气得没脾气，冲着对方怒气冲冲地吼："咕噜咕噜！"

——晚安晚安！

女孩腮帮子鼓起的模样，惹得司简内心一阵发笑。

室内灯熄灭了。

黑暗里，司简没有一点睡意。月光从窗外落进来，将房间内的物体映得影影绰绰。

等女孩的呼吸逐渐均匀，司简用力动了一下身体，费了好大劲才钻进女孩温暖的被窝。

在司简肢体与女孩柔软身躯相碰的一瞬间，女孩像是条件反射一般，转过身钻进他怀里。

秦颖纤细的一条腿搭在司简身上，没什么好的睡姿。

她进入深睡状态，拿小脑袋在司简的胸口蹭了蹭，低喃梦呓："我想回家。"

司简心里一阵怅然。

即使过去很多年，秦颖依然会在梦里对他说"我想回家"。

司简一闭上眼，流落异国，枪林弹雨，血腥离别的画面仿佛就在昨天。

无数个日夜,秦颖都是这样抱着司简,在他怀里低喃:"我想回家,想回中国。"

怀里的姑娘又做噩梦了,司简能感觉到她的神经在轻颤。

司简想像从前那样伸手环住秦颖,给她安抚。可这一刻,无论司简如何努力,手都抬不起来。

司简最终只能握住秦颖的手腕,用唯一能施展的力量告诉她——我在,别怕。

以李亮作为《奇风尚》首封的开年刊,一经发售,就在全国畅销。

因为年前《这就是时尚》第二季热播,李亮一跃成为一线男星,不仅拿到几部大女主戏的男主角,还收到知名导演岑乐抛来的橄榄枝。

根据目前李亮所接到的资源,在新的一年里,他绝对是占据榜首的男星。

《这就是时尚》第二季热播,让侯度、陈怡、秦颖三姐弟搭配火了一把。

秦颖退出节目后,三姐弟粉莫名地变成陈怡和侯度的"情侣粉"。

侯度原先走的是国民男友的人设,"老婆粉"和"妈妈粉"各占一半。而这两种"粉",都不能容忍侯度和一个残疾人谈恋爱。

节目播出,横空杀出一群"度怡姐弟恋CP粉",这让"老婆粉"和"妈妈粉"拧成一股绳。

经纪人尽量避免让两个人一起出席活动。

可躲得过大大小小的活动同框,却躲不过国际知名设计师韦唯的婚礼。

韦唯是华裔,也是新生代女设计师里最具影响力的一位,她老公是司柏嘉集团M国区总裁张瑞黎。

夫妻俩的影响力加起来,大概可以让国际时尚圈发生九级地震。

韦·张夫妇在中国举办婚礼,是国际时尚界一大盛事。

临近婚礼,"时尚界盛世婚礼"会有谁被邀请,成为网友们热议的一个话题。

婚礼当天。

要来婚礼现场的,有司柏嘉女士,也有国际上首屈一指的老设计师费老爷子。

这两位泰山级的人物站在一起,足以秒杀全场。

很快,网友便发现《这就是时尚》第二季的嘉宾全部到场。

身穿黑色小礼服的唐娇挽着李亮,面带微笑地走进婚礼场馆。

直播间网友纷纷感慨："我们亮亮居然收到了邀请函！？所以，他代言韦唯设计新品的传言稳了啊！"

唐李夫妇刚离开没一会儿，陈怡挽着母亲陈露进入直播镜头。

陈怡穿着抹胸长裙，每跨一步，因为义肢的受力不均，左肩往下一沉，开衩的长裙隐约露出义肢。

陈怡每一步都走得很自信，不拘泥于世俗的眼光。

直播间网友先被陈怡的台步"帅到"，然后又感慨陈怡居然挽着 LULU 珠宝创始人陈露走红毯，弹幕刷得十分密集。

网友1："陈怡居然挽着 LULU 陈露的胳膊走红毯？他们是……亲戚关系？"

网友2："是妈妈！我刚去查了资料，陈露说自己有一个女儿，从来没有曝光过，看来就是陈怡了！"

网友3："厉害。不过我想感慨一下陈怡这个身材比例，这个完美身材比例可以让我忽略她的义肢！她简直不像中国人啊！堪比黑人的比例了！"

网友4："陈怡的身材比例真的没得说，她可是当年第一个上 M 国福布斯名模排行榜的亚洲女模。如果她没出事，现在也轮不到季檬当中国名模 NO.1（第一）。"

网友5："人生赢家，妈妈是顶奢珠宝的创始人，CP 是超甜小猴子。小猴子和陈怡已经很久没同框了，所以今晚他们会同框吗？"

网友6："楼上想什么呢？不要再把小猴子和陈怡拉在一起组 CP 好吗？两个人压根儿不是一个世界的人！况且这种场合小猴子怎么可能会来？小猴子跟司柏嘉集团和韦唯都没有合作过。"

陈怡进去后，大家又把话题转到秦颖身上。

有人说："田安和艾佳都一起进去了，看来今晚真的没秦颖了。她也混得太惨了吧！"

立刻有人附和："这种时候才是拼实力的时候。她就会炒作，别的还能做什么？呵呵。"

说曹操，曹操到。

一辆黑色轿车停在红毯外，先下车的是身穿开背红色礼服的秦颖。

秦颖下车后，对里面的人伸出手，一只布满皱纹的优雅小手搭在秦颖的掌心，借着她的力下车落地。

快九十岁的温家老太太身体还算硬朗，穿着李荣旻送秦颖的那条金莲旗袍。

老太太的身高、骨架与秦颖大幅度相似，她虽已没了年轻时的风姿绰约，可沉淀了一辈子的优雅矜贵，倒也把这条金莲旗袍穿出了不一样的风味。

温家老太太一直很喜欢这件旗袍，因为要参加这场婚礼，特地请人去找李荣旻借衣服，辗转得知这件旗袍已送给了秦颖。

当温老太太找到秦颖时，秦颖二话不说便答应将旗袍借给老太太。当她发现老太太其实比自己更能将旗袍穿出气质时，在征得李荣旻同意后，又转赠给了老太太。

一件好的旗袍能衬出人的底蕴和气质，可这位温家老太太却用自己的气质反衬出旗袍的底蕴。

直播间里，秦颖的粉丝开始科普这位老太太的来历。

弹幕里介绍说："温家老太太，香港首富温钟华的母亲。温钟华娶了快十个姨太太，只有三姨太给他生了一个儿子，其他都是姑娘。据说温家这位小太子爷从小体弱多病，从未露面。倒是这位已经九十岁的老太太经常活动在大众视野里，被港媒调侃为'老佛爷'。"

立刻就有网友弹幕接上："秦颖厉害啊，居然跟温家老太太勾搭上了？厉害！谁敢说我颖姐是靠炒作上位的，立刻甩出和温老太太走红毯的视频给他看！人家也才二十六岁啊，这交际能力和资源，真的绝了！"

秦颖挽着温老太太的胳膊走进宴会厅，下一个出场的就是侯度。

"小猴子"一下车，网友弹幕都疯了："啊啊啊——这是什么神仙婚礼！今晚真的有小猴子啊！新郎新娘是《这就是时尚》第二季的铁粉吧！连小猴子都邀请啦！"

弹幕里的"猴子粉"哭倒一片："呜呜呜——没想到我小猴子还和这种时尚界大咖认识！"

侯度和陈怡的 CP 粉："啊啊啊——小猴子和姐姐同框啦！小猴子和姐姐终于同框啦！小猴子冲呀！"

婚礼场馆内没有记者。

秦颖和温老太太站在宴会厅门口等人，没一会儿，就看见那个穿帅气西装的侯度，蹦蹦跳跳地朝这边跑过来。

大男孩跑到老太太面前，伸手搂住老人的肩，亲昵地道："奶奶，我今晚帅不帅？"

"帅，就数你最帅。"

侯度弯下腰，凑到老人耳朵边，低声说："奶奶，今晚我喜欢的姐姐也在现场哦。奶奶，您不许不喜欢哦。"

侯度从小生病，温家十几个孩子，就这一个男孩。老太太是含在嘴里怕化了，捧在手心怕摔着。

碍于小孙子有精神疾病史，担心他犯病，老太太从不敢逆他的意。

侯度想要什么，老太太就给什么。

即使小孙子告诉温老太太，自己喜欢上一个比他大近四岁的姑娘，老太太也没反对。四岁不算多，能来参加这场婚礼的姑娘，家境优渥与自身优秀两个条件，必然占其一。

温老太太满怀憧憬，笑眯眯地对孙子道："好，待会儿奶奶可要好好看看，我们小猴子喜欢的到底是哪家姑娘。"

秦颖在旁边听了个大概，她看了一眼侯度，大概猜到他喜欢的是谁。

陈怡。

婚礼现场被布置得如梦似幻，场馆内的灯光是一片片雪花。舞台落下洁白的雪，结了蓝色冰晶，一朵朵水晶玫瑰围着舞台绽放，呈一片晶莹剔透的冰晶蓝。

秦颖的运气还算不错，被分配到的宴桌旁都是国内几家顶奢品牌的创始人及家人，陈怡就坐在她右手边。

两个姑娘最近都忙于事业，很久没见了。

婚礼开始，身穿白色婚纱的新娘自舞台中央升起，每走一步，脚下便开出冰晶雪花。

这场婚礼为了完成新娘的公主梦，耗资数亿，替新娘打造了水晶婚纱与水晶鞋，舞台上每一朵水晶玫瑰都造价不菲。

台上的新郎新娘在互诉情意，陈怡没什么心情听。

她伸出一根手指，戳了一下秦颖的腰窝，问她："司简醒了，你跟他打算怎么处？"

"没什么打算。"秦颖语气冷冰冰的，低声说，"他有孩子、有老婆，我在不知情的情况下做了第三者，难道还指望我得知真相后继续给他当小三？他做梦吧，长得帅就不要想得太美了。"

关于司简的事，这些日子陈怡听了许多。她也去探望过司简几回，知道这只老狐狸目前的状况并不好。

陈怡摸了摸鼻尖，小声说："姐妹，我觉得你没必要执着于这个。他老婆在×国消失那么多年，肯定死了。如果他老婆还活着，又怎么可能丢下小孩呢？一定是没了。你要是不介意给人小孩当后妈，我认为你们之间的感情就没什么障碍。"

"你可闭嘴吧，万一他老婆突然杀回来，我怎么办？"秦颖深深地吐出一口气，又低声说，"再说了，我已经答应崔成尝试交往。再过几个月，如果处着没什么问题，我们就定下来，再结婚。"

"老姐妹，你就这么随便？"陈怡提醒秦颖，"我可是听好友说，这崔成跟 KK 有一腿啊，你可别掺和。"

"KK？"这突如其来的八卦让秦颖有点蒙，"你说的是哪个 KK？"

"你说呢？"陈怡抬起下巴，指了一下不远处那桌的国际女模，"就那位 KK，费老爷子的御用模特。"

秦颖觉得这个八卦很可笑，说："不可能，崔成初中时就追过我，没听说和 KK 有什么。"

"行吧，总之你自己注意些。"

陈怡收到一条微信，打开后看见消息，嘴角抑制不住地上扬。

她收起手机，抬头，朝前排的某一桌看过去，与回头看这桌的侯度的视线对上。

秦颖注意到两个人的眼神交流，小声咂舌："可以啊，都和名模谈起恋爱了？"

"嘘——"陈怡摁住秦颖的大腿，小声说，"你给我声音小点，被我妈听见，我不要做人了？"

两个人几乎贴着耳朵说话，旁边的人不可能听见。

到了新郎新娘敬酒环节，秦颖去了一趟卫生间，顺便给崔成发了一条消息，问他坐哪桌。

背着甲壳虫书包的"小西瓜头"，从宴席开始，注意力就一直放在秦颖身上。

见秦颖走出宴厅，他也跟着走出来。

秦颖正站在走廊里发微信，垂眼就看见仰着脑袋，眼巴巴地望着她的小可爱。

小凡穿着很正式的小西装，打了个漂亮的领结。

小凡与她的视线对上，西瓜头一歪，甜糯糯地道："颖姐姐，好巧。我们很有缘哦。"

秦颖看了小凡一眼，又四处张望，问他："你奶奶呢？"

"奶奶在吃饭呢，"小凡耸耸肩，一副了无生趣的语气，"好无聊哦，大人的应酬真的好没意思。颖姐姐，你可以带我去洗手间吗？"

"当然。"

秦颖把小男孩送进男厕，在门口等他。

大概五分钟后，小男孩连裤子都没来得及扣，手提着小西裤，红着脸就跑出来："啊啊啊——颖姐姐，里面好羞羞啊！"

"啊？怎么了？"秦颖赶紧蹲下，替小男孩扣上裤子纽扣。

小凡涨红脸，叙述得很清楚："我看见两个人在里面亲亲，就像二叔和季檬姐姐亲亲那样。"

秦颖揉了揉小凡的小脸蛋，低声说："公共场合亲亲是不值得提倡和学习的，小凡，以后千万不要学他们，知道吗？"

小凡一脸乖巧地点头，小肉手捧住秦颖的脸蛋，在她脸上"吧唧"亲了一口。

小凡亲完才一本正经地说："知道了。小凡以后不会在公共场合亲颖姐姐了，这是最后一次！"

秦颖："呃……"这小孩倒是很会占她便宜啊。

秦颖起身，牵着小男孩的胖爪子往宴会厅走。

刚走了没两步，就听见身后传来两个声音。

秦颖出于八卦心理，扭过头看了一眼。

这一眼，直接把秦颖整个人惊得愣在原地。

崔成和KK从卫生间出来，KK从崔成身后将他抱住，哭得梨花带雨："成，不要离开我，我真的很爱你……"

这谁受得住？

崔成被酒精冲得有些不理智，转身就将KK摁在墙上亲。

两个人过于忘情，完全没注意到走廊里还有其他人。

秦颖看了一会儿，咳了一声，打断他们："那个……二位，可不可以暂停一下？"

听见熟悉的声音，崔成身躯一震，立刻推开KK。

他一脸心虚地望向秦颖，还没开口解释，KK倒率先指责起秦颖来。

KK用蹩脚的中文骂秦颖："我知道你，你就是那个企图抢走我宝贝的女人。你也真是够讨厌的，现在看见了？对我的宝贝死心了吗？"

秦颖不清楚KK为什么会知道她，也不明白为什么对方一张口就称她为"小三"。

但秦颖直觉里面有猫腻，开口道："等一下，你好歹也是一个公众人物，这样说话不体面，我可以告你诽谤。第一，我跟崔成只处于尝试交往的阶段，并没有成为正式的男女朋友；第二，我跟他开始时，并不知道他还有你这样没素质的前任。如果我知道，我甚至不会考虑跟他接触；第三，这个男人或许在你眼中是个宝，可我现在觉得他就是垃圾。"

说完这些话，秦颖不想再停留，牵着小男孩的手转身就往宴会厅走。

KK本就酒精上头，被激怒后，一个箭步冲上前，拽住了秦颖的马尾辫。

别看秦颖个子小，爆发力却不弱。

秦颖在×国被困一年，回来后虽然失忆了，可身上的弹孔伤痕一样没少。她的肌肉群有了自己的记忆，也让她拥有了自保能力。

她条件反射地拿胳膊肘往后一杵，给了身后人一个过肩摔。

这身手，秦颖不知道是谁教的，可她使得得心应手。

KK被摔到地上，秦颖居高临下地望着她，拍拍手，帅气地道："老娘能在战区活下来，还治不了你这样的小人？先撩者贱。"

KK爬起来，对秦颖用英文爆粗。

女人的歇斯底里让秦颖觉得恶心。她不是泼妇，可那副嘴脸比泼妇更难看。

崔成过来劝架却被KK推开，他一脸无奈，不知道该帮谁。

一个是前任，一个是以后的现任，手心手背都是肉，他有点骑虎难下。

他只好站在一旁揉眉心，以此来缓解尴尬和头疼。

刚才是KK先动手，秦颖给予还击。KK想逼迫秦颖主动出击，一旦对方再次动粗，她就一定有办法让这女人丢了饭碗。

可KK发现，这个女人宛如一块石头，无论用何种言语辱骂，对方压根儿就不理她，甚至打算拉着小孩离开。

那种无力感，宛如一拳打在了棉花上。

小凡仰着小脑袋问秦颖："颖姐姐，她骂你你为什么不揍她呀？好憋屈哦。"

秦颖低声说："我们成年人的世界，先动手的人再有道理都会变得没道理，所以有时候我们只能选择做一个忍者神龟。你别看我没有回击，正因如此，才显得她更像小丑。"

KK显然被秦颖的这句话惹恼，把自己有些分量的珍珠手袋丢了出去。

那个手袋朝小凡的头部飞过来，秦颖眼明手快，及时抱走了小凡。

即便如此，那个手袋还是砸到了小凡的腹部。

秦颖把小凡抱出几米外。

一向懂事的小男孩捂着腹部蹲在地上，两行眼泪"哗哗"地流："颖姐姐，我好痛，肚子好痛，感觉被凿穿了一样，像冰块砸在胸口上那么痛。"

小凡的比喻让秦颖更加怒不可遏。

秦颖那双眼睛里顿时冒火，起身朝KK走过去。她甚至没有给对方辩解的机会，上手便拎住她的衣领，两巴掌呼上去。

对方比秦颖高，她居下临上，强大的气场占了上风。

秦颖就像一颗爆发的小恒星，动作极迅速，三两个巴掌扇过去，不等对方还手，又提膝顶在她的下腹位置。

KK痛得号叫一声，捂着下腹蹲在地上"嗷嗷"叫。

蹲在地上的小凡这时也不叫痛了，得意地勾起嘴角，拍拍手站起身，居高临下地看KK："欺负小孩，你活该！"

事情发展到这种地步，崔成不得不出面了。

崔成拽住秦颖的手腕，愤怒地问责："小颖！你怎么可以这么粗暴？你怎么可以动手打人？"

"这位哥，你有毛病吗？眼瘸吗？是你这位挑衅在先，对小孩动手在后，现在来跟我问责？我没打到她腿断算我仁慈！"

崔成替KK辩解："KK是无心之失，你却是故意为之！她完全可以起诉你伤人！"

"去起诉好了，我就不信法律能给这种人撑腰。"

争吵间，有宾客围了过来。

KK和崔成在走廊偶遇，是田安和助理柳玉一手安排的。

两个人早预料到会有这么一场争执的戏码，特意带了几个年轻人过来围观。

这些人没看见前面的戏，过来时，正好看见秦颖对KK下狠手。

走廊里的人越聚越多，安保人员也过来了解情况。

围观的人七嘴八舌地批评秦颖——

"秦副主编，您这有什么怨啊？我们刚才可都看见了！您下手未免也太狠了吧！"

"是啊，人家KK怎么你了？你要这样对人家？"

"秦副主编小小的个子，爆发力这么强吗？怎么着？仗着自己武力值爆表，就能随意打人了？"

围观的人纷纷对秦颖展开指责。

"小西瓜头"替秦颖委屈，张开双臂护住她，皱起小眉头怒视所有人。

"小西瓜头"用小奶音吼道："不许你们说我颖姐姐！我颖姐姐没有错，是她先动手，是她先骂人！"

这小孩奶凶奶凶的，偏还不自知，"萌"得秦颖一脸血。

人群里，不知道是谁插嘴："这哪家的小孩啊，怎么是非不分呢？"

柳玉接收到田安的眼神，添油加醋地说："小朋友，秦颖是你姐姐啊？你可不要被她带坏了，你姐姐这是故意伤人，犯法的。"

"小西瓜头"上过一次热搜，可他在互联网上曝光照片时还不是当下这个发型。

小孩五官没长开，有时候还真让人分辨不清。加上小凡的样貌与穿着打扮都有变化，现实里，鲜少有人认得出他。

"小西瓜"气呼呼地双手叉腰，辩解道："不是！颖姐姐没有伤人！她没有犯法！"

大概是为了激怒秦颖，柳玉掏出手机，对着"小西瓜头"拍视频："小朋友，你维护姐姐的心情我能理解，可你不能睁眼说瞎话。你们幼儿园老师有没有告诉过你不许说谎？"

柳玉的行为没激怒秦颖，倒激怒了这个小小男子汉。

"小西瓜"冲到柳玉跟前，跳起来拍打女人的膝盖，又伸手去够手机。

他一蹦一跳的模样，反倒勾起了柳玉的调侃欲。

柳玉撸着"小西瓜"的脑袋，不让他继续蹦跶，借题发挥道："什么样的姐姐，就有什么样的弟弟，不会教小孩就不要教啦，教出这样一个没素质的小孩在这里胡闹，真是寒了新郎新娘的心呀。"

秦颖算是一个有素质的人，此时却觉得没必要再给对方面子。

她攥紧拳头，正要开口回击，人群外传来一道温柔稳重的女声："真是抱歉了，因为我家小孩的素质问题，让大家费心了。"

围观人群让开一条道，优雅的司柏嘉女士走进来，气场碾压全场。

司柏嘉女士停在秦颖身旁，冲"小西瓜头"招招手："小凡，到奶奶这里来。"

小凡抿了抿嘴，一头冲过去。

他紧紧抱着奶奶的双腿，小脸埋在奶奶的西装裤上来回蹭。

小男孩仿佛在克制情绪，哭腔里带着委屈："奶奶，小凡不是没有素质，是他们欺负人，我和颖姐姐都被欺负了。"

司柏嘉拍拍孙子的小脑袋，环视一圈，四周立刻鸦雀无声。

大家瞬间明白是什么情况。

这"小西瓜头"是司柏嘉的孙子？

大家又都不约而同地朝柳玉投去同情的目光。

柳玉对上司柏嘉的眼睛，吓得双腿一软，下意识地抓住田安的胳膊。

田安有意跟柳玉撇清关系，将胳膊抽出来，低声斥责："柳玉，你怎么可以跟小孩计较？小孩子不懂事，难道你也不懂事吗？"

柳玉的指尖冰凉，知道老板这是要把所有锅都甩给她，弃车保帅。

司柏嘉的脸上倒是没有丝毫怒意，神情平淡。

她蹲下，替孙子擦了擦眼泪，小声问："小凡，怎么回事？"

"小西瓜头"拿胖乎乎的爪子擦了擦眼泪，掀起衣服，指着肚皮未褪去的红痕，又指向一旁蹲着的KK，声音清晰地陈述道："奶奶，刚才那个怪阿姨骂颖姐姐是第三者，还骂了很多很多难听的话。颖姐姐不搭理他，她就拿好大一个砖块手袋朝我砸过来。"

"小西瓜"胖嘟嘟的小手指在圆滚滚的肚皮上滑了个小圆圈。

"小西瓜"的声音里带着喘息，委屈巴巴地说："我胖嘟嘟的小肚皮被砸得好痛，颖姐姐好生气，就以牙还牙。颖姐姐没有错！是怪阿姨先动手欺负小孩的，颖姐姐是为小孩出头的大英雄！"

围观众人："呃……"

这小孩成语"以牙还牙"倒是用得不错，瞬间让人"脑补"出当时的场景。

司柏嘉大概知道了前因后果，侧身看向秦颖，说："大概是鱼龙混杂，这里的空气可真糟糕。秦小姐，我缺一个舞伴，能不能跟我跳支舞？"

秦颖一愣："啊？"

她被突如其来的幸运砸得一阵眩晕。

众人："天哪！"秦颖这是拿中头彩的运气，才换来成为司柏嘉女士舞伴的机会吧？！

多少人想搭上司柏嘉这条大船，却都苦于没有机会。秦颖却这么轻松就抱上了大腿，真是狗屎运爆棚。

秦颖没有马上答应，而是回头看向 KK 和崔成。

司柏嘉眉眼一弯，笑道："闲杂琐事就让我的助理去处理吧。我们去跳舞，不必被这些人扰了好心情。"

被踢得腹疼的 KK："呃……"

被无视的崔成："呃……"

偷鸡不成反蚀把米的田安和柳玉："呃……"

围观的人更是迷惑，直感慨秦颖运气好。

这种锦鲤运，还真是羡慕不来。

司柏嘉一只手牵孙子，将另一只空余的胳膊递给了秦颖。

秦颖挽住这位优雅的女士，同她一起朝宴会厅走去。

等她们离开，司柏嘉的助理找上 KK，低声问："女士，需要陪您去验伤吗？需要为您请律师起诉秦颖小姐吗？"

脸色惨白的 KK 一阵无语，连忙道："不用、不用。"

她以后不要在行业里混了吗？

助理笑眯眯地问 KK："那女士这伤？"

KK 连忙改口："与任何人无关，是我自己摔的。"

等当事人都离开，围观群众在走廊里叽叽喳喳地发表言论——

"幸亏我刚才没'怼'那个小孩，否则，倒霉就是我了！"

"KK 也太惨了，以后的时尚资源估计得少一半吧？她居然敢打司柏嘉集团的小孩，也太惨了。"

"话说，司柏嘉女士有儿子吗？谁啊？怎么从来没听说过？"

"听没听说过重要吗？重要的是那个小孩是司柏嘉集团的啊！"

"我的天哪，秦颖和那个小孩什么情况啊？秦颖的资源这么彪悍吗？不仅搭上了温家老太太，连司柏嘉也搭上了？"

"秦副主编果然名不虚传，看来以后《奇风尚》真的要改姓秦了……"

大家都一脸同情地看向田安。

他们都察觉到田安的脸色很不好看，又宽慰道："田姐，你想开点。人家金手指点满了，一路开挂，不是我们这种普通人能比的。"

田安没有说话，脸上甚至连一个简单的笑容都挤不出来。

今晚一过，只怕她连小助理的职位都保不住了。

这群人正准备回宴会厅，却被告知已经被主人临时请出婚礼现场。

跟着田安过来的那群年轻人被中途赶出婚礼现场，纷纷抱怨道："为什么要赶我们走？我们又没得罪那小孩！"

调侃过那小孩的柳玉："呃……"

他们几位虽然是从后门出来的，却还是被记者拍到了。

☽ 第十三章　等星光溺入海

婚礼午夜散场，秦颖坐司柏嘉女士的车回家。

路上，"小西瓜头"被司柏嘉抱在怀里睡着了。

司柏嘉轻拍孙子的身体，同时低声问秦颖："小姑娘，你拦过我的车？"

突然被这么一问，秦颖心虚地愣住。

她反应数秒后，才回答："是。几个月前我想找您做一个《奇风尚》的专访，那会儿您没搭理我，我被您的保安架起来扔了出去。"

司柏嘉笑出声，反问："你知道我不会接受任何采访，为什么还想来尝试？"

"任何事都不是绝对的。"秦颖怕吵醒小孩，压低声音说，"有些事，不试试怎么知道结果呢？我想努力一把，再去判定结果。"

司柏嘉偏头看着秦颖，微笑着问："你认为有可能说服我吗？"

这位女士经历了几十年商场诡谲，温柔却有威慑力。她总是面带微笑，却给人一种无形的压力，让人感受到压迫。

这同司简那只老狐狸有着异曲同工之妙。

秦颖强压着心头对这位女士的畏惧，攥紧拳，努力让声音听起来平静一些："我会努力的。说不定，有一天我会打动您。"

秦颖的声音很低，却如珠落玉盘，掷地有声。

回到家，秦颖在玄关处坐下，发现两条腿都是软的，掌心也已被汗浸湿。

今晚发生的事，就像做梦。

同温老太太一起走红毯。

舞会环节成为全场焦点，同司柏嘉女士一同进入舞池，那种油然而生的骄傲，宛如王子选中跳舞的灰姑娘。

秦颖的脚上没有水晶鞋，骄傲成为她的王冕。

她的红裙与司柏嘉女士的黑色西装相互呼应，在舞池中央跳跃旋转，一黑一红交错，犹如两朵怒放的玫瑰。

如果没有KK和崔成，这个晚上会很完美。

秦颖正坐在玄关凳上发呆，就收到崔成的微信。

崔成："小颖，我们谈谈。"

秦颖皱眉，回复："我们没什么可谈的。"

崔成："小颖，我是真的喜欢你。我承认，我喜欢你是真的，曾经喜欢KK也是真的。难道你就因为我的前任，要全盘否定我吗？"

"崔成，你别颠倒黑白来恶心我。"秦颖觉得恶心极了，指尖迅速飞扬，敲了一行字过去，"根本原因不是前任，而是你在尝试同我交往时，还和前任在一起鬼混。这也就算了，毕竟我们还没有正式在一起。在我和KK发生争执时，你是怎么做的呢？这就是你追我的态度吗？"

对方无话可说，好半晌才说："小颖，再给我一次机会，KK的事我会处理妥当。"

"倒也不必，就此打住。"秦颖决心已定，十头牛都无法拉回，"再见。"

秦颖拉黑了崔成所有的联络方式。

因为司柏嘉的干涉，田安的计划落空了。

田安原本计划利用KK让秦颖名誉受损，一败涂地。

那晚的事牵扯到司柏嘉，KK连个屁都不敢放，生怕被司柏嘉秋后算账。实际上，因为那晚的事，KK的确实被"秋后算账"了，莫名被撤了好几个代言。

田安这边就更惨了。

回公司的第二天，跟随自己多年的心腹柳玉被公司辞退了。

而她本人，当天婚礼还没结束就被赶出现场，灰头土脸的，很丢人。

好在田安够机灵，婚礼当天及时与实力派女演员余霖搭上了关系。

恰逢余霖有一部新电影要上映，同田安一拍即合，拍摄了《奇风尚》新一期的首封。

余霖已经四十五岁，被影迷们称为"霖皇"。她的新电影《中国女将樊梨花》，影迷对这部电影期待值很高。

这期杂志畅销，即便是艾佳对田安颇有微词，到底还是没有发作。

因为婚礼被赶事件，田安安分了一阵子，倒让秦颖做事顺畅了许多。

酷暑七月，秦颖在法国出差，接到了季檬要订婚的电话。

因为是季檬订婚的大日子，季家人都催秦颖回康宁一趟，见证季檬的人生大事。

秦颖在法国的工作一结束，就赶紧买了当晚的机票回国。

十几个小时后，飞机落地，秦颖又转动车回康宁。

在动车上，秦颖闲来无事，刷了一下最近的社交媒体动态，想看看有什么新鲜爆料。

不看还好，一看她差点被吓死。

"侯度陈怡官宣"的话题在微博被热议。

这个瓜太大了，别说是粉丝，就连早就察觉到动静的秦颖也差点被吓死。

秦颖点进话题，置顶第一条就是侯度的微博。

侯度："和姐姐在一起的第三十二天。"配图。

照片里，陈怡在吃一块蛋糕，"小猴子"突然亲上来，被对面的人抓拍到。

秦颖点了个赞，转发："做开心的你们。"并配图鲜花。

网络上的负面评论太多，秦颖下了微博后就给陈怡发微信，询问什么情况。

陈怡没有单独回复秦颖，而是把她拉进一个三人微信群。

微信群名"富婆重金求子"。

今天也要爱小猴子："对呀，我跟小猴子在一起啦！"

秦颖看着对方的 ID（昵称），觉得这与陈怡的画风严重不符，高冷女神人设全面崩塌。

秦颖："你考虑清楚了？你知道小猴子的家世吗？"

今天也要爱小猴子："知道呀，小猴子为了我已经跟家里决裂了，他很勇敢，我也要好好喜欢他。"

秦颖："你说话正常点。"

今天也要爱姐姐："@秦颖，颖姐，你是唯一一个支持我们的人。所以从今天起，你也是我的好朋友啦。颖姐，改天我和姐姐结婚，你要来当伴娘哦。"

秦颖："呃……"

她"脑补"了一下，偌大的教堂，除新郎新娘，只有她一个人观礼的悲惨场景。

不，秦颖并不想当伴娘。她想退出群聊。

她只是沉默了一会儿，侯度就把群当成私聊地带，开始给陈怡发工作自拍。

今天也要爱姐姐："姐姐，我刚化完妆，准备开工了哦。"

照片是侯度在拍摄的一部古装的主角造型，额头上一根血红的抹额，翩翩公子，红衣似火。

他露出两颗小虎牙，笑得像一个小太阳。

今天也要爱小猴子："好啦，姐姐刚到秀场，准备开工。"

照片里，陈怡的脸很白，寡淡的素颜，正准备化妆。

陈怡准备走复出后的第一场秀，想以残疾人的身份打破国际伸展台的历史纪录。

今天也要爱姐姐："呜呜呜——姐姐素颜也这么好看，我哭了，爱姐姐！"

秦颖看完群里的聊天记录，被喂了一把"狗粮"。

这是什么神仙姐弟恋？为什么要拉她一个单身"汪"进群？这是在公然鞭"汪"！

三个小时后，动车抵达康宁。

季家二叔家别墅位于三环内。

秦颖从小在季家长大，虽然不姓季，但季家亲朋都拿她当季家大小姐。

回到季家，一开门，一条黑脸马犬摇着尾巴就往秦颖身上扑，甭提多热情了。

保姆从秦颖手上接过行李，绕过玄关，秦颖就看见餐厅的大圆桌上坐满了人。

有季家爷爷奶奶、季二叔、季三叔、季檬、小堂弟季智霖，还有司柏嘉、司承，以及"小西瓜头"。

司简也来了，他不能独立吃饭，此刻正坐在客厅里看电视。

秦颖回来得正是时候，季二叔立刻让保姆添了碗筷，把她叫到身边坐下。

季二叔毕竟是生意人，很会活跃气氛，拉着秦颖向司家人介绍说："这是我大闺女秦颖，檬檬从小一起长大的姐姐。"

司柏嘉微笑道："我们认识。"

"认识啊？认识正好！"季二叔面对如此身份的亲家母倒一点不怯，说，"亲家母，我颖丫头工作的公司是你们集团旗下的一家杂志社，以后有机会你多照顾些。这娃一个人在外打拼这些年，很不容易。"

司柏嘉面带微笑地看着秦颖，温声细语地说："我和她也算有缘分，我会的。"

"小西瓜头"往嘴里塞了一勺鸡蛋羹，也脆生生地道："亲家爷爷，我和颖姐姐也好有缘的。你放心，我也会好好照顾她的！"

"哎哟，小西瓜嘴这么甜啊？"季二叔脸上都笑出褶子了，"你这张油腔滑调的嘴，以后得祸害多少姑娘哦？"

大家一阵哄笑。

去年秦颖因为忙工作，没能回家过年。

爷爷奶奶见秦颖又瘦了一圈，心疼得不行，不断地往她碗里夹菜。

直到菜都冒出碗沿了，秦颖哭着护住碗："够了、够了，爷爷奶奶求放过。"

秦颖讨饶的样子惹得大家又是一阵哄笑。

司柏嘉已经很多年没享受过这种温馨的家庭氛围，感动间，又转头看向坐在客厅轮椅上的大儿子司简。

司柏嘉这一刻别无所求，只希望这个儿子能尽快好起来，健健康康的。

饭后，两家长辈去书房聊天，季檬和司承则去后院摘菜。

秦颖与小堂弟季智霖、"小西瓜头"坐在客厅的地毯上打游戏。

司简坐在轮椅上，安静地望着三人。

经过一段时间的复健，司简已经能活动手腕，甚至可以起身。

季智霖突然拿胳膊肘顶了秦颖一下，小声说："颖姐，你发现没？我姐夫的大哥一直盯着你，目不转睛。"

秦颖早就察觉到司简炙热的目光，只是在刻意回避。

她"哦"了一声，冷淡地说："他大概只是好奇我们在做什么。"

"才不是呢！""小西瓜头"用小萌音道，"我爸爸最喜欢看颖姐姐了，我爸爸这是喜欢颖姐姐！"

秦颖："呃……"

臭小子你不说话没人把你当哑巴！

季智霖仿佛get（了解）到什么，摸着鼻尖嘀咕："我颖姐魅力无边，人家眼睛都看直了。"

司简：看老婆犯法吗？

司简的目光落在儿子那张稚嫩的脸上，用眼神说："儿子，你会说话就多说话！"

夜深人静，别墅里所有人都各自回房休息了。

两点。

秦颖从噩梦中惊醒，浑身被冷汗打湿。

门口传来细微的"咯吱"声，有人在扭动门把手。紧接着"咔嚓"一声，房门被推开，一颗小西瓜头探进来。

秦颖把床头灯打开，坐直身体，揉着惺忪的睡眼看着他："小西瓜，你怎么来了？外面打雷了吗？"

"那倒没有。"小凡爬上秦颖的床，跪在她身旁，一脸真诚地问她，"颖姐姐，你会讲故事吗？我爸爸刚才做噩梦了，我感觉他现在好害怕。你去给他讲讲故事，哄他睡觉觉，好不好呀？"

秦颖打量了一眼这个"小西瓜头"，总觉得他在给自己亲爹当"撩机"。

她拒绝："不太好。"

"小西瓜头"也是有备而来，牵住秦颖的手，开启撒娇模式："颖姐姐、颖姐姐，去嘛去嘛，以后小凡把爱吃的鸡腿给你，把爱吃的棒棒糖给你，把零花钱、压岁钱统统给你，小命都给你好不好呀……"

这小孩撒娇，谁能扛得住？

秦颖捂着被击中的心脏，母爱泛滥，立刻说："好好好，行行行。"

"小西瓜头"牵着秦颖去了隔壁房间。

司简正躺在床上，因为刚刚梦魇，浑身被汗湿，胸膛正快速起伏，仿佛有些喘不过气来。

秦颖去卫生间拿毛巾给司简把身上的汗水擦干净。毛巾从司简的额头、脸颊位置，一路到脖颈、胸膛，以及腹部。

秦颖指尖温柔的触感一下一下摩擦着男人的身体，让他的呼吸变得更加急促，血管里的液体随之沸腾。

小凡悄悄退出房间，轻手轻脚地把门关上，钻去奶奶的房间睡觉了。

秦颖替司简擦完身体，正准备离开，手腕却被男人拽住。

司简望着秦颖，目光执着且炙热，喉咙里发出"咕噜咕噜"的声音。

——别走，留下来。

四目相对，秦颖胸腔充斥一种无法言喻的冲动。

司简的手臂发力，将秦颖的手搁在自己的胸膛。

女孩的掌心紧贴着司简的心脏位置，能清楚地感觉到心跳。

扑通、扑通……

每一次跳动，都仿佛与秦颖的心跳相呼应。

她拿鼻尖抵着司简的鼻尖，说话时呼吸喷在他枯瘦白皙的脸上，声音很低："简狐狸，我还是好喜欢你，无法克制。"

女孩几乎贴着司简的嘴唇说话，眼睛每眨动一下，翘长的睫毛便轻刷一下他的下眼睑，像掠过的轻盈羽毛。

司简喉咙里发出"咕噜咕噜"的声音，嘴夸张地张合，半晌才艰难地吐出一个清晰的字："我……"

——我也是。我所有的理智，都会在见到你时溃不成军。

这个清晰的吐字让秦颖为之一愣。

她趴在司简身上，脑袋一歪，望着司简，挑眉反问："怎么？我突如其来的吻，让你受宠若惊了？"

司简深吸一口气，再次努力发音："我——爱——你。"

司简没有力气说千言万语，用尽全身力气，才说出这三个字。

或许这是很简单的三个字，但对于此刻的司简来说，却如泰山压顶般沉重不堪，耗费了他所有的力气。

秦颖十分惊愕。

震惊之后，她扑哧笑出声，又咬住司简的唇瓣，撒娇似的说："先撩者贱。司简，是你先招惹我的，我不管你前任是否还活着，我现在都想占有你。我从来没做过什么出格的事，在旁人眼里我是一个循规蹈矩的乖乖女，可是现在，什么三观、什么规矩，我统统不想要了。"

她钻进司简的被窝，将他干瘦的身躯抱住，一翻身，整个人压在男人身上。

秦颖身高不足一米六，而司简已经超过一米八。她趴他身上，腿却短了好长一截，像一个赖在他身上撒娇的小朋友。

她用牙齿磕了一下司简的鼻尖，低声说："如果你想让我陪你睡觉，眼睛就眨三下。"

不等司简眨眼，她又补充："如果你不想让我陪你睡觉，就再说一次'我爱你'。"

已经没有力气再说话的司简："呃……"

——小东西，你这厚脸皮是跟谁学的？

秦颖调皮地一吐舌头，捧住司简的脸，又在他的嘴唇上亲了一下："我的厚脸皮当然是跟你学的。怎样？如果你不服气，就亲我一口。"

司简眉毛一动，忍俊不禁地看着秦颖："咕噜咕噜。"

——小东西，你还真是仗着我不能动就有恃无恐？

秦颖往下缩了缩，将脸埋在司简的胸膛上，深吸一口气说："简狐狸，今晚你是我的，你心里也只能想着我。我不知道你跟小凡妈妈的感情如何，也不想知道，我只在乎现在你心里有我！"

司简垂眼看躺在自己怀里撒娇吃醋的女孩，脸上露出一丝无奈。

他努力抬起手，捧住秦颖的后脑勺，笨拙又僵硬地揉了揉。

——傻姑娘，你是小凡的妈妈，我心里从来都只有你呀。

秦颖太困了，就这么趴在司简身上睡过去了。

醒来已是早上七点。

秦颖急匆匆地逃离司简的房间，在走廊里却遇见了季檬。

见秦颖从司简房间里出来，季檬有些疑惑："颖宝，你怎么从大哥的房间里出来啊？"

"哦，闲着没事，我去看看。"秦颖面不改色地指着房间说，"他还没醒。"

季檬露出"我信了你的邪"的表情，却也没打算再追问。

从康宁回到 A 市，秦颖又投入忙碌的工作中。

每当秦颖想起那晚趴在司简身上睡过去，男人僵硬又笨拙地抱着她，那颗悄然生长的小禾苗顶破心壁，盛开绽放，涨满整个胸腔。

之后秦颖还想找机会再去见司简，可司简却被司柏嘉送去了 M 国做复健。

小凡私底下加了秦颖的微信，一旦司简在 M 国不愿意好好吃饭，或是不愿意配合医生做复健，小凡都会给秦颖打一通视频电话。

司简虽然不能说话，但他和秦颖有某种心灵上的共鸣。

一旦司简想秦颖了，就会假装闹脾气，打翻护士送来的饭菜，表现得暴躁不安。每到这个时候，小凡就会给秦颖发视频电话，拿秦颖作为"筹码"，哄爸爸好好吃饭。

一转眼就到了来年四月。

秦颖去M国出差，只用了两天时间就完成工作，留下两天时间打算去探望一下司简。

意外的是，秦颖和小凡发视频时，司柏嘉恰好也在。

小凡乖巧地跟秦颖打招呼，然后抬起头问司柏嘉："奶奶，明天我可不可以带我的朋友呀？"

"嗯？"司柏嘉虽然没看见手机屏幕上的秦颖，却也能猜到这个小孩在和秦颖通话。

小凡利用秦颖安抚司简的情绪，司柏嘉早就知情，并对秦颖这个姑娘很有好感。

儿子喜欢的一切，她都爱屋及乌，并赋予偏心。

司柏嘉用宽大的手掌裹住小凡的小西瓜头，轻轻地揉了揉，说："当然可以了。"

小凡立刻看向手机，用稚嫩的小萌音一板一眼地问秦颖："亲爱的颖小姐，我可以邀请你参加明天的宴会吗？我缺一个女伴哦。"

秦颖听见司柏嘉的声音，顿时有一种做贼的心虚感。

她压低声音："小西瓜，你这是在坑我呀。你怎么不告诉我你奶奶在旁边？"

"你也没有问呀。""小西瓜"用手掩嘴，也压低声音说，"颖姐姐，不要拒绝我呀，人家小朋友都有女伴，就我没有，我很没面子呢。"

秦颖："呃……"

——你的面子重要还是我的职业生涯重要？

要是被司柏嘉女士知道她想泡司简，这位女士还不得活活剥了她的皮？

如今司简这种情况，有脑子的人都会怀疑她图谋不轨吧？

正在秦颖思忖间，手机里传来司柏嘉的声音："秦小姐，如果你明天有空，可以来陪小凡玩，你是他在M国唯一的朋友。"

"方……方便吗？"

跟自己的集团大 BOSS 一起参加私人宴会，搁谁身上压力都大。

毕竟伴君如伴虎，君心难测啊。

小凡将镜头对准司柏嘉的脸，司柏嘉一如既往和蔼地说："方便。"

时间一瞬便晃到了翌日中午。

秦颖为了搭配小凡格纹的西装，穿了一条中规中矩的格纹连衣短裙。

宴会地点在离市区很远的庄园里，这里是华裔富豪孙坚的住宅。

孙坚半个月前娶了个比他小二十岁的女明星宋蓉，两个人私下领了证，没办婚礼。

这位小老婆查出怀了孕，于是孙坚特地举办了这次答谢宴，司柏嘉也是受邀人之一。

秦颖抵达庄园，和小凡"成功会师"。

来的人不仅有小凡，还有被助理推着的司简。

司柏嘉很亲切地拥抱了一下秦颖，相互寒暄了几句。刚进宴会厅，司柏嘉就接到电话，临时有事需要回 M 国分公司一趟，开个紧急会议。

事情来得很突然，司柏嘉去跟孙坚打了声招呼，让司简、小凡同助理留下，替自己参加这个宴会。

临走前，司柏嘉又特地嘱咐秦颖："秦小姐，我家这两个孩子就拜托你多照顾了。到了时间点，我会让司机来接你们。"

这姑娘从司简还没苏醒时就开始频繁地与他接触，哪怕是为了儿子的安全，司柏嘉也得查清这姑娘的品性。

总体来讲，司柏嘉还是很信任秦颖的。

这姑娘有能力，却也不会把算计放在心里，一眼就能看通透。

等司柏嘉离开庄园，秦颖从助理手里接过轮椅，推着司简就往里走。

最近这半年，司柏嘉经常带着小凡和司简参加各种友人宴会，目的就是让大家快些熟悉小凡，向所有人宣布她有孙子了。

当年司柏嘉养司承、司简两兄弟，是藏着养，为的是让这两个孩子少一些光环，靠自己去拼搏。

可小凡从出生到四岁都缺乏关爱。司柏嘉希望小凡成为自己的掌上明珠，想让这个小孩被所有人捧着，也算是对他的一些补偿。

晚宴还没开始，宾客们都在庄园里各处休息。

庄园占地百顷，有酒水区，有唱跳休闲区，有电影院，还有射击场和马场。

秦颖推着司简到草坪酒水区的树荫下，拿了一瓶水喂他喝。

司简咬着吸管喝了半瓶，抬手握住女孩的手腕，示意可以了。

司简在 M 国做复健有八个月时间，身体已经养回正常人的体态，不再病弱枯瘦，微胖。他五官幽深，即使有些发胖，也丝毫不影响他的高颜值。

当然，这一刻的体形也是司简选择的。

他越长肉，后期锻炼就越容易练出肌肉。他想练回六年前健硕的体魄，就必须长肉。

如今他缓慢走路基本没什么问题，但肢体细节表达还是很困难，没办法操控手指去打字。

在言语表达上，他也只能说"我爱你"。

之前李荣旻来探望司简时，打算送司简一台像霍金那样的设备，通过人工智能来帮助他与人沟通，却被司简和医生拒绝了。

司简的病情是暂时的，只要认真做复健，两年内一定能恢复。

如果借助人工智能唤起人的惰性，那么司简做复健就会失去动力。

这一刻越困难，就越能刺激司简恢复。

秦颖收起水杯，在司简的轮椅前半蹲下，问他："你最近复健做得怎么样？有没有想我？如果想我了，你就眨三下眼睛；如果没想我，你就说一句'我爱你'。"

司简的面部肌肉已经恢复，笑起来的时候不再僵硬，看秦颖时也是满眼宠溺，嘴角都浸着蜜。

秦颖保持着半蹲的姿势，司简一伸手，刚好可以摸到女孩的头。

司简掌心朝下，包裹住女孩的小脑袋，颇为无奈地拍了拍，喉头一滚，非常艰难地说："我——想——你。"

司简为了把这三个字说出来，浑身肌肉绷紧，嘴唇张合间透着几分夸张。

这是司简继"我爱你"之后，说出的第二句话。

秦颖太开心了，一个没忍住，起身，双手撑在轮椅上，俯身过去，在司简的鼻尖上亲了一口。

她嘴角压着甜蜜的笑意，又贴着司简的耳朵低声说："简狐狸，我也想你。"

她的呼吸喷溅在司简的耳朵上，致使他生理反应强烈，浑身血液跟着沸腾起来。

细碎的阳光从树叶缝隙间钻进来，落在男人的脸上，将司简原本病态白的肌肤照得更加白皙。

另一边。

庄园的女主人宋蓉正在同田安说话，两个人在草坪上品酒，一抬头就看见了不远处树荫下的秦颖和司简。

田安看见轮椅上的司简，吓得手一抖，神色也有了变化。

宋蓉问田安："你怎么了？"

"看见了不想看见的人。"田安过了好半晌才把杯中红酒一口饮尽，算是压惊。

田安问宋蓉："你们为什么会邀请秦颖？明知道我跟她不对付。"

宋蓉和孙坚公开关系后，网上嘲讽了她好一阵，也嘲讽孙坚这么大一个企业家，居然会喜欢这种土味浓重的十八线小演员。

圈内一线女星不香吗？孙坚怎么就挑了一个土里土气的网红整容脸？

网友们都表示孙坚眼瞎了。

宋蓉在娱乐圈混得很一般，她能嫁给孙坚，也是因为有田安牵线。这次她和孙坚在 M 国办答谢宴，田安特地询问她有没有邀请秦颖。

明明说好不会邀请秦颖的，怎么还是邀请了？

宋蓉看了一眼秦颖的方向，解释道："那个坐轮椅的瘸子是司简，你应该不陌生吧？六年前那个成为植物人的网红旅行博主，他也算是网红。他最近醒了，成了残疾人，不能走路，也不能说话，我也是最近才知道他是司柏嘉的儿子。至于那个秦颖，是司柏嘉带来的。"

"秦颖可真是有手段，还真的和司简搭上关系了。"田安沉默了一阵，仿佛想到什么，冷哼一声，又说，"也是，司简那样高傲的人，如今成了残疾人，心态一定彻底崩塌了。在这种时候出现一个不嫌弃他的女人，他当然不会拒绝。"

宋蓉反问："你和司简认识？"

"嗯。"

宋蓉带着田安转过身，指着射击场外的一个小男孩说："刚才司柏嘉有事先离开了，倒是把司简和那个小孩全权交给了秦颖，看来已经是内定她这个儿媳妇了。"

田安的危机感立刻就来了，她眉头皱起，"秦颖为了能攀上司柏嘉，甘愿给人做后妈，连残疾人也下得去嘴。"

在她眼中，这一刻的司简已不是曾经的司简，如今的司简昏迷六年才醒来，已经和这个世界脱了节，加上又成了残疾和哑巴，已经是一个废人了。

那位神仙一样的大佬司简死在了六年前，如今这个不过是个身有残疾的废人，如行尸走肉。

"田姐，如果司简和那个小孩有一方出了事，"宋蓉笑着看田安，又说，"你觉得司柏嘉会不会对秦颖失望呢？今天戴维斯也在，她家有一个混世魔王小朋友的。你知道，戴维斯家族歧视华人。"

田安沉默片刻，笑出声："谢了。"

"你别谢我，我可什么都没说。"宋蓉抬头看了一眼烈日，用指腹压了一下太阳穴，说，"哎哟，我有点累了，去睡一会儿午觉，你自己先逛逛。把这里当自己家，有什么需要安排的，可以联系我的助理。"

宋蓉给了田安一些提醒，又借故离开，不参与田安的任何事。

万一田安做事不利索，也不至于牵扯到她。

射击场，被围栏围起来，里面有七组枪靶，戴维斯正和友人在里面打枪。

射击场的"砰砰"声吸引了一群小孩，小凡和其他小孩一起趴在围栏边，费尽心思往里看。

小凡才五岁，年龄最小，也是唯一一个黑发黑眼黄皮肤的小朋友。

戴维斯的儿子是一个金发胖小子，在旁人的挑拨下，看小凡越发不顺眼。

等小凡踩上一根围栏，小胖墩路易斯立刻推了他一把。

小凡没稳住，从围栏上摔了下来。

幸好草坪柔软，不至于摔骨折。

小凡没哭，迅速爬起来，怒气冲冲地瞪着路易斯："你做什么？！"

路易斯用英语骂小凡："你不配在这里偷看我妈妈！"

小凡气得攥紧小拳头，深吸一口气后把路易斯推倒，又坐在对方身上，拿拳头狠砸对方的脸。

别看小凡个子瘦小，力气却不小，爆发力很强。

路易斯被揍得"哇哇"大哭，周围的人赶紧过来把两个小孩拉开。

秦颖推着司简赶到，助理也从不远处跑了过来。

助理把小凡抱起来，替小凡拍打身上的尘土，同时向司简解释："刚才小凡说要吃点东西，我就去那边拿了，没想到才走开这么一会儿就出事了……"

司简虽坐在轮椅上，但眼里渗透出的寒意让年轻助理不寒而栗。

不等秦颖询问前因后果，戴维斯便将儿子抱进怀里，用流利的英语冲司简道："让你儿子跟我的路易斯道歉！"

戴维斯早年在一档真人秀走红，后来在全球爆红。

她为了保证网红流量，常年在社交网站作妖，当然不是省油的灯，也受不得半点委屈，没把司柏嘉放在眼里。

如果这件事戴维斯占理，她就会去社交平台痛斥司柏嘉的孙子仗势欺人。

这女人来势汹汹，司简却很镇定。

围观的众人不敢说话，都觉得司简这次是踢到铁板了。

司简冷漠的目光扫过戴维斯，看向"小西瓜头"，用眼神质疑儿子。

大概是父子心意相通，小凡 get 到男人的严厉。他朝父亲跑过去，扶着轮椅，小心翼翼地说："爸爸，是他先把我从围栏上推下来的。"

为了让围观的人都听懂他的意思，"小西瓜头"还特意用了英语。

他又卷起一双袖子，把擦破皮的胳膊肘露出来给司简看："爸爸,你看！爸爸,你如果不信，可以问其他小朋友。"

其他小朋友虽然也不喜欢这个小孩，可他们更讨厌总是作威作福的小胖子。

搞清楚前因后果后，秦颖同司简对视一眼。

秦颖领会男人的意思后，目光变得富有攻击性，直勾勾地落在戴维斯脸上。

她宛如司简上身，连语气都与之相似："这位女士，您在国际社交网络的影响力确实惊人，可如果你想仗着流量欺负人，那我们可以试试，到底谁的手腕更狠。"

戴维斯愣了一下，旋即怒吼道："我家路易斯只是跟他闹着玩，他却把我家路易斯打成这样，怎么？你们是想仗着司柏嘉为所欲为吗？"

秦颖仿佛早猜到对方会诡辩，淡淡一笑，说："女士，您说我们仗势欺人，可我怎么觉得是您在仗势欺人，威胁我们呢？"

因为有其他小朋友见证事件的前因后果，戴维斯确实不占理。

可戴维斯咽不下这口气，说："我们各执己见，再争执下去也没有意义。我不是一个蛮不讲理的人，很正直，既然掰扯不清，那我们就各凭本事为孩子讨回公道好了。"

戴维斯抬手一指身后的射击场，说："我们双方比试射击，我这边由我出战，你们那边随便挑一个。如果我输了，我跟路易斯一起向你们道歉。如果你们输了，你们就道歉。怎么样？"

人群一片哗然。

戴维斯以前可是职业射击运动员，在这个庄园里，怎么可能找到与她匹敌的人？

助理立刻提醒秦颖和司简："先生、秦小姐，你们可不能答应她。这个戴维斯以前可是 M 国的射击运动员，枪法没得说。在这个庄园里，恐怕没有人是她的对手。"

戴维斯看秦颖和司简没说话，以为他们是怯场，调侃道："怎么？怕了？今天庄园里有上千人，难道你们的人缘差到这种地步都挑不出一个替你们出战的吗？"

她这是在用激将法。

如果秦颖和司简说的确挑不出能替他们出战的人，也就等于变相承认了"人缘差"，不能忍。

秦颖在司简跟前蹲下，双手放在男人的双膝上，低声问："司简，你信我吗？"

司简望着秦颖，冲她点了点头。

秦颖在战区 × 国待了一年之久，能在那种地方活下来，枪法又怎么会差？

即便秦颖忘了他曾经教自己射击，那些刻入骨髓的生存本领，她也不会忘。

司简双手攥紧，额头上青筋暴起，用尽全身力气说出一个字："动——"

秦颖理解了司简的意思。

她起身，回转身对戴维斯说："我答应你的要求，由我出战。但我有一个要求，我们不打死靶，打移动的活靶，如何？"

戴维斯倒是一愣，反问秦颖："怎么？你是射击玩家？"

"不，我没进过射击场。"

戴维斯快被秦颖平淡的语气气笑："这位小姐，您这是在挑衅我吗？"

秦颖望着对方那双带着怒意的眸子，笑而不语。

戴维斯点了点头："好，那就活靶！"

秦颖没进过射击场，可是当戴维斯提出要跟她比试射击时，她脑子里顿时浮现很多关于枪械的知识。

她的脑子里还浮现出很多型号的枪械，那些东西像黏稠的液体，紧密地覆着她的记忆神经。

画面感和熟悉感突然就涌上来。

秦颖突然能理解，为什么自己被困战地一年，却能活下来了。

进射击场时，戴维斯嘲笑秦颖："你们那里的人都像你一样会说大话吗？到底是谁给你的自信？！"

秦颖懒得和这种人言语上起冲突，笑着微挑柳叶眉。她的自信，源于身上那些子弹和利刃造成的伤疤。

☽ 第十四章 蓝鲸遇银河

"颖姐姐，加油！"小凡抓着司简的轮椅跳了一下，一只小手攥成拳，在空中挥舞，为她助威，"颖姐姐，加油！！失败了也没关系！让老阿姨知道，我们什么都不怕！"

铁围栏里做了一层防弹玻璃，既消音又防弹，也方便外面的人看里面的情况。

由于小凡和坐在轮椅上的司简高度不够，看不见里面的情况，他们被工作人员带进休息室，通过电视屏幕看射击场上的情况。

秦颖和戴维斯进入靶场，分别穿上防弹服，再戴上耳罩。

秦颖拿橡皮筋把长发扎成马尾，黑色防弹服将她的腰身收紧。她虽然个子不高，但身材比例不错，如果没有参照物，腿身比例会让人误以为她有一米七。

秦颖这样的身材穿上防弹服后，单独看，英姿飒爽。如果同一米七的戴维斯放在一起比较，又有一种暴力"萝莉"的既视感。

戴维斯在秦颖隔壁的射击室，两个人被一层防弹玻璃阻隔。

戴上降噪耳机，他们隔着玻璃对视一眼，彼此眼中都带着极强的获胜欲。

系统提示比赛开始，倒计时结束。

戴维斯并没急着上弹匣，而是做了一个手势，用嘴型挑衅秦颖。

——垃圾，你先。

秦颖面色一沉，冷漠的目光停在戴维斯的脸上，手却已经摸了手枪和弹匣，"咔嚓"两下就装好，动作娴熟，整个过程都没低头。

戴维斯："呃……"

戴维斯发现这女人是个老手后，立刻也装上了弹匣。

场内，枪靶开始缓慢移动。

秦颖深吸一口气，"砰"的一声，子弹飞了出去。

由于她状态不佳，空了一枪。

隔壁的戴维斯却一枪正中红心，不偏不倚。她瞥见秦颖第一枪的成绩，隔着玻璃对她比了一个不雅的手势。

场外，围观的人越来越多。

有人说："那个中国女孩上弹匣的速度还不错，枪法却一般。不过她敢和戴维斯比试，也算勇气可嘉了。"

大家你一言我一语，都对秦颖这个中国女孩赞不绝口。

在座这些宾客还真没几个喜欢戴维斯的，她是一个口没遮拦的超级网红，曾经为了博眼球，在社交网络上晒大尺度照片，成天"怼天怼地"，性格并不讨喜。

在座各位不是商业精英就是名门望族，还真看不上这种眼高于顶，动不动就搞种族歧视的网红。

围观的众人见秦颖第一枪脱了靶，心都跟着收紧了。

人群中，田安的嘴角露出一抹看好戏的喜悦。

在田安眼里，秦颖这一局必输。

宋蓉不知道什么时候也来到了现场，她站在田安身边，望着射击场里的情况，抱着胳膊轻声道："秦颖这一局要是输了，他们就得道歉，掉的会是司柏嘉的面子。凭戴维斯那种爱搞事的性格，一定会把司柏嘉孙子向她道歉的事捅到网上，以此来博取流量。田安，你这一招借刀杀人厉害呀。"

自从田安在秦颖那里吃了亏，她有近八个月的时间都忍让着秦颖，没跟她起任何冲突。

她本想等到最合适的时机，借崔成来对付秦颖，却没想到会在这里遇见秦颖，还被她抓到一个这么好的机会。

然而宋蓉刚夸完田安厉害，射击场上的戴维斯就翻车了。

第一枪之后，枪靶开始快速移动。

秦颖第一枪发挥不佳，并没有急着打第二枪。她握着手枪，闭上眼，深吸了一口气。

恍然间，秦颖似乎感觉到一个男人站在自己身后。

秦颖握着枪，双手止不住地颤抖。而身后的男人却握着她的手，用自己温柔的力量帮她控制颤抖的双臂。

男人强壮的身躯几乎将她包裹，他弯下腰，几乎是贴着她的耳背说："我不能时时刻刻保护你，关键时刻，需要你用它来自保。小颖，不要怕，扣动扳机。"

秦颖脑中画面突然一闪，切换成另一个场景。

混乱的城市里，枪声不绝于耳，无数枪口对准了小孩和老人。万般绝望下，促使秦颖将枪口对准那些敌人。

为了守护这些人，举起枪，战斗！

——除非子弹穿过我的身体，否则，你们休想伤害我身后的这些老人和孩子！

那些画面，是秦颖无数个日夜做的噩梦。

巨大的恐惧将秦颖扯回现实之中。

秦颖再睁眼，眼里布满血丝，神情变得冷酷，宛如一尊嗜血杀神。

她扣动扳机，"砰"的一声打出去第二枪，枪靶快速移动，却没能逃过她这一枪，正中靶心。

她凌厉的目光紧盯着快速移动的枪靶，连续几枪，快速却不凌乱。

让人惊叹的是，秦颖之后的每一枪都正中靶心。反观隔壁的戴维斯，只有其中五枪正中靶心，甚至还有两枪脱靶。

秦颖的成绩遥遥领先，戴维斯突然有些慌乱。她越慌张，发挥就越不理想。

场外围观的人都忍不住拍掌叫好。

这个中国女孩的枪法简直绝了！这女孩是天生的神枪手吗？

休息室内，小凡也被秦颖的枪法"帅到"。他激动地抓着助理的手，说："王叔叔，你看，我颖姐姐是不是超厉害？！"

助理："呃……"何止超厉害，简直是枪神啊！

司简倒是平静地看着，仿佛对这个结果并不意外。

小凡捏着下巴，好整以暇地望着男人，反问："爸爸，你难道不觉得颖姐姐超厉害吗？！"

司简看向儿子时眼神温柔，轻轻一点头，当是回应。

比赛结束。

秦颖和戴维斯同时从射击场出来，围观的宾客忍不住为秦颖拍掌叫好，甚至有小孩摘了花坛里的花送给秦颖。

大家朝秦颖围过去，你一言我一语地问她射击是在哪儿学的。

秦颖一脸尴尬地说："这只是我五年前被困×国时学的生存本领罢了。"

围观众人："呃……"这位居然在战区生活过？

再见，告辞！

戴维斯没想到自己会输给秦颖，颜面扫地，心态很崩，抱起儿子便打算离开。

秦颖通过人群缝隙看见戴维斯打算跑路，小短腿·颖立刻原地一蹦，跳起来冲人群之外的女人喊道："女士！您贵人多忘事，忘记向我朋友道歉啦！"

被这么一点名，所有人都转过身去，几十双眼睛直勾勾地盯着戴维斯。

戴维斯背脊一僵，背对着所有人，说："对不起。"

秦颖声音轻飘飘地反问戴维斯："女士，您这是在跟谁说对不起？"

围观众人都憋着笑。

戴维斯强压着愤怒转过身，看向小凡，气息稍微低了一些："小孩，对不起。"

小凡特别大方地摆摆手："没关系的，阿姨，这件事本来也不是你的错。让这个胖哥哥跟我道歉吧，是他推我的。"

戴维斯垂眸对儿子说："路易斯，跟他道歉。"

妈妈输了，路易斯觉得特别没面子，直接哭出声。

偏偏这会儿他妈妈还让自己跟那个中国男孩道歉，他更是委屈得不行。

他小嘴一瘪，哭道："我不要！"

戴维斯掐住他的肩膀，路易斯吃痛，这才哭着跟小凡道歉。

戴维斯又冷眼看向秦颖："秦小姐，满意了吗？"

"没有。"

刚才在射击场内，戴维斯对秦颖比不雅手势。此刻，秦颖不甘落后，也冲说："你这种人不配，也不够资格看不起我们华夏儿女。"

晚宴过后，秦颖提前离席，送小凡和司简回康复别墅。

他们到别墅时，司柏嘉因为还在总部，没两天时间回不来，于是秦颖干脆留下来照顾司简和小凡。

小凡的胳膊肘擦破了皮，秦颖一边给他上药，一边给他吹气，问："痛不痛啊？"

小凡将小脑袋摇成拨浪鼓，软声道："不痛、不痛。颖姐姐，你今天好帅呀，以后可以教我射击吗？"

秦颖揉揉小凡的小脑袋，答应下来："当然没问题了。"

给小朋友处理完伤口，就有保姆过来照顾他洗漱睡觉。

秦颖又辗转去了司简房间，男人正站在房间里看当日新闻。

秦颖见司简站起身，立刻到近前扶住他："医生说你每天站立不能超过一小时，你今天加上复健和在外的时间已经超过两小时了，赶紧休息。"

司简一副无所谓的模样，不等秦颖反应，笨拙地将她抱进怀里。

他努力将一双胳膊收紧，把身体的重心逐渐转移给秦颖，懒洋洋地靠在她身上。

秦颖的身体受不住司简的重量，不断地往后退，两个人最终一起摔到柔软的大床上。

两个人的重量致使床垫往下陷了一个窝，又很快回弹。

秦颖被司简压在身下，拿手推了推他："你压到我了，兄弟，你很重啊。"

司简因为刚才过于发力，此时气息有些乱，呼吸一下又一下地喷在秦颖脸上。

他温柔地看着秦颖，并没有要挪开的意思，就这么死死地压着秦颖。

在秦颖叹气一声吼后，司简的头往下压，轻而易举便亲在秦颖的嘴唇上。

秦颖："呃……"这男人都成这样了也不忘占她的便宜？

司简能做的动作有限，最后也只是轻轻舔了舔秦颖的嘴唇。

秦颖被司简舔得心乱如麻，侧过头，小声骂他："你还真是狗。你这不叫亲嘴，叫舔嘴，隔壁大黄都比你舔得好！"

司简眉毛一挑，一脸好笑地看着秦颖。

——隔壁大黄舔过你的嘴？

秦颖大概猜到司简想说什么，冷哼了一声："怎么？你不信？"

司简有些吃味，胜负欲被激上来。他又低下头，仔仔细细把秦颖的嘴唇舔了一遍。

结束后，他还不忘对身下的女孩挑眉。

——现在还比隔壁大黄差劲吗？

这"傲娇"的小眼神秦颖太熟悉了，她抚额："你觉得自己和一条狗有什么可比性吗？"

司简那张英俊的脸上始终保持笑容。

嗯。吃醋，不行吗？

他们已经八个月没见面，上次同床共枕还是季檬订婚，住在季家别墅的那天。

夜深了，秦颖照顾了司简上床，再一次钻进他的被窝，在男人怀里缩成小小一团。

司简抱紧了秦颖，下巴搁在她的头顶，轻轻一蹭，安心地闭上眼。

——晚安，我的小东西。

秦颖回国后没多久，司简和小凡也回国了。

司简住进A市的复健中心，秦颖因此可以经常去看他，和他联系得更频繁。

小凡每天放了学，也都会去复建中心陪爸爸一会儿。爸爸在病房里看书，他就趴在一旁写作业。

秦颖在答谢宴上完虐戴维斯，让司柏嘉对这个姑娘更生了几分喜欢，也算是默认了她和司简之间的关系。

司承和季檬当然看得出秦颖和司简关系不一般，也会明里暗里撮合两个人见面。

《奇风尚》的年终晚宴今年由秦颖全权负责，包括宴请嘉宾以及现场布置。

今年通过网上投票，观众最期待的嘉宾是李亮、陈怡和侯度。

自从陈怡、侯度去年公开恋情后，侯度的全民男友人设崩塌，事业受到了一定的影响。但他火速转型，从走"国民男友"人设的当红小生，成功转型为实力"电影咖"。

侯度凭借一部校园青春反暴力的悬疑电影，口碑逆转。

与此同时，陈怡也打破了国际时尚伸展台的历史纪录，成为国际时尚界伸展台上，第一个携带义肢走秀的残疾人模特。她的团队花几千万元的高价，为她打造了一条适合伸展台的义肢。

陈怡戴义肢走伸展台，每一步都很稳，宛如她从未失去腿。

有网友调侃："陈怡这个残疾人，居然比某大秀上一摔成名的女模特走台步还要稳。"

多年前的时尚界就有陈怡的传说，如今独腿陈怡一秀打破历史纪录，终将成为业界津津乐道的传奇。

没有人知道，陈怡为了用义肢走稳每一步，吃了多少苦，流了多少血，崩溃过多少次。

所幸，每一次都有她的小太阳陪着，他陪着她走上伸展台。

侯度这个小病娇，给身边人带去的从来不是只有快乐。他把温柔人设给粉丝，把狰狞偏执留给家人和自己，把光和热全部给她。

侯度对陈怡说："姐姐，我最难过的一段时间，是你陪我走出来的。从今以后，我要做姐姐的太阳，也只是姐姐的小太阳。姐姐，不要怕，小猴子会陪着你。跌倒了扶你起来，摔疼了给你吹伤口，累了我就抱抱你。"

无数次，陈怡跌倒了，被侯度扶起来。

无数次，陈怡摔疼了，侯度小心翼翼地替她吹伤口。

无数次，陈怡累了，也是侯度抱她去休息。

不到一年的时间，侯度转型成为演技派，陈怡则重归国际时尚界，成了费老子的御用模特，也是最不可替代的一个。短时间内，国际时装界出不了第二个陈怡。

因为陈怡的优秀，以及侯度的转型成功，粉丝们也开始接受这两个人的恋情了。

两个人不会公开秀恩爱，只是私底下在三人聊天群里秀一秀。

两人在"富婆重金求子"群里秀恩爱时，秦颖大部分时间不会搭理，可他们依然秀得不亦乐乎。

秦颖不懂就问："为什么我不说话，你们也这么有动力秀恩爱？为什么不私聊呢？"

两个人答："我们不能公开秀恩爱，却又忍不住不秀，所以只能在群里秀啦，安全又能炫耀。"

秦颖："呃……"神一样的安全又能炫耀。

好在秦颖被虐的大部分时候，坐轮椅的司简坐在她身边。

每当这个时候，秦颖就会趁小凡不注意，扭过头在司简脸上"吧唧"亲一口，然后又若无其事地扭过头继续玩手机。

秦颖加班都在司简的病房里，她在筛选《奇风尚》年终晚宴宾客时，也会跟司简介绍一些这几年崛起的新艺人。

秦颖把侯度和陈怡的事，也跟司简从头至尾说了一遍。

讲到李亮，她感慨道："简狐狸，当初你在镜子里的建议很正确，得罪谁都不能得罪李亮。他这个人是真聪明，在耍心机这方面，我不如他。"

司简看着秦颖，嘴里发出一阵不清不楚的"啊"音，秦颖只听清了一个"交"字。

秦颖伸手握住司简的手腕，笑得很甜："我知道你想说什么。有些人呢，适合做朋友；有些人呢，只能做敌人。我明白，以后不用这么费力地和我交流。"

司简也眉眼一弯，两个人目光交会，仿佛连空气都是甜的。

晚上八点左右，秦颖照顾司简吃完饭，便开车送"小西瓜头"回家。

司柏嘉很少在家，通常秦颖都是把车停在门口，等"小西瓜头"进了大门，才放心把车掉头开走。可是这天，秦颖刚把车停下，老管家就从里面走出来，又叫住她："秦小姐，司柏嘉女士想请你进去说会儿话。"

"啊？"秦颖吓得一缩脖子，"她回来了？"

小凡见秦颖一脸胆怯，小爪子搭在她的手背上，安抚道："颖姐姐，你不要怕，我奶奶很温柔的，对你也很温柔。"

"傻孩子，姐姐不是害怕，是尿啊！"秦颖把车靠边停下，深吸一口气后下了车。

司柏嘉女士在书房等秦颖，等她进来，给她倒了一杯安神茶。

秦颖捧着茶杯惴惴不安地坐在沙发上，望着坐在办公桌旁办公的司柏嘉。

对方摘下框架眼镜，合上文件，起身过来在秦颖对面坐下，开门见山地问她："你喜欢小简？"

"嗯……"秦颖几乎没有丝毫犹豫，点头承认，"我知道您可能会质疑我对司简的感情，我喜欢他，和他是您的儿子无关。"

司柏嘉沉默了一会儿，才又说："我知道。我听你二叔说，你曾经被困×国一年有余，甚至有创伤性失忆。那边的事情你忘得七七八八了？"

秦颖点头承认："对。"

司柏嘉又问秦颖："那你知不知道，当年与你一同被绑架的中国人之一就是司简？"

"啊？"秦颖一脸茫然。

当年被绑架者的信息被保护，除了受害人的家人，没有人知道。

秦颖只知道当初被绑架的人里有她和她的表姐，却不知道还有司简。

即使是铺天盖地的新闻里，也只有不完整的受害人姓氏，没有完整的名字。

秦颖没了那段记忆，但无数次翻阅过关于那件事的新闻，但她只找到六个人的姓，其他受害人连是男是女都不清楚。

秦颖没想到自己和司简这么有缘，惊愕之后感慨道："怪不得我跟他会有那样的缘分，怪不得我会对他有一种莫名的熟悉感……"

"嗯，你们在那时认识，大概是因为共同经历过那场危险，所以小简醒来后会对你尤其偏爱。"司柏嘉说话很直接，顿了一下，又说，"你是一个好姑娘，站在女性的立场，我并不希望你对司简付出真心。"

秦颖大概明白司柏嘉的意思，笑着说："如您所言，我跟司简这么有缘，我失去记忆还能和他重逢，那我是不是应该更加珍惜他呢？"

司柏嘉提醒秦颖："可你忘了，你们之间还有一个小凡的妈妈。"

"不是你们说小凡妈妈很有可能已经丧生国外了吗？"秦颖突然有些慌张，又赶紧说，"如果不是出现意外，哪个做母亲的会把孩子丢下呢？"

司柏嘉平静地向秦颖陈述："我们查到，当年小凡妈妈委托朋友将小凡送去中国大使馆，而她本人因为重伤被困×国。我们最近得知，是有人接走了小凡妈妈。这也就不排除小凡妈妈还活着的可能。"

秦颖喉咙发干，哽了一下，又说："您告诉我这个是什么意思？您是在提醒我无意中做了第三者吗？"

司柏嘉低叹一声，安慰道："孩子，我知道你喜欢司简，可他现在的情况，你应该比我更清楚。他不能说话，也不能表达。他对你好，有可能仅仅是因为你们在被绑架的过程中有过一段不同寻常的友谊，你可能误会了他对你有意思。"

秦颖紧攥着水杯，牙齿几乎要咬破嘴皮。她垂下头，嗓音暗哑："是啊，也许，一直以来，我都误会他了。"

是误会吗？一定不是。

司简在镜子里时，可是真真切切地对她表达过喜欢啊。

他也是真真切切地对她说过"我爱你"啊。

怎么可能是误会呢？

她和司简到了这种程度，她早已不介意司简爱过别人，也不介意司简和其他女人生过孩子。她只是单纯地想和他在一起，并爱屋及乌，喜欢他的小孩。

可她很介意……介意司简曾经爱过的人还活着。这让她觉得，自己是真真切切地做了第三者。

想到这里，秦颖整个人有点崩溃。

她缓了半天情绪，才抬头问司柏嘉："小凡妈妈还活着的消息属实吗？"

"嗯。"司柏嘉解释，"我们通过中间人，拿到了小凡妈妈在当地友人的联系方式。他们曾经并肩作战半年，对方应该知道小凡妈妈的详细信息。最近×国那边形势不太好，我们也只是通过中间人和对方联系，暂时只知道小凡妈妈还活着，具体不知情，不过迟早都是会知道的。"

秦颖彻底沉默了。

司柏嘉女士能找到小凡，调查的手段自然不会差。秦颖也相信，司柏嘉女士查到的这些东西都是真的。

她沉默半晌后才说："谢谢您告诉我这些。"

司柏嘉用怜爱的眼神看着秦颖："或许小简是真的喜欢你，可他是我的儿子，我不能接受他抛弃糟糠之妻。他如果记得从前的事，喜欢你，就是他最大的错误。他犯错，我作为母亲，有责任帮他纠正。孩子，这些事情对你来说或许残忍，可你始终要面对。我也希望你们能及时止损，不要一错再错。"

"我明白。"

司柏嘉很欣赏秦颖明事理，又说："《奇风尚》年终大会后，我会让艾佳安排你去澳大利亚学习。你……有没有问题？"

"没问题。"秦颖强颜欢笑，"我接受组织的安排。"

说是"学习"，其实是给秦颖公费放假。

秦颖以工作为由去了澳大利亚，飞机一落地，就立刻拉黑了小凡和司简的联系方式。

秦颖消失的那两个月，就连季檬和司承也联系不上。为了不让家人担心，她会定时发一段视频给家人报平安。

两个月后，季檬和司承举行婚礼，秦颖不得已回了国。

飞机刚落地，秦颖呼吸到故土的空气，心就跟着一沉。

她离开这儿两个月，原以为状态已经调整得差不多了。可回到 A 市，她才意识到，自己压根儿就没放下。

回家的路上，秦颖满脑子都在想司简。

小凡妈妈的身份确认了吗？他和小凡妈妈是不是已经团聚了？他们一家三口这会儿是否其乐融融？

秦颖越这么想，心思就越乱，简直快疯了。

季檬明天就要出嫁，她特地叫上秦颖和松原一起吃火锅。三个姑娘吃完火锅，又跑去 KTV。

三个人喝醉了酒，举着话筒在包间里发酒疯。

松原举着话筒大吼："我这么努力考研还是失败了。呜呜呜——原原加油，你最棒！明年你还是一条好汉！"

季檬握着话筒，赤脚站在沙发上唱《千年等一回》，唱到一半就串烧成《明天我要结婚了》。

秦颖听不了这么甜的歌，举着话筒一阵号叫，打断了季檬的歌声，并大声斥责闺密："季柠檬，你是个疯子吧？谁不知道你明天就要结婚了！你搁这儿秀什么恩爱？！你顾及一下单身'汪'好吗？！"

被秦颖这么一通吼，季檬委屈巴巴地盘腿坐下，"哦"了一声，小心翼翼地道："那我低调点。那……颖宝，你唱、你唱。"

秦颖转头就切了歌，开始唱《分手快乐》。

她的调拐了九曲十八弯，在歌词空白部分，还不忘来一段节奏感超强的 rap（说唱）

"嘿嘿！坏男人，坏男人，在座的都是坏男人！"

"男人丑，男人坏，男人都是浑蛋！"

"不爱我的全是臭男人！"

"我呸！"

然后她又开始了一段鬼哭狼嚎的哭腔唱调："为什么受伤的总是我？我做错了什么老天要这样对我？我是仙女下凡历劫吗？为什么要遭受这种苦难？"

松原握着话筒，目瞪口呆地望着秦颖。

她突然觉得考研失败也不是什么大事了。

季檬也握着话筒，目瞪口呆地望着秦颖。

她突然就不想秀恩爱了，闺密太惨了，这个恩爱秀不下去了。

季檬赤脚跑去外面的走廊，给司承打电话。

大概三十分钟后，包间门被推开。司承和坐在电动轮椅上的司简先后进来。

司承先把松原和季檬两个醉鬼送上车，又把握着酒瓶当话筒的秦颖也送上车。

前后两辆车，司承开车送松原和老婆季檬，秦颖和司简则坐后一辆车。

上车时，秦颖差点把五脏六腑给吐出来。

这会儿上了车，她无力地趴在司简腿上打盹，浑浑噩噩间还不忘骂骂咧咧："男人丑，男人坏，男人都是浑蛋！呜呜呜——"

司机认真开车，还是没忍住，通过后视镜往后看。

只见司简先生嘴角上扬，非但不恼，还用手替女孩将一缕头发撩至耳后。

司简细长的手指一下又一下地摩挲着女孩的耳朵，他贪恋女孩肌肤的触感，也贪恋女孩耳朵处的柔软体温。

司简每天都会做一些训练锻炼肌肉，一周前，他已经能走路了，只是医生说他还处于恢复期，除了训练时间，最好还是坐轮椅，不要给身体太大负荷。

不仅如此，司简手指的灵活度也完全恢复了，既能打字，也能写字。

他已经恢复工作了。

三天前，司柏嘉女士终于联系上小凡妈妈在×国的那位友人，拿到了小凡妈妈所有的个人信息。

对比这些信息后，司柏嘉惊讶地发现，兜兜转转，小凡妈妈居然是秦颖。

世间巧合真是荒唐又狗血，让她哭笑不得。

这个消息司柏嘉没告诉任何人，先询问了司简的意见。

季檬结婚，秦颖必然会回国。因此，司简并不急着告诉秦颖真相，打算等女孩回国了，看情况再与她沟通。

司简没想到，这姑娘回来后，居然就喝得酩酊大醉。

汽车开回别墅，司简亲自把女孩抱上楼。

司简走路本就比常人吃力，抱着秦颖上楼更是吃力。家里的保姆一路跟着，生怕他抱着秦颖跌倒，从楼梯上滚下来。

上楼梯时，他怀里的女孩动了一下。他下盘重心没稳住，膝盖一弯，双膝跪在楼梯上。

保姆见状要将司简扶起来，可他站了起来，微微摇头，表示自己没事。

他将秦颖抱回床上，又拿湿毛巾给女孩擦脸。

小凡听见动静，推开房门，探进来一颗小脑袋，眨着大眼睛问："爸爸，是颖姐姐来了吗？"

司简点点头，又冲儿子招了招手，让他过来。

小凡"噔噔"两步跑到床边，看了一眼秦颖，仰着小脑袋问司简："爸爸，我们到底做错了什么呀？颖姐姐到底为什么要删掉我们的微信？为什么不和我们联系了？是不是小凡惹她生气了？如果她真的介意小凡是爸爸的儿子，那……我可以当爸爸的弟弟。"

司简笑着揉了揉儿子的小脑袋，掏出手机，用备忘录打字给他看。

"小凡没有做错什么，是颖姐姐误会了一些事。爸爸爱的人一直是她，小凡的妈妈也是她。"

"啊？"小凡听得稀里糊涂，手抓了抓脑袋，小脑瓜子一时间有些转不过弯，"爸爸，你的意思是，要让颖姐姐当我的后妈吗？"

司简继续打字。

"颖姐姐，也是你的妈妈。爸爸和她当年在×国认识并相爱，之后便有了你。"

这次小凡是真的懂了，但这个突如其来的消息还是让他有些消化不良。

他感觉自己的心跳得好快，"呼哧呼哧"深吸几口气后，才说："爸爸，我有点慌，我觉得自己现在好像在做梦哦。"

司简笑着打字。

"爸爸也这么觉得。"

等"小西瓜头"消化了一会儿这个消息，他俯身，捧住秦颖的脸，在她脸上"吧唧"亲了一口。

"小西瓜头"亲完，还一脸嫌弃地说："妈妈身上好臭，但是我不嫌弃，因为妈妈骨子里是香的！"

秦颖第二天醒来时，已经日上三竿。

司简作为新郎大哥，小凡作为伴郎，一早就去了婚礼现场。

所以秦颖醒来时，司家别墅里除了保姆，再没有其他人。

保姆为秦颖准备好早餐，又安排了造型师给她化妆做造型，以便她去参加闺密的婚礼。

秦颖浑浑噩噩地在餐桌前坐下，昨晚的事情无论如何都想不起来了。她一边搅动燕麦粥，一边揉着胀痛的太阳穴问保姆："昨晚我是怎么过来的？"

保姆回答："司简先生抱您回来的。司简先生很喜欢您，为了抱您上楼，险些从楼梯上摔下来。"

秦颖差点呛住："他抱我进来？就他那身体状况？"

不，这不是重点。

秦颖又问："这两个月，司家没发生什么大事吗？譬如，司简带回一个女人，譬如小凡妈妈回来了？"

保姆被秦颖的问题逗笑，说："没有。我只知道，您消失的这两个月，司简先生和小凡少爷都很想您。司简先生连工作的电脑、手机桌面，都是您的照片。"

秦颖："呃……"司简这个男人，是想一错到底，决定出轨了？

不，即使坏男人要出轨，她也不能做小三！坚决不能！

秦颖气鼓鼓地吃完饭，换好衣服便匆匆赶去婚礼现场。

三月春暖花开，季檬和司承的婚礼在A市草地上举行，婚礼当天来了很多人。

这场婚礼办得很低调，没有铺张浪费，也没有水晶宫殿般的礼堂，却承载了司承的所有真心。

新娘季檬身上的婚纱，以及她脚上穿的那双高跟鞋，全都是司承亲手做的，耗时一年。

司简就坐在秦颖的右手边，台上婚礼进行时，他却没心思看，时刻观察着女孩的情绪。

沉睡的那五年，司简错过了很多。庆幸的是，他没有错过爱人，兜兜转转，他们最终团圆。

台上，新人交换婚戒，相互承诺。

司承俯身吻住季檬，握住她的手腕，放在自己心脏的位置，低声说："我的心，是世界上最小的海，只能容纳你一人游弋。"

台下掌声四起，秦颖和季家长辈没忍住哭了出来。

秦颖的眼泪"吧嗒吧嗒"地往下坠，一边替闺密开心，一边又觉得心里空落落的。

司简望着秦颖，轻轻叹息一声。

他的心又何尝不小？这么多年，也只能装下一个秦颖。

秦颖哭得一把鼻涕一把泪，低头从包里翻纸巾，一只白净的手忽然伸过来。

司简拿着手帕替她擦眼泪，尝试张嘴，一字一字地陈述："小颖，别……别哭。"

秦颖愣住。

司简……能说话了？

司简说话还是很吃力，慢吞吞："小颖，我爱的从来都是你。我的心，也很小，只能容下一个你。我们也结婚，重新结婚。"

秦颖被司简的一番话砸晕了："结婚？重新结婚？"

她以为是司简口齿不清，陈述错误。

小凡听见爸爸说话，立刻抓住司柏嘉的手臂激动地摇晃："奶奶！爸爸能说话了！"

不等"小西瓜头"把话说完，司简已离开轮椅，站起身，扑通一声，单膝跪地。

司简没控制好力道，膝盖落地时有些重，看得司柏嘉一阵心惊。

好在草坪是软的，倒也不会太疼。

司简手里握着小凡的伴郎花朵，递到秦颖跟前，每一个字都咬得很重："小颖，我爱你，嫁给我，重新嫁给我。"

司简的举动引起轰动。

在一旁观礼的季家人都蒙了，围过来，完全不知道是什么情况。

季二叔问司柏嘉："亲家母，这是什么情况？我们这是又要做亲家了？"

季爷爷和季奶奶也一脸茫然地望着司柏嘉。

季爷爷小声说："虽然我也挺喜欢司简这个孩子，可小颖还是个黄花大闺女，年纪轻轻就给人当后妈，不太好吧？"

老爷子话音刚落，就被季奶奶掐了一把："年轻人的事，用得着你插嘴？你可闭嘴吧。"

☽ 第十五章　煎水成冰

"亲家母，你的意思是，秦颖就是当年在 × 国跟司简结婚，并生下小凡的姑娘？"

季二叔被这个突如其来的消息砸蒙了，又说："当年我去 × 国接到小颖时，她浑身是伤，脑袋被炸弹的碎片击伤，血肉模糊。由于小颖伤势严重，我们的飞机落地迪拜，她在迪拜的医院躺了半个月，脑袋被缝合了大概有二十针。"

事情发展至此，过多的巧合让大家觉得像活在梦里，很不真实。

当他们联想到司简醒来后对秦颖的态度，又觉得一切都有迹可寻。

季檬和司承安顿好现场宾客，便跟着去了休息室。

季檬牵着婚纱走进房间时，刚好听见季二叔在说话，简直不敢相信，尖叫一声："什么？颖宝是小凡的妈妈？"

这是什么狗血的剧情？！

季檬的声音过于尖锐，离她最近的爷爷奶奶首先捂了一下耳朵。

爷爷一脸嫌弃："檬檬，你都嫁人了，就不能淑女点？"

"抱歉，爷爷，我上房揭瓦打老公，真不知道'淑女'怎么写。"

季檬在众目睽睽之下解开婚纱的裙撑，毫无当淑女新娘的自觉。

等季檬从厚重的婚纱裙撑里解放出来，三两步跨到秦颖跟前坐下："颖宝，你和大哥真的是夫妻？这未免也忒狗血了吧？"

"这叫什么来着？千里情缘一线牵！"表弟季智霖不禁感慨，"马克·吐温说过，真实比小说更加荒诞。毕竟虚构在一定逻辑下进行，现实往往毫无逻辑可言。我以前觉得这话是放屁，现在发现真是太真实了！"

小表弟忽然化身哲学达人，拍掌吆喝，唯恐天下不乱："这么有缘还等什么呢？趁着今天是黄道吉日，赶紧去民政局领证啊！"

季智霖的话没说完，被季二叔捶了一拳，立刻闭上嘴。

司简讲话还是有些吃力。

他也挨着秦颖坐下，慢吞吞地握住女孩的手，攥在手心里，低声说："我爱的，只有你，从来只是你。"

"只是你"这三个字比起曾经的"我爱你"，分量更重。

秦颖望着司简，哑然无声。

她闭眼，再睁眼，脑子里依旧一片空白，什么都想不起来。

她深吸一口气，摇头说："抱歉，我什么也记不起来，一片空白。你们……"

因为觉得这太荒唐了，于是她抬头看向司柏嘉，目光又扫过季家人，最终落在司简的脸上："你们该不会合起伙来骗我吧？因为没找到小凡妈妈，所以对我撒谎，想让我安心地当小凡的妈妈？你们未免也太小看我了。就算我是小凡的后妈，和司简在一起后，也会拿小凡当亲生小孩来对待的。"

季二叔暴躁地一抓秃头："我们看起来像串通一气骗你吗？"

秦颖点头如啄米："像。"

众人无语。

奶奶插嘴道："小颖，你不信他们，难道你还不信奶奶吗？"

老太太竖起两根手指发誓："苍天在上，信女王淑芬在此发誓，一言一行，若有欺骗小颖，季剑雄一辈子找不到广场舞舞伴！"

"关我什么事？"爷爷气得咳嗽一声。

奶奶摸摸鼻子，小声说："我又没撒谎，你着什么急？"

爷爷怒气冲冲地手叉腰道："你上次骗小颖说那个护身符是用来保平安的，其实是招桃花的！这也算骗！我找不到舞伴你就开心啦？"

"找不到就找不到喽，是跟我跳舞不香吗？"奶奶也手叉腰，仰头拿鼻孔对着爷爷。

老爷子冷哼了一声："你自己跳舞什么样心里没点谱？"

两位老人吵了起来。

秦颖："呃……"

围观众人："呃……"

司柏嘉好脾气地打断。

她对秦颖说："我咨询过你曾经的医生，你因为海马回受损，记忆储存受到阻碍。当然，不记得也不要紧，重要的是当下你们一家三口团聚了。"

可秦颖还是觉得不真实，难以接受。

沉默不言的新郎司承开口提出建议："做个亲子鉴定吧，这样就能解除大嫂对我们的怀疑了。"

季家人原本打算参加完婚礼就回康宁的，没想到因为秦颖的事，"被迫"留了下来。

国外权威机构鉴定最快也要一周。

×国的事情秦颖都不记得了，除了亲子鉴定，没人能说服她接受自己是小凡妈妈的事实。

秦颖当然希望自己是小凡的妈妈，可她同时也害怕大家合伙来骗她。

当小凡知道秦颖是自己的妈妈后，起初改口叫"妈妈"还觉得有些难为情，第四天就开始喜滋滋地叫她"妈妈"了。

小凡每天放学回家，第一件事就是丢下书包往秦颖面前冲，伸手找她要抱抱。

秦颖总是如他所愿，蹲下将他小小的身躯搂进怀里。

小凡会贪婪地把脸埋在妈妈的肩窝，轻轻蹭，恨不得将秦颖身上的抹茶味吸干净。

秦颖每天会晨起陪司简做复健，有她在旁边陪伴，司简独自行走的距离也要长一些。

司简走累了，秦颖就会陪他在公园的长椅上坐下休息。

这个季节的林荫道旁开满樱花，粉云压顶，地面也被铺满童话粉。

秦颖拧开保温杯的盖子递给司简，让他喝水："你的身体机能还没完全恢复，就不要勉强了。正常人连续走两万步都会很累，遑论你一个大病初愈的人。"

"还不够。"

司简喝了一口水，从秦颖手里取过毛巾："我希望能恢复到从前。我不以旁人做参照物，只和自己对比。"

他咬字清楚，语速却很慢，透着较真的严肃。

明天就要出亲子鉴定结果了，秦颖怀揣期待，内心又忐忑不安。

司简仿佛知道秦颖在想什么，凑过去，在她耳朵上轻轻啄了一口，安慰道："信我，我是不会骗你的。"

司简的呼吸喷在秦颖的耳朵上，顿时烫红了她的脸颊。

秦颖的身体立刻往旁边偏，被司简啄过的耳朵红透了，连带着半边脸颊都染上绯红。

司简伸手拉了秦颖一把，让她逃无可逃，避无可避。

他毫不避讳路人的眼光，凑过去，咬住秦颖的嘴唇，撬开，深吻入髓。

熟悉的气息灌入秦颖的胸腔，漫入血液里跳舞，勾起了一些缠绵悱恻的梦。

她梦见和一个男人在废弃的大楼里缠绵。

窗外的狙击声刺破夜空，炸弹将百米之外的大楼炸得粉碎。

废楼跟着一震，灰尘从天花板洒落。

她吓得失了魂，一条壮而有力的臂膀将她圈入怀里，几乎贴着她的耳郭说："小东西，别怕，我在。"

这一刻，司简的气息与梦中男人的气息相互重合，秦颖的心就像被开水烫过一遍，湿漉漉的，全线崩溃。

司简感受到秦颖急促的呼吸，鼻尖轻抵着她的脸颊，低声问："小东西，你在害怕？"

秦颖的眼睛失去聚焦能力，混浊一片，仿佛深陷某种可怕的情景，无法抽离。

司简猜到秦颖大概想起了一些不好的事。他像从前一样圈她入怀，啄着她的耳朵说："别怕，我一直在。"

女孩脑子里"轰隆"一声。

一瞬间，更加清晰的画面灌入，那个梦变得十分清晰。

秦颖和司简躺在破旧的席梦思上缠绵，事后，她像做贼一样心虚道："简狐狸，我们这样，是不是太放肆了？外面枪声不断，我们却……"

女孩的裸背露在外面，司简怕她着凉，将薄毯往上一扯，给她盖好。

"谁都不能确定我们是否能活到明天晚上，不要去理会那些坏结果，我们要仔细品尝这短暂的快乐。以及，我能吃到这么美味的小东西，死也值了。"

秦颖被司简的流氓语气气笑："我怀疑你在开车，可我没有证据。"

司简一挑眉，痞笑道："小东西，这么快就忘记刚才我们共同上过的高速？不满足？没关系，重来，我能带你冲上云霄。"

秦颖气到捶司简的胸口："司简！你有没有羞耻心？！"

司简握住女孩纤细的手腕，一个翻身将她压在身下，嘴角勾起一抹坏笑："为了你，我命都可以不要，遑论羞耻心。"

虽然这个人是在耍流氓，但那一刻，秦颖感觉眼睛酸胀。

司简本来有回国的机会的，却被她给耽误了。

如果不是因为她，司简也不会被迫留在这个国家。

秦颖不确定是否能回到中国，她唯一能确定的是，这个男人是真的愿意把命交给她。

秦颖从这些情景里抽离，眼睛有些红。

夕阳西下，余晖将头顶的樱花粉烘成更温暖的色调。

司简仿佛有些累了，将秦颖抱得更紧。

他将下巴搁在女孩的头顶，轻轻地吐出一口气，又轻声道："昏迷的那五年，我最想同你在晴朗的天空下静坐，去护城河边吹清新的风。没有战火，没有被血染红的天空，没有杀戮。"

司简的话音一落，秦颖眼前立刻闪过末日死城般的城市，到处都是废墟。

"在×国，面临枪林弹雨，我从未想过放弃。可被困黑暗的那五年，每天二十二个小时我都在想该如何结束生命。只剩余的两个小时我才会想你，就是那两个小时支撑着我活了下去。"

秦颖无法想象那五年司简是怎么熬过来的。身处那样看不到尽头的黑暗之中，压根儿就看不见希望。

司简又将脸埋到秦颖的肩窝，贪婪地吸着她身上的味道。只有她身上的味道，能瞬间击退黑暗留给他的恐怖阴影。

也只有秦颖身上的味道，能无时无刻提醒他：都过去了，最难熬的阶段已经过去。如今的一切，都不是梦。

秦颖感觉到脖颈肩窝处湿了一片，也感觉到司简的身体在轻轻颤抖。

想起司简这些年所受的苦，秦颖的心宛如被刀片搅碎，翻来覆去变成肉糊。

秦颖伸手抱住司简，双手轻拍男人的肩背，低声说："简狐狸，以后换我保护你吧。你不要哭了，哭得人家心好疼。"

司简笑出声："心疼我？那你就不要质疑我。"

秦颖仿佛做了决定："无论鉴定报告如何，我都会履行承诺，保护你。"

"我的小东西，"司简懒洋洋地将下巴搭在女孩肩上，有气无力地蹭了蹭，"长大了。"

亲子鉴定出来的当天，司、季两家人齐聚一堂。

季家六口人，一条狗——

爷爷、奶奶、二叔、表弟、季檬、秦颖，以及一条马犬。

司家四口人——

司柏嘉、司承、司简、小凡。

大家围着一张圆桌坐下，望着桌上摆着的牛皮袋沉默。

季二叔把未拆封的鉴定报告推给司柏嘉："亲家母，你拆。"

司柏嘉又推回去："还是您来。"

司简和秦颖的事实在过于巧合，即便种种证据摆在眼前，他们依然心怀忐忑，都担心是空欢喜一场。

季爷爷看不下去了，伸手取过牛皮封袋，当着大家的面拆开。拆开后，就连地上蹲着的狗子都不再摇尾巴，屏住呼吸仰着头，望着一脸凝重的老爷子。

季爷爷戴上老花镜，仔细看了半响，面色沉重。

大家紧张兮兮地望着他，只敢小口呼气。

秦颖握着司简的手，表面镇定，手心却早已被汗湿。

在众人的注视下，爷爷摘下老花镜，抬头扫了一圈众人，长叹一声："唉……"

这一声叹气，让两家人的心都跌落谷底。

不是吗？所有证据都错了吗？为什么小凡不是秦颖的孩子？难道是司简在撒谎？那些证据都是司简伪造的？

司柏嘉也开始怀疑。

秦颖脸色发白，把手从司简的手心里抽出来，喉咙发干，声音喑哑："我不是小凡的妈妈。所以，是有人在说谎。"

众人把目光齐刷刷地投到司简身上。如果有人说了谎，那一定就是司简。

季二叔直接发飙，手拍桌道："司简，你到底为什么要骗我们？如果你真的喜欢小颖，直说就是。如果小颖真的喜欢你，我们这些做长辈的，不会阻挠你们在一起，也不会介意你结过婚有孩子。可你这样撒谎，会让我觉得你这个人人品有问题！抛弃糟糠，撒出这种弥天大谎！你……"

小表弟季智霖也跟着插嘴，嘟囔道："是呀，太过分了！你可真厉害，搞这么多事，就是为了让我们相信你的深情人设吗？细思极恐！嗷——"

小表弟被旁边的季檬掐了一下，哀号道："檬檬姐，你掐我干吗？！"

季檬瞪他一眼："大人说话，小孩不要插嘴。你不说话，没人拿你当哑巴。"

秦颖的心情跌落谷底，她扭过头看司简，想要一个答案。

司简皱眉："鉴定报告有问题。"

司简的话音刚落，喝了一口水的季爷爷一脸疑惑地道："你们干吗呢？鉴定报告都没看，怎么就指责人家司简撒谎呢？"

季檬一脸疑惑地望着爷爷："爷爷，不是您先叹气的吗？如果颖宝是小凡的母亲，您又叹什么气呢？"

大家也一脸茫然，什么情况这是？

爷爷把报告递给季檬，一拍桌子道："我叹气是因为这份报告全是洋文，你爷爷上山剿匪可以，可一个字母都看不懂啊！"

众人："呃……"

季二叔差点吐出一口老血晕过去。

司承立刻取过鉴定报告，迅速扫到结果，松了口气，低声说："大家可以放心了。"

司承将报告递给母亲，视线落在秦颖脸上："欢迎大嫂回家。"

大家也跟着松了口气。

刚才还绷着脸的秦颖没忍住，鼻子一酸，眼眶一热，捂着脸哭出来。

激动使秦颖热泪盈眶，司承那一句"欢迎大嫂回家"更是让她感受到一丝趋于现实的真实幸福。

季奶奶松了一口气，举起拳头砸在爷爷头上："死老头子，不懂洋文假装什么高深？看你把大家吓得不轻。"

爷爷："你跟我了几十年，难道不知道我不懂洋文？你是真爱吗？"

季奶奶小嘴一噘，立刻撇头岔开话题，笑意盈盈地看向司柏嘉："亲家母，看来我们还可以再次合作办一场婚礼哦。定个日子，什么时候办？"

司柏嘉看向司简，也笑意盈盈地道："由他们决定。"

"不着急。"司简拍着秦颖的肩背宽慰道，"当年没什么条件，我手艺不佳，为她做的婚服也很差劲。我想再亲手为她做一件婚服，布料染色、布料样式、刺绣，以及服装设计、打版、剪裁，我都想自己来完成。"

小凡在旁抱着胳膊，无奈地望着这群全程不搭理他的大人。

他气鼓鼓地去客厅看动画片，把音量调到最大，却还是没能引起大人们的注意。

他还挺生气的。

后来，转念一想，大家都很在乎妈妈，他又不生气了，嘴角浮起一抹甜甜的笑。

从此以后，他有妈妈了。

季檬咂舌感慨："大哥，您未免也忒狠了吧，染布都要自己来？刺绣也要自己来？"

季檬似乎想起什么，一拍脑门道："几年前小颖回国，衣服上绣了一段歪歪扭扭的情话，该不会是你……大哥，恕我直言，就您那绣工，没眼看啊。"

提及此，秦颖仿佛明白了什么。

"我一直不懂，为什么我会清楚染布的流程。是你……教我的？"秦颖的喉头微滚，激动得声音有些发抖，又问，"简狐狸，在×国，你替我做过嫁衣？用茜草染过红布？还笨拙地绣过花？"

"是。"

秦颖一闭眼，几行歪七扭八的绣字出现在她的脑海中。

她深呼吸，让大脑恢复到平静状态。

"等星光溺入海，蓝鲸遇银河，煎水成冰，也还是喜欢你。"

好酸的情话，可这些文字由"简狐狸"绣出来送她，却暖意充沛。

深夜，月光洒进卧室。

床头灯灯光昏暗，小凡睡在秦颖和司简中间，听司简讲女战神班娜的故事。

小凡拿肉手捏玩着司简的下巴，声音软软糯糯："爸爸，我不喜欢这个故事。"

"你怎么能给小孩讲这么残忍的故事呢？"

秦颖在被窝里踢了司简一脚，伸手揽过小凡，低声说："颖姐姐给你讲'奥特曼大战孙悟空'的故事！"

司简：这个听起来更恐怖吧？

小凡激动道："孙悟空是怎么去的日本呀？"

秦颖面不改色地胡诌："孙悟空一个筋斗十万八千里，比我们坐飞机还快！"

小凡"哇哦"一声，竖起大拇指感慨："孙悟空真厉害！那一定是我们中国的孙悟空赢！"

事实证明，秦颖实在不具备讲故事的能力，全程语言干巴，小凡很快就窝在她怀里呼呼大睡。

司简把小凡抱回隔壁房间，回来后，额间沁出汗珠。

"还好吗？"秦颖扯了纸巾替司简擦汗，"下次这种事交给我吧，你的体力我不放心。"

司简伸手握住秦颖的手腕，侧身压下去，在她唇瓣上轻轻磕了一下："你在质疑我的体力？"

秦颖被吻得浑身酥麻。

这和秦颖强吻不能动弹的司简不同，在这个恢复体能的司简面前，她完全失去了主导能力，人为刀俎我为鱼肉的"既视感"非常强烈。

司简是刀俎，她是鱼肉。

半个月后，司简的体能彻底恢复如常，身上的腹肌也成形了。

司柏嘉集团总部和《奇风尚》杂志社分别在一环和三环。

司简在二环买了一套精装公寓，方便秦颖上下班。小凡上的学校是寄宿制，周末才回来。

如今司简回归，司柏嘉也轻松许多，渐渐把工作都交给他，自己倒乐得清闲，拿周末的时间陪伴孙子。

秦颖被司柏嘉调去澳大利亚两个月，回来后又遇到一点私事需要处理，请假半个月。

休这么长时间的假，对秦颖竞争主编一职有很大影响。

回公司的第一天，艾佳就把秦颖叫去办公室，打算新一期杂志首封用崔成。

秦颖和崔成已经近一年没联系了。

年前，崔成的作品《绚烂》与费老爷子、DIC，以及其他几家国际知名服装品牌达成合作。

《绚烂》是崔成新的系列作品，以色彩拼接为主要风格。几家知名服装品牌分别拿下了这个系列中的一款，运用在服装上。

以《绚烂》为花纹的服装一经上市，就成为当季最热门的流行爆款。

崔成出名以来，从未上过任何时尚杂志采访。如今崔成回国扎根，艾佳想拿下崔成的独家专访。

艾佳早就想拿崔成的独家专访，这次直接给秦颖下达了死命令。

回到办公室，秦颖焦头烂额。

松原嘟囔道："颖姐，我不明白集团总部为什么要突然调派你去澳大利亚学习两个月。现在好了，田安那个小人在这两个月出了成绩，又把主编的心给拉过去了，好气哦。"

秦颖没说话。

松原又继续说："烦死了，主编明明知道你和崔成的事，现在又故意为难你！崔成肯定会用这件事威胁你！"

秦颖沉默了一阵，最终决定给崔成打一个电话。

电话接通，秦颖打开免提。

崔成的声音明显一顿："小颖，你终于给我打电话了。"

秦颖并不想跟崔成谈私事，直接说明来电目的。

讲完目的，秦颖说话依然直接："崔先生，我们杂志的影响力您应该清楚。如果您那边有什么条件和顾虑，可以跟我沟通。"

"小颖，你有必要跟我这么客套吗？"

崔成明显有些生气："KK是我的前任，我已经和KK断得一干二净，你就不能再给我一次机会吗？我们从小就认识，我是什么人难道你不清楚吗？"

"不清楚。"秦颖笑着说，"崔先生，首先我们的事已经过去一年了，没必要再翻旧账。其次，我现在已经有未婚夫了，我们的私事就此翻篇。如果您愿意同《奇风尚》合作，不如我们谈谈公事？"

崔成怒道："秦颖，你这是铁了心要跟我划清界限吗？我听说你为了往上爬，甘愿嫁给一个残疾人做老婆，给人当后妈！秦颖，如今你混成这样，当真是有能耐啊。"

"崔先生，请您说话注意些。"秦颖尽量让自己语气平静，"我可以告你诽谤。"

"诽谤？"崔成在电话里冷笑，真面目暴露，"你的事我一直有关注，你是什么样的人，我心里清清楚楚。你当真以为我是在跟你求复合？我可以明确地告诉你，就算你答应再给我一次机会，我也只是想玩玩你，你不要觉得我是在恳求你。"

"我们从来就没在一起过，更谈不上复合了。"秦颖笑了一声，继续说，"既然如此，我们也就没什么好聊的了。"

崔成继续说道："秦颖，如果说服我做专访的是田安，而不是你，你猜艾主编会怎样对你？"

"你是在威胁我？"秦颖的声音变得冷淡，"所以你早就跟田安串通一气，打算联合起来对付我？崔成，你倒是有能耐。我在时尚圈混了这么多年，甭说我不怕你了，就算是司柏嘉我也不怕。"

崔成笑了笑："是，你当然不怕了，这不是傍上了一个不能走也不能说话的残疾人吗？还给人小孩当了后妈。不过你当真以为司柏嘉女士是什么傻白甜吗？她会看不出你的伎俩和手段？秦颖，我要是你，就乖乖听我的。不如这样，明天晚上你陪我一宿，我就答应你做专访，如何？"

"崔成，你没有羞耻感吗？你到底是怎么把这些话说出口的？"

秦颖全程开着免提，松原一边录音，一边气得咬牙切齿。

等电话挂断，松原直接骂道："这个崔成人面兽心，真不是个东西！颖姐，我录音了。"

松原把录音保存好，又问秦颖："颖姐，你真跟司简在一起了？司简是个坐轮椅的，他还有个小孩……颖姐，你这么年轻，这么优秀，是不是……"

"如果我说小凡是我的亲儿子，你信不信？"秦颖整理好桌面上的文件夹，抬头看向松原。

"啊？"松原哑然了一阵才又说，"颖姐，虽然你爱大于天，倒也不必非要强迫自己代入亲妈的角色吧？"

"我没开玩笑。"秦颖简单地陈述了自己同司简和小凡的关系。

听完秦颖的话，松原瞪大眼睛："颖姐！你拿的是霸道总裁小娇妻的狗血剧本吗？！"

两个人正说着话，办公室的门被"砰"地一下踹开。

艾佳拿着一沓资料推门而入，怒气冲冲地走到秦颖的办公桌前，把所有文件稀里哗啦全扔到她脸上。

被文件砸脸的秦颖条件反射地偏头，脸颊被纸片割出一道血印。

松原没想到主编会突然冲进来，还把手中的资料扔了秦颖一脸。

她吓得一缩脖子，赶紧过去收拾一地狼藉，把散落的资料一张张重新整理好。

秦颖直视怒气冲冲的主编，冷静地问："主编，您这是做什么？"

"做什么？"艾佳的视线落在秦颖脸上。

松原把资料重新整理好，递给秦颖。

秦颖一张张地翻看，眉头皱起来，随即抬头与艾佳对视："主编，这些稿件文风的确像我，但不是我写的，我没这么蠢。"

艾佳平静下来，说："秦颖，你得罪了谁我并不关心。可我因为你被人写成这样，这是你的无能！你连累上司，业务能力又不行，还有什么脸面留在公司？"

连一旁的松原都听不下去了，小声说："主编，您这话就说得不对了。这几年颖姐为杂志贡献了多少，外人不知道，难道您也不知道吗？她创造了多少销量奇迹啊。"

"销量奇迹？"

艾佳冷厉的目光像钉子一样扎在秦颖脸上，反问："崔成你是怎么谈的？秦颖，你可真有能耐。怎么？你是拿我的话当耳旁风，想向我示威吗？"

"主编，我连累您被人抹黑，我感到抱歉，但在这件事上我也是受害者。"秦颖抬手摸了一下自己的脸颊，语气变冷，"我可以起诉您虐待下属。"

自从遇到镜中司简后，秦颖成长了许多，至少不会任人欺负。

秦颖直视艾佳，不卑不亢地道："至于崔成，有才无德，迟早出事。他并不适合做客我们的专访，也不够资格成为我们的开年首封人物，我会找一个比他更有影响力的人。"

艾佳冷笑："那你倒是说说，还有谁能比崔成更有影响力！"

"司柏嘉女士。"

艾佳差点儿背气过去："秦颖，你越来越狂妄了。你当真以为自己同司柏嘉跳了支舞，人家就能给你这个面子？"

"那如果我成功了，"秦颖抬手捂了一下火辣辣的脸颊，冷淡地道，"可以请艾主编主动向集团总部递交辞呈吗？没了您，我和田安竞争也就没了阻碍。"

"秦颖！"艾佳被秦颖气笑，有些失去理智，深吸一口气后，说，"好。如果你失败了，马上递交辞呈，滚出我的视线。"

"成。"

松原望着秦颖，惊呆了。

她没想到秦颖敢直接"怼"主编，甚至跟主编打了这种赌。

艾佳平静下来，气也总算消了些："秦颖，如果你有田安的一半圆滑，倒也不至于让我这么讨厌你。你不要怪我对你苛刻，没有哪个领导喜欢过于尖锐的下属。你也不要觉得不公平，职场上本就没有绝对的公平。我是你的上司，没必要放着乖顺的小猫不喜欢，来宠幸你这颗特立独行的刺球。"

"明白。"秦颖望着艾佳，勾起嘴角，"我也不喜欢您这样的领导。既然我们相互不喜欢，那就成为彼此的竞争对手吧。我会用实力让您从这个职位离开，也不会再像从前一样巴巴地等您给我这个职位。"

秦颖心平气和地向主编宣战。

A市的冬天极冷，夜里气温低到零下十摄氏度。

晚上十点，办公楼外开始飘雪。

秦颖加完班从公司出来，站在路边等车，抱着包，冻得直跺脚。

昏黄的路灯将秦颖的身影拉长，鹅毛大雪在空中打着旋，她的毛呢大衣和贝雷帽上覆了一层雪白。

网约车已经排到一个小时之后了。

为了完美地搭配裙子，秦颖裸着双腿，小腿已经冻得麻木，毫无知觉了。

她头顶的灯光突然一暗，一抬头，被黑色伞面遮住。

她惊讶地转身，额头撞在司简结实的胸膛上，被司简的胸肌弹了一下，"嗯"了一声，委屈巴巴地说："好痛。"

"你的脸？"司简看见秦颖脸上的红印，伸手过去，用指腹轻压红痕边缘，眉头紧锁，"怎么回事？"

"嗯，不小心磕的。"秦颖挎上包，挽住司简的胳膊，将他往不远处的停车位带，"快回家吧，我一双腿都快冻废了。"

等上了车，司简将秦颖的一双脚搁在自己腿上，用掌心托着她的脚后跟，再替她脱掉高跟鞋。

他用毛毯裹住女孩的脚，用掌心给她的双脚传递温热。

秦颖的四肢已经冻僵，双脚被司简用手包裹着，暖和不少。

车上没有医疗用品，司简让司机把车开去药店，买了棉签和创可贴。

他先替秦颖进行面部伤痕消毒，再给她贴上创可贴，嘱咐道："明天不要化妆，等结痂，防感染。"

"哦。"秦颖拿手指弹了一下创可贴表面，自我调侃，"我这里如果留了疤，你会嫌弃我吗？"

"明知故问。"

司简修长的手指抚上秦颖的脸颊，又给她压了压创可贴边缘，问："你这伤到底怎么来的？"

"今天过于忙碌，不小心弄的。"秦颖岔开话题，看向司简，"简狐狸，开年首封我们缺一个重量级嘉宾，你有合适的人推荐吗？"

司简猜到了大概，反问秦颖："艾佳又为难你？"

秦颖一耸肩，说："是我能力不足。"

"在职场上，你的能力未必能匹配到一定的公平。"司简伸手裹着秦颖的小脑袋，像摸小猫咪一样，"你需要匹配一些心机和手段，来满足自己的野心。"

秦颖乖巧地冲司简咧嘴一笑："是，所以我跟艾佳打了个赌。如果她输了，就得主动递交辞呈离开，把主编之位拱手相让。"

司简一挑眉："我猜，你是拿母亲做了赌注？"

"什么都瞒不过你。"秦颖撒娇般地搂住司简的脖颈，软声道，"所以，你愿不愿帮我？"

"不愿意。"司简果断拒绝，揉了揉秦颖的后脑勺，又低声说，"你想请母亲做独家专访，得自己去谈。"

"拒绝得这么果断？"秦颖痛心疾首，拿拳头捶胸，"我果然不是你的亲老婆。"

周末，秦颖和司简一起回司家别墅。

司简带着小凡去后院骑马，秦颖则去了司柏嘉的书房。

见秦颖进来，正办公的司柏嘉摘下金丝边框眼镜，示意她坐。

司柏嘉已经七十岁，面孔和体态却很显年轻，蓬松的银发宛如今冬最时尚的颜色。

这位女士看起来像四十多岁，举手投足间洋溢着女精英气场，历经岁月摧残，却依然美丽从容。

秦颖面对她时，总是满怀敬畏。

司柏嘉抬头看秦颖，笑着问："有事跟我说？"

她笑容温柔，却有点不怒自威。

"嗯，公事。"秦颖鼓足勇气道。

司柏嘉收起笑容，戴上眼镜，垂下头欲继续工作："家里不谈公事。以你的职位，也不具备和我面谈的资格。"

"呃……"

秦颖没想到未来婆婆会这么直白地打击她，真不愧是"简狐狸"的母亲。

她想起司简的话，深吸一口气，小心机加上厚脸皮，继续开口："那……家事可以谈吗？"

司柏嘉正握着钢笔写东西，没有抬头，却"嗯"了一声。

秦颖撕下脸上的创可贴，露出那道被划伤的红痕，开门见山道："您让我去澳大利亚两个月，可害苦了我，让我在领导心里的地位急剧下跌。"

秦颖把那天在办公室发生的事，简单地向司柏嘉叙述了一遍，语气委屈，眼里水波流转，看着十分可怜。

司柏嘉搁下手中的笔，抬头看秦颖，笑着说："不让你谈公事，你就来跟我告状？"

"那……"秦颖嘴里颇有些撒娇的味道，"我跟未来婆婆吐露工作不顺，人之常情，对吗？"

司柏嘉被秦颖逗得眉开眼笑："好，我答应你。"

秦颖以为自己听错了，愣了两秒。

司柏嘉又补充："但是专栏我想亲自主笔。毕竟是我第一次上杂志专访，我想以自述的方式，让大家看见另一面的我。"

"真的？"秦颖没想到事情会进行得这么顺利。

司柏嘉点头："嗯，真的。"

"啊啊啊——"秦颖激动地绕过办公桌，一把抱住办公椅上的司柏嘉，道，"啊啊啊——我爱您！您是我的偶像，您是我生命的光，啊啊啊！"

秦颖过于激动，又捧住司柏嘉的脸，在这位长辈额头上亲了一口。

司柏嘉有些嫌弃，推开秦颖，又说："我们家颖宝贝受了这么大委屈，我没理由无动于衷嘛。"

秦颖激动到哭。

她对司柏嘉的那种畏惧感，在这一瞬间分崩离析，两个人的关系自然被拉近。

司柏嘉问秦颖："有家人保护的感觉是不是挺好？"

秦颖心里一暖，鼓足勇气再一次抱紧司柏嘉："呜呜呜——您是我的偶像，我爱您。"

司柏嘉不仅参与了《奇风尚》的首封拍摄，并亲自主笔专栏。

专栏题目为《我的宝贝》，以第一人称自述，讲了自己的家庭成员，这也是司柏嘉第一次对外承认自己有两个儿子。

司柏嘉在文中提及，作为商人她是成功的，可是作为母亲，她怀揣愧疚。长久以来，她都坚持用自己的教育方式对待两个儿子，让两个儿子从小学会独立。可到头来发现，两个儿子在成长过程中几乎没有获得过母爱，这也就间接导致两个儿子或多或少有一些人格缺陷。

弟弟司承冷漠孤傲，有完美癖。

哥哥司简狂妄高傲，工作优秀。可在同事眼里他就是一个大魔王，他对员工的苛刻程度，可以说到了丧心病狂的地步。

"司柏嘉传奇"的热门话题，在社交媒体被热议。

杂志销量再攀新高，司柏嘉的专栏被网友热烈转载。

网友1："啊啊啊——所以，我是最后一个知道司承和旅行博主司简是司柏嘉的儿子吗？"

网友2："虽然之前传过不少小道消息，可我一直觉得不可信。现在……司柏嘉女士亲口承认，不得不信了。司柏嘉生的孩子也真够优秀，一个是国际知名设计师，一个负责家族企业兼职网红。牛！"

网友3："弱弱地问一句，司简现在到底怎么样了？听说他在×国有个孩子，老婆是不是死了？"

网友4："回楼上，司简早就醒了，不过他现在成了残疾人，不仅需要坐轮椅，还变成了哑巴，太惨了。"

网友5："太惨了。据说这次司柏嘉愿意做专访，全是因为《奇风尚》副主编秦颖。她抱上了司简的大腿，为了往上爬，不仅愿意嫁给半身不遂的司简，还甘愿给人当后妈。"

网友6："假的吧？！秦颖那么年轻，也算是个大佬，没必要这么做吧？不过话说回来，如果是我，我也愿意，哈哈哈。"

网上拿秦颖调侃，却并没有人把此事当真，毕竟没有实锤。

植物人司简半身不遂的消息曝光后，等候多年的粉丝哭倒一片，在司简的微博下集体留言。

网友1："哥哥，无论你是什么模样，我们都会记得你曾经带我们看过的世界！"

网友2："我走过了哥哥视频里的所有地方，希望有一天哥哥能重新走遍那些地方。哥哥加油！"

网友3："哭到头痛。哥哥那么喜欢旅游，现在不仅不能自由行走，还不能与人交流，他该有多绝望啊！"

网友4："哥哥加油啊，我愿意相信奇迹！黑暗的五年您都挺过来了，再坚持几年，要对现代医学抱有期待！加油！"

网友的暖心评论司简全看到了，没想到时隔多年，还有这么多粉丝记得他。

因为秦颖请来了司柏嘉，艾佳愿赌服输，提前离开了《奇风尚》。

当艾佳知道秦颖和司简的关系后，有些不甘："秦颖，你用这种手段，对我可不公平。"

秦颖的声音抑扬顿挫："主编，您对我不讲公平，却让我和您讲公平？这对我公平吗？职场上没有绝对的公平，这是您教我的。您曾经说过，无论运用何种手段，只要能达成目的，就算成功了。"

艾佳被秦颖说得心服口服，摇头道："我没想到会输给你。"

"我也没想到能赢你。"

离开办公室前，艾佳对秦颖说："听说你和司简在一起了？无论怎样，他都是我曾经的老板，替我问声好。"

"我会转达。"

艾佳主动递交辞呈离开《奇风尚》，临走前并没有写任何推荐信给集团总部。

主编职位空悬，总部那边暂时没有安排新主编的打算。

据说，上面是在考核田安和秦颖，当算从她们两个人中间挑一个。

艾佳离开，田安立刻失去了靠山，孤军作战。秦颖身后有司简，而她身后空无一人。

田安不明白，秦颖都已经傍上了司家，为什么还要跟她争主编的职位。

为了学区房，田安不可能放手，铁了心也要跟秦颖一搏。

四月中旬，秦颖去海岛出差，被迫跟司简分隔两地。海岛一年四季炎热，初夏的夜风也聒噪闷热。

秦颖躺在阳台上跟司简通电话，听见从对方听筒那头传来"呼哧呼哧"的风声，疑惑地问他："简狐狸，你在哪儿呢？A市这个季节刮风吗？"

"阳台吹风，"司简的声音被一阵海风掩盖，"小东西，想我吗？"

"想，我的心，我的骨头，我的血液、头发丝、膝盖都在想你，"秦颖靠在躺椅上，一双小短腿搭在茶几上，"我身体的每一寸都在想你。"

电话那头的男人几不可闻地笑出声："下楼，我在海滩等你。"

"啊？"

秦颖住在三楼。

酒店靠海，秦颖的阳台也靠海。天气预报说入夜后可能有台风，海滩在八点就已经关闭，此刻漆黑一片，没有一点灯光。

秦颖往下看，黑夜里突然亮起一点微弱的荧光，一个男人正提着一盏异国风情的复古灯。

微弱的灯光，宛如稠墨里升起的月亮。

秦颖的心几乎跳到嗓子眼，她不敢相信地望着楼下的光，立刻穿上拖鞋跑下楼。

秦颖跑到沙滩时，拖鞋被厚重的细沙拖累，她索性把鞋拎在手中，光着脚丫朝着那抹光奔过去。

海风掠起秦颖的睡衣裙摆，吹热了她的双眼。

恍然间，秦颖脑子里闪过一些片段。

×国，有一片森林，夏季能看见宛如星辰的萤火。

司简找了一辆防弹车，冒着危险带秦颖进入森林。

秦颖穿着司简做的那件粗糙的婚服在丛林里跳舞，裙摆掀动灌木，萤火虫受惊，壮观的荧光如同黑夜里突然升起的星星，壮观美丽。

穿红色睡裙的女孩朝着司简奔跑时，司简自动带入那天的场景。

那晚的萤火，是他见过最美丽的星空。

被困梦境的他，以为最美的星空是×国的星空。其实他最想看到的星空，是秦颖用红裙掀起的那片星空，是她翩翩起舞时激荡起的萤火。

那种美，镌刻入髓。

秦颖一头扎进他怀里，抱住他精壮的腰身，小脑袋在他的胸口蹭了蹭："你怎么来了？"

"想你了。"司简一只手提着灯，另一只空手拍了拍秦颖的小脑袋，"抬头，看天空。"

夜空里突然有烟火绽放，五彩绚烂腾空，照亮天空，就连海面也变得光怪陆离。

秦颖正要感慨漂亮的烟火，四周突然亮起来。

空中不知何时被拉起一张张细密的灯网，星星点点的光源形成萤火之森，荧光密布，他们宛如置身浩瀚星辰。

这一幕壮观极了。

灯光乍然亮起，有些刺眼，等秦颖的眼睛适应了光线，她才定定地望着男人。

面前的司简突然单膝跪地，递上一个锦盒。

秦颖十分惊诧，胸腔满是感动："简狐狸，你这是……求婚？"

"嗯。"司简打开锦盒，里面躺着一枚钻戒，还有一个手镯。

钻戒的钻托是萤火虫的形状，鸽子蛋是罕见的粉色，很完整的一颗。

手镯，居然是司简在梦境世界中送她的那一个。

玫瑰金环扣式手镯，上面雕刻着宛如萤火的星空纹样，以碎钻作为星光的点缀，被四周的灯光烘托，熠熠生辉。

司简替秦颖戴上钻戒和手镯，解释道："在梦里，你问我手镯上的花纹为什么像萤火之森，又像浩瀚星辰。其实我心里最美的星空，从来不在头顶的那片天，而在萤火之森。最美星空，是你用红裙掀起的萤火，星光无数，比真的更美。"

"你在梦境世界里让我给你找一片最美的星空，其实……是你对萤火之森的执念？"

秦颖不记得从前的事，断断续续能回忆起模糊的片段，以前她觉得那是梦，是幻觉。

"嗯。"

司简单膝跪地看着秦颖，一脸郑重："秦颖，你愿意嫁给我吗？一生一世，再也不分开。"

秦颖将手指卷起来，握成拳，仿佛害怕钻戒会突然溜走。

她点点头："我愿意。"

她的声音轻飘飘的，其实脑子里已经炸开了花。

这天，这个日子很特殊。

暧昧的气氛烘到高位，突然一个电话进来，打断两个人的暧昧。

电话是松原打来的。

一接通，女孩便道："颖姐，出事了！有人匿名往很多人手机上发了一张你的裸照，说你脚踩两条船，一边勾引崔成，一边勾引半身不遂、生活不能自理的司简！还说你为了往上爬，甘愿给人当后妈。收到短信的还有公司几位高层领导，这件事已经在群内和网上炸开了，完全失控！"

秦颖立刻把睡裙吊带拉回，盘腿坐在床上，打开微信。

她的微信炸了，微博也炸了。

微信里、工作群里全是秦颖的"裸照"，P图技术十分高超，完全可以以假乱真。

微博上不仅流传着秦颖的"裸照"，还有她前阵子陪伴轮椅司简的照片。

从这些照片，可以看出司简生活无法自理，面部表情和四肢都很僵硬。

网上的消息看得秦颖颤抖，她还想往下看，甚至想一时冲动发微博，手机却被司简夺走。

司简将手机扔到一旁，握住秦颖的手："交给我。"

秦颖对上司简那双沉稳的眼睛，一颗心也跟着静下来。

司简替秦颖分析："应该是田安和崔成。"

"为什么不能是艾佳呢？"秦颖反问。

司简拉着秦颖躺下，将她圈进怀里，贪婪地吮吸着她身上的软香，低声解释："艾佳去了澳大利亚，中国的事情她不会再参与。如今《奇风尚》主编职位空悬，田安死盯着这块肉不肯放，她担心等太久会出现变故，索性放手一搏。"

秦颖的小脑袋抵着司简的胸膛，低声说："那些裸照，假的。"

"我知道。"司简感觉到秦颖的身体在颤抖，轻拍她的肩背安慰道，"不要再去看网上的消息，交给我。作为你的丈夫，我自认有能力替你处理好这些风雨。"

"简狐狸，你打算怎么做？"

"对你怀揣恶意的人，我不会留情。"

司简温柔的眼神忽地一沉，宛如陡然转变的雷暴天气。

也是在这一瞬间，秦颖脑子里闪过曾经的记忆。

破败的城市靶场内。

司简将一把手枪塞到秦颖手里，声音冷酷低沉："拿好它，对你怀有恶意的人，一定不要留情。"

记忆如潮水席卷而来，秦颖想起了很多事。

她想起她与司简，以及那位战地记者展鹏相处的片段。

她也想起这个温柔的男人在战区时为了保护她，化身冷酷修罗。

司简教会她如何用枪自保，也教会她如何保护其他人。

司简杀过极端分子，救过不少人。

司简不吝啬给人温柔，也从不吝啬用狠戾的手段回击。

☽ 第十六章 也还是喜欢你

照片事件引起轰动，秦颖也被公司高层高度关注。《奇风尚》公关团队立刻出面，承诺会调查清楚。

这个节骨眼上，如果选秦颖当主编，必然会让外界觉得有失公允，并让杂志名誉受损。

高层们商议后，决定把选票投给田安。

可一个星期过去，田安始终没有收到集团总部发来的任职报告。《奇风尚》官博倒是给秦颖的"裸照"做出澄清，查出照片系伪造，警方抓到了幕后主使人。

伪造这些照片的不是别人，正是国际知名艺术家，崔成。

警方抓到崔成时，他正和前女友KK在会所里吸毒。

同时，网上还曝光了一段秦颖和崔成的通话录音，包括那句"你陪我一宿，我答应你做专访"。

此事一曝光，网上的舆论开始有了反转，"抵制崔成作品"的话题成了热门。

田安看着互联网上的消息，心也跟着一沉，很快又安慰自己——

伪造秦颖裸照事件，她压根儿就没参与。她只是负责提供残疾人司简和秦颖的照片，继而陈述秦颖要给残疾人司简当老婆的事实。

田安和广大网友态度一样，她不信秦颖对司简会是真爱。

即便从前的司简的确优秀，可他这一刻不过是半身不遂，甚至不能说话的残疾人。

秦颖能喜欢这样的男人？

田安正在浏览网上消息，助理进来叫她："田姐，上面通知，今天集团总部会派遣新的主编过来。经理让我过来叫你去开会。"

"新主编？"田安心里一个"咯噔"，"什么新主编？"

助理说："我也不太清楚，经理是这么说的。"

田安丢下手中的文件，怒气冲冲地推开会议室的门，各个部门的领导包括秦颖都在。

田安的目光扫过秦颖，落在经理脸上，问："张经理，新任主编是怎么回事？大家不是一致投票推荐我当新主编吗？"

张经理是个和蔼可亲的胖子，心平气和地让田安坐下说话："我们一致认为你最合适，也写了推荐信去总部。可集团总部那边觉得你不合适，这才派了新主编过来。"

《奇风尚》的主编必定是行业内出类拔萃的人。

田安皱眉问："所以集团总部派遣来的新主编是谁？"

张经理回答："我们要是知道，就不会叫你过来开会了。"

田安有一种不祥的预感，看向秦颖，冷冰冰地道："秦颖，是你动了手脚？"

秦颖无辜地摊手："我不知道，我什么也没做。新主编既不是你也不是我，那我们以后还是相安无事好好合作吧，不要再敌对了。"

话虽如此，可田安想到这几年的辛苦经营都白费了，怒意更盛。

与此同时，另一边。

《奇风尚》主编之位空悬，司简为了秦颖，接下了这一棒。

司简前往公司任职，顺便包了饺子带给秦颖。

路上，司简的车与面包车发生了追尾。

司简倒没什么大碍，只是送给秦颖的那辆红色超跑却磕出了明显的痕迹。

面包车与超跑相撞，立刻有记者过来深入挖掘新闻。

等记者靠近，发现这位戴墨镜的超跑车主有些眼熟，却一时没想起是谁。

记者采访司简："先生，您的跑车被撞坏有没有特别心疼？"

司简怀里抱着保温盒，心思完全不在跑车上。

他的目光扫过记者，满脸焦灼。

交警抵达事故现场，司简立刻上前和交警以及面包车司机沟通，表示不追究，私了，不需要赔偿。

面包车司机都快哭了："大哥，您真是个好人啊！"

交警见司简神色有异，疑惑地道："你是这辆跑车的车主吗？身份证和驾照给我看看。"

司简取出证件，交警扫了一眼他的证件信息，惊讶得眉头都皱成一团。

司简以为交警误以为他是盗车贼，忙解释道："同志，我赶着给老婆送一口热饺子，这事我不追究了，也不差这个钱。"

一旁录像采访的记者见缝插针问："这位先生，您的跑车撞坏了不心疼，却心疼给媳妇儿送的热饺子？"

司简瞥了一眼记者，伸手去挡镜头："跟你有关系？"

交警登记完司简的信息，双手递还证件。

临走时，交警对司简说："司简先生，我很喜欢您的视频，祝您以后开车平安。"

记者："嗯？"

司简？这是司简？！

司简不是半身不遂吗？！他不是在和秦颖传绯闻吗？怎么就有老婆了？！

自己这是什么狗屎运？！出来找个社会新闻，居然遇见了这种话题人物！

司简抵达杂志社，盒饭里的饺子还温热。

他在公司茶水间挑了一个白瓷盘盛放饺子，又单独调了小碟蘸料。

茶水间里，三两休息的员工一边喝咖啡，一边讨论秦颖的八卦。

"颖姐这事是有人栽赃陷害吧？我真不信她是那种人。她也不缺钱，干吗挑一个那种半身不遂的男人，还给人当后妈？"

编辑部与运营部向来水火不容。

听见编辑部的吹秦颖，运营部的讽刺道："得了吧，无风不起浪。谁不知道司简昏迷了五年？她能对一个植物人产生爱情？"

立刻有人迎合："司柏嘉可不是什么傻白甜，秦颖想什么她能不清楚？司柏嘉如果真的认了秦颖这个儿媳妇，主编的位子哪儿轮得到田姐？"

运营部三个女孩相视一笑，有个姑娘笑着调侃："你们秦副主编连残疾人的床都敢爬，还有什么龌龊事做不出来的？"

来茶水间冲咖啡的松原听见这话，搁下咖啡杯，一个箭步冲上来。

松原怒道："嘴巴放干净点！"

运营部的女孩被激怒了，立刻就要反击。手刚扬起，却被不知何时来到身后的司简握住。

司简戴着一次性手套，仿佛很嫌弃抓这女孩的手。

他的手劲很大，捏得女孩脸色发白，喉咙里发出痛苦的声音，眼泪也很快飘出。

直到对方失去战斗力，司简才松开手，摘掉墨镜扫了一眼运营部三个姑娘，挑眉道："运营部？"

司简那张脸暴露在所有人面前，大家都一脸茫然。

司承和司简是双胞胎兄弟，两个人五官很像，却在气质上天差地别。

两个人又都是公众人物，旁人能一眼分辨出他们。

松原也一脸惊讶地望着司简，先是哑然，再是不可思议地道："司……司简？您……您……"没残疾啊！

松原上下打量司简。

这个男人不仅没残疾，身体还挺壮硕。她上次见到这个男人时，他还坐在轮椅上不能说话。

所以，一切都是装的吗？

在座的没人不认识司简。

司简将热腾腾的饺子从微波炉里取出，临走前，目光落在运营部那几个姑娘身上，面无表情地道："我这个人小心眼，不太喜欢有人在背后讨论我老婆。"

众人："呃……"

司简的视线又落回松原身上，露出老狐狸式的微笑："下个月涨工资。"

众人："呃……"

等司简端着饺子离开。有人打开微博，点开一条时事新闻说："刚才那个……真的是司简。微博上，司简给老婆送饺子的话题，爆了。"

空气凝滞一瞬，才有人问松原："所以……秦副主编真是司简的妻子？司简并不是残疾人。他好帅啊！讲真，这么帅的小哥哥，当后妈我也愿意，呜呜呜。"

《奇风尚》高层会议已经进行了三个小时。

司简不顾会议正在进行，端着那盘饺子就推门进去，径直在秦颖旁边坐下。

经理正要发火，待看清男人的脸，登时闭嘴，把到喉咙口的话又吞了回去。

田安看见司简走进来，如五雷轰顶。

曾经被这位老板"压榨"的恐惧感再次涌上来，她握笔的手止不住地颤抖。

他……不是残废了吗？怎么会？

办公室里鸦雀无声，目光锁定司简。

司简像是没看见旁人，从餐盘里挑了一个饺子，蘸上酱料，递到秦颖嘴边。怕酱料往下滴，他又拿手接着，也不嫌脏。

秦颖张嘴吃下饺子，香菇肉馅的汤汁在嘴里溢开。

同时，满会议室里都是香菇肉馅的味道。

秦颖咀嚼着食物，口齿不清地问："你怎么来了？"

秦颖的嘴角沾了酱汁，司简随手扯了纸巾给她擦，低声说："工作，顺便给你送饭。"

"哼。"秦颖一脸委屈地看着司简，"所以，你不是专程来给我送饭的吗？哭了。"

司简一脸宠溺地看着秦颖，笑出声："工作的醋你也吃？"

"哼。"

秦颖注意到其他高层都望着他们，立刻端起饺子说："我去外面吃，你们继续开会！"

众人："呃……"

等秦颖离开会议室，司简的表情立马变了，从面带宠溺式微笑，变成面带商业式一丝不苟的假笑。

他整理了着装，声音低沉而有力："大家好，我是《奇风尚》执行总经理兼临时主编，司简。"

他坐下，目光扫过诸位："大家自我介绍一下？"

比起一上来就严厉给下马威的领导，大家更怕这位商业假笑看似温和的老板。

会议室里各位高层依次介绍过去，轮到田安，被司简打断："你不必介绍了。"

田安硬着头皮，笑着跟对方打招呼："恭喜老板康复，我一直记得您的谆谆教诲。有缘又成为您的直系下属，我感到十分荣幸。"

司简慵懒地往椅背上一靠，不耐烦地道："不必跟我套近乎，你去人事部办个离职手续。"

众人闻言一惊。

田安张嘴，哑然半晌，喉头微滚后道："为什么？"

"跟我装无辜？"

田安心虚，眼神闪烁。

田安曾给这位BOSS当过助理，无数次想过放弃，可为了日后的光明前途，她坚持了下来。

田安因为这个男人进入《奇风尚》管理层，也因为这个男人即将被剥夺努力换来的成果。

她不甘。凭什么？

压制多年的惧怕在这一刻化为愤怒，田安拍桌而起，直视司简："凭什么？我对这个公司的贡献，你说抹杀就抹杀？凭什么？"

办公室内静谧无声。

经理给大家递眼色，让大家一起出去。

众人刚起身，司简却轻轻一摆手，说："都坐下。"

大家又僵硬地坐下。

司简修长的手指轻敲桌面，睁大那双狐狸眼，反问："所以，这么多年，公司没给你发工资吗？"

田安被这话问得一愣，哑口无言。

"公司给你支付报酬，你为公司付出，难道不是等价交换，理所当然？"司简勾起嘴角，语气轻松，"凭什么？凭这家公司是我的。"

田安被司简"怼"得失去理智，尖叫道："凭秦颖愿意当你孩子的后妈？凭秦颖愿意爬你的床？"

提及秦颖，司简的手指停止敲击桌面，笑容收敛住了。

他那双狡黠的狐狸眼里充满敌意："再凭你抹黑老板娘，我有足够的理由让你滚蛋！"

田安的眼底全是不屑："司简，你以为秦颖是什么傻白甜？你当了五年植物人，脑子都瓦特了吗？她是真心实意想给你的孩子当后妈吗？不，她只是为了你的地位、你的钱！"

"哦。"司简摸摸鼻尖，感慨道，"原来她图的不仅是我这个人，还图我的钱啊，那我可就放心多了。她对我越有所图，说明她喜欢我的点也就越多。"

田安："你没毛病吧？"

丧心病狂，没救了！

田安拿起包打算离开，走到门口，又听身后的司简轻飘飘地道："哦，忘了告诉你，秦颖是我孩子的亲生母亲，血脉相连哦。"

他把"哦"字尾音拖得略长，有些欠打的意味。

田安梗在胸口的老血顿时喷出去，还没走出公司，她就被等候在外的警察带走了。

司简查出，田安多次利用职务之便与秦颖进行不正当竞争，并多次出卖公司机密文件。

以上条项加在一起，她将会面临法律的制裁。

秦颖还在办公室里吃饺子。

松原拿着手机，风风火火地冲进来："啊啊啊——颖姐！"

这一声吼，成功地让秦颖被噎住。

秦颖咳了一阵："干吗啊？是司简和田安打起来了吗？"

"怎么可能？！司简先生那么绅士，怎么可能打女人呢？是警察把田安带走了！司简太帅了，我听说他在会议室里狂'怼'田安！我还听法务小姐姐八卦说，田安怎么着也会判一年！"

"哦……"秦颖把最后一个饺子吞咽下腹，感慨道，"这个男人真够狠的，人家好歹给他当了那么久助理。"

松原凑到秦颖跟前，又把手机递给她："还有，刚才司简的微博发了一段视频。原来颖姐你和司简是在×国认识的啊，你们一起被困×国，一起逃亡，你还为他生下一个小孩。呜呜呜——这是什么生死恋情。"

秦颖："呃……"

她打开微博，发现热门微博有两条。

"司简跑车被撞，却不要赔偿，只想给媳妇送口热饭"。

"司简秦颖神仙恋情"。

第一条微博下，评论——

网友1："啊啊啊——这是司简啊！奇迹出现了！司简恢复了！"

网友2："我不是在做梦吧？这真的不是司承吗？我哥哥又可以背包走天下了吗？"

网友3："哥哥好厉害，哥哥和秦颖这么甜吗？不过哥哥一定要考察清楚秦颖哦，她可能是图你的钱。"

网友4："质疑秦颖图司简钱的朋友们，拜托你们去看司简刚才的微博！司简和秦颖在×国认识，两个人在战区共同经历了生死。以为是小白花上位史，没想到是一出势均力敌的生死绝恋！我哭了！这是什么神仙恋情？！"

网友5："看完视频的我被虐到了。狗死的时候，没有一对情侣是无辜的，呜呜呜。"

网友6："都去向秦颖道歉吧，跪着道歉！看以后谁还敢再黑秦颖！"

网友7："道歉，统统给我秦颖道歉！我先来！扑通一声跪地道歉。"

视频是司简昨晚录的，定时发布。

视频里，司简抱着小凡，平静地叙述关于和秦颖共同经历生死的经历。

小凡全程都很配合，乖巧懂事地对着镜头说："不要再说我妈妈是我的后妈了哦，我的妈妈是亲妈妈！"

司简在视频里叙述的×国战场片段令人动容。

网友1："生活在中国，以为战争离我们很远，我为生在中国而感到自豪！"

网友2："这是什么生死绝恋啊，还好、还好，你们一家人团聚了。失散多年，太好哭了吧？！"

网友3："希望秦颖早点想起你们从前的事，好感动啊，这是什么神仙爱情！"

网友4："感谢祖国繁荣昌盛，感谢祖国妈妈用强壮的臂膀保护着我们。"

互联网风波总算过去了。

秦颖和司简公开关系后，司简的宠妻形象，在网友心里根深蒂固。

同时，秦颖也开始接受正面治疗，打算找回丢失的记忆。

寒风凛冽，白雪覆盖了窗外的世界。

"砰"的一声，窗户被风吹得猛地一拍。

秦颖正在熟睡，这一声宛如惊雷，在她颅内炸开，她登时从梦中惊醒，小腿抽筋，难以伸直。

司简摁开床头灯，立刻握住秦颖的小腿。

司简一边给秦颖拉伸，一边询问："小东西，梦见什么了？"

女孩全身汗湿，喘息急促。

梦里的一幕幕变成连贯清晰的画面，将秦颖的脑仁挤成一坨糨糊。

司简给秦颖倒了杯水，又取了湿巾给她擦脸，安慰道："都过去了。"

秦颖扑进司简怀里，双手紧攥他的腰身，泣不成声："是，都过去了。可展鹏的生命，永远定格在了那一天。"

秦颖从床头柜里取出一张照片。

背景是×国，城市高楼被轰炸得七七八八，一片颓败。照片上站着两个穿迷彩服的年轻人，是秦颖和展鹏。

秦颖身高不足一米六，被照片上憨厚微胖的男人衬得娇小可人。

她一头短发，皮肤被晒得黝黑，眉眼却清亮。男士一身迷彩外套打扮，手掌缠着发黑的布条，手提一把步枪。

当年，秦颖和司简在×国走散，她与展鹏一路逃，被困数月。

那会儿秦颖已有身孕，全靠展鹏无微不至地照顾。

展鹏借来一辆防弹车，本可以载着她去往中国大使馆。没想到发生了意外，车上装有炸弹。

当时秦颖在离车很远的地方打电话。

展鹏降下车窗，指间夹着烟，胳膊随意搭在车窗上，望着她的方向安静地等着。

抽完一支烟，展鹏见时间不多了，冲她吹了声口哨，同时挥手催促："小颖，快点！"

秦颖还没来得及挂断电话，汽车爆炸了。

彼时，热浪灼面，碎屑飞溅，贴着秦颖的面颊擦过去。

秦颖的双耳被震出嗡嗡声，声嘶力竭地想往火海里冲。

她的喉咙仿佛被撕裂，双耳仿佛被震聋，紧跟着，眼前一黑，她晕了过去。

从记忆回到现实，秦颖泪流满面。

秦颖捂着脸，啜泣道："我目睹展鹏的车在我面前爆炸。因为这个，我受了很大刺激，险些连孩子一起丧命。好在我足够幸运，遇到了无国界医生。"

"后来呢？"

司简不敢想象，秦颖在有身孕的情况下目睹朋友离世，是何等绝望。

秦颖轻舒一口气："后来，当地埃博拉病毒扩散，我也因为要生小凡，哪儿也去不了。小凡出生以后，有车来接医生去中国大使馆。医生手上有疫苗，半路遭到伏击。我们的车跟在后面，也受到牵连，之后的场面就太混乱了。我中了枪，没法挪动，情急之下，让同车的人带走了小凡。"

讲到这里，秦颖的声音已趋于平稳。

"之后小凡被送去了大使馆，再送回中国，因为没人认领被送去了孤儿院。我没想到自己会逃过一劫。

"我的伤势太重了，在半死不活的情况下跟季二叔通了电话，交代遗言。我也没想到季二叔的头那么铁，直抵×国，将我接回家。"

秦颖长吁一口气，感慨一切都像一场梦。

如果没有季家人，秦颖早就没命了。

司简抱紧秦颖，下巴在她的头顶轻轻蹭着："小东西，以后我会成为你最亲的人，我会保护你。"

"简狐狸。"秦颖埋头在司简怀里，声音发闷，"我不奢求和你有什么轰轰烈烈、至死不渝的爱情，我也不需要被你宠成小娇妻。我只希望我们能好好活着，平安地过完剩下的数十年。"

"嗯。"司简顿了一下，低声说，"至死不渝，我不要；海枯石烂，我也不要。我只要我的小东西，健康地活着。"

秦颖双臂环住司简的腰身，收紧，重复他的话："海枯石烂至死不渝我通通不要，我只要和你好好生活，珍惜当下。"

一个月后。

《奇风尚》的主编换成秦颖，导致她几乎没有时间陪家里的小宝贝。

好在小凡工作日忙着上学，周末也有奶奶陪伴。

司简开始全身心地准备婚礼。

他没有选择传统婚纱，打算做一件中式婚服，从设计、染布到打版，全由他独自完成。

为了绣样完美，司简特地让李荣旻将李氏旗袍工作室的绣娘请过来，教他蜀绣。

留的时间不够充沛，所以司简设计的绣样尽量简单。

李荣旻调侃司简："你这又是何必呢？一件婚服而已，你一句话，我让最好的绣娘替你绣绝世无双的纹样。"

司简答道："我想给她的，是只有我能给的，唯一。"

被塞一嘴"狗粮"的李荣旻："行吧，当我没说。"

司简和秦颖在微博公开后，两个人的热度久居不下。

狗仔拍到两个人一同送儿子上学，都能在热搜挂好几天。

各种综艺节目更是频繁地抛来橄榄枝，秦颖全都拒绝。

一晃又到了年底。

《奇风尚》开年刊，需要定主题，定封面人物。她筛选了当下热门人物后，定下了"共患难"情侣档主题。

秦颖挑选了三对情侣：侯度、陈怡，李亮、唐娇，司简、秦颖。

专栏故事，秦颖打算亲自主笔。

新一期时尚大片的取景地位于一处沙漠。

当地十二月气候寒冷，早晚温度低得能冻掉人的耳朵。

中午则烈日当头，热得人汗流浃背。

拍摄团队在沙漠里扎了帐篷，明天一早太阳升起前得开工。

为了让团队成员有良好的工作状态，司简打算赶在入夜前带助理去附近村庄买只羊，在沙漠里烤羊犒劳大家。

秦颖安顿好团队的伙伴，便叫住司简："我跟你去。"

从这里去附近村庄，得开车半小时。

辛苦了一天，司简不舍得让秦颖再操劳，伸手拍了一下她的后脑勺："你好好休息，等羊回来了我叫你。"

秦颖看了一眼司简身后的助理，说："小张跟着你折腾了一天，也没在车上休息，白天我好歹也休息了一会儿，精力充沛，我跟你去。"

秦颖转而又看向司简的助理："小张，你去休息，或者帮松原安顿一下大家，我陪你们 BOSS 买东西。"

小张瑟缩地看了一眼司简。

司简笑出声："去休息吧。"

等夫妻俩离开营地，众人朝小张围过来八卦："给司简当助理是不是特别可怕？"

小张："还行，没外界传得那么恐怖。至少有老板娘在的情况下，我们 BOSS 都很正常。"

松原问："那没有颖姐在的情况下呢？"

"呵呵。"小张欲哭无泪，"习惯就好。"

傍晚时分，干磨村集市人流量正大。

干磨村的交易市场很出名。

司简把越野车开进干磨村，购完羊往外走，到村口时居然堵车。

可供汽车出村的路只有这一条。

堵了大概十分钟，秦颖下车去看前面的情况。

就在两人往回走时，她突然接到助理的电话："颖姐，不好了！"

"怎么了？"秦颖皱紧了眉头。

松原道："唐娇突然昏倒，出现了不明症状的抽搐！现在我们正在赶往团部医院，你们也赶紧过来一趟！"

"好！"挂断电话，秦颖心一紧。

外出拍摄最害怕遇到的事，居然被她遇上了！

秦颖立刻对司简说："去医院，唐娇出事了。"

司简疑惑道："怎么了？"

刚才离开时还好好的，怎么会突然出事？

秦颖也不清楚状况，只道："意外来的时候，谁也不会通知，否则它也就不叫意外了。"

一行人到了医院，医生也查不出唐娇是什么情况。

拍摄被迫中断，秦颖和司简连夜送昏迷不醒的唐娇转去市医院。

本以为到了市里，他们就能折回给其他嘉宾先拍摄照片，没想到医生诊断出唐娇是感染了不明传染病。

当地防疫部门立刻把团队所有人隔离在酒店。

这次拍摄出现这么大的事故，秦颖有些扛不住，且不算其中损失，单说唐娇如果醒不来，那他们团队将面临什么样的舆论？

团队所有成员被隔离在酒店里，大家也都有些郁闷。

到了第三天，秦颖也开始发高烧，并且突然晕倒。

这让医生们越发肯定，她很可能感染不明传染病。

秦颖被送进医院，当天晚上醒来后，她看见病床边戴着口罩的司简。

男人见她醒来，要俯下身来亲她。

她却及时伸手，撑在男人的胸口处，让他无法靠近，说："别。离我远点。医生说了，可能是传染病。你进来干什么？如果你也出了事，小凡怎么办？"

守了她一天的司简红着双眼，声音微颤："小东西，小凡身边有很多爱他的家人。这种时候，你只有我。我无法忍受再丢下你，让你再一次孤独地承受绝望。"

秦颖躺在床上浑身无力，心却像塌了一块，眼泪止不住地往下流。

她开始惧怕死亡，害怕再次和爱人分离。

在×国待产的那一年，无数个午夜梦醒，她都想钻进那个富有安全感的怀抱。

可她每次翻身，都扑了个空。

濒临死亡时，孩子和爱人都不在身边，绝望令她如坠地狱。

她哽咽道："简狐狸……"

司简亲了一下她的嘴角："我们给家里回个电话，报平安。"

"嗯。"

当家人得知秦颖疑似感染不明传染病，心情复杂。

小凡沉默半晌，才对镜头里的司简说："爸爸，你要好好照顾妈妈，你不要担心小凡，小凡会很乖很乖的。我会学着独立，学着做个大人。妈妈一个人在很乱的国家生下我，一定特别害怕。所以这一次，爸爸千万不要再丢下妈妈一个人哦。"

司简心情复杂，点头道："好，爸爸答应你。"

大概是未知的压力，导致秦颖失眠了，她就这么睁眼到凌晨三点。

司简见她没睡，也守着她，跟她说说话，帮她数羊。

秦颖把手从被窝里伸出来，钩住了他的手指，低声说："简狐狸，等回了家，我们就办婚礼好吗？"

"好。"

男人顺势与她十指紧扣。

秦颖又说："我不介意你穿着半成品婚服，不完美，有坎坷，才能记一辈子。"

"嗯。"

司简又想俯身过去亲她，秦颖却伸手挡住自己的嘴："不许亲，不能传染给你。"

他揉了揉她的耳垂，低声说："小东西，你睡一会儿，我守着你。"

"嗯。"

凌晨三点半。

李亮发布微博："娇娇，很遗憾，没能见到我们的小宝宝。你这一生太辛苦，希望你来生快乐。我爱你。"

这条微博让网友集体蒙圈——

"唐娇怀孕了？"

"不是……唐娇难道……没了？！"

同时，秦颖和司简也收到医护人员的消息："秦小姐，睡了吗？我来通知你一下，你没有感染传染病。检查结果显示，你是劳累过度导致免疫力低下，病毒性感冒发烧导致晕厥。放心吧，小问题。"

秦颖松了一口气，立刻问："那，唐娇呢？她怎么样？"

护士一愣，然后说："她和你情况不同。她得了一种罕见病，加上长期的心理抑郁，身体免疫力差，没挺过来。十分钟之前，人没了。说实话，我以前挺不喜欢她的，现在觉得她也不容易。都怀孕几个月了，人说没就没了。李亮现在也挺崩溃的，蹲在那里号啕大哭，像个孩子。"

这个突如其来的消息，让秦颖和司简同时愣住。

太突然了。

谁能想到前几天还好好的一个人，突然说没就没了。

之后几个小时，秦颖彻底没了瞌睡，可是脑袋昏昏沉沉的，为了身体她不得不睡。

司简在病床前打了地铺，为了方便她半夜叫醒他，他在彼此的手腕上系了一根红绳。

关掉灯后，黑暗中只余两道微弱的呼吸声。

秦颖脑子里思绪万千，乱如麻团。

她扯了扯手腕上的红线，叫他："唱首歌，哄我睡好不好？"

感应到手腕上传来的细微动静，他勾着嘴角："好。"

他唱的是那首他在镜中给她唱过的摇篮曲，一首意大利语歌谣。

他的歌声有一种抚慰人心的魔力。

她做了一个梦。

梦里春暖花开，天际挂着彩虹。

一袭白裙的唐娇坐在彩虹桥上，冲他们挥手。

梦醒后，秦颖心头像被石块砸了一下。

她跟唐娇的关系并不好，甚至有过矛盾。

那个与她在节目里发生争执的偏激的唐娇，还鲜活地存于她的记忆中。

秦颖一想到这样的人说没就没，就难以接受。一如当年，展鹏的车在她面前爆炸。

她无数次见证死亡，也无数次排斥接受死亡。

凌晨四点，病房里只有仪器发出微弱光芒，嘀嘀地响。

司简感觉到她醒了，低声叫她："小东西？"

"嗯？"她回得很快，带着浓重的鼻音，明显哭过。

"不要胡思乱想。"司简也盯着天花板，拽紧了系在手腕上的红线，让她感受到一丝力量。

"嗯。"

司简的声音低又温柔："不要操心逝去的人，你起伏的情绪，你的失眠，都会增加免疫系统的负荷。你只有一条命，我也一样，人无来世，我们得惜命。"

她哑然了一阵，才说："我知道了。"

黑暗里，又传来他的声音："宝贝，我爱你。"

秦颖翻了个身，望着地上睡觉的男人："简狐狸，我也很爱你。"

一周后，秦颖出院，重新带着陈怡和侯度拍摄照片。

她打算用另外一种特别的方式，将李亮和唐娇夫妇的感情写进《奇风尚》的开年刊里。

秦颖花了一周的时间采集素材，拍了几组情侣照，并连日赶制稿件，把开年首刊做了出来。

《奇风尚》官宣了新年首刊的时尚大片，时尚杂志当然不能缺乏"时尚"。

让网友惊诧的是，杂志首封居然有唐娇！

首封上一共六个人，黑色幕布为背景，脚下地毯也是黑色的。地上站着五个人，唐娇独自坐在空中的彩虹桥上。

秦颖穿着D&M早春的红裙，手捧一束野花蹲在地上。

司简站在一旁看她，满眼都是她。他穿着D&M的户外休闲系列，军绿色体恤扎进迷彩裤，裤脚收入军靴，满脸胡楂，铁骨铮铮。

这个镜头，主要寓意是两人在×国共同经历战争。

陈怡穿着DIC的鹅黄色连衣短裙，蓬松的长发披散下来，难得一见的温柔，戴着义肢的那条腿，脚上鞋带松开。

穿DIC休闲装的侯度蹲下身，替她将鞋带绑在了义肢的脚踝上，调皮地打了一个蝴蝶结。

这个镜头，主要突出陈怡的义肢，以此表现他们姐弟恋的恩爱。

李亮穿着黑色西装，手里举着一束星星花。

他望着天上，嘴角勾勒出温柔的弧度。

黑色的夜空，有一座彩虹桥。

一袭白裙的唐娇坐在彩虹桥上，垂眼望着下面。

风吹动唐娇的纱裙和长发，周身闪烁着微弱的星光，将她脸上的笑容映衬得极致美丽。

她很美，像天上的星星。

这张照片彻底将唐娇的泼妇形象从网友脑海中抹去。

他们想起了唐娇刚出道时的作品——《月仙》。

唐娇在《月仙》里扮演清冷的月宫仙子，因耐不住寂寞下凡，与凡人相爱。月仙从银月奔下，月辉映着一袭飞扬白衣，倾城绝世。

这画面一度成为网上"古风美人"的热门剪辑素材。

《奇风尚》的这组时尚大片让网友直呼意境绝美，完全体现出"共患难"情侣档主题。

秦颖在《奇风尚》这几年，创造了一个又一个奇迹，不乏运气，但大多靠的是实力。

譬如这次新刊，她为了配合唐娇这张"遗照"，特地设计了这个构图。

这张照片并不是唐娇为《奇风尚》拍摄的，而是给自家服装拍摄的宣传照。

秦颖从李亮手上要了这张照片，通过后期，跟其他人合成了一张完整的封面图。

唐娇生前一直希望自己的品牌可以登上《奇风尚》，如今愿望达成，人却不在。

新刊的专栏，主要讲述了三对情侣共患难的爱情故事。

秦颖和司简篇，稍稍带了一些当年在×国的片段。

李亮和唐娇篇的故事最让人动容，他用日记的形式给天国的妻子写了一封信，感动网友。

陈怡和侯度篇，故事一经发布，转黑的网友又相继转粉，破天荒地与曾经和解，开始无条件地支持这一对。

就在杂志发刊的第二个月，秦颖和司简领了结婚证。

秦颖从小在季家长大，婚房也已经装修好，她打算把小时候的东西全搬回A市的住宅。

司简和司承去后院帮季二叔挖地种菜，秦颖、季檬、小凡则一起前往仓库整理东西。

两姐妹有一搭没一搭地聊小时候的事。

小凡从一个木柜里找到一个不大不小的箱子。他将箱子拽出来，一口气吹散覆盖在上面的灰尘，打开，里面躺着一件红色婚裙，做工一言难尽。

小凡把裙子拿到妈妈跟前，一脸嫌弃："妈妈，你小时候穿的裙裙这么丑吗？以后小凡给你做漂亮衣服好了。我的仙女妈妈怎么可以穿这么丑的小裙裙？不可以，我要让仙女妈妈穿世界上最好看的裙裙！"

红裙被烧了一半，另一半保留下来。

季檬哑然地看向秦颖："颖宝。这……这不是你当年回国穿的那条裙子吗？这难道就是你说的……大哥手工给你做的那条婚服？"

秦颖看见旧物，只觉喉头发烫，眼泪如积水，在眼眶里打转。

她从儿子手里取过红裙，展开，松了口气。

还好，还好。

绣字的部分没有被烧掉。这些绣字，是司简写给秦颖的"情书"，绣在内衬里。

歪歪扭扭，工艺欠佳。

可秦颖一想到这绣工出自铮铮铁骨的司简，顿时又觉得好可爱。

小凡一听是爸爸手工做的，立刻改口："刚才没看清，看清之后觉得这条小裙裙还是挺好看的。我爸爸手真巧，能做出这么好看的小裙裙！"

季檬拍了一下小孩的脑袋："你这小子，怎么前后两副面孔呢？"

当初季二叔想烧掉秦颖从×国带回的一切东西，这条裙子才烧到一半，就被奶奶灭了火。

衣服上有歪歪扭扭的手工绣字，奶奶觉得可能是暗恋颖宝贝的男孩子送的，便及时灭火收了起来。

奶奶收的时候也没想到，这玩意儿有一天还能被翻出来。

司简和秦颖的婚礼引人关注。

婚礼现场是很传统的中式风格，喜庆却不厚重。秦颖穿的是中式风格的婚服，没有多绝妙的手工，但布料和染色均属上乘。

婚服的绣样不复杂，却很完整精妙。裙摆上是司简手工缝上去的钻石，上百颗，都是纯天然的整颗黄钻。

被婚礼现场的灯光一照，宛如萤火，又像星光。

婚礼的当天中午，秦颖在休息时发了一条微博。

秦颖："以为简狐狸送我的第一封情书已经被家人烧毁，没想到在仓库里找到了。我们经历了很多，以后要珍惜我哟。简狐狸，我爱你。"

文字后面附带了九张图片，排列成九宫格。

第一张，第二张、第三张、第四张图片，是司简昏迷不醒时，秦颖拿口红，在他枯瘦的脸上乱画的照片。

烈焰红唇、眉心一点朱砂痣、猪鼻子、鸭子嘴，每一张都很滑稽。

第五张，是结婚证。

第六张，是司简送秦颖的手镯和婚戒。

第七张，是一张油画。

小图看，会让人误以为那是星空，点开后会发现是丛林的萤火。微弱荧光下，一个红裙女孩翩翩起舞，不远处坐着一个欣赏萤火及红衣女郎起舞的男人。

第八张，是秦颖的婚服照。

第九张，是烧毁一半的红裙和红裙内衬里歪歪扭扭的绣字。

"等星光溺入海，蓝鲸遇银河，煎水成冰，也还是喜欢你。"

这条微博一发出来，底下的留言内容出奇一致。

网友 1："雪山崩塌的时候，没有一片雪花是无辜的。狗死的时候，没有一对情侣是无辜的！"

网友 2："等一下。司简也有这么纯情的时候？矫情文艺情话笑死我了，哈哈哈！"

不到一分钟，司简转发："黑历史曝光。人总会变，谁都会有年轻时。我与从前最大的区别是，从前喜欢她，现在我爱她。"

☾ 番外 01　粗糙的红裙

二月二十五日，司简坐上了前往 × 国的航班。他打算做一期 × 国旅游的视频，给嗷嗷待哺的粉丝发个福利。

依一贯的旅行作风，司简让助理田安订了经济舱。坐在他旁边的是一个刚毕业不久的稚嫩小姑娘。

巴掌大的小圆脸，短发，小小的一只，很可爱。

这趟航班人不多，客舱内很安静。

等待起飞的过程中，秦颖点开了季二叔的微信。这位长辈喋喋不休："小颖，下了飞机记得报平安。看见你表姐，再报一个平安。路上别相信任何人，看好自己的包。"

"知道了，二叔。"

十几年前，季二叔的工厂发生火灾，夺去数十人的生命。遇难者中就有秦颖的父母，以及季檬的父母。

秦颖被季家人养大，季家人也拿她当亲闺女。

秦颖刚毕业，是在大学时就已经很出名的自由撰稿人。这次她去 × 国采风，顺便去看望一下在 × 国当医生的表姐刘素。

飞机起飞。

秦颖注意到在身边睡觉的男人。

男人一身户外徒步的休闲打扮，军旅风 T 恤扎进迷彩裤里，脚上一双质感偏硬的黑靴，完全看不出这个人是商界精英，倒像是一个退伍军人。

男人紧闭双目，侧脸优秀，小麦色皮肤，嘴边留了一些利索的胡楂。

真帅！

秦颖从背包里取出相机偷拍一张，正对自己的拍照技术扬扬自得，紧闭双目的男人却开了口："拍完了吗？"

司简慵懒的声音里带着一丝磁性。

秦颖吓得手一抖。

呜。偷拍帅哥被抓包，这也太尴尬了吧？

司简睁开眼，坐直身体去看小姑娘，凑近了几乎能看见她耳朵上的红血丝。

见小姑娘一副被吓坏的样子，司简笑道："想要签名还是合照？"

秦颖不太明白。

这位哥，你是什么明星吗？我为什么要跟你合照？

这个男人分明在笑，可秦颖从对方的笑容里解析出了不屑和各种不耐烦。

秦颖当着司简的面删了照片，说："抱歉，刚才是我唐突了，不该偷拍你。"

"没关系。美的东西，大家都喜欢。"

司简明明在笑，却让秦颖感觉到一丝压迫。

这趟行程共十三个小时。

晚上吃过饭，司简大概是无聊，跟秦颖搭话："你叫什么名字？"

"秦颖。"

"看着不大。学生？旅游？"

"二十一岁，刚毕业。算是……旅游吧。"

"你真的不认识我？"

司简兼职做些旅游视频，粉丝大多是小姑娘。

秦颖觉得这个人有些莫名其妙，反问："请问你是什么十八线明星吗？"

之后秦颖便戴上耳机开始睡觉，没再搭理司简。

航班抵达 × 国是凌晨一点。

秦颖打电话给表姐刘素，对方的电话却处于关机状态。

她人生地不熟，语言又不通，在航站楼外看谁都像坏人。

凌晨一点半。

航站楼外几乎没什么人了，刘素的电话依然没打通。

一辆乔治巴顿越野车停在秦颖面前，朝她打了几下闪光灯。车内的司简摇下车窗，问她："小姑娘，去哪儿？我送你。"

是司简。

秦颖想了一下，才说："M-20医院。我姐姐的电话打不通，先生，你可以送我一程吗？我付你两倍车费。"

×国并不发达，中国女孩凌晨打出租车被坑都是小事，最怕遇到司机抢劫。

"不怕我是坏人吗？"

"可以拿你的护照给我拍个照吗？我发给家里人。"秦颖顿了一下，又说，"不勉强。"

司简把护照递给秦颖，胳膊搭在车窗上，懒洋洋地道："你运气好，我正好要经过医院。"

司简顺手一指架在车上的摄影机，说："我是一名旅行博主，做VLOG赚钱，遇到中国同胞，能帮则帮。我不收你报酬，只要你同意出镜就行。"

"啊？"

"你上微博，搜索'旅者司简'。"

秦颖照做，上微博搜了一下，果然有这个人，而且粉丝数量不少。

有些视频秦颖似乎还在微博首页上看到过，只是她没把司简的脸记住。

司简本人比视频里帅多了。

上车后，秦颖发现司简腰间别了一个黑色囊袋，似乎装着什么厚重的东西，一身打扮帅气又干练。

司简发动汽车，很快便驶上回城的高速公路。

抵达M-20医院，司简将车停在门口，放秦颖下车后，又问她："你确定你姐姐在里面？"

"嗯，确定。"秦颖点头，十分确定地道，"她可能有手术，所以才没来接我。"

司简取了相机，同秦颖一起下车："我送你进去。如果你这位姐姐不在，也好送你去酒店。"

秦颖特别不好意思，连忙摆手拒绝："不用，真的不用。司先生，今晚已经很麻烦你了。"

司简扫了一眼医院四周，确定将车停在路边没问题后，才转头对秦颖说："不用客气。我帮你就当为了取旅行素材，走吧。"

"嗯。"秦颖点点头，跟这个男人已经没了刚才的隔阂，"改天我请你吃饭。"

"我图的是这顿饭？"司简笑道，"走吧。"

医院很冷清，在前台登记过护照信息后，两个人就去了2栋6层的手术室。

从电梯出来，司简隐隐觉得不安，总觉得哪里不对劲。

市里最大的医院，手术室竟这么安静？

司简走在前面，到拐角时，突然退回来。

秦颖一头撞进司简的怀中，差点叫出声，口鼻却被男人给捂住。

她瞪大眼睛望着司简，不知道前面发生了什么。

司简的眉头皱得很紧，几乎没有丝毫犹豫，将摄像机丢在垃圾桶上，从腰间囊袋里抽出一把军刀，一只手攥利刃，一只手攥紧秦颖的手腕，拉着她就往回走。

秦颖看见司简丢掉的摄像机，心登时一沉。

他看见了什么，居然会丢掉自己吃饭的家伙，还掏出了军刀！

他们快步进入电梯，拐角处出来两个拿着枪留着络腮胡子的×国人。

对方甚至没有开口询问，便朝他们射击。

司简反应迅速，拽着秦颖躲进电梯里。

电梯门迅速合上，到一层，司简拉着秦颖就往外跑，医院大门却已被关上，他们被困住了。

司简直接拉着秦颖藏进一楼的垃圾桶里，并用厚重的医院垃圾盖住头，一股子腐臭味令人作呕。

刚才那两下震耳欲聋的枪声让秦颖脑子发蒙，她用手捂着口鼻，尽量不让自己呼吸。

外面传来"砰砰"的枪声。

有人用×国语交流。

"人呢？"

"那边找找！"

"去拿前台登记册，看看身份。"

秦颖在国内长大，对枪的概念仅限于电视剧中。这种恐怖袭击，她也只在电视上看见过。

垃圾桶里，只剩两个人的心跳声和微弱的呼吸声。

凌晨两点，司简才带着秦颖从垃圾桶里逃出来。他一言不发，只紧紧地攥着她的手腕，带她离开大厅，绕至医院后院。

经过一楼医生办公室时，他们通过落地窗看见了里面的情况。

里面是被绑架的中国人，数过去有十个人，由两个×国恐怖分子看守。

其中就有秦颖的表姐刘素。

秦颖的喉头一滚，想说话，却被司简迅速捂住嘴，司简带着她从医院狗洞爬了出去。

他们摸索到正门，打算开车时被发现。汽车还没启动，就"砰砰砰"挨了几颗子弹。好在乔治巴顿够结实，子弹被防弹玻璃挡住了。

司简将车开出城，靠路边停下后打了一个电话报警。

电话还没接通，城中便传来震天的轰隆声，一大束蘑菇火光冲向天际，照亮半片夜空。

秦颖趴在车窗上，望着城中的方向，心几乎提到了嗓子眼。

司简看了一眼时事新闻，对秦颖说："M-20医院被恐怖袭击，同时，×国反叛军发动政变。我们这趟摊上事了。"

秦颖不敢相信："什么？战乱？恐怖袭击？"

这不是电视里才能看到的事吗？

"怎么？你觉得刚才是在拍戏？城里爆炸是特效？"司简屈指在秦颖的额头上敲了一下。

秦颖捂着脑门，后知后觉道："我表姐还在医院！"

"刚才那十个中国人里的一个？"司简一边翻手机，一边宽慰她，"你放心，无论是反叛军还是恐怖分子，都不敢轻易动中国人。他们应该是打算利用这些人敲诈一笔，事已至此，我们还是先管好自己。"

他见秦颖脸色发白，手指颤抖，知道她吓得不轻。

司简服过兵役，又常年行走于各个国家，接受度比小姑娘高很多。

他说："我国应该会很快安排撤侨，我们先去机场好了。"

"嗯。"

秦颖重重地点头，目前也只能这样了。

城市通往机场的高速公路被炸，多处信号塔被炸毁，很多地方手机没有信号。

司简只能绕路前往机场，原本四个小时就能抵达机场的，因为绕路走了整整三天。

秦颖在车内睡到下午三点，司简将车靠路边停下休息，又买了点食物和水。

路边商店里正播报城内相关新闻，事态十分严重。

×国发生内战，同时，恐怖分子绑架了十二名中国人，从×国官方公布的消息来看，居然包含了秦颖和司简。

秦颖的心情很复杂，吓得眼圈发红。

司简打开一瓶矿泉水，拍了拍秦颖的肩，递给她："先喝水。"

秦颖接过水，点头，强压着恐惧，将水吞进腹中。

他们上车后又走了一段路，才终于有了信号。

季二叔打电话给秦颖，非常着急："小颖，你现在什么话也别说，听我说。刘素的事交给国家，你不要留在那里，赶紧回国。你现在把手机给你的同伴，我有话跟他说。"

秦颖将手机递给司简："我叔叔，他想跟你说话。"

司简接过手机"喂"了一声。

季二叔道："先生，我们家小颖就拜托你照顾了。我个人承诺，如果你能平安地带她回来，我会给你一百万元酬金。"

"条件不错。"司简眉眼一弯，笑道，"保证完成任务。"

季二叔松了一口气："那就拜托你照顾她了。给你添麻烦了真是不好意思，回国后我一定重金酬谢。"

战事吃紧，两个人走了整整三天才发现，另一条路也被炸毁了。

这是成心不让他们回家吗？

司简和秦颖联系中国大使馆，那边让他们留在原地等待，大使馆会派人去接。

可在第一天早上，他们遇到了轰炸，不得已又开车挪地方，错过了大使馆的人。

那一阵轰炸让秦颖的脑子里一片空白，吓得她思维混乱，止不住地颤抖，眼泪鼻涕糊了一脸。

等司简把车开到安全地带，秦颖才"呜呜"地说："司简，你能先下车吗？

我想换条裤子。"

她被吓尿了。

司简把车靠路边停下，下车前还扯了纸巾给秦颖擦脸。

姑娘的鼻涕眼泪泪糊了司简一手。

司简蹙眉，十分嫌弃，又忍不住安慰秦颖："别怕，即使是为了一百万元，我也不会让你死。"

司简背靠车门等待秦颖换裤子，同时查了一下到大使馆的路线。

他们原定的路线被打乱，再绕着走到大使馆得要七天。

×国内乱，沿途城市都好不到哪儿去。

他们开车重新上路，司简想办法搞来两把手枪，递给秦颖一把，让她防身。

他将一把手枪塞到秦颖手里，声音冷酷低沉："拿好它，对你怀有恶意的人，一定不要留情。"

他们经过一处废弃的靶场，司简把车靠边停下，教秦颖用枪。

秦颖一摸手枪便浑身发抖，担心这玩意儿走火。

司简握住她颤抖的手，低声安慰："这是你防身的武器，不用怕，关键时刻能救你的命。"

"怎……怎么用？"

司简给秦颖示范了一遍，问："看清楚了吗？"

"嗯……"

秦颖依然笨拙，不知道该怎么抬手射击。

司简十分有耐心，站到秦颖身后，由她身后握住她的双手，帮她调整姿势。

身后的司简用自己温柔的力量帮秦颖控制颤抖的双臂，他的胸膛紧贴她的后背，强壮的身躯几乎将她包裹。

他弯下腰，贴着秦颖的耳朵说："我不能时时刻刻保护你，关键时刻需要你用它来自保。小颖，不要怕，扣动扳机。"

"砰"的一声，子弹破空而出。

秦颖看清楚步骤，默默记下，点头。

两个人一路同行，进旅馆只开了一间房。

秦颖怕晚上会出状况，睡觉时紧挨着司简，不敢离开他半步。

这种时候，秦颖能靠的，也只有这个男人了。

司简倒也不排斥，十分能体会秦颖的心情。

一个从没出过国的小姑娘，在异国遭遇战乱，当然害怕了。

这姑娘每到半夜便钻进他的怀里，似在寻求庇护。

司简看着怀里这个蜷成一团的小姑娘，深觉她像一只缩成一团的毛绒宠物。

看久了倒也觉得可爱，他顺手将秦颖搂进怀里，在她做噩梦的时候也会轻拍她的肩背。

第六天，他们遇上同胞拦车。司简将车靠路边停下，让男人上了车。

男人上车后喝了一口水，问他们："你们打算去哪儿？"

"大使馆。"

"去大使馆得经过战区，我建议你们往回走。"

秦颖说："其他路都毁了，想去机场很难。现在这种情况我们也不能在原地等待救援，只剩去大使馆这一条路了。"

"我叫展鹏，是个记者，你们呢？"

秦颖介绍说："他叫司简，我叫秦颖，我们本来是来旅游的，没想到……"

展鹏耸肩道："从国内来×国旅游的，最近两个月尤其多。谁也没想到，内战说来就来。你们运气不太好，来得不是时候。"

司简问展鹏："除了这条路，还有哪条路？"

展鹏："只这一条。"

三个人正说话，后面忽然响起一阵枪声，子弹打在后座玻璃上，发出"砰砰"的响声。

展鹏大惊失色："快开车！"

司简不敢耽搁，立刻发动汽车。

后有贼寇，他们无路可退，被逼驶入战区。

汽车在城内街道上来回绕，才甩掉了后面的危险。

司简沿着街道缓缓开。

秦颖透过车窗看四周的环境，受到极大的震撼。

他们仿佛进了末日鬼城，到处是断壁残垣。夕阳逐渐坠下天际，浓郁的霞光将厚重的灰云染得血红。

风从外面灌进来，空气里弥漫着火药和血腥混合的味道。

没有一个难民身上是干净的，整座城市又脏又残破，几乎每一栋高楼建筑都有被摧毁的部分，路边……甚至随处可见死人。

已经没有商店在营业，整座城市残破不堪，灰沉沉的一片，连空气都透着一丝绝望。

秦颖随意一瞟，看见路边被炸断手臂的残尸，顿时没忍住，打开车窗呕吐。

她吐完后，关上车窗，展鹏递了纸巾给她："看多了就习惯了。"

司简也伸手过去拍拍秦颖的脊背，安慰她："闭上眼，等出了城叫你。"

"嗯。"

秦颖往后一靠，闭上眼，不再往外看。

可她一闭上眼，脑子里就不断闪过刚才所看见的惨况。

他们的车走得很不顺利，不断地遭到攻击。

乔治巴顿越野车在这种环境下充分展现出它的实用性，替他们挡下了不少子弹。

为了安全，司简只能将车停在隐秘处，打算凌晨两点再离城。三个人随便吃了点压缩饼干，便在车上稍稍休息一下。

三个人轮流睡觉。

展鹏看见前座的司简在睡觉时紧紧抓着秦颖的手，误以为两个人是情侣。

凌晨时分，两个人醒来，展鹏调侃道："你们小两口也真是不走运，是想来度假的吧？没想到却变成了一场逃亡。"

"我们……不是情侣。"秦颖说。

"那你们刚才睡觉的时候……怎么……这样……"展鹏双手相握。

司简指缝间夹着烟，胳膊肘搁在车窗上，透过烟雾，半眯着眼打量脸红透了的秦颖。

每天晚上秦颖都很害怕，一个人根本无法安睡，只能跟司简睡在一起。有些时候早晨醒来，她会发现自己居然钻进了司简怀里。

司简不介意，秦颖又很依赖他，所以也就没把这当回事。

直到展鹏提及，秦颖才发现了不对劲。

展鹏猜测："难道是吊桥效应？当一个人过吊桥时，会不由自主地心跳加速，如果恰好碰见一个异性，会误以为眼前的异性是生命中的另一半，从而对其产生感情。显然，你们现在跟情侣已经没有区别了。"

秦颖的脸红透了，展鹏这么说，她居然无法反驳。

这近半个月时间的相处，又总是近距离相对，秦颖对司简好像也不是依赖这么简单，很复杂。

司简将烟头丢出窗外，大大方方地握住秦颖的手，对展鹏说："这一趟旅游就算艳遇了。拐个女朋友回去，再凶险也值。"

司简借机向秦颖表白："这种境地下，我不清楚是否能活着回国，既然明日未知，那我就珍惜当下，万一明天没了命，我还能宽慰自己好歹在死的时候不是孤身一人。"

被突然表白，秦颖有点没转过弯，稀里糊涂道："我也希望……死的时候，不是一个人。"

展鹏吃了两把"狗粮"，低头看了一眼时间，催促他们："好了，肉麻的话留着明天说，时间差不多了，我们赶紧走。"

司简松开秦颖的手，得了一个美貌的小姑娘，这一趟确实没白来。

他不清楚这段"闪恋"能维持多久，但人家姑娘给了他名分，他就得好好保护她，送她回国。

凌晨三点，他们准备出发，没想到会遭遇空袭。

炸弹一颗颗从天而降，将他们不远处的建筑物炸得粉碎。

碎石乱飞，落下的钢筋水泥"砰砰砰"地往车上砸，几乎将车身全部覆盖。

等一切又归于平静，司简打开车灯，仔细看前方，发现路被残渣堵住了。

司简尝试发动汽车，平时能撞碎一堵墙的越野车这会儿却不能移动一米，可见四周残渣之多。车门被石块堵住，他将门踹开一条缝，勉强能下人。

他先下车，打量了四周环境后，告诉他们："车子不能走了，你们拿上重要的东西先下来。"

秦颖将储物箱里的水和食物全部取出，用环保袋装好。可行李箱取不出来，里面的东西只能舍弃了。

四周没有一栋楼开着灯，漆黑一片。

展鹏环顾了一下四周，回忆道："这里应该是城中心。"

"先找个地方躲避一下，外面不安全。"司简单手搂住秦颖的腰身，将她从一块石头上抱下来。

他们找到躲避点时已经是清晨五点，那是一处不起眼的废弃小楼。小楼共三层，顶层有两间房，秦颖和司简一间，展鹏一间。

晚上枪声不停响起，秦颖枕着司简的手臂勉强能睡。

有这个男人在，秦颖才稍微有点安全感。

失去汽车，这座城市断电又断通信，三个人被困住了。

被困的第十一天，司简终于联系上了家里，家人已经联系好了私人飞机。

展鹏开玩笑道："行啊，富二代，私人飞机这玩意儿都能坐上？遇见你还真是我运气好。"

他们住在一栋废弃的大楼里，这栋大楼里还住着一群小孩。

这群小孩最大的十岁，最小的五岁，都失去了父母。

这群小孩会每天定时来给秦颖送子弹和枪支，全是他们在外面捡来的。他们用这些东西跟秦颖他们换取食物。

秦颖从一个五岁小女孩手里接过一把子弹，心情特别复杂。

小女孩干瘦如柴，一双眼睛很干净。这双清澈的眼睛，与当下的乱世完全不符。

这些孩子每天分散出去找食物，偶尔捡到弹药，也会来跟他们三个人分享。

秦颖招手让小女孩坐过来，仔仔细细地替小姑娘梳头。

小姑娘笑得很开心，其他几个小女孩也抢着让秦颖扎小辫。

中午，秦颖在卧室搭了个水盆，给小孩们洗澡。

司简和展鹏从外面寻找食物回来，看见客厅内排队等洗澡的小孩，都忍俊不禁。

展鹏靠在门框边，抱着双臂调侃秦颖："小颖，你不嫌这些小屁孩又脏又臭啊？"

小孩们身上都臭臭的，盆里的水也已经混浊不堪。

秦颖一边给小孩搓澡，一边笑道："我也好久没正儿八经地洗过澡了，自己也挺臭的。"

站在水盆里的小男孩咧嘴对秦颖笑,露出一排小白牙跟她说话,不过秦颖听不懂。

展鹏给秦颖翻译:"他说他很喜欢你,希望你能早点回家。"

秦颖笑着问小男孩:"你会舍不得我吗?"

展鹏帮秦颖翻译。

小男孩双眼亮亮的,笑嘻嘻地对秦颖说:"姐姐,你跟我们不一样,你有家,我们没有家。我们希望你和大哥哥们好好活着,以后生个小宝宝,一定要比我们幸福!"

展鹏一字不差地翻译给秦颖听。

秦颖盯着小朋友,忍不住眼圈一红。

她用毯子将小朋友裹好,拍拍他的小屁股,强忍着笑说:"洗好了,出去叫妹妹进来。"

小男孩裹上毯子,光着屁股,趿拉着拖鞋出去喊其他人进来洗澡。

秦颖看了一眼司简,想问什么,最终却没问出口。

司简说:"飞机后天会到,我们得想办法出城。"

"白天到处是狙击手,晚上又时不时有爆炸,我们寸步难行。"展鹏顿了片刻,又说,"从商店里搜刮回来的水和食物已经没有了,我们的处境够呛。"

秦颖揉了揉空空如也的胃,主动提议:"待会儿我们分头出去找水和食物。即使出不去,也不能被饿死。"

"分两头,"司简说,"你是姑娘,不能单独行动。"

展鹏点头:"嗯,你们两个人一起,我一个人 OK。"

司简低头看时间,说:"八点,无论能否找到食物,都必须回来。"

秦颖跟着司简走进附近的超市,里面的食物和水已经被难民洗劫得差不多了。

两个人在超市里分两头翻找食物。

秦颖走进储物室翻了许久,才翻出一包巧克力和一包压缩干粮。她刚将食物塞进环保袋里,身后便有人拿枪抵住她的腰。

两个×国人将秦颖双手捆住,一脚踹在她的后膝窝,她扑通一声跪地。两个×国人叽里咕噜说了一串话,秦颖虽然没听懂,但看对方的穿着,便知道这两个是游荡在附近的极端分子，她的处境非常危险。

其中一个人掏出手机，拿镜头对准秦颖，准备录像。

另一个极端分子则将秦颖的头往下压，露出后脖颈，再抽出别在腰间的匕首，打算从她的后脖颈切下去。

秦颖浑身的汗毛已经竖起来，不敢挣扎，也不敢发出任何声音。

凉森森的匕首在秦颖的后脖颈割出一条血痕，似乎没想象中那么痛。死亡的恐惧占据全身，已经让她的感官神经麻木了。

只听"砰"的一声——

秦颖身后的 ✕ 国人倒地。

紧接着又是"砰"一声，录像的极端分子也倒地不起。

司简冲过来，从袋囊里取出纱布和止血药，替秦颖包住伤口。

秦颖惨白着一张脸，强忍着恐惧和眼泪，从极端分子身上取下武器、干粮。

她去脱死人身上的防弹衣的时候，紧咬着嘴唇，双手颤抖得厉害。

司简握住她颤抖的手，声音沉稳有力："我来。"

回到住宿点后，司简重新替秦颖清理伤口。

展鹏也收获颇丰，一边放战利品，一边说："刚才找到了不少食物，分给外面的小孩一些，这些也够我们吃几天了。"

展鹏抬头看见地上一堆堆沾血的纱布，愣道："怎么受伤了？小颖，你没事吧？"

秦颖忍着痛摇头："没事。"

入夜。

秦颖的后脖颈疼，侧身睁眼对着司简的胸口，说："我今天真的很怕，害怕看着自己的脑袋被割下来……"

司简呼吸很沉，听着小姑娘的声音，没说话。

"我以前认为人生很长，从未想过有一天，死亡会离我这么近。"秦颖低声说，眼泪止不住地往下淌。

司简将秦颖抱紧："别想太多，明天，我跟展鹏再去找出城的路线。"

"其实想想自己也挺幸运，不是一个人面对这些。如果没有你们在，我可能在见到路边血肉模糊的尸体时就已经崩溃了。

司简取出一条红色的裙子，递给秦颖："不如，嫁给我？"

秦颖垂眼看着这条红裙，一脸惊讶："这是？你前几天拿茜草染红布，今天就做成了裙子？"

做工一言难尽，却让秦颖十分感动。

"嗯。"司简低声说，"要不要做我老婆？这是订婚礼，也是婚服。等回了国，我再补你一场盛世婚礼。"

秦颖泪流满面，搂住司简的脖颈。

在展鹏和废楼里小孩们的见证下，两个人宣誓结婚，没有宴席，只是简单纯粹地学着古人拜了个天地。

凌晨三点，司简带秦颖去山上的森林，一片黑漆漆的灌木丛里，栖息着收翅的萤火虫。

秦颖穿着司简做的那件粗糙的婚服，在丛林里跳舞。裙摆掀动灌木，萤火虫受惊，萤火如同黑夜里突然升腾起的星星，壮观又美丽。

飞扬的红色裙摆，腾空的无数萤火，这是司简见过最美的星空。

这种美，镌刻入髓。

回到废弃大楼时，已是清晨五点。城中又开始被轰炸，时不时还传来枪声。

外面的炮火，是他们结婚的烟火和礼炮。

窗外的狙击声刺破夜空，炸弹将百米外的大楼炸得粉碎。

废楼跟着一震，灰尘从天花板上洒落下来。

秦颖吓得失了魂，男人强壮而有力的臂膀将她圈入怀里，几乎贴着她的耳朵说："小东西，别怕，有我在。"

在绝望中，司简不断给予秦颖希望。

秦颖很庆幸自己能嫁给这样一个勇敢的男人。明天让人渺茫，不如放眼当下。

"真的还能活着回去吗？"

"我不能保证可以活着带你出城。但我保证，即使付出生命的代价，也会送你活着回家。"

再开口时，男人已经决定为她赴死。

司简舔着秦颖的耳朵，轻声道："意外谁也无法预料。小颖，谢谢你，给我无趣的人生留下了一点意义。"

第二天，中国大使馆的救援队找到了秦颖、司简一行人。秦颖觉得很不可思议，他们这是可以回国了吗？

然而到了下午五点，突生变故，炸弹开始轰炸这片废弃的建筑。

轰炸声越来越近，天花板开始颤抖，×国小孩背着枪，眼巴巴地望着司简。

秦颖询问司简："可以带上他们一起走吗？"

司简没说话，明知不可能，却又无法开口告诉她。

他看了一眼孩子们，跟营救人员商量了一下。

他回来后，说："我们有四十分钟时间，必须在四十分钟内将孩子送到安全地带。"他扭过头看展鹏，"你有什么意见吗？"

展鹏摊手："我能有什么意见？总不能抛下一群孩子自己逃吧！"

司简蹲下，摊开破旧的地图，手指在上面滑动："我们现在处于这个位置，四十分钟内，我们要把孩子送往这里。"

安排好一切后，他们便开始行动。

然而在护送孩子的路上，还是出了事。

十二个小孩，死了九个。

炮火连天的环境中，虽然有营救人员护送，但他们撤退的过程依然非常困难。

空中落下一块碎石，砸向秦颖。

司简几乎没有丝毫犹豫，用手臂替秦颖挡开，半条手臂被砸得一麻。

跑出楼巷，司简一脸紧张地问秦颖："小颖，你怎么样？"

秦颖摇头表示没事，回过头看楼巷，已成一片废墟。

营救人员问他们怎么样，还能不能坚持。

三个人几乎同时点头，表示可以。

司简甩了甩已经疼得麻木的胳膊，和营救人员一起走在前面开路。

场景过于混乱，十二个孩子只剩下三个，她甚至无暇释放悲伤的情绪。

等成功地把孩子送到自由军据点，他们随营救人员返程的路上，遭遇了有目标的袭击。在极度混乱的情况下，秦颖、展鹏同其他人走散了。

司简同营救人员在前面开路，受了重伤，失去意识。

等司简再醒来时，已经身处中国的医院，离他和秦颖、展鹏走散已经过去数月。

在此期间，秦颖依旧被困，并且被查出怀了孕。

数月后，形势有所缓解，秦颖终于联系上了司简。

原来数月前司简身受重伤被带回国内，才清醒过来。

展鹏找来一辆车，告诉秦颖："出城的路已经被清理干净了。自由军首领已经为我们准备好车，我们随时可以离开。"

被困数月的秦颖，不仅能自保，还能保护当地的小孩和老人。

她虽然比不上真正的战士，可在关键时刻救了很多人的性命。

下午四点左右，有人给秦颖打来电话，来电显示——司简。

秦颖看着来电显示，手指变得僵硬，接通电话后放到耳边，静静地听电话那头的动静。

"小颖？"

这个熟悉的久违的声音，让秦颖感到有些不真实。

"小颖，我是司简！"

"司……简？"

秦颖喉咙发干，也松了一口气。

她捂着小腹，低声说："我……怀孕了。"

司简本该高兴的，可一想到秦颖身处的环境，心头便如巨石重压。

"你等我，我会来接你们。"

展鹏把车停靠在路边，等着秦颖通完电话。

秦颖继续跟司简聊天，怕肉麻的话被展鹏听见，还刻意站到很远的地方。

展鹏降下车窗，胳膊随意地搭在车窗上。

等了一会儿，展鹏冲秦颖吹了声口哨，催促她："小颖，快上车，动作迅速一点！明天我们就能回家了！"

因为距离太远，秦颖勉强能看见展鹏在对她招手，也冲对方挥了挥手。可是谁也没想到，这次挥手会是永别。

"砰"的一声，火花四溅。

秦颖还没来得及挂断电话，汽车便爆炸了。热浪灼面，碎屑飞溅，贴着她的脸颊擦过去。

她的双耳被震出嗡嗡声，她声嘶力竭地想往火海里冲。喉咙仿佛被撕裂，双耳仿佛被震聋。紧跟着，她眼前一黑，就晕了过去。

她花了很长一段时间才走出这段阴影，展鹏去世后，司简也再没给她打过一通电话。

她独自在 × 国熬到寒冬，生下了小凡。其间，她目睹了战争和疾病同时降临人间的惨痛。

将其形容为末日，一点也不夸张。

之后秦颖随着中国来的无国界医生一起回中国大使馆，半路又遭遇意外。她中了枪，于是把孩子交给了同行的中国人。

秦颖命大，最后还是没死，被友人给救了回去。

只是当地的医疗条件实在太差，秦颖吊了半月的命，终于还是觉得撑不下去了，给季二叔打了一通电话。

季二叔"头铁"，在中国大使馆的帮助下，成功地把她接回国，她也因此捡回了一条命。

伤好以后，秦颖便彻底忘了在 × 国发生过的事。

无数个日夜，她望着身上的伤疤发呆，会想自己在 × 国到底经历了什么。

无数个日夜，她梦见自己在等一个人，可那个人始终没再给她打来电话。

当初那通电话以后，司简因为担心她和孩子，失去了理智。

他不顾重伤在身，也不顾母亲劝阻逃出医院。在去机场的路上，他遭遇车祸，成了植物人。

秦颖回国的第二年，去了 A 市工作。

季奶奶打扫阁楼仓库，又看见了那条烧了一半的红裙，内衬绣着歪歪扭扭的几行字。

奶奶把那几行字念出来，一看就是小年轻的文艺话。奶奶觉得老牙都要酸掉了，又把红裙整整齐齐地叠好，放回了小木箱里。

或许有一天，这条裙子能带着颖宝贝找到她曾经遗失的爱人。

奶奶这样浪漫地想着。

六一儿童节，司简和秦颖抛下工作，带着儿子和女儿去游乐园。

儿子司佑已经九岁，女儿司盏刚满四岁。

游乐园里人不多。

这天在游乐园里游玩的，除了集团员工及其子女，还有司简、秦颖共同的朋友。

难得有时间和老婆一出来玩，司简把带女儿的重任交给了司佑，自己则带老婆在游乐园的锦鲤池里钓鱼。

坐在锦鲤池边钓鱼的还有陈怡和侯度。

秦颖和司简一钓一个准，陈怡那边却始终没有钓起来鱼。她有些气急败坏："这些是什么锦鲤！我不钓了！"

说完，她就把鱼竿一丢。

侯度给陈怡捡起来，哄着说："宝贝，钓不到鱼跟你没关系，都是那些鱼的锅，是它们不长眼。"

陈怡看了一眼不远处的两个女儿，"呜"了一声："待会儿阳阳和葵葵回来，见我们没钓到鱼，又要闹了。"

侯度思考了一下，二话不说脱了鞋，扑通一声跳进水池里，一抓一个准。

司简："呃……"

还有没有一点影帝的偶像包袱？

秦颖沉默了一下，才说："小猴子，你大可不必这么拼，我和司简给你分两条就是了。"

侯度抓起一条鱼，扔到岸上："我是个男人，得靠自己的双手给老婆孩子谋福利，不接受施舍。"

秦颖抬手摸了一下鼻尖："行吧。"

几年前，侯度的身份公开，震惊了整个娱乐圈。

侯度是香港首富温钟华的独子，因为目睹母亲去世，患有精神疾病。

从小侯度便觉得自己是生活在阴沟里的臭虫，不想见到阳光，无时无刻不想拿利刃割断自己的脉搏。

他被家人关在医院里。

直到有一天，他从电视里看见了陈怡的秀和采访，从此便喜欢上那个在伸展台上光芒四射的女孩。

陈怡在采访里说喜欢演员，想嫁给一名演员。

侯度就努力让自己表现得像正常人，努力康复出院。

几年以后，二十一岁的侯度已经成为当红小生。而这个时候，消失多年的陈怡出现在了《奇风尚》的首封上。

侯度心疼这个姐姐，对她更有保护欲。

如果没有陈怡，他依旧是阴沟里的臭虫，依然无法接受阳光。

陈怡是他的光，无论她变成任何模样，都是他的光。

哪怕陈怡变成植物人，侯度也要将陈怡一生珍藏。

侯度得知《这就是时尚》第二季要邀请陈怡后，便自荐参加这档综艺，经纪人觉得他疯了。

他的心早就疯了。

陈怡和侯度生了一对双胞胎女儿，阳阳和葵葵，今年三岁。这俩孩子此刻正跟在李亮屁股后面跑。

李亮左手抱一个，右手牵一个。

被抱着的阳阳指着小丑摊贩说："干爹，阳阳要吃棉花糖。"

被牵着的葵葵也激动地蹦跶："我也要、我也要。干爹，葵葵也要吃棉花糖！"

李亮把两个孩子抱过去，向小丑买了两个粉色的棉花云棉花糖。

李亮把棉花糖交给两个小姑娘，望着绵软的粉色棉花糖，忽然失了神。

很多年前，有一个大姑娘，也是这样缠着他，让他给自己买棉花糖。

恍然间，李亮好像看见了穿着白色蕾丝裙的唐娇。她依然那么美，像被月光笼罩。

唐娇走后，李亮一直未婚，也没传过绯闻。

另一边，司佑带着妹妹逛了大半个游乐场，在一处打气球赢奖品的地方停下。

盏盏牵着哥哥的手，指着一只大北极熊说："哥哥，我要那只大北极熊！"

老板笑着说："小朋友，想要大北极熊得打中特等奖气球才行哦。"

"特等奖？"盏盏仰着小脑袋，望着比自己高很多的司佑，"哥哥，你可以吗？"

"哥哥试试！"司佑拿券换了三十发子弹，开始打那个特等奖气球。

就司佑这个年纪来说，他的枪法还算不错，可惜能力有限，最后只打中三等奖的气球。

盏盏急哭了，坐在地上"哇哇"大哭。

李亮带着阳阳和葵葵走过来，得知情况后也打了十几发，依然没打中特等奖气球。

然后阳阳和葵葵也哭了。

三个小姑娘坐在地上大哭，情况糟糕透了。

为了哄三个小姑娘，带着孩子来游玩的集团员工也都过来帮忙打气球。大家最好的成绩是二等奖，与一等奖和特等奖依然无缘。

小孩子哭的情绪是会传染的，哭的小女孩更多了。

众人："呃……"

司佑一咬牙一跺脚，跑出人群，把司简和秦颖叫了过来。

两个人过来后，看见这边十几个小姑娘一起在哭，一群家长也都要急哭了。

秦颖看向司佑，问："儿子，什么情况？"

司佑把情况大概说了一下，挠着后脑勺说："大概就是这样。妈，我已经尽力了。"

司简揉揉儿子的小脑袋，捡起一把枪，看了一眼后，递给老婆。

秦颖接过枪，用手掂量了一下。

司简把盏盏抱起来，低声安抚："别哭了，妈妈给你打一个特等奖，好不好？"

盏盏拿肉乎乎的手背揉着红肿的眼，奶声奶气地道："大家都不行，妈妈可以吗？"

老板也笑嘻嘻地提醒："女士，这枪里只有三发子弹了，你们已经没有游玩券了。根据今日游乐园规则，这三发子弹打光，你们也就没有机会了哦。"

"三发子弹足够了。"秦颖笑着给枪上了子弹，抬起手，扭过头对女儿说："小盏盏，妈妈给你打个特等奖，再打个一等奖，你还要什么？"

盏盏指着最旁边的一只丑小鸭说："那只丑小鸭我也要！"

"好嘞。"

老板心想：您能别吹牛吗？

转瞬间，一枪打出去。

"砰"的一声，气球爆炸，打中特等奖。

第二枪、第三枪，分别准确无误地打中一等奖和小丑鸭。

哦，不是吹得厉害。

围观的员工一阵拍手叫好，小孩们也都不哭了，纷纷朝秦颖围过来。

"姐姐、姐姐，我也要、我也要！"

"姐姐，我要那只唐老鸭！"

"姐姐，我要那只小耗子！"

"呜呜呜——我也要！"

秦颖和司简一起上阵，打走了摊贩上的所有娃娃。孩子们收获满满，摊贩老板差点晕过去。

这简直是神仙下凡，谁受得住啊？

游乐园之行结束，回家的路上，盏盏趴在车窗上往外看，发现车并没有往家里开，反而往郊区走，越来越偏。

盏盏问："妈妈，我们这是要去哪儿啊？"

秦颖回："我们去看一个叔叔。"

"叔叔？"

盏盏不解，什么叔叔会住在这么偏远的地方呢？

京山墓园。

台阶上长满青苔，湿漉漉的，走路也滑。

司简抱着女儿，秦颖牵着儿子，来到展鹏的墓碑前。

冰冷的墓碑上嵌着男人的照片，他举起相机，一只眼紧闭，一只眼瞄准摄像孔。

展鹏在那场爆炸中尸骨无存，只剩这一处衣冠冢。

司佑和盏盏先后献上一束白菊。

盏盏握着司简的手指晃了晃："爸爸，这个叔叔是谁啊？"

"是个英雄。"秦颖盯着墓碑上的照片，眼中含泪，"救过妈妈和你哥哥的英雄。"

盏盏眼睛发亮，"哇"了一声："我居然能给英雄献花。"

她向前走了两步，一双小手捧住墓碑，踮起脚尖，在展鹏的照片上亲了一口："英雄叔叔，你好呀，谢谢你救了我的妈妈和哥哥，以后盏盏每年都来看你！"

司佑也对着墓碑鞠了一个躬。

多年岁月，磨灭不了那场战争带给他们的痛苦。

生离死别，令幸存的人更懂得珍惜。

展鹏在爆炸中牺牲的那一幕，在秦颖脑中又清晰地跳出来。

冰冷的墓碑上仿佛映出一个人的影子。他微胖，鼻梁上架着一副眼镜，笑容憨憨的，一如往昔。

他胳膊随意地搭在车窗上，吹着口哨，对着秦颖挥挥手。

"小颖，快上车！"

☽ 后记 我的毒舌朋友

司简当了十万字的植物人。

有朋友开玩笑说："男主角躺在床上的戏份占了十万字，也是牛！"

我也觉得挺牛。

看过这本书的读者，以后可以出去这样吹——

我看了一本小说，男主有十万字都躺在床上，推荐给你们……

我总是在想，梦里与镜中的世界，是否是另一个世界？

有时候看镜子，我会觉得里面的人很陌生。

当这种思维发散到一定程度，需要释放，否则想多了，可能会质疑这个世界，于是我就想写这样一个故事。

这个故事总的来说很简单。

写它之初，本来是想设置一个"谜题"的叙述方式，然后一步步解谜。可是这种写法对于小甜文来说，太不轻松了。我索性放弃了，改写得中规中矩一些，让读者的体验感稍微轻松一些吧。

灵感来源于生活。

可是在"二次元"世界中，司简和秦颖却是真实存在的人，他们在"二次元"的世界里是有血有肉的独立人格。

这本书里，我不讨厌任何人，哪怕是女配角田安。

故事结束，书中角色们的生活却并未结束。下本书再见。

联系微博：

@作者宣草妖花

@萱草妖花

宣草妖花

2021 年 4 月 5 日